ein Ullstein Buch

ÜBER DAS BUCH:

Fast wie Buridans Esel, der sich zwischen zwei Haufen Heu nicht entscheiden kann und deshalb verhungert, schwankt Remigius Lindwasser zwischen dem Studium der Medizin und dem der Theologie. Um diesem Konflikt zu entrinnen und auch seine materielle Not zu lindern – man schreibt das Jahr 1948 –, greift er ein Angebot auf, sich sein täglich Brot durch den Verkauf von Bohnerwachs an Stuttgarter Haustüren zu verdienen. Allerdings ahnt er nicht, was nun auf ihn zukommt: Sein Idealismus und seine Hilfsbereitschaft werden oft arg strapaziert, derbe Originalität und Sinnenfreude erwarten ihn...
Wie schon sein überaus erfolgreiches Buch *Hippokrates im Heckengäu* (UB 3462) trägt auch Gerhard Vescovis neuer Roman autobiographische Züge.

DER AUTOR:

Dr. med. Gerhard Vescovi, geboren 1922 in Schramberg, ist Leiter des Instituts für Gesundheitsbildung in Bad Mergentheim und Lehrbeauftragter an der Universität Heidelberg. Seit 1961 verantwortlicher Schriftleiter des Ärzteblattes Baden-Württemberg, war er Mitbegründer des Bundesverbands Deutscher Schriftsteller-Ärzte und ist Vizepräsident ihrer Weltorganisation. Für seine Verdienste um die Ärzteschaft Baden-Württembergs wurde Gerhard Vescovi mit der Albert-Schweitzer-Medaille ausgezeichnet.

Gerhard Vescovi

Der Blaue Esel

Roman aus der Nachkriegszeit

ein Ullstein Buch

ein Ullstein Buch
Nr. 20916
im Verlag Ullstein GmbH,
Frankfurt/M – Berlin

Ungekürzte Ausgabe

Umschlagentwurf:
Theodor Bayer-Eynck
unter Verwendung des Gemäldes
Blick auf Stuttgart
von Jürgen Leippert

Taschenbuchausgabe mit Genehmigung
des Engelhorn Verlags, Stuttgart

Printed in Germany 1988
Druck und Verarbeitung:
Clausen & Bosse, Leck
ISBN 3 548 20916 5

Mai 1988

Vom selben Autor
in der Reihe der
Ullstein Bücher:

Hippokrates im Heckengäu
(3462)
Das Herz sieht anders aus
(20217)

CIP-Titelaufnahme
der Deutschen Bibliothek

Vescovi, Gerhard:
Der Blaue Esel: Roman aus d.
Nachkriegszeit / Gerhard Vescovi. –
Ungekürzte Ausg. – Frankfurt/M.; Berlin:
Ullstein, 1988
(Ullstein-Buch; 20916)
ISBN 3-548-20916-5

NE: GT

»Was der Esel durch die Jahrhunderte
bis hin zu uns trägt,
ist das Mysterium der Einfachheit
und Güte Gottes.«

Maurice Lelong

Inhalt

Prolog in Briefen

Dr. Remigius Lindwasser,
Arzt in Siedlingen auf der Schwäbischen Alb,
an seinen Freund,
den Professor der Psychologie, Karl-Otto Kügele
in Tübingen

Mein lieber Karl-Otto,
was doch der Numerus clausus beim Medizinstudium an Aufregungen für die betroffene Familie mit sich bringt! Unser Sohn Albert, der, wie Du weißt, nur um ein geringes den geforderten Notendurchschnitt im Abitur verfehlt hat, ist gestern nach Israel abgeflogen, um freiwillig für eine noch unbestimmte Zeit in einem Kibbuz mitzuarbeiten. Alle Versuche, ihn bis zur Zulassung zum Fach Medizin zu einem einstweiligen Überbrükkungsstudium zu bewegen, sind fehlgeschlagen. Meine als Trost gedachten Hinweise und sporadischen Erzählungen, welche Schwierigkeiten mit dem Studium ja auch wir Älteren in der Not der Nachkriegsjahre zu meistern hatten, ließ er absolut gelten; er verlangte sogar, daß ich jene Abenteuer aus dem Jahre 1948 nach der Währungsreform nun endlich aufzeichnen soll. Und im Gegenzug versprach er mir, seine künftigen Erlebnisse in Israel in einem Tagebuch festzuhalten. »Ihr habt in Eurer Jugendzeit mit dem Krieg und materieller Not fertig werden müssen. Ich muß mit Wohlstand und Überfluß zurechtkommen. Glaubt ja nicht, daß das so leicht ist«, hat er seiner Mutter und mir vor der Abreise erklärt. »Er ist derselbe Eselmensch, wie wir es in seinem Alter auch waren«, hab' ich meine Sina getröstet, als wir auf dem Flugplatz in Echterdingen die Maschine abheben und allmählich am Himmel verschwinden sahen.

So. Und nun bin ich dran, denn unser Sohn gelobte, unter folgenden Voraussetzungen sofort wieder heimzukehren: entweder bei der Zulassung zum Medizinstudium oder aber nach Beendigung meiner ihm versprochenen Aufzeichnungen der »Abenteuer des Blauen Esels«, den Schilderungen jener Zeit nach der Währungsreform 1948, als wir beide mit Bohnerwachs hausieren gingen und ich zuletzt meine Sina kennenlernte und als Esel mit ihr und einer Erbschaft am Ende vom Glück der Armut in eine Armut des Glücks wechselte.

Hast Du vielleicht noch Aufzeichnungen aus unserer gemeinsamen Zeit damals? Kannst Du mir damit behilflich sein? Ich wäre Dir dankbar, denn trotz meiner großen Landpraxis will ich natürlich Sina zuliebe das Manuskript so rasch wie möglich fertigstellen, da die Zulassung zum Medizinstudium wohl länger dauern wird.

Wie nachhaltig mich das alles betroffen macht, magst Du aus einem Traum ersehen, den ich nach Alberts Abreise vergangene Nacht hatte. Ich war vom Rektor der Universität Tübingen eingeladen und fand mich in der Vorhalle der Aula in einer Schlange von Studenten, die sich zur Hoover-Speisung angestellt hatten. Jeder trug vom Krieg her ein Kochgeschirr in der Hand, und alle sagten, ich müsse mir in der Kanzlei erst ein Kochgeschirr besorgen. Auf der Suche nach der Kanzlei irrte ich in den langen Fluren umher. Vergebens. Als ich schließlich verzweifelt rief: »Hat denn niemand ein Kochgeschirr für mich?«, ertönte eine mir bekannt vorkommende Frauenstimme: »Suche den Engel der Vergangenheit, der dich in die Zukunft führt.« Die Stimme sprach diese seltsame Aufforderung so deutlich, daß ich sie nach dem Erwachen wortgetreu aufschreiben konnte.

Das zermürbende »Anstellen« bei der Zulassung zum Medizinstudium ist also schon in die Träume der Eltern eingedrungen. Laß bitte hören, lieber Karl-Otto, wie ich's mit den »Abenteuern« anstellen soll und was Du mir an Materialien beisteuern kannst.

Sei – auch von Sina – herzlich gegrüßt.

Dein Remigius

Professor Karl-Otto Kügele
an seinen Freund Dr. Remigius Lindwasser

Mein lieber Remigius,
Dank für Deinen Brief, den ich gleich beantworten will. Ihr solltet Euch um Filius Albert keine Sorgen machen. Im Gegenteil. Der hat doch genau alles das, was man als junger Mensch in besonderem Maße und auch später immer wieder braucht: Unternehmungsgeist, Humor und Bereitschaft, sich für etwas zu engagieren. Auf der Suche nach seiner Identität und nach einem ihm zusagenden sozialen Rollenverständnis verläßt der Junge – so schwer es ihm sicher gefallen ist – die Eltern und sucht als Idealist eine Bewährung seiner Vorstellungen und Grundsätze in der Gemeinschaft des Kibbuz. Er stellt sich in der Ferne Abenteuern, während er den Herrn Papa in die Pflicht nimmt, seine Abenteuer von einst daheim zu Papier zu bringen. Das finde ich großartig und ganz normal. Wenn ich zurückdenke, mit welch inneren Spannungen und Verspannungen Du damals wegen Deines Gelübdes – im Falle eines Überlebens des Krieges Pfarrer zu werden – herumgelaufen und Deinen Angehörigen und mir als Freund damit oft auf die Nerven gegangen bist, so sehe ich am Entschluß Deines Sohnes, daß er unbedingt positiv und nicht mit Frustration auf die vorerst verweigerte Zulassung zum Studium reagiert.

Dein Traum bedeutet ein Schlüsselerlebnis, wie Du selbst schon vermutest. Er beweist höchste seelische Wachheit und hat gewiß eine »Wegweiserfunktion«. Vielleicht wirst Du im Verlaufe Deiner Aufzeichnungen auf einen »Engel der Vergangenheit« stoßen, der möglicherweise das Studienproblem von Albert lösen kann. Jedenfalls deutet der Traum eine vorläufig noch rätselhafte Konfliktlösung in der Angelegenheit an.

Nun aber zu Deiner Erzählung unserer Abenteuer im Sommer 1948. Anbei zur Verfügung meine damaligen Tagebuchaufzeichnungen, die vielleicht die Deinen ergänzen und Dich nicht alles einäugig sehen lassen werden. Meine gelegentlich kritischen Auslassungen über Dich – nimm sie mir nicht übel, sondern betrachte sie möglichst mit den Augen von damals.

Ich bin ja wirklich gespannt auf das nun werdende Manuskript, denn – so sagt ein Wort des Konfuzius – »indem man das Alte erforscht, entdeckt man Neues«. Wir alle schätzen Dich als anregenden Erzähler, weshalb ich Dich nun auch Deinen sicher mächtig dahinschießenden Erinnerungen und Gedanken überlasse. Bedenke aber: Jugend will keine Schönfärberei. Greif also hinein in die prallen Ereignisse und sei – ebenso wie Sina – herzlich gegrüßt von Deinem

alten Möpsle.

Dr. Remigius Lindwasser
an seinen Freund Professor Karl-Otto Kügele

Mein lieber Karl-Otto,
hab Dank für Deinen Brief, der mich ermunternd in meine Aufgabe als Chronist jener Zeit 1948 geleitet, da wir beide in Wolfsnot lebten und uns wacker als Hausierer durchschlugen. Sei unbesorgt, ich werde unsere menschlichen Schwächen in den Schilderungen nicht auslassen, meine sowenig wie Deine. Meine durch den Krieg so aufgeputschte und unruhige Seele mit ihrer ständigen Suche nach mir selbst und nach einem tieferen Verständnis von Welt und Leben, dazu die Träume und Visionen, die mich damals heimsuchten – das alles soll seinen Platz und seine Farbe finden.

Und nun sitze ich da und beginne zu schreiben. Die Lampe blendet ziemlich scharf einen Lichtkegel aus, einen Raum, eine Zeit, in denen ich den Schreibstift bewege, um von den »Abenteuern des Blauen Esels« und seinem Freund Karl-Otto Kügele, genannt »Möpsle«, zu erzählen. Dem heutigen Professor Karl-Otto Kügele ein Lebewohl und dem einstigen Psychologiestudenten namens »Möpsle« ein herzliches Grüß Gott.

Dein Remigius

Präludium und Fügungen

I
Wie man Remigius holte auf die Welt
Und wie er sich danach verhält

Wie alle Geschichten, so mag auch diese aus dem Leben des Studenten Remigius Lindwasser, die ich nun erzähle, mit einem »Es war einmal« beginnen.

Also. Es war einmal ein braves Ehepaar, das in bescheidenen Verhältnissen, aber im Glück einer beiderseitigen tiefen Zuneigung lebte. Sie dankten ihre glückliche Zweisamkeit einer vorausgegangenen Briefbekanntschaft gegen Ende des Ersten Weltkrieges, und es dauerte nach dem Ende dieses Krieges noch fast drei Jahre, bis sie sich erkannten und 1921 heirateten.

Ernst Lindwasser war Postsekretär und überwachte das Sortieren der ein- und ausgehenden Briefe, wofür er bescheiden, aber zuverlässig entlohnt wurde.

Seine Frau Amalie, geborene Sauerbleich, stammte aus einer Lehrerfamilie und wurde nach dem frühen Tod der Eltern von ihren Brüdern behütet, von denen der ältere evangelischer Pfarrer und der jüngere Landarzt in einem Nest auf der Schwäbischen Alb war. Amalie, deren Heirat mit einem kleinen Postsekretär nicht gerade Begeisterung bei den »gschtudierten« Brüdern ausgelöst hatte, führte mit gebotener Sparsamkeit den kleinen Haushalt in einer Dreizimmerwohnung in Bad Cannstatt, strickte, schneiderte sich ihre Kleider und schnitt sogar ihrem Ernst die Haare, um den Friseur zu sparen. Ihren Durst löschten sie mit »Sauerwasser«, das sie jeden zweiten Abend wie Tausende von Cannstattern am Mineralbrünnele beim Kursaal in Literflaschen füllten.

Die jungen Leute waren sich von Herzen zugetan und trachteten als fromme Menschen weniger nach den Dingen als danach, ihr Bestes in die Dinge zu legen und sich die ganze

Kraft ihres Lebens zu schenken. Nach gut einem Jahr wurde der Leib von Amalie gesegnet, und im Juni 1923, als das Sternzeichen der Zwillinge schon hoch ins Regiment gekommen war, meinte der Bruder Landarzt in Bestätigung der Ansicht von Hausarzt Dr. Böpple: »Amale, jetzt sotsch allmählich dei' Sach' richte, denn 's goht drgege.«

Amalie Lindwasser und ihr Mann waren seltsam sicher, daß es ein Bub sein würde, und kauften daher blaue Säuglingswäsche. Aber das Kindle wollte und wollte nicht auf die Welt kommen. Man ging damals noch nicht in die Klinik, sondern bereitete sich im Schlafzimmer auf das Ereignis vor. Auf dem Waschtisch standen zwei Waschschüsseln, lagen frische Handtücher und Badetücher, Windeln, Mullunterlagen, ein Kolben Desinfektionsmittel, Puder und ein Flacon Kölnisch Wasser.

Dr. Böpple, der Hausarzt und Geburtshelfer, stand an einem heißen Junitag zusammen mit der Hebamme am Bett, hatte seinen Rock ausgezogen und meinte schwitzend: »Des könnt' dem Deng so passe, drin bleibe und partout net komme wolle! Aber wart', Bürschle, i hol' di jetzt mit der Zang'!« Und er beruhigte erst die Gebärende und spornte sie dann zu höchster Leistung an, als er die Löffel seiner Geburtszange ansetzte und schließlich mit äußerster Kraftanstrengung zu ziehen begann, während die Hebamme den Leib knetete und die Gebärende sich in der Matratze festkrallte. Dr. Böpple stemmte sich beim Ziehen mit einem Fuß gegen die Bettlade, um die Kraft der Beine mit der seiner Arme zu vereinen.

Ein Schrei der Gebärenden und ein befreites »Hoppla, jetzt hen mer's« von Dr. Böpple gaben kund, daß das sehnlich erwartete Kind – tatsächlich ein Bub – in die Welt gezogen worden war. Aber beim ersten kläglichen Wimmern wurde dem Doktor klar, daß er zuerst die verlegten Atemwege mit einem Röhrle freisaugen, danach die zur Seite gedrückte Nase geraderichten und mit Heftpflaster in ihrer korrigierten Lage fixieren mußte: »Damit er ebbes gleichsieht und d' Nas später vorne hat«.

Zur Erinnerung an den früh verstorbenen Bruder des Vaters,

der katholischer Geistlicher gewesen war, erhielt der Bub dessen Vornamen Remigius, was soviel wie »Ruderer« bedeutet.

Als der Neuankömmling sein Kindspech auspfefferte und erste Winde abgingen, witzelte der Doktor: »Der kleine Lindwasser ischt a gsunder Windlasser.«

Später, als die Verwandten zu Besuch und neugieriger Besichtigung des Kindes angerückt waren, wurde entschieden, daß der kleine Remigius einem alten Brauch gemäß im Glauben der Mutter, in diesem Falle evangelisch, erzogen werden sollte. Damit war beiden Seiten Genüge getan: dem katholischen Vater bezüglich des Namens, der evangelischen Mutter und vor allem Onkel Eberhard, dem Pfarrer, bezüglich der Taufe.

Der andere Bruder der Mutter, der kinderlose Landarzt Dr. August Sauerbleich von der Alb, meinte nach gefälliger Betrachtung des Sprößlings: »Der hat stramme Füß' und keine linke Händ! Der sot amol Arzt werde und später mei' Praxis übernehme.«

»Vielleicht wird er aber Pfarrer wie sei' Onkel Eberhard?« wandte Tante Luisle, die Frau des Pfarrer-Onkels, ein.

»Möchtsch denn, daß dem Büble sei' süß' Mäule vom Predige ausfranst?« spöttelte der Doktor von der Alb.

»Was der Bub amol wird, des weiß der liebe Gott«, entschied indes Mutter Amalie weise.

Nun, wenn ich an dieser Stelle auf die Kinder- und Jugendjahre von Remigius blicke, die danach folgten, so will ich mich auf die moralische Entwicklung beschränken, auf Werden und Bilden des Charakters, worauf damals durch Erziehung in schlichter Frömmigkeit größter Wert gelegt wurde. Dabei zeigte sich zur Freude der Eltern das Büble den Sittenlehren gegenüber aufgeschlossen. Allerdings stellte Remigius im Bibelunterricht mitunter so direkte Fragen, daß die Erwachsenen in Verlegenheit gerieten. So wollte er etwa wissen, weshalb es einen nach dem Haus und gar noch nach dem Weib seines Nächsten gelüsten konnte oder warum David den Urias auf ein Todeskommando schickte, um auf diese Weise ihm sein ebenso schönes wie liederliches Weib abzunehmen. Wenn er darauf ausweichende Antworten hörte, so gab er sich schließlich damit zufrieden, daß er das später schon noch erfahren würde.

Tief in seine Seele wurde aber die Überzeugung eingepflanzt, daß alles Böse von Gottvater bestraft wird und man alles mit dem Nächsten teilen muß, um das oberste Gebot der Liebe zu erfüllen. Wenn er daher Spielzeug und Vesperbrote mit Spiel- und Schulkameraden teilte, spürte er, daß man ihn darum mochte. Umgekehrt gerieten jene meist in Streit, die alles immer nur für sich behalten wollten.

Besonderen Wert legten die erziehungseifrigen Eltern auf die Liebe zur Wahrheit und die Verabscheuung von Lügen. Nur wenn die Wahrheit verletzen konnte, durfte sie verschwiegen oder in gefällige Ausreden gekleidet werden.

Es spricht für einen Erfolg dieser Erziehung, wenn man in den Schulzeugnissen des jungen Remigius wiederholt die Beurteilung findet: »Er ist offen und von gutem Charakter.«

Dennoch, das läßt sich im ganzen sagen, durchlief er die Schule einschließlich des Gymnasiums eher melancholisch als mit Freude. Das sich verschärfende Reglement des Unterrichts im Gymnasium brachte doch viele Einschränkungen für die freie Lebensgestaltung. Und als dann noch das »Jungvolk« die letzten Freiräume in uniformierte Märsche und Geländespiele verwandelte und auch seine Träume und Phantasien forderte, war er gezwungen, mit immer mehr Kunstgriffen sein »Drinnen« vom »Draußen« zu trennen. Aber schließlich war er doch eingebunden und mitgerissen von der Woge patriotischer Begeisterung seiner Schulkameraden mit der lockenden Aussicht, dem Zwang der Schule mit ehrenwerten Gründen entrinnen zu können.

II

Wie Remigius in seiner Ferienzeit
Erlebte einen Theologenstreit

Pfarrer Onkel Eberhard und seine Frau, Tante Luisle, nahmen ihren Neffen Remigius alljährlich in den Ferien einmal zur Pfarrerfreizeit auf den Schönblick bei Schwäbisch Gmünd mit. Dort fanden sich Pfarrer, Missionare, Dekane und Prälaten zu Gesprächen und zur Erholung zusammen. Alles hatte seine geistliche Ordnung. Es fanden Andachten statt und es gab anregende Aussprachen über religiöse und kirchliche Probleme, auch tauschten die geistlichen Herren ihre Predigten aus und disputierten mitunter über Auslegungen von Bibeltexten.

Einmal, es war noch vor dem Ausbruch des Zweiten Weltkrieges, als sich die »Bekennende Kirche« in heftiger Auseinandersetzung mit dem Regime befand, würzte ein Pfarrer aus Ulm namens Schnabel die Gesprächsrunde der versammelten Geistlichen durch sein frisches, von einigen als zu forsch empfundenes Auftreten mit kämpferischen Empfehlungen für die »Ecclesia militans«. Seinem Vortrag fehlte es nicht an Seitenhieben gegen die seiner Meinung nach zu lasche Haltung der Geistlichkeit. An zwei Passagen dieses Auftritts, den die Herren zunächst schweigend, dann mit Gesten des Erstaunens und gedämpfter Mißbilligung über sich ergehen ließen, erinnerte sich Remigius nachhaltig.

»Wir müssen die Jugend, die uns dieser Staat systematisch entfremdet, für ein praktizierbares Christentum gewinnen«, sagte Schnabel mit Emphase. Und er schilderte dann, wie er diese Forderung in seinem Sprengel in die Tat umsetzte. Er hatte mit Jugendlichen verschiedenen Alters eine »Hilfsgemeinschaft Heinzelmännchen« gegründet, die sich abgekürzt »H-H« nannte. Ihre Aufgabe und ihr Dienst in der Freizeit bestanden darin, Nöte und Hilfsbedürftigkeit aller Art, besonders bei alten Menschen und Kranken ausfindig zu machen und dann überraschend und möglichst unauffällig nach Art der Heinzelmännchen Hilfe zu leisten. Das reichte vom Geschirrspülen, der

Übernahme der Kehrwoche, der Erledigung von Besorgungen bis zur Verpflegung und Beschaffung notwendiger Dinge. Über diese Tätigkeiten führte die »H-H« ein Tagebuch. Zweimal in der Woche traf man sich im Gemeindehaus zur Planung und Besprechung.

Remigius war von dieser Aktivität begeistert und bestürmte später Onkel Eberhard, so eine »H-H« doch auch in seiner Gemeinde zu gründen.

Aber die versammelte Geistlichkeit fand doch einige Haare in dieser Suppe. Über den »Aktionismus« ihres Kollegen veranstalteten sie vollends ein Scherbengericht, als er auch noch forderte, die Geschichten der Bibel müßten verständlicher, vielleicht sogar in schwäbischer Mundart vermittelt werden. Der präsidierende Dekan Winkler mit Spitzbart und Bürstenschnitt, eine Autorität unter Theologen, forderte Schnabel mit einem sanft maliziösen Lächeln auf, als zeitgemäßer »Lutherus redivivus« doch eine Kostprobe seiner in Arbeit befindlichen schwäbischen Neufassung der Heiligen Schrift zu geben. Der Dekan hatte gewiß Humor, wußte aber auch, daß Schnabel wegen seiner vulgären schwäbischen »Fassungen« einiger heiliger Texte vom Prälaten schon brüderlich ermahnt worden war, und es lag daher wohl insgeheim ein Gaudium in seiner Absicht. Er wußte, daß Schnabel, der in seiner Gradlinigkeit und Unbekümmertheit den Mund mehr auftat, als es für ihn gut war, nun gewiß einen Beitrag zur Heiterkeit liefern würde.

Schnabel nahm die Gelegenheit wahr und brach vorab eine Lanze für den Humor, der einem Christen gut anstünde. Das Lachen befreie auch von allem Sauertöpfischen und Verhockten. Dann las er als kleine Kostprobe seiner Bibeltexte die Begründung vor, »weshalb Gott die Welt unvollkommen erschuf und die verbleibende Aufgabe seinem Sohn Jesus übertrug«:

> Als Gottvater die Erde und alles erschaffen hatte und sah, daß es zwar gut, aber noch nicht so ganz vollständig war, wie er es eigentlich wollte, rief er in großer Erschöpfung seinen Sohn zu sich:

»Bua«, sagte er, »i bin ganz fertig, obwohl mei' Schöpfung no net ganz fertig ischt. Vielleicht hätt' i's na'kriegt, wenn mir der Malefizkerle von Luzifer net älleweil dreibäbbert hätt'. Mit seine vermaledeite Verbesserungsvorschläg' hat er mi so ufg'halte, daß i grad no 's Nötigschte han do' könne. ›Meh' Luxus und Komfort‹, hat er dauernd rumg'meckert. ›Mach doch die Berg' net so hoch, sonscht haglet se bloß runter; mach's Meer net so tief, sonscht versaufet z'viel; mach d' Mensche net gar soo domm, sonscht bringet se sich selber um; mach 'en Zaun um dein Garten Eden, sonscht saut ama schöne Tag Kreti und Pleti do nei und frißt en in ei'm Tag leer‹ – so hat mir der Teufelskerle zug'setzt. I geb' ja zu, daß mer manches no verbessere und weiter entwickle sot. Mer muß dene Leut vor allem no beibringe, wie se lebe sotet. Se hent zwar an gewisse Reschpekt vor mir, weil i mi' net sehe lass' und se doch immer wieder mit meinere Geißel pfitz, wenn se übermütig werdet. Aber dei' Idee von der Liebe halt' i für glorios und au' für's bescht' Mittel gege den Besserwisser von Luzifer. Em übrige sollet die Mensche no ebbes schaffe, wenn's 'ne net paßt. Aber 's nützt nix. Du muscht nunter und dene Leut' sage, daß i 's scho' recht mit ihne mein' und uf ihrer Seite bin. Aber du muscht se au Mores lehre und ihne ei' für allemal beibringe, daß du mei' rechtmäßiger Sohn bischt und daß i den Satanskerle Luzifer enterb'. Jawohl, enterbt wird der Kerle, enterbt!«

»Genug so«, schaltete sich Dekan Winkler mit entrüsteter Miene ein. Er blickte in die kopfschüttelnde Runde, stand auf, verließ ohne jeden Kommentar den Salon, und alle folgten seinem Beispiel. Nur einer, der Schnabel gut gesonnen war, zischte ihm leise zu: »Si tacuisses philosophus mansisses – Wenn du geschwiegen hättest, wärst du ein Philosoph geblieben.« Schnabel stand noch eine Weile schweißgebadet da, ehe er den Raum verließ und sofort abreiste.

»Vergess' das unflätige Zeug von dem erregten Menschen schnell«, sagte nachher Onkel Eberhard zu Remigius und fügte hinzu: »Merk' dir, vor dem heißen Blut eines erregten Menschen schützt man sich am besten, indem man weggeht.«

Remigius, der bei der Lesung von Schnabels »Schöpfungsgeschichte« verhalten gelacht und sich dabei mißbilligende Blicke zugezogen hatte, konnte diese Szene nie vergessen. Seine Sympathie galt Schnabel.

III

Wie Remigius vom Vater aufgeklärt
Seine erste Liebe dann erfährt

In der Obersekunda geriet er in eine immer stärker werdende Sehnsucht zu seiner Tanzstundendame, für die er heimlich Gedichte schrieb, sanft schmachtende Elegien, aus denen eine süße Verwirrung seiner Jünglingsseele sprach.

Helga Schink war eine siebzehnjährige, etwas frühreife Schülerin des Lyzeums, deren Figur die Phantasie der Tanzstundenjünglinge erhitzte. Sie selbst, die sich zwar den Hof von allen machen ließ, aber sich für Remigius als Tanzstundenpartner entschieden hatte, suchte das Elysium keineswegs in den Wolken. Ihre Sehnsüchte waren bodenständig. Aber seine Unerfahrenheit und seine hohe Meinung über die Gefühle der Liebe machten ihn befangen und linkisch.

Wenn er abends im Kurpark mit ihr auf der Bank saß und den Arm um ihre Schultern legte wie um etwas, von dem man schon Besitz ergriffen hat, so war er glücklich genug. Schmiegte sie ihren Kopf an seinen Hals und blickten sie gemeinsam zum Mond am Himmel, so schwärmte er: »Guck, dort obe möcht' i jetzt mit dir ganz allei' sei'...«

»Wieso dort obe? Mir sind doch do und niemand stört uns?«

»Ha scho', aber – «

»Was, aber?«

»Ach, des isch doch symbolisch – verschtehscht du des net?«

Nach einer Pause ein Seufzer: »Schad, die Symbolik läßt sich net streichle.«

So lief's ab, wobei Remigius sich glücklich fühlte und sich wie ein Eroberer vorkam, wenn er mit ihren Händen spielte und ihr immer wieder einen zarten Kuß gab. Natürlich spürte er die Spannung seines Körpers. Durch ein aufklärendes Buch, das ihm der Vater verschämt, so als sei es versehentlich liegen geblieben, in die Hände gespielt hatte, war er in schematischen Zeichnungen über Möglichkeiten der Liebe ins Bild gesetzt worden. Aber so etwas auf einer Bank? Zum erstenmal? Dieser große, heilige Augenblick – wie ein Dieb, heimlich, unter so unwürdigen Umständen? Das schien ihm unmöglich.

»Weißt du«, erklärte er ihr, »das wird einmal eine lange Feiernacht geben, wenn wir der Göttin Venus unsere ersten Opfer darbringen. Ich stelle mir das als einen Höhepunkt unseres Lebens vor.«

Das klang gut und wurde von Helga Schink mit großen Erwartungen angenommen.

Als viel früher denn erwartet der Stellungsbefehl zum Militärdienst eintraf und sich Abschiedsstimmung ausbreitete, beschlossen Remigius und Helga, ein Wochenende in Tübingen zu verbringen. Obwohl sie nicht davon redeten, waren sie doch gewiß, daß die eingeplante Übernachtung mit der ersehnten »Feiernacht« und den »Opfern an die Venus« der eigentliche Grund ihres Wochenendausfluges sein würde. Bei diesem schönen Unternehmen, dem sie mit einigem Herzklopfen entgegensahen, hatten sie in Tübingen allerdings in der Übernachtungsfrage insofern Pech, als alle Hotels und Gaststätten belegt waren, und sie nur noch in zwei voneinander abgelegenen Einzelzimmern im »Christlichen Hospiz« unterkommen konnten. Als Remigius über knarrende Dielen ins Zimmer seiner Liebsten schlich, schaute aus dem Zimmer daneben ein alter Herr aus der Türe und kaschierte seine Neugier mit der Frage: »Sind Se au no in der Abenda'dacht gwese?«

»Noi, die fängt jetzt erscht a'«, erwiderte Remigius keck und verschwand in Helgas Zimmer.

Als der alte Herr am anderen Morgen beim Frühstück zufällig am Tisch neben dem glücklichen Pärchen saß, konnte er sich nicht zurückhalten, den beiden ein Kompliment zu machen: »Also Donnerwetter, so jung wie Sie möcht' i au no amol sei! Jedesmal wenn i nachts aufgwacht bin, waret Sie lebendig und vergnügt. Ja, ja, mer hat's g'hört. Aber nix für ungut. I find's schöö, wenn junge Leut so vif sind.«

IV

Wie Remigius den Krieg mit Gottes Hilfe überlebt
Und dann an einem inneren Gelübde klebt

Als Remigius zum Militär einrückte, war er zunächst irgendwie erleichtert, dem Elternhaus als dem schönsten aller Gefängnisse entkommen zu sein. Aber bald wurde ihm klar, daß er in eine neue, gefährliche Unfreiheit wechselte, in die Kaserne und den Krieg, der mit »großen« Siegen begonnen und sich als kurzes gewaltiges Abenteuer eingeführt hatte.

Durch strengen militärischen Drill wurden aus schlaksigen Jünglingen Soldaten mit zackigem Auftreten und strammer Haltung. Soldaten mit »Lametta« oder Auszeichnungen hatten die besten Chancen bei den Mädchen. Wer gesund war, der wurde jetzt im zweiten Kriegsjahr Soldat.

Remigius tat sich mit dem »Soldatischen« schwer. Es lag ihm nicht, sich zackig und wie eine Marionette zu bewegen. Er besaß auch kein stimmliches Organ für Befehle und deren Wiederholung. Das wurde gleich am ersten Tage schon klar, als er sich in der Revierstube der 1. Kompanie, welcher er seiner Größe wegen zugeteilt wurde, zum Dienst meldete.

Ausgerüstet mit Mantel und Hut – es herrschte Regenwetter draußen –, schleppte er außer seinem schweren Koffer auch noch zwei Schachteln mit sich, in die ihm die besorgte Mutter und Tante Luisle allerlei Lebensmittel, so auch einen Zwetschgenkuchen und einen eigens gestrickten Pullover nebst allerlei

Nützlichem (Klopapier), eingepackt hatten. »Daß d' au älles hoscht, was d' brauchscht.«

Derart bepackt, schleppte er sich mehr, als er zu gehen vermochte, ins Dienstzimmer der Kompanie, wo der »Spieß« im Rang eines Hauptfeldwebels mit dem UvD, dem Unteroffizier vom Dienst, sich eben unterhielt.

Remigius stellte sein Gepäck ab, lüftete den Hut, seufzte auf und sagte dann, als wolle er sich an der Rezeption eines feinen Hotels anmelden, mit ausgesuchter Höflichkeit: »Darf ich mich anmelden. Ich bin der 1. Kompanie als Einrückender zugeteilt.«

Der Spieß, ein kleiner, drahtiger Mann mit dem schneidigen Gesicht eines Draufgängers, dem ein dickes Notizbuch aus dem Rockschlitz ragte, während die Brust des Uniformrocks mit dem silbernen Fallschirmjägerabzeichen, dem EK I und dem bronzenen Verwundetenabzeichen dekoriert war, stützte die Hände in die Hüften, wobei er die Daumen ins Koppel hakte, und fixierte ihn zunächst wortlos mit durchdringendem Blick und allmählich aufkommendem spöttischen Lächeln. Dann sagte er so diskret wie ein Beichtvater: »Guck an, guck an, was sich da zu'n Soldaten meldet!« Und als ob er es wüßte: »Links zwei Schachteln mit Kuchen und Jestricktem von Tante Frieda, rechts 'nen Koffa mit warmen Sachen von Mutti... humpelt, hinkt daher un' will zur 1. Kompanie. Un' sacht noch nich' mal sein' Namen.« Und urplötzlich explodierte seine Stimme: »Wie heißen Sie? Wo kommen Sie her, Sie hinkende Sau? Sie Mischung aus einem Gänseblümchen und einer krummgefickten Begonie!«

Remigius lag erst ein Lachen nahe, denn so etwa hatte man ihm den Typ eines Feldwebels geschildert: laut und voll unerschöpflichem Unflat im Mund. Aber er besann sich sogleich eines anderen. Um dem nächsten Anschiß zuvorzukommen, knallte er die Hacken zusammen, was bei seinen Halbschuhen bescheiden klang, nahm Haltung an und sagte: »Remigius Lindwasser aus Stuttgart meldet sich zur 1. Kompanie.«

Jetzt ließ der Spieß tatsächlich erst einmal Luft ab und spöttelte mit normaler Stimme, was nahezu väterlich klang: »Also, dat Se Chemigenuß oder so wat mit Vornamen heeßen, interessiert uns nich'. Aber Windlasser – nee, ob dat man jut jeht? Dat is viel zu vornehm für so'n jungen Furzer.« Und plötzlich hatte er sich wieder aufgepumpt und brüllte: »Schütze Windlasser meldet sich bei der 1. Kompanie zum Dienst – muß das heißen!«

»Aber ich heiße Lindwasser, Herr Feldwebel«, bemühte sich Remigius verzweifelt.

»Dann schreien Se Ihre Meldung mit'm richtjen Namen so lange, bis et jeder verstanden hat, klar?«

»Jawohl«, versicherte Remigius.

Da brüllte der UvD: »›Jawoll Herr Hauptfeldwebel‹, hat das zu heißen.«

Nun begann Remigius in minutenlangen Wiederholungen zu rufen, zu schreien, zu brüllen, so gut er es konnte: »Schütze Lindwasser aus Stuttgart meldet sich zum Dienst...«

Das einzige Wort, das der Spieß jedesmal mit noch stärkerer Stimme brüllte, hieß: »Lauter«.

Wäre nicht plötzlich der Kompaniechef, Hauptmann Bürstenfeld, aufgetaucht, so würde Remigius wohl bis zum Kriegsende die Tonstärke seiner Meldung geübt haben. So aber salutierten der Spieß und der UvD in strammer Haltung, und der Chef, ein baumlanger, hagerer Mann mit scharfkantigem Asketengesicht und Adlerblick, frage jovial: »Sorjen, Hauptfeldwebel?«

»Danke, Herr Hauptmann, bringe dem ungehobelten langen Kerl da aus Stuttgart eben mal lautes Beten bei.«

Der Hauptmann unterdrückte ein Grinsen, was ihm nur teilweise gelang, musterte Remigius kurz mit abschätzendem Blick, sagte »jut so« und ging weiter, um nach einigen Schritten den Spieß zu sich zu winken. Vertraulich leise, aber doch hörbar, rügte er sanft: »Schon jut, Spieß. Sollten sich aba bei Rekruten am Anfang jepfleechter ausdrücken. War mal in Stuttgart. Jibt dort ooch gebildete Menschen. Verstanden?«

Im Stile dieses »Empfangs« ging es während der ganzen Ausbildungszeit weiter. Aber als die Kompanie im Spätsommer

1941 in die Ukraine transportiert und dort an die Front geworfen wurde, begann sich ein kameradschaftlicher Umgang zwischen den Offizieren, Unteroffizieren und der Mannschaft zu entwickeln. Die Einheit wurde zu einer Gemeinschaft auf Gedeih und Verderb. Die Spötteleien, die Remigius, wenn er in seinem Neuen Testament las, über sich ergehen lassen mußte, ließen etwas nach. Einige rohe Typen nannten ihn wegen seiner religiösen Einstellung »Gottesgrenadier« oder »Seelenwärmer«. Er überging das und gab sich Mühe, durch aufmerksame Hilfsbereitschaft die Kameraden zu überzeugen. Es begann nun ohnehin eine Zeit, in der auch Ungeübte wieder das Beten lernten. Tagtäglich wurden sie – gläubig oder nichtgläubig – in Zeltbahnen und auf Bahren aus dem Donner und Getöse der Schlacht zum Verbandsplatz geschleppt, und sie schrien voll Schmerz und Einsamkeit vor dem Sterben nach ihrer Mutter, ihrer Frau und häufig nach Gott. »Gott mit uns« stand auf dem Koppelschloß, und »Gott sei mit dir« trösteten die Feldgeistlichen am Sterbelager.

In sein Tagebuch schrieb Remigius: »Und es geht weiter durch Sonnenblumenfelder, über kahle Steppen, durch Reste von Dörfern – immer weiter nach Osten... Es zittern die morschen Knochen – wir liegen ständig vor Madagaskar, die Pest in den Knochen – eingeschliffene Lieder auf gesprungenen Lippen, Mitgift vergewaltigter Kasernenmuse. Ratsch bumm – wieder sind Kameraden gefallen, aber wir werden weitermarschieren, wenn alles in Scherben fällt, denn ›Infanterie du alleine, du allein sollst unsre Freude sein‹... ohne Rücksicht auf Verluste nach Taganrog, nach Rostow an den Don –

O Taganrog mit dem Felsenfuß im Asowmeer...
Vom Hügel träumen tausend Fensteraugen
Über grünblaues Wasser hinweg
Zum Kuban hinüber
Und ins grusinische Paradies...
Leichte Brise haucht von dort
Mit dem fremden Ruch östlicher Ferne
Sehnsucht ins Geäder deiner Straßen,

Über die verstaubte Knobelbecher knarren...
Alleen lang, vorbei an Sodawasser-Ständen,
Gassen und Lehmschmutz, hinab zum Hafen...
O Ferne, die du hier vor Anker liegst,
Deine Schiffe bringen Welten –
Rassige Tscherkessenmädchen, unverzollt,
Wein und tätowierte Seemannshaut,
Fisch- und Teergeruch, Mongolenmoschus –
Sammelsurium eurasicum...
Wilde Augen, schräggestellt,
Schleudern Dolche auf die graue Uniform...
Eine Fremde von der Wildheit eines Panthers
Springt dich an. Ihre Riesentatzen –
Fürchterliche Fernen –
Reißen Wunden tiefer Angst ins Herz...
O Taganrog – des Sommers und des Sieges Endstation.
In deinen Häusern hocken müde Landser
Mit den Babuschkas am Herd
Und spucken schweigend Spelzen
Von Sonnenblumenkernen auf den Boden...
Von Sambek her Kanonendonner –
O Taganrog...«

Diese Tagebuchskizze wird durch ein »Bild« ergänzt, mit dem er die religiöse Situation auf beiden Seiten festhält:

»Kirche vom Heiligen Chrysostomos –
Zwiebeltürmig,
Wie mit gichtknotigen Fingern
Hält sie den Klingelbeutel der Zeit
Und sammelt geduldig
Kopekengebete aus frommherziger Brust...
So alt, so zerschlissen
Wie die Gestalt des Bettlers am Eingang
Die Fenster, die Türen –
Ein Schild: Eintritt für Wehrmacht verboten.
Kirche vom Heiligen Chrysostomos –

Drinnen Friede
Und Raum für ein Opfer der Stimme,
Wohlgefällig dem lärmtauben Ohr.
Aber wie lange noch?
Aus der Steppe, von Morgen her,
Lecken die Flammen der Lästerung
Nach dem Gold der Ikonen,
Und vom Donner der Kanonen
Hängen an den Wänden schon die Kreuze schief...
Wer glaubt noch?
Graubärte, Runengesichter
Zittern mit spröden Lippen
Das trockene Lied aller Not,
Falten dürre Hände um der letzten Bitte kleinen Raum...
Flackernde Hindenburglichter –
Erlittenes Leben, geschundener Leib
Kennen keine Weisheit als die des Gebets...
Heimlich und nachts tappen auch Knobelbecher
Die Stufen zum Eingang empor.
Der Bettler zuckt mit der Hand –
Ein Schild – Eintritt für Wehrmacht verboten –
Seufzer, Tränen in der Nacht:
Heiliger Chrysostomos bitte für uns...«

Vor dem Gefecht in Dreck und Schweiß und mit staubigem Gesicht ab und zu ein Lachen aus innerer Verzweiflung – Galgenhumor vor dem Angriff. Bangigkeit, die keiner zugibt, führt zu einem exaltierten Wettstreit: Wer findet die originellste Grabinschrift? »Eigentlich wär' ich lieber daheim«, sagt einer mit einfachem Gemüt.

»Laßt mich endlich liegen«, wünscht sich ein anderer in seiner Erschöpfung.

Jörg Schievelbein, der Spaßmacher vom Dienst, erfindet für sich den Vers:

»Hier verduftete Jörg Schievelbein –
Er hatte keinen Urlaubsschein.«

Wiederum ein anderer, Optiker im Zivilberuf, schlug vor: »Jetzt blick' ich wirklich nicht mehr durch.«

Der Unteroffizier sagte kurz: »Das wär's.«

Der Obergefreite, ein Geschäftsmann aus Oberbayern, formte gar einen deftigen Vierzeiler als Epitaph:

»Ich schoß manch' kapitalen Bock,
Griff mancher Schönen untern Rock.
Hier fand das alles jäh sein End' –
Himmelherrgottsakrament!«

Zu jener Zeit, kurz vor dem Wintereinbruch 1941, lag die Kompanie in einem halbzerschossenen Dorf, einer ehemals von deutschen Auswanderern gegründeten Siedlung, in Wartestellung. Sie hatten es sich noch nicht lange in einem erhalten gebliebenen Haus ein wenig gemütlich gemacht, als die Russen das Dorf mit Trommelfeuer aus ihren Stalinorgeln belegten. Blitzschnell warfen sich alle gottergeben flach auf den Stubenboden, als der Geschoßhagel wie eine dichte Salve vor dem Haus einschlug. Granatsplitter schwirrten durch die Fenster und das Mauerwerk, Steine und Mörtel flogen durch die Luft, und Remigius spürte plötzlich einen dumpfen Schlag in den Rippen. Eine Weile blieb ihm die Luft weg. Aber er merkte bald, daß er nicht blutete und nicht von einem Granatsplitter, sondern von einem Mauerstein getroffen war, den ein Geschoß aus der Mauer gerissen und auf ihn geschleudert hatte. Später äußerte der Sanitäter den Verdacht auf eine Rippenprellung. Es tat weh, lange noch danach, aber der Mauerstein hatte ihm wohl das Leben gerettet, da das Geschoß an ihm abgeprallt war. In diesen Stein war etwas eingemeißelt: Kolosser 3,12 konnte er entziffern. In seinem Neuen Testament las er die angegebene Textstelle nach: »So ziehet nun an als Auserwählte Gottes, als Heilige und Geliebte, herzliches Erbarmen, Freundlichkeit, Demut, Sanftmut, Geduld.«

Während die meisten seiner Kameraden das Glück ihres Überlebens nur mit »Schwein gehabt« kommentierten, erkannte Remigius in seiner Rettung durch diesen von einem Bibelwort geheiligten Stein in tiefer Dankbarkeit ein göttliches Zeichen.

Und darum gelobte er, ein Diener Gottes zu werden, wenn er das Inferno des Krieges überleben würde. Um diesen hohen Entschluß zu bezeugen, suchte er einige Tage später den Feldgeistlichen auf. Es war Pfarrer Weiß, ein Reutlinger, der als »Pope vom Dienst« apostrophiert wurde. Er hörte sich das Gelöbnis von Remigius an, äußerte sich aber skeptisch: »Es werden viele Versprechungen vor Gott in diesem Krieg gemacht, und wenn man näher und tiefer forscht, sind es oft nur Tauschangebote: Wenn Du mich heil heimkommen läßt, lieber Gott, dann tu' ich wer-weiß-nicht-was Dir zur Ehre. Geh in dich, Kamerad, und laß erst noch ein wenig Dampf ab, dann wird sich's zeigen, ob dein Entschluß wirklich über das Kriegsende hinaus tragbar ist.«

Remigius, im Hochgefühl einer so lebenswichtigen Entscheidung, war enttäuscht, fast gekränkt. Zynische Greise, die er unter seinen Lehrern erlebt hatte, und Geistliche mit solch giftiger Gedankenschärfe und Zweifeln schienen ihm die widerwärtigsten Erscheinungen des männlichen Geschlechts zu sein. Als aber Pfarrer Weiß ihm eine Woche später ein Losungsbüchlein schenkte, schämte sich Remigius für seine Bedenken, denn der Feldgeistliche hatte ihm als Widmung den Vers eingetragen:

»Werde gewiß.
Nur ein frommes Herz
Löst die Chiffren der Zeit
Und das Siegel der Stunden.«

Pfarrer Weiß kam später, wie Remigius noch hörte, zur 6. Armee nach Stalingrad, wo er starb.

Nach vielen Abenteuern bei der kämpfenden Infanterie erkrankte Remigius im Frühsommer 1942 an Diphtherie, kam wegen eines Herzmuskelschadens in ein Heimatlazarett und schließlich zum Studium der Medizin, dem für Soldaten einzig möglichen während des Krieges, nach Tübingen. Nach dem Physikum im Sommer 1944 wurde er wieder zum Fronteinsatz nach Frankreich geschickt. Dort geriet er in Gefangenschaft, aus der er 1947 nach Stuttgart heimkehrte.

Die Abenteuer des Blauen Esels

Viel erdulden, nicht verfechten,
Unrecht leiden und nicht rechten,
Wenig haben, aber geben,
Selber fallen, andre heben,
Steht bei Eselmenschen im Brevier.
Wer's vermag, der folge mir.

Bubasto, der 5001. im Geschlecht der Esel

Am Sauerbrunnen

Das »Ende mit Schrecken«, das dem Krieg, dem »Schrecken ohne Ende«, folgte, lag drei Jahre zurück, als Remigius an einem warmen Abend Anfang Juli 1948 auf einer Bank am Sauerbrunnen in den Kuranlagen in Bad Cannstatt saß. Er war eine Stunde vor der Verabredung mit seiner Freundin Helga Schink hier eingetroffen, um sich innerlich für die vorgesehene Aussprache mit ihr zu sammeln, denn er wollte diese Verbindung lösen.

Er war entschlossen, einen neuen Anfang in seinem Leben zu machen. Der Krieg hatte ihn als Jüngling verschlungen und am Ende, nach einer letzten Pein der Gefangenschaft, wie einen Fremdkörper ausgespien, und er befand sich seit seiner Heimkehr vor einem Jahr in einem fieberähnlichen Zustand. Die Wirklichkeit der Vergangenheit schien ihm wie der Traum einer bösen Krankheit, aus dem heraus er nun in einen neuen Traum gestürzt wurde. Er fühlte sich wie Glas zersplittert, und seine Gedanken schossen noch in verschiedene Richtungen. Seine früheren Lebensentwürfe und Vorstellungen waren ebenso wie die Häuser in der Heimatstadt zerstört.

Das Leben hatte sich nach dem Kriegsende völlig verändert. Er fand keine Anknüpfungspunkte mehr zum Gestern. Die Menschen teilten und teilten sich mit in der allgegenwärtigen Not. Man gab und gab sich wie selbstverständlich hin. Man pflanzte wieder und pflanzte sich fort. Liebe und Sehnsucht suchten nach neuen Formen. Die Kollektive, die bislang gewohnten und ebenso heilsamen wie unheilvollen, waren zerstört. Der sogenannte Wiederaufbau erlaubte vorerst nur vier bescheidene Wände um einen kargen Alltag mit bröckelndem Mauerwerk aus unsicheren Gefühlen und ein poröses Dach aus reduzierten Wünschen. Aber es gab nach der Währungsreform auch erstaunlich viele Menschen, die das Unglück nicht lähmte, sondern ihre Hände flink und den Erwerbssinn munter machte. Ihn hatte der Krieg gebeutelt und in diese chaotische Nachkriegswelt entlassen. Das Haus, in dem sie wohnten, war 1944 von Bomben zerstört worden. Außer einem Koffer, einer Tasche mit Papieren und ein paar persönlichen Habseligkeiten hatte die Mutter nichts in den rettenden Stollen mitnehmen können, und der Schmerz um den Verlust allen Mobiliars und vor allem der Wohnung selbst, mit der man in vielen Jahren so verbunden war, konnte nur durch die Dankbarkeit, mit dem Leben davongekommen zu sein, aufgewogen werden. Und nun war ihnen das wenige an Erspartem auf der Bank durch die Währungsreform auch noch genommen.

Es war bloß gut, daß der so besorgte Vater die Ausbombung und jetzt den Verlust des sauer Ersparten nicht mehr erleben mußte. Er war 1943 an Lungenkrebs gestorben. Die Mutter hatte nach alldem und den ständigen Sorgen um ihn schon graue Haare bekommen und ertrug die bedrückenden Umstände mit ihrer ohnehin schon geübten religiösen Gottergebenheit. Sie wohnten seit der Zerstörung ihrer Wohnung in einem Souterrain, teilten sich dort zwei Wohnräume mit kleinen Fenstern und einer Behelfsküche, in der sie sich auch waschen mußten. Onkel August und Onkel Eberhard hatten sich von einigen bescheidenen Möbeln, so einem Bett für die Mutter und einem Sofa für ihn als Liegestatt, getrennt und waren auch um gelegentliche Beschaffung von Lebensmitteln auf dem Lande besorgt. Die bescheidene Rente, die seine Mutter seit dem Tod des Vaters erhielt, reichte nur für ein Dasein mit großen Einschränkungen. Da war es mehr als eine barmherzige und segensreiche Tat, als ihm kürzlich ein wohlhabend gebliebener Schulfreund einen noch neuwertigen, blaugrauen Anzug schenkte, der wie angegossen paßte.

»Du kannst doch nicht ewig in deiner auf Zivil umgeschneiderten grauen Uniform daherkommen«, hatte er ihm erklärt und ihn mit dem Anzug, Hemden, Krawatten und Unterwäsche ausstaffiert. Das war so aufrichtig von dem Freund gemeint, daß er sich nicht schämte, dieses Geschenk anzunehmen, das ihn – geradezu hochstaplerisch – im Hinblick auf seine Armut in einen gutgekleideten jungen Herrn verwandelte.

Nun war er buchstäblich zu den Quellen zurückgekehrt, deren »Sauerwasser«, wie die Cannstatter ihr üppig sprudelndes Mineralwasser nennen, ihn jetzt so erfrischte wie einst, als er während der Gymnasialzeit in der großen Pause mit den Klassenkameraden immer hierher spaziert war, erst den trockenen Mund gespült und danach aus der hohlen Hand von dem angenehm säuerlich schmeckenden Wasser getrunken hatte. Wie damals schon, war auch heute sein Magen leer. Und wie damals befand er sich in einem nervösen Zustand. Die Gedanken und Bilder seiner Vorstellungen wechselten rasch. Die Psychiater nennen diesen seelischen Zustand »hypomanisch«. Das war er jetzt gewiß, denn er spürte seine Hochtourigkeit. Er war und blieb ein Wasserschlucker, ein Sauerschlucker mit der vagen Hoffnung, sich durch das Mineralwasser gesund und ruhig zu schlucken. Es war sicher gesund, dieses Cannstatter »Sauerwasser«. Die Leute holten es seit eh und je in großen Flaschen und Milchkannen als Elixier für ihren Stoffwechsel. Aber was den Stoffwechsel anbetraf, so hatte er damit keine Not. Er glich zu dieser Zeit einer dürren Bohnenstange, denn das wenige, das er in dieser Hungerszeit zu sich nehmen konnte, verließ ihn rascher, als ihm lieb war.

Er las eben die Werke von Johann Kaspar Lavater, dem berühmten Autor der »Physiognomischen Fragmente«, und das paßte so richtig für seine Selbstbetrachtung. Er fand, daß er diesem sympathischen Mann aus der Goethezeit in Gestalt und Physiognomie und damit auch in der Wesensart sehr ähnlich war. »Sanfte Gesichtszüge« – das traf auf ihn zu, und er war froh darum, daß der Krieg ihn zwar melancholisch, aber nicht hart in Aussehen und Wesen gemacht hatte.

»Das Lachen«, so las er in Lavaters Eigenbeschreibung, »ist eine gemeine Bewegung der Lippen; doch das Lächeln seiner Seele entlocken ernsthaftere Dinge eher. Seine Blutmischung macht seine Einbildungskraft feurig und wild und läßt ihn selten aufs Mittelmäßige fallen. Seine auf allzuviele Gegenstände zielende Wissensbegierde beweist, daß er ziemlich flüchtig ist.« – In der Tat war dies auch eine Schwäche von ihm, daß er sich mit der Vielseitigkeit seiner Interessiertheit allzusehr verzettelte. Hier war er das Gegenteil eines Gelehrten, der sein ganzes Leben dem Studium eines einzigen Gegenstandes widmen konnte.

»Sein menschenliebendes Herz ist mehr eine Geburt der Natur als der Tugend.«

Auch das traf wohl auf ihn zu, denn er war davon überzeugt, daß die meisten guten Taten liebender Menschen, zu denen er sich zählte, eher einer angeborenen Veranlagung als den Lehren der Tugend zugeschrieben werden mußten. Zum Pfarrer war man wohl eher geboren als »hingezogen«, und auch zum Bösewicht mußte man begabt sein.

»Liebt er, so liebt er feurig – lange kann er nicht hassen.« Genau so war es mit ihm.

»Seine Freigebigkeit mag eher Leichtsinn als Tugend sein.« Gewiß. Er war, soweit es seine Umstände erlaubten, großzügig aus leichtem Sinn. Da war Helga, auf die er wartete, anders. Auf sie mochte zutreffen, was die Psychologen von den Geizigen behaupteten: Sie litt unter Verstopfung, weil sie nichts von sich geben konnte. Den besten Beweis lieferte die gerade eben erfolgte Währungsreform. Helga hatte sich in den Kopf gesetzt, die neuen Zwanzigmarkscheine des Handgeldes, das jeder registrierte Bürger als Startgeld erhielt, zur Erinnerung in ihrer Schatulle aufzubewahren. So legte sie die Deutsche Mark, dieses neugeborene Dollarkind, in ein Kästchen, dessen Schlüssel sie ständig bei sich trug.

Er dagegen war mit ihr zum Essen und einem Viertele Trollinger ausgegangen, ganz im Glück darüber, daß er sie einmal ausführen und so richtig mit ihr schmausen konnte. Insgeheim hatte er freilich gehofft, daß sie seinem Beispiel folgen würde. Aber seinen phantasiereichen Vorstellungen stand ihr realer, diesseitig verankerter Sinn entgegen. In den Augen von Helga Schink war er ein »netter Phantast«, der ohne eine Frau, die mit beiden Füßen auf der Erde steht, einem Fiasko entgegenginge. Und ihrer Meinung nach war sie diese Frau, die seine Phantasie und seine Phantastereien an die Leine nehmen würde, was sie mit einprägsamen Sprüchen, die sie von ihrem Vater übernahm, bereits schon immer versucht hatte.

»Wer sich net will nach em Pfennig bucke,
Der ka' nachher au kei' Mark verschlucke«,

war ein noch harmloser, trivialer Spruch. Angewidert wurde er aber von dem protzigen Wahlspruch der Schinks: »Wer zahlt, bestimmt.«

So würde es also mit ihm, dem Mittellosen, einmal aussehen. Nein, in diese Umgebung paßte er nicht, und darum beschloß er, heute abend Schluß mit ihr zu machen.

Von der Martin-Luther-Kirche schlug es acht Uhr. Jetzt müßte sie jeden Augenblick kommen. Aber es spazierten nur zwei ältere Herren daher und setzten sich auf die Bank neben ihn. »Schrecklich mit dere Jugend heut«, räsonierte der eine. »Mer merkt halt, daß die Väter im Krieg waret.«

Der andere: »Ganz richtig, Herr Schnadderbeck, schöö wie Sie des saget.«

»Ha ja, 's isch doch wahr«, fuhr der Bruddler fort, »daß dreimol zwölf sechsedreißig isch, des wisset se net, die Kerle, aber daß zwanz'g Weiber vierzig Duttle hent, des isch dene Kerle geläufig.«

Der andere lachte: »So isch's, wie Sie saget.«

Der Bruddler neigte sich zu seinem Nachbarn und sagte halblaut hinter vorgehaltener Hand: »So riskante Sache kann i bloß jetzt no sage, bevor mei' Carabella aus em Hallebad kommt. Wisset Se, die isch so streng ufgwachse, daß se ihr Lebtag kei' Kunschtausstellung bsucht hat – wege dene nackete Kerle und Weiber, die mer da a'gucke muß.«

Der andere: »Ganz richtig – äh, i will sage so, so, Herr Schnadderbeck.«

Der Bruddler: »Wisset Se, der Vater von meiner Teure war nämlich Braumeischter beim Hofbräu, und der hat uns oft erzählt, wie streng mer früher in Schtuegert glebt hat. Narr, die hent am Samschtig kei' Brauetse a'setze dürfe, weil des Bier sonscht am Sonntich gärt hett, und am Sonntich hat nix, aber au gar nix schaffe dürfe. Am Sonntich, do waret älle Theater gschlosse und jede Musik verbote. Und jetzt gucket Se bloß, was mer heut aus em Tag des Herrn macht! Tschääs-Musik vo' morgens bis en d' Nacht nei. Des hen mer von de Ami!«

»Sehr richtig, Herr Schnadderbeck! Des hen mir von dene Amerikaner. Mei' Martha hat Fünfevierzig, wie d' Franzose ei'marschiert sind, glei' gsagt: 's isch höchschte Zeit, daß d' Franzose kommet, weil die hent wenigschtens Kultur und bombet net wie die wilde Kerle aus Texas unsere schöne Städt' zamme.«

Plötzlich erhebt sich der Bruddler, und auch der andere springt auf. Eine wuchtige Matrone kommt auf sie zu. Der Bruddler mit einschmeichelnder Stimme: »Ei, ei, guck her. Mei' Carabella kommt wie d' Venus aus em Schprudelbad! Jetzt han i aber a Fraule, wo sich gwasche hat.«

»O Ma', schwätz doch net so a'züglichs Zeug«, unterbrach ihn Carabella, »nehm' mir lieber mei' schwere Tasch' ab. Könnteschtt zu dei'm abg'schaffte Weib, wo dir deine g'schprenkelte Unterhösle wäscht, scho' a bißle galanter sei'.«

»Ja isch des nix, wenn i seit 'ere halbe Stund uf der harte Bank uf di' wart?« raunzte der Bruddler und nahm ihr die Riesentasche ab. Dann gingen sie weg.

Inzwischen war eine Viertelstunde vergangen, und Helga Schink ließ immer noch auf sich warten. Remigius verfiel nun wieder ins Grübeln. Die Beendigung seiner Liaison mit Helga Schink schmerzte ihn doch mehr, als er sich eingestehen wollte. Auch wenn man sich von einem Menschen trennt, der nicht so recht zu einem paßt, so verliert man dennoch etwas, dachte er. Ich trenne mich zumindest von einer langgehegten Vorstellung vom Glück.

Als Erzähler vermute ich, daß sowohl seiner wie auch ihrer Zuneigung jene paar »Herzbrösamle« fehlten, auf die es bei der Liebe zueinander ankommt. Auch störte es Remigius, wenn sie gleich »danach« eine Zigarette anzündete und von ihren Brüdern und dem Geschäft zu Hause erzählte, als sei nichts gewesen.

Er dachte schließlich: Wenn sie jetzt nicht käme, wär's leichter für mich. Ich werde ihr dann schreiben, das ist angenehmer, als vom Abschied sprechen, wenn man sich körperlich nahe ist, wenn man sich anblicken und zur eigenen Bedrückung auch noch das Gekränktsein und den Schmerz des anderen aushalten muß.

Um seinem einmal gefaßten Entschluß nicht doch noch untreu zu werden, dachte er jetzt mehr an das Trennende, an den Spott etwa, mit dem sie ihm zusetzte, als er ihr darlegte, er müsse sich an sein inneres Gelübde im Krieg erinnern und wolle nun Theologie studieren, um Pfarrer zu werden.

»Also mich kriegscht net für Bibelstunde und Kaffeekränzle mit alte Weiber«, hatte sie ihm kurz und bündig erklärt. »Des isch net mei' Sach', dauernd der Esel für andere sei', do muscht dir scho so a Käterliesele suche, wo mit dir uf a Baurekaf naushockt und zwische Bimmle und Bete und 's ewig Lamento a'höre bloß häkelt und strickt für de Bazar. Noi, noi, des sotscht dir scho' überlege, ob du in so a alt's Pfarrhaus mit Kanoneöfele und Trockeklo neihocksch', wo mir hier von meine Leut' amol so a schön's Haus erbet. Und überhaupt: Mer könnt' grad meine, du hättsch no keine sechs Semeschter Medizin studiert! Isch denn a Dokter net au einer, wo de Leut' hilft? Noi, noi, dei' Onkel Auguscht hat recht, wenn er spöttelt, daß du in en bigotte Parsifalkomplex verfalle seischt und dein Verstand verlore hättscht.«

Er spürte den Affekt, mit dem Helga ihm dauernd die Leviten las, jetzt geradezu körperlich. Es gruselte ihm beim Gedanken, sie würde jetzt kommen und so auf ihn eindreschen. Aber als es halb neun vom Kirchturm schlug und sie immer noch nicht da war, begann er zu ahnen, daß sie wohl aus dem gleichen Gefühl heraus wie er dieser Aussprache, um die er gebeten hatte, aus dem Weg ginge. Und eigentlich tat sie ihm jetzt leid, wenn er ihre Position gegenüber ihrer Familie bedachte. Da war sie mit einem Medizinstudenten liiert, der zwar aus keiner vermögenden, aber doch anständigen Familie stammte, der es mit seinem Studium immerhin schon zum »cand. med.« gebracht hatte, was die Aussicht eröffnete, daß sie einmal die Frau eines Arztes werden würde. Und die Familie hatte sich bereit erklärt, im Falle einer Verlobung für die Finanzierung des restlichen Studiums aufzukommen, zumindest ein zinsloses Darlehen zu gewähren, das im Falle einer Heirat getilgt sein würde. Eingefleischte Geschäftsleute denken halt so realistisch.

Und nun machte er eine so gewaltige Kehrtwendung, weg von der Medizin, nur um eines in Bedrängnis abgelegten Gelübdes wegen Pfarrer zu werden. Das war doch begreiflicherweise in den Augen nüchtern denkender Menschen eine verrückte Eselei. Da änderte auch die von ihm erzählte Geschichte mit seiner wundersamen Errettung in dem ukrainischen Bauernhaus nichts, als er im Trommelfeuer lag und ihn ein Mauerstein mit eingemeißeltem Bibelspruch vor dem Tod bewahrte.

Aber sollte er seiner inneren Überzeugung wegen äußerer Vernunftgründe untreu werden und nun wie die meisten Menschen den Weg des Bequemen gehen, der mit rationalen Gründen gepflastert war? Blieb er sich und Gott nicht den Kern seines Wesens schuldig, wenn er sein Gelöbnis jetzt einfach für ungültig erklärte und mit Vernünftelei bemäntelte?

In Gedanken schrieb er einen Abschiedsbrief und begründete darin seinen Standpunkt: »Wenn weiterhin auf dieser Welt das Holz auf dem Wasser schwimmen soll und Tisch und Stuhl ihr Gewicht behalten und fest auf dem Boden stehen sollen, so muß es auch Menschen geben, die es ernst mit sich und ihren Versprechen meinen. Ich mag nicht an der sich ausbreitenden egozentrischen Glücksgefräßigkeit teilnehmen. Ich will meinen Weg aus eigener Kraft gehen und scheue mich daher nicht, den seit einigen Tagen angenommenen Job als Hausierer mit Bohnerwachs auszuüben, um mir Geld für das Studium zu verdienen. Aber da ich von Dir nicht erwarten kann, daß Du mir auf einem so entsagungsreichen und abenteuerlichen Weg folgst, so bitte ich Dich, mich freizugeben, wie auch ich Dich vom Gelöbnis unseres Zusammenseins entbinde. Ich möchte Dir in gutem Gedenken verbunden bleiben und wünsche Dir von Herzen viel Glück, vor allem, daß Du eines Tages den geeigneten Mann finden wirst.«

So würde er ihr heute abend noch schreiben.

Er fühlte sich jetzt von seiner Bedrückung befreit, ging zum Brunnen, wusch seine Hände und schlürfte dann das köstlich erfrischende Sauerwasser. Als er nach Hause schlenderte, pfiff er leise Beethovens Melodie zu Schillers Ode »An die Freude« vor sich hin.

Erobert die Böden Stuttgarts!

Helga Schink war das eine Problem. Er löste es, indem er sich von ihr löste. Der Brief, den er in Gedanken schon mit so guten Formulierungen konzipiert hatte, schrieb sich anderentags dann doch viel schwerer als gedacht. Er saß bis tief in die Nacht daran, und die besorgte Mutter, vor der er verbarg, an wen und was er schrieb, um sie nicht in Unruhe zu versetzen, erinnerte ihn gegen Mitternacht an die Notwendigkeit zu schlafen, um nicht die Gesundheit vollends zu ruinieren. Aber seine Gedanken schweiften immer wieder über den Inhalt des Briefes hinaus. Er dachte an die weit größeren Entscheidungen, die noch vor ihm lagen. Welchen Beruf sollte er künftig ausüben? Was wäre in dieser Situation wohl am besten für ihn? Seine eigenen bescheidenen Ersparnisse und ebenso die seiner Mutter waren durch die Währungsreform entwertet. Er dachte unter anderem auch daran, nach Kanada auszuwandern, wo es mehr Zukunft gab, wie ihm ein Klassenkamerad vorgeschwärmt hatte. Ach, es war ein schreckliches Durcheinander in ihm, und als er seinen Brief an Helga Schink beendet hatte, machte er seinem Herzen

Luft in einem langen Brief an seinen Pfarrer-Onkel Eberhard, mit dem ihn am meisten Vertrauen verband.

Das Medizinstudium hatte er, um das Ersparte noch so gut wie möglich zu nützen, ehe die schon vorangekündigte Währungsreform kam, in Tübingen zunächst bis zum sechsten Semester fortgesetzt. Doktor-Onkel August war dabei die treibende Kraft. Aber Remigius ahnte, daß er nicht mehr zum Theologiestudium finden werde, wenn er erst einmal in einem Gewaltakt allen gewichtigen Umständen zum Trotz das Medizinstudium durchgezogen haben würde. Der umgekehrte Weg – erst Theologie, dann Medizin – wäre besser, das eröffnete ihm dann die erwünschte Möglichkeit, seinem großen Vorbild Albert Schweitzer zu folgen.

Die jetzige Zwangspause, die er dazu nutzen mußte, Geld zu verdienen, gab ihm Gelegenheit, sich zu einer Entscheidung durchzuringen. So hatte er noch ein wenig Aufschub für die Lösung dieser für ihn so wichtigen Entscheidung.

Unterdessen hatte er sich beim Stuttgarter Studentenbüro »Quick« schon manchen kurzen Job vermitteln lassen, vom Teppichklopfen, Be- und Entladen von Lastwagen bis zum Holzspalten und der Hilfe bei Umzügen. Schwere, anstrengende Arbeiten, die mit zwei bis drei Mark in der Stunde gering entlohnt wurden. Aber wer hatte jetzt schon Geld?

Da war es gewiß ein Fortschritt, als sein ehemaliger Klassenkamerad Langhans ihn auf ein Zeitungsinserat aufmerksam machte, das eine leichtere Arbeit und mehr Verdienstmöglichkeit versprach.

Wollen Sie mit 20 Prozent am Wiederaufbau
beteiligt sein?
Jäger aus echtem Schrot und Korn
für Jagd auf DM gesucht.
Auch Treiber beiderlei Geschlechts angenehm.

Das wirkte zwar aufgeblasen, weckte aber seine Neugier. Und so war er zum angegebenen Treffpunkt in der Champigny-Gaststätte gegangen. Im Nebenzimmer gesellte er sich unter ein gutes Dutzend ärmlich aussehender, meist junger Leute, vorwiegend Studenten wie er, darunter auch zwei Studentinnen. Sie lauschten dem Herrn »Verkaufsmanager« vom »Spiegella-Konzern«, zu dem sich, wie man nach und nach erfuhr, mehrere kleine chemische Fabriken hochstilisiert hatten. Das Produkt, das – »einzig auf dem Markt« – vertrieben werden sollte, war ein neues Bohnerwachs zur Fußbodenpflege. Im Schwabenland, wo die Kehrwoche und der Putzfimmel zu Hause waren, sollte der Verkauf gestartet werden, vor allem in Stuttgart.

Herr Gehlen, der vielleicht dreißigjährige Verkaufsmanager, stammte seinem Dialekt und seinem geölten Mundwerk nach zu schließen vermutlich aus Düsseldorf. Auch sein Hang zu büttenreifen Wortergüssen deutete auf seine niederrheinische Herkunft hin. Er nannte die Erschienenen sogleich ein »Jagdgeschwader« und titulierte die Anwesenden, die nun mit Spiegella-Bohnerwachs Jagd auf die DM machen sollten, als »Chasseurs«, wobei er dieses französische Wort für Jäger auf der Endsilbe geradezu singend in die Länge zog. Es war zu vermuten, daß er mit solchen Bezeichnungen, wie etwa auch vom »Unterstand« für das Nebenzimmer der Kneipe, einen Zivilistenkomplex nachträglich abreagierte, denn er war, wie man alsbald erfuhr, nie Soldat gewesen.

Nach Erläuterung der chemischen Daten des in seiner Qualität unübertrefflichen Bohnerwachses gab er an seine »Chassööörs«, eine aus armen Schweinen bestehende Hausiererbande, die hochtrabenden Parolen aus:

»Erobert die Böden Stuttgarts!«
»Neuer Glanz auf schwäbischen Böden!«
»Das Wachs für eine glänzende Zukunft!«

Gehlen stellte dann seinen zunächst im Hintergrund gehaltenen »Assistent-Manager« namens Fleischmacher vor, einen untersetzten Athleten mit platter Boxernase und finsterem Gesicht, ein abschreckender, aber offensichtlich doch schon etwas versoffener Muskelprotz mit verlangsamten Reflexen. Ihm kam die Aufgabe zu, jedem die gewünschte Anzahl Dosen Bohnerwachs gegen Empfangsbestätigung auszuhändigen und bis spätestens 18 Uhr abends im »Gefechtsstand« die Abrechnung der Verkäufer vorzunehmen. Die Dose Bohnerwachs kostete drei Mark, wovon der Chasseur eine Mark als Gewinn erhielt. Fahrtkostenzuschuß für die Straßenbahn erhielt jeder pro Tag eine Mark. »Wer tausend Dosen an einem Tach verkauft, der hat an einem Tach glatt tausend Mark verdient«, machte Gehlen den armen Schluckern den Mund wäßrig, limitierte aber auch seine »Mindesterwartungen« auf zwanzig verkaufte Dosen pro Tag.

Während der Büttenreden seines Herrn musterte Fleischmacher, dem außer der höflichen Anrede »Herr« soviel wie nichts von einem Herrn anhaftete, die Chasseurs mit höhnischer Geringschätzung. Er duzte einfach jeden und wartete nur darauf, daß sich Widerspruch zeigen würde. Mit verschränkten Armen grinste er jeden an und ließ unter seinem Hemd die Muskelpakete spielen, als »der Boß«, wie er Gehlen nannte, mit aufgesetzter Scherzhaftigkeit drohte, Fleischmacher könne sich bei krummen Touren als ehemaliger Berufsboxer in einen »Hackfleischmacher« verwandeln.

»Ooo – hört, hört«, murmelten einige der Studenten mit verhaltenem Protest, am deutlichsten die Studentin Tamara Hülsenbeck, ein couragiertes Frauenzimmer mit einer Marylin Monroe-Figur. Aber Gehlen beschwichtigte: »Dat is bloß für alle Fälle.«

Nun ja. Alle erklärten ihr Einverständnis, und anderntags ging es los. Jeder hatte eine oder zwei große Taschen mitzubringen, in denen er dann zehn oder zwanzig Dosen Bohnerwachs von Haus zu Haus und von Tür zu Tür schleppte in der Hoffnung, die schwäbischen Hausfrauen würden ihm das Zeug nur so aus den Taschen reißen. Remigius, der mit vielen Hemmungen beim Hausieren zu kämpfen hatte und sich Stadtregionen außerhalb Cannstatts zuteilen ließ, trug nicht nur an seinen beiden Taschen schwer. Er mußte sich erst daran gewöhnen, als Klinkenputzer mit einem Sprüchlein, das er sich zurechtgelegt hatte, oft schon nach dem ersten Satz in unfreundlicher Weise und in manchmal barschem Ton der Tür verwiesen zu werden. Das sollte nun zu seinem täglichen Brot gehören.

Als er wieder einmal auf einer Tour recht schroff abgewiesen worden war, setzte er sich ziemlich deprimiert auf die Mauer einer Hausruine, um nachdenkend neuen Mut zu schöpfen. Er kam sich so begossen vor wie Pfarrer Schnabel nach seinem Vortrag damals vor dem Pfarrerkollegium. Seltsam, daß ihm diese Szene jetzt wieder einfiel. Aber der junge Rebell für praktizierende Nächstenliebe hatte damals vor seiner abrupten Abreise noch eine prophetische Botschaft hinterlassen, die ihm jetzt in seiner Niedergeschlagenheit einfiel und ihn seine momentane Situation positiv sehen ließ.

»Die Kirche und die christliche Religion werden weniger an der Ungläubigkeit der Menschen als an der Phantasielosigkeit der Christen, die alle Nächstenliebe verbal erstarren läßt, zugrunde gehen. Und Luzifer, den Gottvater in meiner vorgetragenen Version ›enterben‹ will, ist nichts anderes als die ausbrechende, zügellose, ordnungswidrige Phantasie, ein anderes Ich Gottvaters, der Dämon des Schöpfertums, mit dem er als göttlichem Alter ego im Kampfe liegt. Es ist der alte Streit zwischen Dionysos und Apollo. Luzifer erschuf als Dionysos zuerst die Welt als Chaos, ehe Gott aus dem Tohuwabohu in apollinischem Geist eine Welt der Ordnungen formte. Und Christus, der den Weg zum Heil einer ganzheitlichen Lebensordnung durch die Forderung bedingungsloser Liebe wies, wußte um die Zwiespältigkeit der Liebe, die zur einen Hälfte gutes Wollen, zur anderen Hälfte aber auch unscharfes, unreines Begehren umfaßte. Der Mensch sollte zu wahrer Glut göttlicher Liebe hindurchfinden und unter Schmerzen im Feuer seiner Lebensprüfungen schließlich zum Diamanten seines Glaubens schmelzen.«

Diese Passage aus dem hinterlassenen Brief von Pfarrer Schnabel hatte er damals heimlich in sein Tagebuch abgeschrieben, als Onkel Eberhard den Brief auf dem Tisch versehentlich hatte liegen lassen. Schnabel hatte damit die Phantasielosigkeit, die alle Frömmigkeit zu Lippenbekenntnissen erstarren ließ, anprangern wollen. Seine Meditation brachte Remigius plötzlich intuitiv auf die richtige Spur: Ich suche als Hausierer Menschen auf, dort, wo sie leben, in ihrem Zuhause. Außer Ärzten und Geistlichen, wenn sie gerufen werden, tut dies sonst niemand, nur eben die Hausierer. Sie wollen Ware anbieten und verkaufen. Sie werden abgewiesen, oder sie kommen ins Gespräch und zu Einblicken, die sie zu Zeugen vieler Szenen des Lebens werden lassen. Welche Tätigkeit konnte ihm daher mehr Kontakte und mehr Einsichten in das Leben der Menschen ermöglichen als seine jetzige? Und mußte er nur Bohnerwachs anbieten? Konnte er dort, wo es notwendig schien, nicht auch helfen und seine menschliche Hinwendung einbringen? War hier nicht dann und wann ein »Heinzelmännchendienst« wie bei dem Modell von Pfarrer Schnabel möglich, so ein kleiner apostolischer Auftrag aus manchen Situationen heraus? Dieser Gedanke ließ ihm seine in den Augen der Gesellschaft so abschätzig angesehene Tätigkeit als Hausierer unter einem höheren, zumindest interessanten Aspekt schon viel erträglicher erscheinen. Er würde jetzt die Beschwernisse des Lebens aus unmittelbarer Nähe kennenlernen und Erfahrungen mit den Menschen, ihren Lebensumständen und ihrem Verhalten sammeln, und es würde eine recht abenteuerliche Zeit der Begegnungen werden. Vor allem würde er ein Experiment mit sich anstellen und sich auf den Prüfstand der Tugend begeben. Seine Gesinnung und sein Handeln sollten exemplarisch sein.

So dachte er mit großer Überzeugung. Aber nach einiger Zeit meldete sich wieder sein Sinn für das Reale und ließ ihn fast schaudern vor der Weltferne seiner gedanklichen Vorhaben, dem absoluten Anspruch seiner so hochangesetzten, womöglich überdrehten Religiosität. Da fühlte er sich fast befreit, als ihn die Realität am Spätnachmittag in Gestalt von Fleischmacher wieder einholte, denn der Herr Submanager, bereits angetrunken und mit einer geradezu feuergefährlichen Schnapsfahne im Gesicht, kommentierte die magere Tagesausbeute von nur acht verkauften Dosen Bohnerwachs mit gespielter Anteilnahme: »Dat is nu aber wirklich traurig. Da wird unsa Boss nach'n Schnupftuch greifn, wenn er hört, dat der feine Herr in Blöö 'n janzen Tach bloß acht Eia jelecht hat!«

Das »Blöö« bezog sich auf seinen an den Umständen gemessen viel zu vornehmen blaugrauen Anzug, der ihn – geradezu aufreizend – zum bestangezogenen Chasseur machte und offenbar bei Fleischmacher Neid erregte. Bevor Remigius noch überlegt hatte, was er dem widerlichen Kerl am besten antworten sollte, kam Tamara Hülsenbeck in den »Unterstand«, um achtzehn Dosen Bohnerwachs abzurechnen. Mit dem Spürsinn einer intelligenten, einfühlsamen Frau erfaßte sie sofort die Situation und fuhr dazwischen: »Das ist ein verdammt schwieriger Job. Ich könnt' mir vorstellen, daß man da auch einmal ohne jeden Erfolg unterwegs ist.«

»Na Sie mit Ihr'n Charme, Sie jacht doch keiner aus 'n Haus«, flachste Fleischmacher und ließ an der Begehrlichkeit seiner wohlgefälligen Blicke keinen Zweifel. Tamara machte eine mißbilligende Kopfbewegung und sagte dann voll Mitleid in der Stimme zu Remigius: »Hatten Sie keinen Erfolg heute?« Während Remigius den gesenkten Kopf schüttelte, geiferte Fleischmacher: »Heute? Noch nie hat der feine Herr in Blöö mehr als acht oder zehn Eier jelecht. Wie soll dat weiterjehn?«

»Wie soll dat weiterjehn?« äffte Tamara den Fleischmacher erbost nach. »Mit ihren anzüglichen Redensarten wird das nicht anders.«

»Nu lassen Se aber ma' Dampf ab, schönes Fräulein«, wurde Fleischmacher böse. »Sie ha'm bisher Ihre Fijur och noch nit voll un' janz in Erfolch vawandelt.«

Tamara forderte jetzt ihr Geld, leistete, ohne Fleischmacher noch eines Blickes zu würdigen, ihre Unterschrift und sagte dann zu Remigius, der seinen Zorn kaum meistern konnte: »Kommen Sie, hier muß man schnell raus.«

Remigius blieb aber noch einen langen Augenblick stehen und betrachtete Fleischmacher eingehend, weil ihm eine plötzliche Ahnung gekommen war.

»Wat gaffen Se mich so an?« fragte Fleischmacher.

»Waren Sie 1939 als Boxer im Colosseum auf dem Cannstatter Wasen?«

»Wieso?« wollte Fleischmacher wissen.

»Ach, ich meine, ich hätte Sie damals dort erlebt«, sagte Remigius vorsichtig.

»So'n feiner Pinkel wie Sie jeht doch nich ins Colosseum zu'n Boxern.«

»Sind Sie damals als ›Nino Carnefizio‹, die ›unschlagbare Schlagmaschine‹ aufgetreten?« bohrte Remigius weiter.

»Woher wissen Se dat?«

»Seh'n Se!« sagte Remigius und eilte Tamara nach.

Seine plötzliche Erinnerung, machte ihn aufs höchste erregt. »Stellen Sie sich vor«, überschüttete er Tamara Hülsenbeck, »ich kenne den Fleischmacher! Ich hab' den Kerl 1939 im Boxring auf dem Volksfest k.o. geschlagen! Wie tut mir das jetzt gut! Das muß ich Ihnen erzählen!«

Unter dem Eindruck seiner plötzlichen Aufgeregtheit schlug Tamara vor, im Café um die Ecke gemeinsam einen Kaffee zu trinken. Sie stellten sich auf dem kurzen Weg dorthin gegenseitig vor. Tamara studierte Architektur und stammte ursprünglich aus Ostpreußen. Die Eltern waren dort beim Einmarsch der Russen umgekommen, und sie mußte sich nun mehr schlecht als recht durchs Leben schlagen. Sie war wohl ein fabelhafter Kumpel, denn zwei der Chasseurs, die sie kannten, redeten sie mit »Tami« an und gingen ausgesprochen respektvoll mit ihr um. Sie war wohl auch sehr gebildet, denn sie hatte ein humanistisches Gymnasium besucht und entgegnete Remigius auf dessen Hinweis, daß er nun von der Medizin auf Theologie umsatteln wolle, mit der scherzhaften Bemerkung: »Ah, Sie wollen ein Psychopompos, ein Seelenführer werden. Interessant.« Sie hatte Latein und Griechisch gelernt, spielte Klavier, befaßte sich mit Kunstgeschichte und nahm für sich in Anspruch, die Kunst der Teezubereitung zu beherrschen. Er müsse sie bald einmal besuchen, sie wohne in einer Teilruine im Westen, einfach aber gemütlich.

Dann war Remigius mit seiner Erinnerung an Fleischmacher am Zuge. Das war aber auch eine Geschichte, die nun eine ungeahnte Fortsetzung durch die erneute Begegnung mit Fleischmacher erfuhr. »Man sieht mir das Gott sei Dank nicht oder nicht mehr an«, erklärte er Tamara, »daß ich in meiner Schulzeit heimlich und eine ganze Zeit ohne Wissen meiner Eltern in einem Stuttgarter Boxverein war, das Boxen gründlich lernte und damals in der Juniorenklasse einen Namen hatte. Jede Woche zwei Abende hartes Training und einige Sparringsrunden gegen Aktive des Vereins. Da bezog man Prügel, lernte aber auch eine Menge Tricks. Als ich nun im September 1939 beim Cannstatter Volksfest mit einer ganzen Schar aus meiner Gymnasiumsklasse durch das Gedränge an Buden und Karussells schlenderte, kamen wir auch zum Colosseum, wo sich allerlei ›starke Männer‹, meist eindrucksvolle, abschreckende Muskelprotze vorstellten, darunter auch Boxer. Und einer von diesen Boxern wurde als ›Nino Carnefizio, die unschlagbare Schlagmaschine‹ vorgestellt. ›Carnefizio‹ – merken Sie was? Das ist eine latinisierte Umschreibung für den Namen Fleischmacher. Und er war es auch. Das hat er mir eben zugegeben, ohne freilich zu wissen, was das mit mir zu tun hat. Er ließ damals, als er noch besser beieinander war als heute, seine Muskeln vor dem glotzenden Publikum spielen und bearbeitete dann den Punchingball. ›Zwanzig Mark demjenigen, der mit Nino Carnefizio in den Ring steigt und ihn besiegt‹, näselte der Conférencier großspurig ins Mikrofon. ›Migge, den schaffscht du‹, sagten einige meiner Klassenkameraden, und dabei bedrängten sie mich alle so heftig, es mit dem Kerl aufzunehmen, daß es für mich geradezu eine Mutprobe wurde und mein Ansehen in der Klasse auf dem Spiele stand. Und eh ich mich versah, drängten sie mich aufs Podium und riefen: ›Der wagt's, der haut den Nino in die Pfanne!‹

Nun, ich gestehe, daß es mich erst gruselte, als ich mit einer Gänsehaut in den Ring stieg, mein Hemd auszog und in kurzer Hose und Halbschuhen mir die Boxhandschuhe überziehen ließ. ›Sie boxen aber auf eigene Gefahr‹, belehrte mich der Budenbesitzer, der als Ringrichter fungierte. Fleischmacher zeigte ein mitleidiges Grinsen, als der Budenchef bat, nicht gar so hart mit dem Jüngling umzugehen.

Gleich nach dem Gong zur ersten von nur zwei angesetzten

Runden stürzte sich Carnefizio auf mich und wirbelte, da er kleiner war als ich, ganze Serien von Schlägen aus der Halbdistanz gegen mich. Es blieb mir zunächst wenig mehr, als in Volldeckung zu gehen und Kopf und Körper vor den Schlägen abzudecken. Das sah übel aus für mich, und der Klassenälteste, mein Sekundant, überlegte schon, ob er nicht besser das Handtuch für mich werfen soll. ›Distanz, geh' auf Distanz‹, rief er mir immer wieder aufgeregt zu. Obwohl das bei den fast pausenlosen Schlägen des ständig angreifenden Fleischmacher nur schwer zu bewerkstelligen war, gelang es mir endlich doch, ihn mit einem Uppercut zu erwischen und einen Augenblick lang durchzuschütteln. Die Leute rasten und schrien: ›Gib' ihm noch eine!‹ Fleischmacher wurde jetzt vorsichtiger, auch etwas langsamer, und ich überstand die erste Runde, die haushoch an ihn ging, obwohl er mich nie schwer erwischt hatte.

In der zweiten Runde hatte ich gut Luft und außerdem einen Zorn auf den Kerl. Ich war jetzt warm geworden, besann mich – bedingt durch meine Länge – auf meine größere Reichweite und verlegte mich auf präzises Kontern. Zwei Linke und eine rechte Gerade kamen voll durch und machten die ›Schlagmaschine‹ benommen. Er versuchte jetzt zu klammern, aber ich wurde schneller und schneller auf den Beinen und streckte ihm unablässig die Linke ins Gesicht. Und dann passierte es im Bruchteil einer Sekunde, daß ich ihn mit einer vollen Rechten am Hals traf, und er wie ein Sack umfiel. Das Colosseum tobte. Der Ringrichter brach den Kampf sofort ab, und unter dem Jubel der Zuschauer, vor allem meiner Klassenkameraden stieg ich, aus der Nase blutend, aus dem Ring und erhielt an der Kasse zwanzig Mark, die wir sofort im Bierzelt in eine Runde Bier umsetzten. Zuvor allerdings forderte Nino Carnefizio, als er sich wieder aufgerappelt hatte, Revanche von mir. Und es sieht jetzt bei dieser späten Begegnung fast so aus, als würde er, ohne es zu ahnen, auf eine ganz andere Weise seine Revanche an mir nehmen.«

Tamara hatte mit glühendem Eifer und voller Begeisterung zugehört. Es tat ihr wohl gut, daß dieser widerliche Kerl damals verdroschen worden war. Aber dann riet sie doch besorgt: »Ich würde jetzt aber an Ihrer Stelle den Kerl nicht an diese Niederlage von damals erinnern. Das ist auch gar nicht nötig, denn den schafft der Alkohol vollends.«

Da auch Remigius diese Ansicht teilte, versprach ihm Tamara, diese Geschichte, vor allem auch gegenüber den anderen Chasseurs, für sich zu behalten.

»Das traut man Ihnen eigentlich gar nicht zu«, meinte sie schließlich. »Sie machen einen so ruhigen und friedlichen Eindruck und sehen so gar nicht nach einem Boxer aus.«

»Das war auch einmal, obgleich ich auch heute noch dem Popanz Fleischmacher eine Revanche nicht ausschlagen würde.«

»Kommen Sie lieber mal zu mir zum Tee«, schlug sie vor, als sie sich verabschiedeten.

Pfarrer Sauerbleich schreibt eine Epistel an seinen Neffen Remigius

Pfarrer Eberhard Sauerbleich, der sich während des Krieges aus Gesundheitsgründen in die Landgemeinde Mönchlingen im Gäu, eine etwas ruhigere Pfarrstelle, hatte versetzen lassen, saß an einem Juliabend 1948 lange an seinem Schreibtisch. Er hatte, seinem Prinzip folgend, das Schwierige stets vor dem Leichteren zu tun, zunächst eine Epistel an seinen Neffen Remigius Lindwasser in Stuttgart geschrieben, ehe er nun Gedanken für die textgebundene Sonntagspredigt notierte. Dabei dachte er an das Elend und die Sorgen so vieler am Ende der Kriegskatastrophe, und er fand, daß die Menschen in ihrer materiellen Not leider eher welt- als gottesfürchtig geworden waren, daß sie ihre Sinne und Herzen mehr auf Essen und Kleidung als auf Gott richteten. Ohne das Evangelium der Liebe im Herzen und unempfänglich für Gottes Stimme in der Apokalypse des Krieges und seiner nachfolgenden Nöte, luden sich die Menschen in unruhiger Betriebsamkeit – so schien es ihm – bereits wieder neue Sorgen dieser Welt auf. Aber so waren die Menschen nun einmal, dachte er und bedauerte, das chinesische Sprichwort, das ihm dazu einfiel, als heidnische Aussage leider nicht in seiner Predigt verwenden zu können: »Der Mensch lebt keine hundert Jahre, aber er macht sich Sorgen für tausend.«

Dann notierte er in sein Konzeptheft: »Wenn gewaltige Ereignisse, die meist Unglück über uns bringen, die Sinne und Lebensgeister durch allzu große und lange Drangsale erregen und durcheinanderbringen, so hat die Stunde der falschen Propheten geschlagen. Die Seele läßt man bestenfalls in äußerster Not und am Sonntag zu Gott flehen, während der Körper tagtäglich derart schuften und für den Tobak der schwarzen Seele sorgen muß, daß er bald zum Teufel geht.«

Hier – so setzte er als Marginalie hinzu – Einschub mit praktischen Beispielen über die Narretei ungezügelter Arbeit, dieser »nordischen Unart«, wie sich Landsmann Schlegel einmal ausgedrückt hatte.

»Und so weiß der in sich Zerrissene am Ende nicht mehr, was das Gute und was das Böse ist. Verdammt ist ein solcher in alle Ewigkeit! Denn es ist dir gesagt, Mensch, was gut und böse ist. Also sehet zu, ihr, die ihr dem Wort des Herrn verpflichtet seid – so steht es im 1. Petrusbrief, der unserer heutigen Predigt zugrunde liegt –, daß euer Leben bei den anderen, die nicht glauben, überzeugend wirkt. Denn der Christ ist nur ein durchreisender Gast auf dieser Welt, die der grausame Krieg in ein Jammertal verwandelt hat. Wohl mag er die Ordnung dieser Welt achten, da auch sie den Willen Gottes enthält, aber diese miserable Welt ist nicht sein Lebensziel. Die Heimat des Christen ist der Himmel. Lasset euch nicht verunsichern, wenn ihr immer wieder als lebensuntüchtig verspottet und von den Erfolgreichen dieser Welt verlacht werdet. Bedenket vielmehr, daß euer Leben Zeugnis abgeben soll für eine große Zukunft dieser noch in Sünden verstrickten Welt.«

Jawohl, so würde er am Sonntag von der Kanzel ins Kirchenschiff hinunterschmettern, wo Männer und Weiber getrennt saßen, und er auf der Kanzel über der Männerseite den Mief aus verrauchten Kleidern und von Mottenkugeln zu ertragen hatte. Zufrieden mit dem »Faden«, den er damit für seine Predigt gefunden hatte, stand er auf und bat Luisle, seine Frau, das Badewasser einlaufen zu lassen, denn er wolle sich noch an den »Jordan« begeben, ehe er in »Bethanien«, dem Schlafzimmer, den »Berg Karmel« besteigen werde, womit das mit vielen Unter- und Oberkissen hochaufgetürmte Bett gemeint war.

»Les' au, solang i em Jordan hock', die Epischtel, die i an unsern Neffe Remigius gschriebe han, ob 's so recht isch«, bat er noch. Und sein Luisle, etwas grantig, weil sie so rasch ihr Strickzeug weglegen mußte, antwortete ironisch: »Ganz wie der Herr befiehlt: Z'erscht dei' Bad richte und no, solang du em Jordan plätscherscht, dei' Epischtel lese und mit meinere Spucke d' Briefmark druf und 's Kuvert zuklebe. Jaja – Mensche, im Zeiche des Stiers gebore, bleibet Ochse ihr Lebe lang.«

Als der Jordan den erforderlichen Wasserstand und eine angenehme Temperatur erreicht hatte, um den umfangreichen Leib des Herrn Pfarrers warm zu umspülen ohne überzulaufen, drehte der Gottesmann, als wäre er in einem fremden Logis, den Schlüssel der Badezimmertüre herum. Das war so eine alte, unausrottbare Gewohnheit, wie er sich auch niemals bei Licht vor seinem Luisle ausziehen würde.

Unterdessen begab sich Luisle mit der Epistel ins Wohnzimmer und legte sich trotzig aufs Sofa. »Wenn du im Wasser liegscht, strack i solang uf's Chaiselongue«, murmelte sie. Und als sie ihren Zwicker auf die Nase gesetzt und ein paarmal tief geschnauft hatte, begann sie zu lesen:

Mein lieber Neffe Remigius,
sei bedankt für Deinen Brief von sieben Seiten, der auch sieben Siegel Deiner Not enthält.
Indem ich Dir meine Gedanken zu Deinen mir berichteten Lebensproblemen schreibe, ein Erübrigtes (20 DM) für Dich

beilege und das Gewand innerer Hoffnung anlege, bitte ich den Herrn, Er möge Deiner Seele Ordnung schenken, läßt doch Dein Brief erkennen, daß ein wahrer Tumult an Gedanken in Dir herrscht. Die Geldentwertung hat Dich der Ersparnisse für die Fortsetzung Deines Medizinstudiums beraubt. Und nun hast Du die Übersicht verloren.

Der Gedanke ans Auswandern geistert Dir durch den Kopf. Das Medizinstudium, von Doktor-Onkel August immer heiß empfohlen, jetzt aber wegen dem Zuviel an Ärzten doch auch von ihm skeptischer beurteilt, von den Kosten des Studiums abgesehen – und schließlich die Gewissensplage mit Deinem inneren Versprechen, Pfarrer zu werden, jetzt günstiger, weil es für Theologiestudenten Stipendien gibt und die Kirche Pfarrer braucht und hier angeblich mehr Existenzaussichten bestünden. Als ob wir Pfarrer außer dem himmlischen Zehrpfennig mit Gütern und Planstellen gesegnet wären! Nein, mein lieber Neffe, mit solchem Hin- und Herlavieren, ob die Medizin oder die Theologie ein besseres Leben garantieren könnte, und ob man das eine oder das andere Studium finanziell besser verkraften würde, damit kommst Du nicht weiter.

Meine Erfahrungen mit dem Menschen, die ich in der Zeit meiner theologischen Volljährigkeit erworben habe, sagen dazu: Wer ein Sachwalter der Hoffnung werden will, ob nun als Pfarrer oder als Arzt, dem tut es letztendlich wohl, wenn ihn Gott so richtig in den Schwitzkasten nimmt und seine Schrecknisse auf ihn richtet. Wie Elihu es Hiob zu erklären versucht, sollen die auferlegten Nöte und Leiden den Gerechten erzieherisch vor Gottvergessenheit, Hochmut und Undank bewahren und ihm zeigen, daß Gott ihn nicht braucht. Aber wenn Du es einmal ganz gründlich bedenkst, so wirst Du trotz aller Not und Bedrückung in der Morgendämmerung einer neuen Zeit eigentlich doch nicht von Gott, sondern nur von Deinen gehegten Wünschen und Hoffnungen im Stich gelassen. Und Du bist auch weniger von Gott als vielmehr von schöpferischer Phantasie, von Mut und Vertrauen auf Gott und auf Dich selbst verlassen. Zu all diesem aber sollen Dir – so bete ich für Dich – die Gnade und Liebe unseres Herrn Jesu Christi verhelfen, bist Du doch mit Deinen 25 Jahren trotz Krieg und Elend als ein Mensch noch nicht zu Ende geboren. Bedenke, die Geburt Deines Körpers war wohl eine Angelegenheit von Stunden, doch die Geburt Deiner Seele dauert Jahrzehnte, und erst ein längeres, wechselvolles Dasein verleiht Deinem Leben sein besonderes Gepräge.

Was aber nun Deine und Deiner lieben Mutter durch den Krieg gewordene Armut betrifft, so bedenke als Christ, daß äußere Armut, zumal bei einem überzeugten Christen, einen Reichtum des Herzens und einen Überfluß an Phantasie zu erzeugen vermag. Wohl besitzt Du in Wirklichkeit nichts, in der Einbildung aber alles, oder wie es Franz von Assisi sagt: Wer nichts hat, besitzt alles.

Nun wirst Du vielleicht denken: Jaja, Hiob, Psalter, dann die Sprüche... Wer im Warmen sitzt und satt ist, der hat gut predigen. Aber glaube mir, wir Älteren kennen aus unseren früheren Zeiten die Not auch inwendig, weil wir sie, wenn auch unter etwas anderen Umständen, nach dem Ersten Weltkrieg reichlich auskosten mußten. Wir wärmten damals unser Bett mit heißen Ziegelsteinen, und Deine Eltern und wir gingen in der Inflationszeit betteln um Milch für Dich und unsere Tochter Bärbel. Aber wir dachten gewiß nicht an eine Flucht vor unserem Schicksal, ans Auswandern, wie es Dir durch den Kopf geht. Unsere irdische Heimat, unsere schwäbische allhier, in die wir hineingeboren wurden, ist doch ein Gleichnis und unserer Liebe würdig, ob wir nun glücklich oder unglücklich sind. Was den Juden ihr Jerusalem, das ist – freilich etwas übertrieben – Stuttgart für den Schwaben. In der Enge eines umgrenzten Raumes gilt es, große Bewegungen zu denken, die uns geistige Weite verleihen. Deshalb lasse ab vom Fluchtgedanken der Auswanderung. Im übrigen kannst Du nach dem Tod des Vaters Deine Mutter doch nicht alleine lassen.

Und noch etwas, mein lieber Neffe: Du schreibst, Deine Anverlobte – »die mit ihrem spitzige Göschle und Auge wie en Stier«, wie Dein Onkel August immer witzelt –, eigentlich wohl eher deren Familie, die großkopfeten Schinks, hätte Dir ein Ultimatum gestellt. Diese herrschsüchtigen Pfeffersäcke verlangen eine alsbaldige Verlobung und die Heirat unter dem nächsten Christbaum. Nur dann wolle man den Rest Deines Medizinstudiums, nicht aber ein Theologiestudium finanzieren. Ein Doktorle in spe ist ihnen wohl reputierlicher als ein späterer Pfarrer, der wider den Mammon wettern muß. Dazu kann ich Dir nur sagen: Laß ab von allen, die Dich kaufen und über Dich bestimmen möchten, die der Devise anhängen »Wer zahlt, bestimmt«. Nein. Halte stets Spartam et Martam auseinander! Gehe nicht den Weg einer billigen Bequemlichkeit, denn so wie ich Dich kenne, bist Du – Gott sei Dank! – nicht dazu geboren, ungeschoren durchs Leben dahinzuplätschern. Menschen wie Du würden nur das Große Los in der Lotterie gewinnen, wenn die Prämie darin bestünde, den Hohenasperg abzugraben. Und überdies wissen alle Lebenserfahrenen zur Genüge, daß banale menschliche Beziehungen, insbesondere eine banale Ehe, den Brunnen des Lebens zuschütten.
Und noch etwas. Du schreibst von einer neuen Tätigkeit als Verkäufer von Bohnerwachs, wodurch Du Dir Geld fürs Studium verdienen willst. Da kann ich mir gut vorstellen, daß die großkopfete Familie Deiner Angelobten die Nase rümpft, wenn ihr eventueller Schwiegersohn als Hausierer die Klinken putzen muß. Aber es scheint mir ein guter Test zu sein, vor allem für Dich selbst, denn es steht einem angehenden Arzt oder auch künftigen Seelsorger gut an, einmal unter die Verachteten zu gehen, zu denen, die in der Gesellschaft unten stehen, von denen, so sie Christen sind, Paulus im 1. Korintherbrief schrieb: »Wir sind geworden wie der Abschaum der Welt, jedermanns Kehricht bis heute.«
Und noch etwas. Solltest Du partout Pfarrer werden wollen, so würde ich mich ohne Frage für Dich verwenden. Nur mit

Geld kann ich Dir leider nicht helfen, da unsere Tochter Bärbel demnächst heiratet, und wir sie aussteuern müssen.
Und noch etwas. Bei allem Tumult in Deiner Seele – Du hast nach meinem Wissen noch die Seele eines Jünglings, bist geistig ein Wesen, das den frischen Strauß vieler Möglichkeiten voller Sorge in der Hand hält, er könnte vorzeitig verwelken, und Dein Körper ist zwar voll entwickelt, jedoch von vielen Entbehrungen derzeitig geschwächt – bei all diesen Umständen solltest Du ein Wort meines früheren Dekans bedenken, das ich Dir als Richtschnur empfehlen will: »D' Hauptsach isch, daß d' Hauptsach immer d' Hauptsach bleibt!«
Und nun Gott befohlen, mein lieber Remigius. Mach' Deinem symbolisch so gut zu Dir und in diese Zeiten passenden Namen eines »Ruderers« alle Ehre.
Dein Patenonkel Eberhard
PS: Auch herzliche Grüße von Tante Luisle.

Die Frau Pfarrer wischte sich nach der Lektüre dieser Epistel ein paarmal die Augen und holte dann das Nachthemd des Pfarrers. Als sie am »Jordan« angeklopft hatte und der Pfarrer die Türe entriegelte und einen Spalt öffnete, reichte sie ihm das Nachthemd und sagte: »Schööö hascht unserem Neffe g'schriebe, Eberhard! Des läuft ei'm d' Seel nunter wie a barfüßige Katz!«
Darauf tönte es aus dem »Jordan« langgedehnt und im Ton einer rhetorischen Frage: »Soooo?«.

Die Verhöhnung als »Blauer Esel«

An einem rabenschwarzen Tag, an dem er nur drei Dosen Bohnerwachs verkauft hatte, ausgerechnet an diesem Tag hatte Manager Gehlen seine Chasseurs um 18 Uhr zu einer Besprechung gebeten. Alle saßen im »Unterstand«, als Gehlen, der seinem Haar mit Pomade Halt und matten Glanz verlieh und nach einem Parfüm roch, das der Student Karl-Otto Kügele, Verkaufskanone unter den Chasseurs, als »Nuttendiesel« bespöttelte, endlich mit Verspätung eintraf. Er war vornehm mit Krawatte gekleidet, trug am rechten Ringfinger einen Siegelring, dessen Insignienplatte in seiner Größe einem Speckbrett glich, und war in seiner Aufmachung das, was man im Schwäbischen als »Stenz« bezeichnet. Sein Gruß – »Tach, meine Damen und Herrn« – war denkbar kurz und eine flüchtige Floskel.

»Kann ich ma' die Liste von heute sehen?« wandte er sich an Fleischmacher und studierte dann kurz die Verkaufsergebnisse des Tages. Fleischmacher, der sich neben ihn gestellt hatte, wies mit dem Zeigefinger in die Liste und murmelte etwas.

»Drei Dosen?« sagte Gehlen und wandte sich an Remigius. »Wie ha'm Se dat denn fertich jebracht, Sie Minusrekordler? Dat tät mich ma' interessieren. Wat ha'm Se denn 'n janzen Tach jemacht?«

Alle blickten auf Remigius, der verlegen und rot wurde. Aber dann entschloß er sich zu einem knappen Tagesbericht.

»Zwischen neun und zehn hab' ich an einem Dutzend Haustüren geklingelt. Dreimal wurde ich von Hunden verbellt, viermal hat niemand geöffnet, bei den anderen konnte ich drei Dosen verkaufen. Danach hab' ich einer alten Dame ihre schwere Einkaufstasche in den vierten Stock getragen, und sie hat mich zu einer Tasse Kaffee eingeladen, weil sie keinen Bedarf an Bohnerwachs hatte. Ich hab' wohl an dreißig Türen geklingelt, aber nur drei Dosen verkaufen können. In einem Haus traf ich einen alten Mann an, der seit zwei Tagen mit Fieber im Bett lag und beim Öffnen der Türe eine Kreislaufschwäche bekam, so daß ich ihn erst mal ins Bett schleppen mußte. Er hatte zwei Tage lang ohne Versorgung zugebracht, nichts gegessen und getrunken und war viel zu schwach, die Angehörigen zu verständigen. Also kaufte ich ihm etwas zum Essen ein, kochte ihm Tee und benachrichtigte seine Tochter in Waiblingen von einer Telefonzelle aus, die lange von einem schwatzenden Weib besetzt war. Dann saß ich noch kurz bei dem kranken alten Mann am Bett, holte ihm ein frisches Nachthemd und rasierte ihn. Schließlich war ich ja im Krieg mal Sanitäter. Ja, und dann wurde es Zeit, hierher zu fahren.«

Er überlegte an dieser Stelle, ob er noch etwas Kommentierendes sagen solle, aber Gehlen kam ihm zuvor. Er hatte die ganze Zeit immer wieder den Kopf geschüttelt und sagte jetzt: »Sie jehören wohl zur Heilsarmee. Also Sie sin mir doch ein Esel, ein richtjer Blauer Esel von der Heilsarmee! Spielt Reservejristus statt dat er Wachs vakauft!«

»Der Blaue Esel – jetzt ha'm mer en richtjen Namen für den feinen Herrn in Blööö!« rief Fleischmacher, während die Chasseurs in der Mehrzahl feixten und den Spottnamen, über den Gehlen selbst wohlgefällig grinsen mußte, nachplapperten. Nur Tamara Hülsenbeck richtete sich wie eine zischende Natter auf, rief »pfui Teufel« und verließ den Unterstand. Remigius, keines passenden Wortes fähig, war vor Zorn gelähmt und verließ ebenfalls den Raum, fest entschlossen, den Job aufzugeben.

»Der Blaue Esel jeht nu als Rekrut zur Heilsarmee«, spottete Fleischmacher unter dem Gelächter der Chasseurs. Aber es verließ noch einer den Raum, dem die ungehörige Verspottung menschlicher Hilfe über die Hutschnur ging: der Psychologiestudent Karl-Otto Kügele, die Verkaufskanone. »Bringen Se dat ma' dem Blauen Esel bei, wie man Bohnerwachs vakauft!« rief ihm Gehlen nach.

Draußen hatte Tamara auf Remigius gewartet. Sie hatte es aber wegen einer Einladung eilig und sagte nur: »Unmöglich, dieser arrogante Pinsel. Nehmen Sie's nicht so tragisch. Ich hoffe, Sie kommen morgen abend zum Tee zu mir, so um sieben. Ade!«

Und schon eilte sie weg, als der kleine, rundliche Karl-Otto Kügele kam und Remigius anteilnehmend am Arm faßte: »Laß dir das beleidigende Gschwätz net über d' Leber laufe. I han bei dene Saukerle zwar en Stein im Brett. Aber dene ihr lumpige G'sinnung geht mir au allmählich uf da Wecker. Komm', jetzt gehn mir zwei ein' lupfe, i darf di' doch ei'lade, und no schwätzet mir mitanander und überleget, wie mir's künftig machet. I heiß' Karl-Otto Kügele und studier' Psychologie in Tübingen.«

Remigius spürte die menschliche Wärme, die ihn da nun so plötzlich umgab, und fühlte sich erleichtert. So unerwartet in dieser schmachvollen Stunde einen Freund zu finden tat wohl und kam wie ein Geschenk des Himmels. Sie gingen die Stökkachstraße hoch in eine Schnellgaststätte, und nach zwei Gläsern Bier, die sie rasch hinuntergossen, lösten sich bei Remigius allmählich die Hemmungen.

Karl-Otto verstand es äußerst geschickt, die Wogen zu glätten und Remigius zu überreden, anderntags doch wieder zu kommen und so zu tun, als sei nichts gewesen. Er hatte ein einleuchtendes Argument parat, das man gerade ihm als angehendem Psychologen gerne abnahm: »Wenn du dich über solche Menschen aufregst, so gewährst du ihnen nur, daß sie deine Gefühle und Gedanken beherrschen.«

In seiner unbedingten Aufrichtigkeit, mit der er Remigius rasch überzeugte, fand er drolligerweise, daß in dem von Gehlen gebrauchten Spottnamen »Blauer Esel« eigentlich etwas Positives stecke, mit dem sein Wesen erfaßt sei. Ein sozial liebender Mensch wie er, würde eben in den Augen ausschließlich realistisch und egozentrisch eingestellter Menschen so etwas wie ein »Eselmensch« sein. Aber es möge sich jeder doch einmal fragen, welchen Typ von Menschen er sich zum Freunde wünsche. Er jedenfalls würde sich glücklich schätzen, den »Blauen Esel« als Freund für sich gewinnen zu können.

Nun ja. Die Zungen lösten sich unter dem Einfluß des Alkohols, und Remigius erzählte von seinen Lebensumständen und seinem Dilemma zwischen Medizin- und Theologiestudium. Schließlich, beim sechsten Glas Bier boten sie sich das Du an.

»I heiß' zwar Karl-Otto«, erklärte Kügele, »aber weil i so stumpig und rund wie ein Mops ausseh', sagt mer halt ›Möpsle‹ zu mir.«

»Und zu mir saget meine Kamerade net Remigius, sondern ei'fach ›Migge‹.«

Dann ging's vertraut hin und her, und sie beschlossen, künftig gemeinsam hausieren zu gehen, wohl jeder in einer anderen Straße, aber mit gemeinsamem Ausgangs- und späterem Treffpunkt. »Jawohl, getrennt marschiere, aber gemeinsam veschpere«, flachste Möpsle und setzte seinen Redefluß mit lauter solchen Sprüchen fort: »Narr, mit dem Rambas von Fleischmacher und mit dem Stenz und Dullefanz Gehlen werdet mir fertig... Lieber jeden Tag an Haufe Wachs verkauft und a Gaude mit de Leut', als da Riasl na'henke...«

Als Remigius danach in der Straßenbahn stand und nach Hause fuhr, lobte er bei sich Gott nicht nur, weil er die Welt erschaffen und in ihr solche prächtigen Menschen wie Möpsle, sondern offenbar auch den Rausch in die Menschen eingepflanzt hatte, um sie ihre Trübsal besser überwinden zu lassen. Möpsle, der gleichfalls wie Remigius eine Art Tagebuch führte, vermerkte über seinen spontan auserkorenen Freund, der mit dem Spottnamen »Blauer Esel« für seine barmherzigen Hilfsdienste während des Hausierens so rüde gedemütigt worden war: »Er strebt mehr nach moralischem Wohlstand als nach materiellem. Seine Religiosität, aus der heraus er handelt und in der sein ganzes Wesen verankert ist, macht einen noch unausgeglichenen Eindruck. Er ist aus dem Holze eines Don Quichotte, und ich will seine Verkantungen und Übersteigerungen abzuschleifen und abzubauen versuchen. Er ist es wert.«

Donkey-Serenade

Als er zu Hause in Cannstatt ankam, war es schon Mitternacht. Die Mutter hatte in Sorge auf ihn gewartet, wie alle Tage. Ihr erster Blick erforschte immer zuerst die Stimmung auf seinem Gesicht. Wirkte er, wie oft in den letzten Tagen, niedergeschlagen, so sagte sie vorsichtig: »Hascht heut net so viel Glück g'habt?« Dann wartete sie geduldig auf eine Äußerung von ihm, an der sie sich weitertasten konnte. Aber heute lag sie schon zu Bett, wenn auch noch wach. Sie lag in jenem Kellerraum, den er passieren mußte, um in seinen kleinen Wohn- und Schlafraum zu gelangen.

Als er sich wegen der späten Heimkehr entschuldigte und den Umtrunk und seinen neuen Freund Möpsle kurz geschildert hatte, wobei er die Verspottung verschwieg, wünschte er gute Nacht und ging in seinen Raum. »Der Onkel Eberhard hat Dir en Brief gschriebe«, rief ihm die Mutter nach. Als er im Bett lag, las er noch die Epistel von Onkel Eberhard, war aber so müde, daß er rasch einschlief.

Die erfahrene Kränkung hatte ein tiefes Mal in seine Seele gebrannt. Und so konnte auch der Schlaf die Schmähung nicht aus seinen Gedanken reißen. Aber nun, da im Traum Wirklichkeit und Vision ineinander übergingen und ihn Phantasien und Bilder heimsuchten, die der Tag in ihm erweckt hatte und die jetzt bewirkten, daß er nach Außergewöhnlichem für seine Person und sein Leben suchte, empfand er plötzlich ein zu himmlischen Höhen gesteigertes Lebensgefühl. Und dieses hochfliegende Lebensgefühl schien es zu rechtfertigen, daß er ein exemplarischer, bahnweisender Mensch werden wollte, denn er spürte mit einem Male eine gewaltige innere Kraft. Sie verlieh ihm ein solches Gefühl der Überlegenheit, daß er trotzig die Idee aufnahm, sich als Esel zu bekennen und sogar stolz darauf war, in Gestalt eines Eselmenschen auf diese Welt gekommen zu sein, um dem Hochmut dieser Welt die Bescheidenheit und Demut in einer neuen Nachfolge Christi vorzuleben. Und wie zur Bekräftigung seines inneren Bekenntnisses hörte er eine Stimme sprechen, die seines einstigen Biologielehrers im Gymnasium, der in markanter Weise das »S« wie ein »Sch« aussprach und nun das dozierte, was er dachte:

Die verborgene Intelligensch der Natur hat esch auf die Schöpfung optimal angepaschter Kreaturen abgeschehen. Voilà! Ich, Bubaschto, der Blaue Eschel, bin eine ihrer vollkommenen Schöpfungen ausch dem Programm ihrer Millionen

Jahre währenden Auschlescheprozesche. Oder ischt esch nicht eine geniale Erfindung der Natur für meine Gattung, als ein Schymbol der Dummheit zu gelten und doch heimlich gescheit zu schein? Allein diescher geniale Einfall der Natur ischt mir Beweisch genug für ein auf lange Schicht geplantesch Wohlwollen der Schöpfung, dasch unsch Eschel unabschehbare Zeit vor schlimmer Feindschaft und Auschrottung bewahrt, will doch jeder gescheit und keiner ein dummer Eschel schein.

Nun ging das Sprechen plötzlich auf Remigius selbst über, und er fuhr fort: Seht mich nur an, ihr Spötter! Mein blaugraues Fell zeugt von der Klugheit der Schöpfung, da Blau keine Leidenschaften und Grau keinen Neid erwecken. Und ist es im Grunde nicht ebenfalls klug, wenn die Schöpfung uns Esel zu allem »Iiaa« sagen läßt? Und weil keine Eselin »nejin« sagt, so vermehren sich die Esel mehr als die Gescheiten. Das ist seit meiner Urahnin Asta so, als sie meinem Urahnen Bubo in einem Stall in Ägypten begegnete, und sie sich erkannten und wieder erkannten und immer noch einmal erkannten, bis sie eine stattliche Schar von Eselkindern beieinander hatten. Und Bubo und Asta beschlossen damals, den Erstgeborenen in Verschmelzung ihrer beiden Namen »Bubasto« zu nennen. Und fortan zeugten die Esel Bubasto den zweiten, den dritten, den vierten und so fort. Bis zu meinem Vater Bubasto dem Fünftausendsten zeugten und gebaren sie das durch alle Zeiten währende Geschlecht der Blauen Esel, bei dem der Erstgeborene bis auf den heutigen Tag Bubasto heißt. Und ich bin der Fünftausendunderste dieser Eseldynastie. Darum müßt ihr bedenken, daß sich in mir die gesamte Dummheit von fünftausend Generationen vereinigt, aber auch alle Eselsgeduld und mitunter die Kraft störrischer Versagung und Beharrung im Althergebrachten eines dumm erscheinenden, frommen Eselglaubens.

Die wesentliche Art unserer Dummheit, ist sie etwa nicht der unentbehrliche Kitt für die ansonsten auseinanderstrebende Welt? Gewiß, diese Dummheit enthält die größte Weisheit, denn sonst wären meine Vorfahren nicht geschätzte Berater von Kaisern, Königen und Staatsmännern in aller Welt und zu jeder

Zeit geworden. Bubastos waren es, die den Großen der Welt einflüsterten, ihre Liebesaffären als unschuldige Lustbarkeiten, als harmlose Eseleien hinzustellen. Und sogar auf die großen Schlachten der Weltgeschichte nahmen Bubastos entscheidenden Einfluß. So will ich nur erwähnen, daß dreidreidrei vor Christus ein Bubasto mit seinem Orakel den Perserkönig Dareios vor der Keilerei mit Alexander bei Issos so weit brachte, daß schließlich Alexander zu Alexander dem Großen wurde. Ein anderer Bubasto wurde zum Liebesboten zwischen Antonius und Kleopatra, und zuvor ließ ein Bubasto den Caesar wie einen störrischen Esel alle Warnungen vor einem Anschlag in den Wind schlagen und in den Senat und dort in den Tod gehen. Ach, ich könnte ein ganzes Buch über die Weltgeschichte schreiben und darin nachweisen, daß die Mächtigen und sogar die sogenannten Gescheiten dieser Welt zu allen Zeiten auf den Rat eines Esels hörten. Aber das Vergangene soll vergangen sein.

Je mehr ich, Bubasto der Fünftausendunderste, eine ebenso heilige wie wollüstige Unruhe in mir spüre, ein mit jedem Augenblick sich steigerndes Gefühl, als stünde mir etwas Gewaltiges bevor, desto mehr neige ich dazu, die aufregenden Geschichten zu glauben, die mir mein Bäsle Astalebastale immer wieder erzählt, wenn sie sich und mich mit ihrem hitzigen Leib erregt. Die frühreife Astalebastale, Tochter meiner Tante Astala, der Schwester meiner Mutter, ist ganz verrückt nach mir und stößt sich weder an unserer nahen Verwandtschaft noch daran, daß ich im Grunde ja ein noch unerfahrener Dutterer bin. Da kommt sie im Gefolge meiner Tante zu Besuch zu uns in die Mühle von Mischtlau an der Jagst und überredet mich zu einem langen Spaziergang über die Talwiesen. Und wie ich so lustig gestimmt bin, drückt sie sich hinter einem Gebüsch ganz dicht an mich, knutscht mich ab und reibt ihre Flanken so seltsam und heftig an mir, daß es mir heiß und bang wird. Schließlich stöhnt und schluchzt sie und blickt so himmlisch entrückt, daß ich besorgt frage: »Was hasch denn? I han doch nix do!«

»Des isch's jo grad, Bubaschtole, aber des verschtehscht du halt net«, sagt sie seufzend und wird nach einer Weile wieder normal, ja fast feindselig nüchtern. Nur die Beine zittern ihr noch ein wenig und sie sagt: »I bin jetzt a bißle müd, komm' mir leget uns am Ufer in de Schatte.«

Ich tue ihr schön und versichere: »Nix isch schöner, als mit dir im Gras liege, des tu i doch so gern, Aschtalebaschtale, des weisch du doch.« Und ich fahre ihr mit meinem samtigen Eselschnäuzle so lange den Hals rauf und runter und über den Kamm, bis sie in traulichem Ton vorschlägt: »Solle mer uns an unser alt's Plätzle lege?«

»Gern, Aschtalebaschtale, aber gell, du erzählscht mir no au wieder die G'schicht von meiner Mutter, wie i selbigsmol uf d'Welt komme bin?«

Sie lacht. »Ha, des han i dir doch scho a paarmol erzählt, aber wenn dir's so g'fällt...«

Und schon liegen wir an unserem »alten Plätzle« hinter dichten Weidenbüschen und schneckeln uns so dicht aneinander, daß ich den Maulgeruch vom Bäsle aushalten und mich darob beherrschen muß, weil sie wohl wieder einmal zu viel Schafgarbe gefressen hat. Aber ich vergesse das und lausche gespannt.

»Also«, fängt sie an und küßt mich erst noch einmal, »– ach isch des süß mit dir zartem Bengele – also, jetzt sprech' ich hochdeutsch wie deine Mutter. Du weißt, daß Gottvater seine gnädige Hand in besonderem Maße über uns Esel hält, seit einer der unseren den Heiland auf der Flucht nach Ägypten getragen hat. Vielleicht in solchem Zusammenhang kam deine Mutter eines Tages seltsam verklärt und verändert nach Haus und behauptete, Gottvater sei ihr in blendender Helle drunten bei der Ockenauer Brücke erschienen und hätte ihr verheißen, sie werde bald einen Sohn haben, der als Esel ins Geschlecht der Menschen aufsteigen und den Menschen die Weisheit der Esel verkünden werde. Deine Mutter rührte damals drei Tage lang kein Futter mehr an, und dein Vater war der Verzweiflung nahe, denn sie redete wirr, legte die Ohren an und fauchte, wenn sich dein Vater ihr nähern wollte. ›Ich werde einen Sohn haben, der ein Mensch wird,ein besserer Mensch als der Patron unserer Mühle‹, sprach sie immer wieder. Und es machte ihr nichts aus, daß dein krachsaurer Vater sie gelegentlich ein spinniges Weib nannte, das wegen ihrer Schwangerschaftspsychose zum Doktor gehen sollte.

›Ein Mensch!‹ rief dein Vater. ›Als ob ich nicht mit einem Eselsohn zufrieden wäre!‹«

Ich unterbreche Astalebastale: »Des isch typisch Vatter: Werktichs immer bloß tapfer g'schafft, und sonntichs vor der Kirch 's erschtmol und z' obends noamol d' Mutter attackiere – also noi, so an Kalenderesel und Schablonehengst wird amol g'wiß net aus mir…«

Da lacht Astalebastale und stürzt sich in höchster Erregung auf mich: »Komm, Bubaschtole, laß' uns halt a bißle Vatterles und Mutterles mitanander spiele! No kann i dir nachher au wieder besser weiterverzähle!«

Eine Woge des Entzückens und vollkommener Verwirrung löscht für eine Weile alle meine Gedanken. Wie ich nach unserem arkadischen Intermezzo wieder zu mir komme und mich umblicke, sehe ich einen Reiher, der meinem früheren Mathematiklehrer ähnelt und uns kopfschüttelnd anblickt, dann seinen Schnabelkopf geradeaus wirft und indigniert ans Ufer der Jagst stolziert.

Schließlich frage ich verlegen: »Und wie ging's dann weiter?«

»Also«, fährt Astalebastale fort und rückt sich erst wieder zurecht, »als der Doktor bekanntgab, deine Mutter würde im Zeichen der Zwillinge niederkommen, sah sie darin eine Bestätigung ihrer Verheißung, sie werde gleichsam ein Doppelwesen, nämlich einen Eselmenschen zur Welt bringen. Und als du dann auf die Welt kamst, geschahen allerlei merkwürdige Dinge: Dem Patron der Mühle fiel ein Zahn aus dem Mund. Die Patronin entdeckte ein frischgelegtes Hühnerei auf ihrem Nachttisch, und die Magd Frieda schrie nachts um Hilfe, weil angeblich ein schwarzer Mann durch ihr Fenster einsteigen wollte. Im Dorf verfolgte die Eberleins Josefa ihren Richard mit dem Suppenschöpfer, weil er nach Mitternacht erst vom Wirtshaus kam und das Schlüsselloch nicht fand. Der flüchtete zum benachbarten Pfarrhaus, um sich dort zu verstecken. Als der Pfarrer, von dem wilden Geschrei der Josefa wachgeworden, vor die Haustür trat, um nach dem Rechten zu sehen, schlug ihm die Josefa, die ihn für ihren Richard hielt, den Suppenschöpfer auf den Kopf und schrie: ›Han i di endlich, du gottsallmächtiger Fetz!‹

So bekam der Pfarrer in der Nacht deiner Geburt eine Beule und gab damit ein lange sichtbares Beispiel christlichen Duldens.

Im Stall aber rieben dich der Doktor und der Patron mit Stroh vom Schmär des Neugeborenen trocken und sauber und betrachteten dich voll Stolz, weil du ein Hengstfohlen warst und alsbald auf den Beinen stehen konntest. ›Ein Esel, und kein Mensch‹, sagte dein Vater befriedigt. ›Abwarte, Vatterle‹, entgegnete deine Mutter matt und erschöpft und wurde fortan wieder normal wie früher.«

»Ich finde diese Geschichte einfach schön«, sage ich zu Astalebastale, »und das Schöne braucht nicht einmal wahr zu sein.«

Da verschwindet Astalebastale plötzlich, und ich befinde mich bei Meister Sanifax, dem Philosophen und Lehrer, der einer der ältesten Esel ist und mich das Leben lehren soll. Er hat ein Landkartenfell, weil ihm an vielen Stellen die Haare ausgefallen sind, und er spricht mit dünner blecherner Kastratenstimme und muß jede Viertelstunde Wasser lassen. Aber er gilt als großer Gelehrter und weiser Mann. In Windeseile erlebe ich seinen Unterricht und habe das Gefühl, in rasantem Tempo gescheit zu werden. Vielleicht liegt das daran, daß wir Esel wie viele andere Tiere im Gegensatz zum Menschen nur darauf aus sind, das Wesentliche zu erfahren, eben das, was unser Wesen betrifft und unserem Wesen durchs Leben hilft. Seltsam, daß Sanifax seinen Unterricht mit derselben Bitte beginnt, die ich auch meine Mutter immer wieder sagen hörte: »Der gütige himmlische Vater soll deinem Körper die Lebenswärme erhalten.« Sanifax erklärt mir diese Bitte so: »Unser Körper hat eine bestimmte Temperatur, die er braucht, damit wir uns wohlfühlen. Es ist unsere Lebenswärme, die nur geringe Schwankungen duldet. Aber wir sind ja eingebettet in die große Welt der Erde und der Gestirne, und Himmel und Erde machen ein wechselndes Klima, und alle Welten um uns herum haben ihre Einwirkungen auf unsere Erde und auf uns. Darum bedeutet die Bitte, der gütige himmlische Vater möge deinem Körper die Lebenswärme erhalten, daß Himmel und Erde im Gleichklang miteinander und mit uns bleiben und unser Leben erhalten mögen.«

Während seiner Belehrungen blickt Sanifax immer wieder in ein dickes Buch mit dem Titel »Sanitatis Codex proborum asinorum – Gesundheitskodex für rechtschaffene Esel«. Und ich höre ihn lehren: »Wir Esel sind Lufttiere. Also meide das Gewässer. Und sei mäßig im Essen, denn was du verzehrst, das wird dich am Ende selbst verzehren! Trage eine Last lieber auf dem Rücken als im Bauch! Und halte auch Maß mit der Arbeit, sie kann zur Sucht werden und blind machen. Außerdem sind Schlaf und Wachsein Geschenke des Himmels. Es wäre eine Sünde, wenn du für den Schlaf das Wachsein und fürs Wachsein den Schlaf erzwingen wolltest. Achte auch auf regelmäßige Ausscheidungen. Merk dir den Vers aus unserem Kodex, der in unserer derben Eselsprache lautet:

Nach Fütterung und Tränke
Und ihrem Wohlbehagen
An die Entleerung denke
Zur Stund' an allen Tagen.
Und zweimal in der Woch',
Zumindest einmal doch
Vergnüg' dich in des Schöpfers Namen
Mit schönen Eseldamen.

Das Schwerste aber, mein teurer Bubasto, ist die Kunst, deine flackernde Seele immer wieder im Lot zu halten. Angst und Zwang, Feindseligkeit anderer und deine eigene dir selbst gegenüber, Unzufriedenheit und erfüllte wie unerfüllbare Wünsche und Hoffnungen, Heimweh und Fernweh – das sind gar schlimme Kumpane unseres Lebens. Sie immer wieder loszuwerden, ist schwierig und braucht ständige Übung. Dazu bedarf es des sogenannten Odysseus-Prinzips. Um dir das klarzumachen, muß ich dich an die Geschichte erinnern, die uns Homer über die Belagerung Trojas berichtet hat. Du erinnerst dich, daß ein riesiges Heer der Griechen zehn Jahre lang erfolglos Troja belagerte.

Als die Moral der Truppen sank,
Und man nur noch dünne Suppen trank...,

so heißt es trefflich in dieser Situation bei Homer, da hörte der sture Agamemnon endlich auf den heimlichen Eselmenschen Odysseus, der schon lange den Trick mit dem Trojanischen Pferd ausgeheckt hatte. Du weißt, wie schrecklich erfolgreich schließlich der Einfall des Odysseus verlief. Doch Odysseus war eben nicht nur ein phantasiebegabter Mensch, sondern er ist auch als Symbol ein Prinzip zur Meisterung des Lebens insofern, als man sich in schwierigen Lagen des Lebens weder dem Lamentieren überlassen, noch eine Lösung mit der Brechstange versuchen soll. Das Odysseus-Prinzip bedeutet, sich etwas einfallen lassen, zu einer Idee finden, mit dem Nachdenken dort fortzufahren, wo andere aus Trägheit oder Unvermögen mit dem Denken aufgehört haben...«

Die letzten Worte von Sanifax entfernen sich rasch, und der Alte verschwindet wie ein Spuk. Ich weiß mit einem Male nicht mehr, bin ich oder war ich Bubasto der Fünftausendunderste. Eine alte Melodie erklingt, und ich finde mich in der Abiturienten-Tanzstunde wieder. Die Tanzlehrerin und ihr Assistent haben eine neue Platte aufgelegt, die Donkey-Serenade, und wir jungen Herren von der achten Gymnasialklasse stürzen auf die Mädchen vom Lyzeum zu, um sie zum Tanz zu bitten, so artig, wie es uns gelehrt worden war. In meiner Tanzdame, auf die ich zusteuere und vor der ich mich verneige, erkenne ich meine Quasi-Verlobte Helga Schink. Aber o Schreck, o Blamage! Sie gibt mir einen Korb mit der spitzigen Bemerkung: »Die Musik spielt zwar die Esel-Serenade, aber trotzdem möchte ich nicht mit einem Esel tanzen.«

Bestürzt eile ich aus dem Raum, um meiner Schande zu entfliehen. Aber während ich noch höre: »Si, si, si, schenkst du mir nur einen Penny…«, stürze ich draußen in einen tiefen Schacht, wo es plötzlich kein Treppenhaus mehr gibt.

Mit lautem Stöhnen erwachte Remigius aus diesem Traum, der so heiter begonnen hatte und nun so abrupt und böse endete. Als er, es war fünf Uhr früh, zur Toilette ging, sah er auf dem Tisch einen Brief von Helga Schink liegen, den die Mutter wohl vorsorglich etwas beiseite gelegt hatte, weil sie ebenso wie er ahnte, daß es ein Abschiedsbrief war.

Betteln und Hausieren verboten!

Der bizarre Traum vom Eselmenschen wirkte an diesem Morgen tiefer in ihm als der Abschiedsbrief, den ihm Helga Schink geschrieben hatte. Darüber, daß sie seine Argumente verständig aufgenommen und sich mit herzlichen Wünschen für sein weiteres Leben von ihm verabschiedet hatte, war er trotz einiger Wehmut erleichtert. Nun konnte er ohne Rücksichtnahme auf gesellschaftliches Prestige seinem Job aus Hausierer nachgehen, der in den Augen des Bürgertums gleich neben dem Betteln angesiedelt war. Aber mit Möpsle würde das jetzt in enger, freundschaftlicher Zusammenarbeit nicht nur erträglicher, sondern geradezu abenteuerlich spannend werden.

Sie waren um halb neun am Schloßplatz verabredet, um von dort auf die Höhen in Stuttgarts Westen zu fahren. Vor neun Uhr hat es keinen Sinn, hausieren zu gehen. Bei allzuvielen braucht es am Morgen längere Zeit, bis sie die Nacht aus dem Gesicht wischen und sich auf den Tag einstellen. Und dabei soll man keinen stören, schon gar nicht gleich etwas von ihm wollen, bevor er noch wissen kann, was er selber will. Die Träume der Nacht verlassen uns nicht fluchtartig, sie wollen gebeten sein. Der Tag mit seiner apollinischen Zucht und Ordnung muß behutsam vorgehen, solange unsere Seele noch an der Bitternis oder der Süße ihres Nachtlebens zu schlucken hat und Eros damit beschäftigt ist, sich für den Tag anzukleiden. Darum suchen die meisten Menschen bewußt oder unbewußt am frühen Morgen recht mühsam ihr »Wisse den Weg« für den Tag. Und dabei soll man sie nicht stören.

Eingedenk dieser Erfahrung stiegen Remigius und Möpsle erst kurz nach neun auf der Doggenburg aus der Straßenbahn aus, um ihr Glück im zerbombten Westen von Stuttgart zu versuchen. Ihre stürmisch geschlossene Freundschaft hatte noch kein Hinterland. Äußerlich wirkten ihre Figuren wie ein Kontrastprogramm, das sich aus einer spontanen Sympathie heraus nun ergänzen wollte. Etwas zäh, fast einsilbig war die Unterhaltung in der Straßenbahn gewesen. Der Impulsivere war Möpsle, der aber an diesem Morgen gegenüber dem noch etwas verschlossenen Remigius fast vorlaut und aufsässig wirkte.

»Also, denk' dran: Armer Student, Kriegsheimkehrer, ausgebombt – Mitleid wecken und noch einmal Mitleid erwecken –, schwätze und noamol schwätze und zwischedurch immer wieder traurig uf da Bode starre, kleine Pause mache, und wenn ebber selber was verzähle will, zuhöre und 's gleich Lamento a' stimme. Und schließlich noch was ganz Wichtiges: Immer ei'flechte, daß die oder jene aus der Gegend und überhaupt älle sparsame und kluge Fraue bloß no Spiegella kaufet und du eigentlich mit Nachlieferunge bald mehr beschäftigt seischt, als mit Neuwerbung von Kunde. Merk dir: Was andere hent, des will der Mensch au habe!«

Remigius ließ diese wohlgemeinten Ratschläge geduldig aber schweigend über sich ergehen. Eine solche zur Strategie entartete Psychologie mochte er nicht leiden, und so dumm war er ja schließlich auch nicht, wie man aus dieser Belehrung hätte schließen können. Aber höflich wiederholte und bekräftigte er zuletzt ihre Abmachung: »Also, zwischen zwölf und halb eins wieder hier bei der Imbißbude. Mach's gut!«

Nun ging er die nächste Straße lang, eine schwere Segeltuchtasche – einziges Mitbringsel aus der Kriegsgefangenschaft –

mit fünfzehn Dosen Bohnerwachs am Arm, mal rechts, dann zur Entlastung links tragend. Nach einigen ausgebrannten und zerbombten Häusern, stumme Zeugen des Krieges und Mahnmal der Vergeßlichkeit, endlich ein leidlich und sogar mit Glasfenstern zurechtgeflicktes Haus mit einem Firmenschild am Eingang: Alfons Rübsamen. Süßwaren – Großhandel GmbH.

Er dachte an saure Drops und klingelte. Eine hübsche junge Dame öffnete, und er sagte sein Sprüchlein vom Studenten und dem vorzüglichen Bohnerwachs. Die junge Dame lächelte, wurde etwas verlegen und bat ihn ins Büro, da er sein Angebot dem Prokuristen vortragen müsse, sie sei nur die Sekretärin. Ein ungepflegter, ausgewaschener alter Parkettboden im Büro schrie geradezu nach Pflege mit einem guten Bohnerwachs. Hinter einem Schreibtisch saß ein kleines, rundes Männlein mit Brille inmitten vieler Papiere in der Pose eines Vielbeschäftigten. »Herr Päffgen, hier kommt ein Student, der uns Bohnerwachs für unser Büro anbietet«, übernahm die junge Dame die Vorstellung und fügte hinzu: »Unser Bode' hier könnt' scho' a Verschönerung brauche.«

»So, Student sind Sie?« Herr Päffgen blickte nach einer Weile von seinem Schreibtisch auf. »Studieren Sie Chemie, weil sie Bohnerwachs verkaufen?«

»Nein, Theologie.«

»Theologie! Ich werd' verrückt! Da sollten Sie man lieber mit Bibeln als mit Bohnerwachs hausieren! Was versteht denn einer, der Pfarrer werden will, von der Chemie?«

Der molluskenhafte Homunkulus hinter dem Schreibtisch hatte es offenbar darauf abgesehen, seine Intelligenz vor der Sekretärin unter Beweis zu stellen, das einzige, womit er wohl hoffte, ihr ein wenig imponieren zu können. Und da der arme Kerl vor ihm kuschen mußte, wenn er seine Chance wahren wollte, witzelte Herr Päffgen weiter: »Ich wollte früher ooch mal Pfarrer werden. Wahrscheinlich schaue ich deshalb heute noch immer nur nach oben. Also nee, mein Lieber, Bodenpflejc, det fangen wir jarnich erst an. Det kostet uns noch ne Putzfrau extra. Nee, nix da mit den schwäbischen Putzfimmel!«

»Pech«, dachte Remigius ärgerlich. Kommt so ein Kerl aus dem großen Vaterland nach Stuttgart und reißt eine Lippe gegen die schwäbische Putzlust.

Aber in die kleine Pause hinein und ehe er noch überlegen konnte, was er Herrn Päffgen erwidern sollte, sagte die Sekretärin in scharfem Ton: »Also wenn Sie dem arme Schtudente nix abkaufet, no nem i a Dos' Bohnerwachs für daheim, wo's Gott sei Dank a bißle g'pflegter aussieht als in unserm preußische Büro. Gebet Se mir a Dos', was koscht' se denn?«

Remigius wurde rot und holte etwas umständlich eine Dose aus der Tasche.

Herr Päffgen, der seine Sekretärin anscheinend, wenn auch mit unzureichenden Mitteln, verehrte und sich darum diesen Affront gefallen ließ, gab nun plötzlich klein bei und meinte verlegen: »Naja, wenn Se meinen, von mir aus. Nehm' wa halt zwei Dosen für die Firma, aber jejen Quittung. Für Studenten hat der Päffgen schließlich ooch en Herz, war doch selber mal eener.«

Remigius bedankte sich und verließ, um drei Dosen Bohnerwachs erleichtert schließlich das Büro.

Seltsam, dachte er, welche Macht doch weiblicher Charme und weibliche Jugend auf betagtere Männer ausüben. Da entscheidet der kleine, fette Knülch doch spontan in seiner männlichen Logik richtig. Was soll's in der Tat mit Wachs auf dem alten Boden in dem unästhetischen, nüchternen Büroraum? Und dann tritt Aphrodite auf den Plan – und schon ist alles männliche Gehabe beim Teufel, wird der Mann unter dem Zauber ihrer Schönheit begehrlich und entdeckt, weil's die Schöne so will, sogar sein zugeschüttetes Herz und empfindet Mitleid. Für eine kleine Weile wird der harte Sinn der Männer dann weggefegt, wird der Mensch im Geschäftsmann sichtbar, entfaltet sich Seele in ihm, wird Gefühlswelt in ihm lebendig, die man sonst nur Kindern und Verliebten mit einem nachsichtigen Lächeln zugesteht.

Unterdessen war er vor einem Haus angelangt, das offenbar keinen Bombenschaden erlitten hatte. Die Tür, die in den Vorgarten und zum Haus führte, ließ sich mit einer Drehung des Türknopfs öffnen. Vergilbt an diesem Gartentürle ein rundes Schild: »Betteln und Hausieren verboten!« Aber er bettelte ja schließlich nicht, und er war auch kein Hausierer, sondern ein Anbieter. Und überhaupt hätte man höchstens anschreiben können, daß Betteln und Hausieren verbeten seien. Ja, verbitten konnte man sich das, aber nicht verbieten.

Nach dem Klingeln öffnete sich im ersten Stock oben ein Fenster. Das ergraute Haupt einer Matrone schob sich heraus und fragte gereizt: »Was wellet Sie? Wie sind Sie denn überhaupt do rei' komme?«

Er hatte kaum den ersten Satz, daß er Student sei und ein außergewöhnlich gutes Bohnerwachs anbieten wolle, ausgesprochen, als die Matrone von oben herab giftig fragte: »Könnet Sie net lese, wenn Se scho Schtudent sei' wellet?«

Natürlich wußte er sofort, daß sie das Schild »Betteln und Hausieren verboten« meinte. Aber da packte ihn der Pfipfes, und er antwortete im Tone des Bedauerns: »Ha, lese könnt i zur Not scho, aber i han mei' Brill' vergesse.«

»Um a Ausred' send Sie jo a'scheinend net verlege.«

»Nein, wirklich, i han mei' Brill' net dabei. Ich kann's Ihne beweise.«

»Wie denn?«

»Also, wenn des kein Beweis ischt«, rief er hinauf, »daß ich dort obe am Fenschter a liebenswürdiges, hübsches Fräulein seh', no weiß i au net...«

»Wenn Sie mi jetzt au no' auf de Arm nehmet und beleidiget, no ruf' i d' Polezei, daß Se's wisset!«

»Aber was isch denn mit Ihne los? Warum verstehet Sie denn au' gar kein Spaß?« Und er stapelte hoch: »Sehet Se, ich bin angehender Pfarrer, Student der Theologie, und i han nach der Währungsreform bloß kei' Geld mehr und muß halt erscht wieder was verdiene zum Weiterschtudium. Aber i werd immer traurig, wenn i Mensche find', die mi' net amol sage lasset, wer i bin und warum i komm' und dene i net amol mein Ausweis zeige ka'. Schließlich war i vier Jahr' im Krieg, bin ausbombt und 's isch traurig g'nug, wenn mer jetzt sein Unterhalt so verdiene muß.«

»Schö' derher schwätze könnet Sie ja. So g'sehe könntet Sie scho an Schtudent sei'. Aber wenn Sie Pfarrer schtudieret, sind Se bei mir grad an der richtige Adress', denn do kenn i mi scho a bißle aus. Schließlich isch mer jo scho' zwanzig Johr em Bibelkreis. Da könnet Se mir nix vormache!«

»No fraget Se mi halt ebbes über d' Bibel.«

»Ja, junger Mann, das werd' ich au, weil i dann glei' seh', ob Sie Pfarrer schtudieret«, sagte das sprechende Fenster. »Also, mein Herr Schtudent, welche Bücher enthält denn das Alte Testament? Aber bitte schö' der Reihenfolge nach!«

Aha, sie wollte das alte Sprüchle hören. Remigius stellte seine schwere Tasche auf den Boden und deklamierte dann laut zu dem ihn examinierenden Weib am Fenster hinauf:

»In des alten Bundes Schriften
Merke an der ersten Stell'
Mose, Josua und Richter,
Ruth und zwei von Samuel.
Zwei der Könige, Chronik, Esra,
Nehemia, Esther mit.
Hiob, Psalter und die Sprüche,
Prediger und Hohes Lied.
Merk: Jesaja, Jeremia,
Hesekiel und Daniel,
Dann Hosea, Joel, Amos,
Auch Obadja, Jonas Fehl.
Micha, welchem Nahum folget,
Habakuk, Zephania und Haggai
Schließen mit Maleachi
Endlich dann die Reih'.«

Während er so deklamierte, begann die Dame oben zu strahlen und wiederholte die letzten Zeilen leise vor sich hin, so daß sie, als er fertig war, wie ein Echo sagte:

»Schließen mit Maleachi endlich dann die Reih'. Ja so was! Wartet Se, i drück' auf de' Türöffner, daß Se rei' könnet.«

Im Treppenhaus roch es wie nach ranziger Butter und toten Maikäfern. Das mußte von einem uralten Bohnerwachs kommen, denn die Stiegen zeigten matten, fettigen Glanz.

Remigius stellte sich vor und zeigte auch seinen Studentenausweis, den Frau Lehmann, während sie durch die Glastür ins Wohnzimmer bat, mitnahm, um ihn dann im Zimmer mit aufgesetzter Brille zu studieren. Jetzt begann erst einmal eine eingehendere Befragung zu seiner Person. Es hätte daher keinen Sinn gehabt, einfach zu fragen, ob sie nun etwas abkaufen wolle oder nicht, denn zuerst einmal mußte ihre Neugier befriedigt werden. »So, so«, begann Frau Lehmann, »jetzt muß i aber dumm frage: Sie sind also Cannschtatter und dort ausbombt? Habet Se dort im Geiger in Miete g'wohnt?«

Nun orientierte sie sich über den Besitzstand der Familie. »Ha wisset Se, i hab' dort da Oberposchtrat Schmähle kennt«, kaschierte sie gleich ihre Kernfrage.

»Was! Ich war doch mit dem Ernscht Schmähle befreundet, mir waret Schulkameraden und au em Jungvolk beianander.«

»Ja, etz guck doher! I han scho vorher denkt, wie i Sie so a'guckt han: Ha, den junge Herre hascht doch scho amol g'sehe, der kommt dir doch irgendwie bekannt vor.«

»Ja, der Ernscht Schmähle, der Arme, isch leider g'falle, no an 44 und war doch der einzige Sohn.«

»Oh, höret Se auf, des Elend von der verzweifelte Mutter han i mitg'macht. Die Frau hat ja fascht da Verschtand verlore.«

Remigius schwieg. Für eine Weile setzte auch Frau Lehmann ihre Befragung aus. Dann war sie es, die zur Sache kam und meinte, sie habe zwar noch Bohnerwachs, wolle aber doch probeweise zwei Dosen abnehmen. Und sie war sogar so nett, ihn zu fragen, wohin er in dieser Straße noch zum Verkauf gehen wolle und bot ihm, weil sich schon am Vormittag die sommerliche Hitze bemerkbar machte, ein Glas Apfelsaft an. Da Remigius gerne zusagte, so hatte Frau Lehmann, die mächtig schwitzte, weil sie zuvor in ihrer Waschküche tätig gewesen war, endlich Gelegenheit, sich zu offenbaren und dem jungen, angehenden Pfarrerle ihr Herz auszuschütten.

»Also«, begann sie nun zu schildern, was Remigius in den weiteren Häusern der Straße erwarten würde, »neben dran, da wohnt d' Frau Zapf, au a Witfrau wie i, aber arg g'schpäßig. Ihr Mann war Kassier bei der Landessparkass' und isch a halb's Jahr nach mei'm Mann ama Schlägle g'schtorbe. Mir kennet uns gut, weil ihr Mann und mei' Anton selig am gleiche Stammtisch waret. Des war a gaudige Runde, alles g'schtandene Männer, die sich jede Woch' am Donnerschtagobend im Rebstöckle, in dere Wei'stub, troffe hent. ›D' Zibebeschlotzer‹ hen se sich g'heiße, weil se so gern Trockenbeereauslese trunke hen. Ach Gott, war des a fidels Mannsvolk! Do hat jeder sein Spitzname g'habt. Mei' Anton selig war der ›Mürbe‹, weil er gern a frischs, knätschigs Weißbrot zum Viertele gesse hat, und so hat einer der ›Durchbackene‹, an anderer, der immer g'röschte Maultasche welle hat, der ›Gröschtete‹ und wieder an anderer der ›Abbrühte‹ g'heiße. Aber i will Sie net mit so ebbes nahalte, denn Sie müsset ja no weiter, und i muß nach meiner Wäsch' gucke. Aber i komm' halt immer wieder auf des, weil i in Gedanke soviel mit mei'm verschtorbene Mann umgang. Wisset Se: S'ischt ihm ja gut gange. Er war Oberforschtrat und zwanzig Jahr' älter als ich, deshalb habe mir au keine Kinder g'habt. Zwei Tag bevor der Krieg a'gfange hat, isch er ama Gehirnschlägle sanft ei'g'schlafe. Er war no im Paulinehoschpital beim Professor Meier-Lischt, aber der Professor hat glei' zu mer g'sagt: Frau Lehmann, für Ihren Mann ischt leider nimmer der Arzt, sondern der Pfarrer die wichtigste Person.«

Frau Lehmann bekam Tränen in die Augen, wußte aber gleich eigenen Trost: »Aber jetzt nach dem schrecklichen Krieg sag i immer wieder: ›Tonele, s'isch dir viel erschpart bliebe, sei froh, daß du des Elend bloß von obe siehscht.‹«

Aber schon bald war sie wieder beim eigentlichen Grund ihres Gesprächs:

»Also die Zapf«, fuhr sie fort, »ist seit dem Tod von ihrem Ma' eine ganz eigene Person worde, vor allem seit se ausbombte Leut hat ins Haus nehme müsse, die im Parterre wohnet. Sie wohnt im obere Stock und fühlt sich von ihre Mieter dauernd beobachtet. Und damit se kontrolliere kann, ob die Leut heimlich zu ihr hochkommet, streut se immer Mehl auf ihre Stiege und ihren Flur. Und damit mer net durch's Schlüsselloch an ihrer Glastür gucke kann, hängt se immer Waschlappe an de inner' Türklinke. Also da werdet Se's schwer habe... Ja, und im übernächsten Haus, da sind drei Parteien. Im Parterre wohnt der Herr Privatgelehrte Enno Schützenhobel – habet Se vielleicht schon amal von ihm g'hört? Er schreibt so philosophische Bücher und G'schichtsbetrachtunge, die aber kei' Mensch verschteht, und bei de Nazi hen sen amol verhört, aber no wieder laufe lasse, und behauptet, er sei verrückt. Dem g'hört des Haus. Eigentlich stammt er aus Brasilien, wo seine Eltern riesige Ländereien mit Viehzucht g'habt habe. Aber em Krieg hat mer ihm en Brasilien älles abg'nomme. Und jetzt hat er au nix mehr außer sei'm Haus. Er hat früher au immer an Diener und a Köchin bei sich g'habt, zwei rassige Halbneger von dort... Sei Lacherei, wegen der se ihn da ›lachende Philosoph‹, heißet, hat er erscht a' g'fange, wie er d' Mitteilung kriegt hat, daß sei ganzer Besitz en Brasilien konfesziert worde sei. Jetzt hat er halt kei Eschtanzia mehr und au di hübsch' Halbnegere, wo em vorher emmer de Haushalt g'macht hat, isch abg'reist. Er hat ihre sogar no d' Fahrkart nach Brasilien zahlt. Ja und jetzt putzet em ab und zu aus Mitleid ältere Dame und gucket als in sei'm Haushalt nach em Rechte. Bloß, daß der Ihne a Wachs abkauft, des glaub' i kaum...«

Remigius war froh, daß er sich jetzt in einer kleinen Gesprächspause von Frau Lehmann lösen konnte. Er tat eilig, gab ihr die gewünschten zwei Dosen Bohnerwachs und verabschiedete sich mit einem in Stuttgart unüblichen »Vergelt's Gott«.

Als er bemerkte, daß ihm Frau Lehmann vom Fenster aus nachschaute, ging er die Straße zurück und bergabwärts in die nächste Straße. Dort standen einige Mehrfamilienhäuser. Den Philosophen Enno Schützenhobel und die gespäßige Frau Zapf wollte er lieber am Nachmittag aufsuchen. Sein Instinkt leitete ihn heute recht sicher. So stand er jetzt vor einem Gebäude, dessen Zerstörung wahrscheinlich durch Brandbomben verursacht worden war. Die Schäden waren inzwischen jedoch leidlich ausgebessert worden. Als er unter dem Namensschild die Berufsbezeichnung »Architekt« las, wurde ihm etwas beklommen. Er wußte selbst nicht so recht, warum er immer in Befangenheit geriet, wenn er zu akademisch gebildeten Leuten kam. Sie waren doch eigentlich stets höflich und fanden meist Verständnis für Studenten in ihrer derzeitigen Notlage. Der AStA Stuttgart hatte erst kürzlich in der Stuttgarter Zeitung um Arbeitsstellen und Freitische für Studenten gebeten und die Notlage der Studenten geschildert. Und viele Akademiker folgten diesem Hilferuf, weil sie ja von den Nöten der Studierenden aus eigenen Erfahrungen wußten. Aber vielleicht war es dies, wovor er sich schämte, denn er suchte nicht Mitleid, sondern Verständnis.

Als er sich gefaßt hatte und klingelte, öffnete ein wohl vierzehnjähriges Mädchen, das ihn ohne Scheu groß anblickte. Nachdem er sein Sprüchlein vom Studenten und vom Bohnerwachsangebot gesagt hatte, meinte die Kleine, »Augenblick, ich hol' die Mutti« und ging durch ein großes Entree in einen anderen Raum und rief: »Mutti, da draußen steht ein ganz armer Student und will uns was verkaufen. Kommst du mal?«

»Augenblick!« rief eine Frauenstimme aus dem Inneren.

Kurz darauf erschien eine hübsche, sympathische Dame und bat Remigius hereinzukommen. Drinnen in einem herrschaftlichen Wohnzimmer mit wertvollen, alten Möbeln, die beweisen wollten, daß Bomben und Feuer doch nicht alles vernichtet hatten, wurde Remigius in einen Sessel gebeten, dessen Tiefe ihn zwar ins Parterre, aber auch in die Geborgenheit eines Umschlossenseins versetzte. Die Dame des Hauses fragte, ob sie etwas Erfrischendes an diesem schon so heißen Vormittag anbieten dürfe. Ein guter Most mit Sprudel gemischt würde den Durst am besten löschen, schlug sie vor, und Remigius stimmte gerne zu. Sie hätten einen großen Wochenendgarten im Remstal mit viel Obst, erläuterte die Dame, während das Töchterle auf Geheiß die Erfrischung holte. Sie würden das Obst halt immer mosten und Saft von den vielen Äpfeln und Birnen machen und dann in Flaschen abfüllen lassen. Als sie dann mit einem artigen »Zum Wohl« einander zutranken, zeigte die Dame so viel Geduld und Takt, Remigius anzuhören, daß er auch, ohne von Neugier dazu provoziert zu sein, ein wenig von sich und seinen Studienproblemen und zuletzt auch noch vom Bohnerwachs erzählen konnte. Und er spürte, wie sich wohltuende, niemals distanzlose Sympathie ausbreitete. Als schließlich die Dame bescheiden und maßvoll, ja mit Dankbarkeit ihre besseren Lebensumstände ansprach und berichtete, ihr Mann habe dank glücklicher Umstände schon früh aus britischer Gefangenschaft heimkehren dürfen und sein Architekturbüro aufbauen können, lag ein Hauch von Hoffnung auch über der Beurteilung der Zukunft im allgemeinen. Aber die Dame ließ es nicht bei ihrer Aufmunterung für ihn, er werde sicher bald sein neues Studium aufnehmen und nach allen Bedrückungen der jetzigen Situation sein Ziel erreichen können. Sie überraschte Remigius mit der Frage, wie viele Dosen Bohnerwachs er denn in seiner schweren Tasche mit sich schleppe. »Ach Gott, noch zehn Dosen«, sagte er verlegen.

»Gut. Die lassen Sie mir jetzt da, denn ich habe soeben eine gute Idee. Nächste Woche übergibt mein Mann ein fertiggestelltes Haus, und da können wir doch das Bohnerwachs als kleine Gabe für den Einstand an die Hausbesitzer schenken. Und wenn Sie in ungefähr vier Wochen noch einmal vorbeikommen, will ich sehen, ob wir Ihnen nicht den Verkauf einer größeren Menge Wachs für ein Bürogebäude vermitteln können, das mein Mann gerade baut und das bald fertiggestellt sein wird.«

Remigius wußte nun nicht, ob ihn die Freude darüber oder der Most in leichten Schwindel versetzte. Als ihm das Glas noch einmal zur Hälfte gefüllt wurde, stürzte er den Trunk in zwei Schlucken hinunter und versicherte immer wieder seinen innigsten Dank, ja er verstieg sich sogar zu der prophetischen Aussage, es würde nun eine Epoche der Architekten anbrechen, gelte es doch, aus der Zerstörung heraus eine neue Wohnkultur zu schaffen. Die Dame lächelte nachsichtig und verständnisvoll und freute sich, einem ihr sympathischen, armen Studenten einen Dienst erwiesen zu haben.

Als Remigius nun schon um halb zwölf alle fünfzehn Dosen Bohnerwachs verkauft hatte und zur Imbißbude kam, traf er dort zu seiner Überraschung seinen Freund Möpsle an, der eben eine Cola trank. Möpsle war also noch schneller als er gewesen.

»Mensch, stell dir vor, ich war nur an einer Glastür' heut' morgen und bin schon alles los«, empfing er Remigius in Hochstimmung. »Und wenn's klappt, dann sind wir beide in nächster Zeit die schlimmsten Sorgen los.«

»Wieso? Komm' erzähl'!«

»Nein. Sowas kann mer eigentlich kaum erzählen, höchstens einem guten Freund. Aber schimpf' mich als Pfarrer bloß net aus, denn i han's eigentlich gar net wolle, so wie's komme ischt.«

»Ja was hascht denn bosget?«

»Woher woischt du, daß i g'sündigt han?«

»Ha no, des sieht mer dir scho von weitem a, daß ebbes Außergewöhnlich's los war.«

»Narr, do wärscht vielleicht sogar du schwach worde wie selbigs mol der heilige Antonius.«

»Also a Weib em Spiel?«

»I tät sage, a Weib hat a Spiel mit mir triebe, allerdings a a'gnehms. Paß uf! Glei' dort drübe komm' i in a riesigs alt's Mietshaus mit mindeschtens acht Wohnunge, a Haus, in des ausnahmsweis kei' Bomb' neigfahre isch, mit ama riesige Treppehaus mit Eichetreppe und große Diele. Im Parterre a Messingschild: Gerold Unterländer, Metzgermeister. Also i schell und denk no: Je größer d' Wohnunge, deschto weniger Leut hat's drin. D' Tür geht auf, und a Dame so Ende Dreißig, han i g'schätzt, kommt em Morgerock raus, neschtelt an ihre Hoor umannander und isch eigetümlich verwirrt und entschuldigt sich, se sei grad erscht am Frühstück. Kaum sag i ihr, daß i Student bin, unterbricht se mi und sagt, i hätt' sicher lang nix G'scheits g'frühstückt und sei au einer von dene arme Studente, von dene mer immer in der Zeitung liest. I soll doch rei'komme und mit ihr frühstücke, se hätt' grad an gute Bohnekaffee g'macht, des könnt mir sicher net schade. Also, i gang nei in d' Wohnung, des heißt, glei' in d' Küche, wo mindeschtens sechs Sorte Wurscht und Käs' und Butter uf em Tisch waret und wo's nach ama himmlische Bohnekaffee g'roche hat.«

»Komm, mach mir's Maul net wäßrig und sag' mer a bißle schneller, wie dei Sünd' a'gfange hat.«

»No net hudle, lieber Freund, denn z'erscht sündigt mer ja bekanntlich bloß in Gedanke. Also mir sind an dem üppige Frühstück in der Küche glei' in a rege Unterhaltung komme. I han von unserem Job und vom Wachs erzählt, und nachher hat sie von sich aus losg'schprudelt. Sie sei Witwe. Kriegerwitwe? han i g'frogt. Noi, hat se g'sagt, sie sei a ganz normale Witwe. Ihr Mann, Metzger und um einiges älter als sie, wär ganz natürlich g'schtorbe vor zwei Jahr, weil er's scho jahrelang an de Niere g'het hat. Sie hätte die Metzgerei jetzt verpachtet. Und das Haus hier tät ihr auch g'höre. Sie würd' immer die Putzmittel fürs ganze Haus und vor allem für d' Kehrwoch ei'kaufe, und da könnt sie a gut's Bohnerwachs brauche. Zwischedurch isch ihr – se isch a bißle füllig, aber no handlich – immer wieder der g'blümte Morgenrock an Schlitz ufgange, und i han ihre hoorige Schenkel sehe müsse. Also des war scho ufregend, so am frühe Morge kurz nach neune.«

»Jetzt komme mer dere Sach' scho' a bißle näher«, warf Remigius ein.

»Na ja. Vier Wurschtbröter und zwei Tasse Bohnekaffee machet munter. Und wenn se mi tröschtet hat wege meiner Hausiererei, hat se immer nach meine Händ' g'langt und se g'schtreichelt. Ach, sie möcht mir so gern helfe, hat se immer wieder beteuert und mi a'guckt mit ganz hitzige Auge.

Ob i ihr des Wachs auf ihrem Parkettbode amol vorführe dürft', han i schließlich g'fragt, wie mir's immer heißer worde ischt. Aber gern, hat se g'meint, am beschte im Wohnzimmer drübe. Also sind mir ins Wohnzimmer nüber. Dort hat se sich uf's Chaiselongue g'setzt und g'meint, i soll halt amol vor ihr a Stück vom Bode ei'wachse.

Ich geh' in die Knie und auf alle viere auf den Boden, nehm' einen Lappen und schmier unser Wachs aufs ziemlich matte Parkett, fang' nachher 's Blankbohnere a' und komm natürlich au ins Schwitze, während sie mich bestaunt und seltsam lacht und ihre Füß' bald überananander schlägt und no wieder ausstreckt, immer grad vor d' Nas'. Ha, do hättescht du sicher au die hoorige Wade und die mollige Schenkel immer wieder a'guckt, au wenn du amol Pfarrer wirscht.«

Remigius lachte und trank Cola, wurde aber immer gespannter auf den Fortgang der Geschichte. Möpsle fuhr fort: »Ja, und wie der Bode nachher so richtig glänzt hat und i aufg'schtande bin, hat se g'meint, jetzt hätt' i mir aber net bloß des Frühstück, sondern a Kognäkle verdient. Und no hen mir halt a Kognäkle trunke, und weil mer auf oim Fuß net stehe könnt, hat se g'meint, wär' au no a zweits nötig. Ja, und i weiß eigentlich jetzt selber nimmer so genau, wie's ganga ischt, aber mir sind plötzlich auf der Couch nebenananander g'sesse und mir war's ganz eroberisch z'mut. Wie i ihre Wade mit dene viele Hoor g'schtreichelt han, hot se d' Auge zug'macht und g'sagt: ›Des krabbelt so schööö, wie wenn hundert Mariakäferle nuf und na saue tätet.‹

Wie i no a bißle kecker war und d'Schenkel g'schtreichelt han, hat se g'schwärmt: ›Jetzt sen's scho Maiekäfer, wo krabblet.‹ Und schließlich hat se d' Auge verdreht und g'flüschtert: ›Oh, isch des himmlisch, wenn sich d' Maiekäfer in a Mäusle verwandlet, wo ei'm so frech – so schöö em Triangel krabblet.‹

Und nach em me Weile hat se g'fragt: ›Darf i jetzt bei Ihne au a Hosemäusle saue lasse?‹

Also, jetzt weischt du meine Sünde. Aber i han alles für uns beide do, des, was i wohl nach de strenge Maßstäb' von dir net hätt do dürfe. Aber stell dir vor: Mei' Goldkäferle hat en Bruder mit einer Drogerie, der Bohnerwachs verkauft. Und für den liefere mir ab jetzt jede Woch' zwanzig bis dreißig, vielleicht noch mehr Dose Bohnerwachs. Und des teilet mir uns brüderlich zur Hälfte. Und mir lieferet etwa monatlich zehn Dose Wachs an mei Goldkäferle für d' Kehrwoch' und alle Wohnunge in ihrem Haus. Und außerdem« – er holte dabei zwei Büchsen Dosenfleisch aus seiner Tasche – »werdet mir mit Fleisch und Wurst versorgt.«

Remigius winkte lachend mit dem Zeigefinger: »Na, und was lieferst du außer dem Bohnerwachs?«

Verlegen schmunzelnd meinte nach kurzer Pause der Freund: »Einmal in der Woche vorbeikommen und fragen, ob neuer Bedarf besteht.«

Enno Schützenhobel erklärt den Hintergrund der Apokalypse

Nachdem sie am Vormittag so erfolgreich verkauft hatten, fuhren sie in der Mittagszeit in den »Unterstand«, um abzurechnen und neue Ware zu holen.

Fleischmacher, eingehüllt in eine Wolke von Zigarettenqualm, saß vor dem wer-weiß-wievielten Bier und konnte sich des Spotts ebensowenig wie der Luft enthalten, die er ungeniert geräuschvoll entweichen ließ.

»Unsa Blaua Esel entwickelt sich noch zu na Vakaufskanone. Hat wohl schon von Kügelche wat jelernt. Na ja, in da Bibel – wie heißt der Knabe doch, der die fünf Bücha jeschrieben hat? – steht schon janz deutlich: Kloppet an, so wird euch ufjetan... hahaha.«

Es fiel ihnen schwer, nichts zu sagen und nur nachsichtig zu lächeln. Dann gingen sie mit schweren Taschen in der Hitze des frühen Nachmittags in gleichem Schritt wieder in den Stuttgarter Westen zurück. Sie wollten das Fahrgeld sparen.

»Weißt du, was wir als Landser in Rußland auf unseren endlosen Märschen immer leise vor uns hingesungen haben?« fragte Remigius und stimmte im Marschrhythmus an:

»Und wir tragen unser Leiden mit Geduld,
An der ganzen Scheiße sind wir selber schuld...«

Möpsle stimmte mit ein, und sie wiederholten stumpfsinnig den Vers immer wieder, bis sie nach langem Marsch auf der Doggenburg ankamen. Remigius hatte von zwei schwierigen Häusern berichtet, die er am Vormittag ausgelassen hatte, nämlich das von der gespäßigen Witwe Zapf und von dem Privatgelehrten Enno Schützenhobel. Jetzt,nach dem Erfolg des Vormittags, packte sie der Ehrgeiz. Eine geworfene Münze entschied, daß Möpsle die Witwe Zapf und Remigius den Privatgelehrten Enno Schützenhobel aufsuchen sollte. Nach Abschluß dieses schwierigen Sonderunternehmens wollten sie sich wieder an der Imbißbude treffen.

Bald schon stand Remigius vor der Glastür von Enno Schützenhobel. Wenn man an einer Tür geläutet hat und sich nichts regt, so ist ein zweites Klingeln gerechtfertigt. Aber es wirkt wie Ungeduld, wenn man nicht erst ein wenig wartet. Schließlich muß einer oft erst Vorkehrungen treffen, ehe er zu öffnen bereit ist. Also wartete Remigius und klingelte erst ein zweites Mal, als er drinnen Geräusche hörte. Jetzt nahten schlurfende Schritte. Die Tür ging auf, und ein leicht gebückter, hagerer grauhaariger Herr im Morgenrock, dessen wäßrige, etwas hervortretende Augen angestrengt blickten, fragte mit barocker Höflichkeit: »Was verschafft mir die Ehre, junger Herr?«

Remigius entschuldigte sich zuerst für die Störung und sagte dann seinen üblichen Spruch vom Studenten, der ein vorzügliches Bohnerwachs im direkten Hausverkauf anbiete, um sich sein Studiengeld zu verdienen.

»Ah, Sie sind Student? Was studieren Sie denn?« fragte der Privatgelehrte interessiert.

Als Remigius etwas ausholte, um seine komplizierte Studiensituation zu erklären, bat ihn Enno Schützenhobel, doch einzutreten. Er führte ihn in ein großes Zimmer, dessen Wände aus Bücherregalen bestanden. Sie bargen eine große Privatbibliothek mit einigen tausend Bänden. An einem der beiden Fenster stand ein eigenartiger rundovaler Schreibtisch, dessen Tischplatte aus einem wenigstens zwanzig Zentimeter dicken dunkelroten exotischen Holz bestand, die von einem mächtigen dicken

Stamm getragen wurde. Auf diesem Schreibtisch lagen aufgeschlagene Bücher und Manuskripte durcheinander, und eine hübsche Jugendstil-Tischlampe diente dazu, Licht in das Tohuwabohu zu bringen, während zwei Hasenpfoten als Staubwischer fungierten.

Unweit des Schreibtisches lud ein etwas abgeschabtes Ledersofa zum Sitzen ein, und in einer Ecke forderten zwei Ledersessel und ein kleiner runder Tisch mit einer Holzplatte, die mit indianischen Ornamenten kunstvoll verziert war, geradezu zum Platznehmen auf.

»So sieht's im Studierzimmer eines ewigen Studenten aus«, entschuldigte sich Enno Schützenhobel und lud zum Sitzen auf den Ledersesseln ein. Er möge ihm doch ein wenig von sich erzählen, bat er Remigius, denn er zöge sich seit Jahren in die gemütliche Einsamkeit dieses Zimmers zurück, das der Bombenkrieg glücklicherweise verschont habe. Es wäre ihm eine recht angenehme Abwechslung, wenn er sich bei solcher Gelegenheit wieder einmal mit einem Menschen, vor allem einem gebildeten jungen Mann, unterhalten könne, vorausgesetzt natürlich, daß seine Zeit es erlaube.

»Leider kann ich Ihnen nur Mate anbieten«, meinte der Gelehrte verlegen. »Seit drei Tagen war ich nicht mehr in der Stadt zum Einkaufen, und heute früh habe ich von drei bis sieben Uhr am Schreibtisch gesessen und danach bis vor kurzem geschlafen.«

»Dann haben Sie weder gefrühstückt noch zu Mittag gegessen?«

Enno Schützenhobel lachte, und Remigius hörte ihn jetzt zum erstenmal lachen, obwohl Frau Lehmann ihm erzählt hatte, er würde dauernd lachen.

»Ach wissen Sie«, erklärte der Privatgelehrte, »ich esse nur, wenn es mir Spaß macht, und nicht, weil es gerade Mittag oder Abend ist. Und jetzt in der Sommerhitze gehe ich mit meinem schwachen Herz und labilen Kreislauf nicht gerne in den heißen Kessel drunten in der Stadt. Dann trinke ich halt Mate, der hält munter.«

Ob der alte Herr vielleicht schon zwei, drei Tage ohne Essen war? Remigius holte die Dose Fleisch von der Metzgerswitwe aus seiner Tasche, die ihm Möpsle abgetreten hatte. »Ich hab' da zufällig ein gutes Dosenfleisch, wenn ich Ihnen das anbieten darf«, schlug er vor.

»Sie sind ein gütiger, selbstloser Mensch«, lobte Enno Schützenhobel. »Ich nehme Ihr Angebot an, wenn Sie mit mir essen. Brot habe ich da. Und meinen Mate müssen Sie halt probieren. Ich trinke ihn kalt als ›Terreré‹, wie man das in Südamerika nennt. Schmeckt am Anfang schauerlich, hahaha.« Er lachte und verschwand, um Geschirr und ein hohes Glas mit einem Saugröhrchen zu holen.

Remigius öffnete die Fleischdose, und bald vesperten sie, als wären sie schon wer-weiß-wie-lange miteinander bekannt. Als Remigius Wasser auf den pulverisierten Mate goß und dann an dem Röhrchen saugte und das Gesicht verzog, meinte Schützenhobel: »Schmeckt Ihnen nicht – noch nicht!«

Remigius sagte ohne Scheu: »Ehrlich gesagt, das schmeckt wie ein durchgeschwitzter Lederriemen.«

Schützenhobel brach in lautes Gelächter aus. »Richtig empfunden! Ich hab als Junge in Brasilien, als ich das Zeug zum erstenmal trank, den Geschmack mit dem alten Sattel eines Vaquero verglichen. Aber wenn man's erst einmal gewöhnt ist, weiß man ihn zu schätzen, denn er macht munter und geistig frisch.«

»Ich werde mir Mühe geben«, versprach Remigius und erzählte dann in groben Zügen vom Krieg, von seinem Gelübde, vom Studium und seiner ganzen Lebenssituation. »Wenn es jetzt nach diesem Krieg auf der Welt und mit den Menschen besser werden soll«, schloß er seine Ausführungen mit einem Bekenntnis, »so muß sich der einzelne Mensch zum Besseren ändern. Erziehung durch Vorbild und Ausübung einer praktizierenden Brüderlichkeit ist gewiß ein schwieriger, aber nach meiner Ansicht der einzige Weg dahin. Und dazu will ich etwas beitragen.«

Nach einer Pause, während der Enno Schützenhobel nachdenklich an seinem Terreré schlürfte, fügte Remigius, seine Ausführungen relativierend, hinzu:

»Sie als Gelehrter werden vielleicht über meine Naivität lächeln und die Welt und die Menschen anders sehen.«

Nur die Spur eines eher schmerzlichen als überlegenen Lächelns war zu bemerken, als der Gelehrte, der ohnehin immer wieder tief atmete und nach Luft ringen mußte, schließlich sagte: »Glaubensüberzeugungen gegenüber hat's die Philosophie schwer. Aber es gibt einen französischen Vers, der Philosophie und christlichen Glauben meiner Meinung nach ins richtige Verhältnis setzt:

Un peu de philosophie fait des athéistes –
Beaucoup de philosophie de bons chrétiens.

Auf schwäbisch heißt das:

Bloß a bißle philosophiere macht Atheischte,
Aber gründlich philosophiere macht Chrischte.«

»Sehen Sie«, begann er zu erzählen, »als junger Mann war ich so wißbegierig und auf die Wissenschaft aus, daß meine Eltern mich schon bald von Brasilien hierher zu einem Onkel nach Herrenberg mit der Weisung schickten: ›Der Bua soll studiere, was er will, denn fürs Gschäft auf em Rancho taugt er nix. Der hat's im Kopf.‹

Also kam ich nach Herrenberg und von dort nach Tübingen. Um meine wilde Phantasie zu zügeln, studierte ich Physik, erst später Philosophie und dann noch Geschichte. Nach über dreißig Semestern hatte ich immer noch keine Examina gemacht, aber weder aus Angst noch aus Faulheit. Ich war allmählich zu der Überzeugung gekommen, daß ich zwar vieles, aber doch immer noch zu wenig wüßte. Ich meinte, ich müßte das Wissen der Professoren wie eine Zitrone bis zum letzten Tropfen ausquetschen. Das war Unsinn. Mein Onkel in Herrenberg, der meinen Eltern immer wieder nach Brasilien berichtete, war schließlich verzweifelt: ›In dene sechzehn Jahr Studium in Tübinge hat der Kerle beim Studiere meh' breglet, als a Hund mit em Schwanz wedlet‹, schrieb er anschaulich. Aber da meine Eltern drüben auf der riesigen Hazienda nichts mit mir anfangen konnten und mein Bruder dort die Viehzucht übernahm, schickten sie mir einfach immer Geld, mehr als ich brauchte, und ließen mich nach meiner seltsamen Art selig werden. Wie lange ich's noch an der Universität weitertrieb? So lange, bis ich den Universitätsbetrieb durchschaute, bis ich die Wissenschaft in ihrem arroganten Anspruch erkannte, allein die Wahrheit ergründen zu können und die alleinige Verwalterin des Wissens zu sein. Dieser hochmütige ›Imperialismus der Wissenschaft‹ trieb mich schließlich wieder in die Arme meines schon aufgegebenen christlichen Glaubens zurück, obgleich ich deshalb kein Kirchenchrist wurde. Meine Abneigung gegen die Orthodoxie der Wissenschaften und gegen den Alleinanspruch der Universität ließen mich alle akademischen Examina, Titel und Laufbahnen verabscheuen und im Hinblick auf meine finanzielle Unabhängigkeit das werden, was man früher einen Privatgelehrten nannte.«

»Und woran arbeiten Sie?«

»Ich arbeite seit fünf Jahren an einem Werk, das die geistes- und kulturgeschichtlichen Entwicklungen zu deuten versucht. Dabei sehe ich die Geschichte des Menschen nicht als Wiederholung eines ewigen Kampfes zwischen Gott und Teufel, Gut und Böse, Licht und Finsternis, deren Dualismus nur eine Hilfskonstruktion der Menschen bedeutet, mit der sie Ordnung in ihr Denken bringen wollen. Die Geschehnisse, davon bin ich überzeugt, wiederholen sich nur in gewissen Erscheinungen, in Wirklichkeit schreiten sie auf einer Spirale fort bis zu einer zwischenzeitlichen Endlichkeit, die wir als Apokalypse sehen können. Weder der Sieg des Guten noch des Bösen steht der Menschheit in solcher Apokalypse bevor. Die Entwicklungen führen vielmehr vom Sinn über den Unsinn in den Wahnsinn, vom Willen über den Unwillen in egoistisch-narzißtische Selbstherrlichkeit und damit in totale Vereinsamung. Die Abkehr von der realen Welt, die mit herkömmlichen Konzepten immer unregierbarer wird, die Abkehr vom realen sozialen Leben, das man nicht mehr zu meistern versteht, nimmt ständig zu, so daß die Welt aus Träumen und Phantasmen eines persönlichen Wahnsinns für eine zunehmende Zahl von Menschen immer attraktiver wird. Selbst die Wissenschaften entwickeln sich durch ihre Exzesse zum Wahnsinn, wobei die Narrheit der Menschen die aus der Bahn geratende Wissenschaft durch nichtssagende Bilder ersetzt, die dann einer in Tollheit dahinlebenden Menschheit als Wissen der Welt gelten wird.

Aber – das ist nun so ein poetischer Einfall von mir – der Wahnsinn, in dem die Welt untergeht, wird sich an ein paar Völkern brechen, die das Chaos überleben. Beispielsweise an Schwaben und Juden! Nehmen wir als das uns Nächstliegende einmal die Schwaben in der Apokalypse unter die Lupe. Wir Schwaben, so führe ich es in meinem Werk aus, sind eine seltsame Mischung aus Träumern und Realisten. Die Traumvision, für die wir begabt sind, bedeutet uns vorauserlebte und nacherlebte Wirklichkeit, und Wirklichkeit ist oft nichts als eine Bestätigung unserer Träume. Dabei sind wir fähig, unser Bewußtsein nach beiden Richtungen hin abzugrenzen. Schwäbisch gesagt: Mir hent zuviel Verstand, um unserer Phantasie so zu vertraue, daß mir des, was es in uns denkt, au ohne weiteres mache tätet. Mir spinnet bloß in Gedanke. Wer bei uns fromm ischt, der denkt zwar an de liebe Gott, aber tut net glei alles, was der will. Mer überlegt sich des z'erscht no amol. Und mer betet au net da ganze Tag, sondern geht abends in d' Stond.«

»Und was hat die Welt, was hat die Menschheit nach Ihrer Ansicht in die Apokalypse geführt?« schaltete sich Remigius ein.

Enno Schützenhobel lachte. »Die Apokalypse ist, wie gesagt, die Tollheit der Menschen, ist der Wahnsinn, in den ihr Denken und Verhalten fällt, der Wahnsinn, der ihre Gesellschaft und alles Gemeinsame auflöst und zerstört. Die Atombomben sind hierfür ein Symptom. Aber ich will Ihnen, wenn Sie noch Zeit und Lust haben, meine poetische Deutung der Apokalypse vorlesen, die uns auf dem Hintergrund der Mythologie auch die Rolle der Schwaben als Auserwählte fürs Überleben der Apokalypse erklärt.«

Remigius war einverstanden, und Enno Schützenhobel schlurfte zum Schreibtisch und kramte in seinen Manuskripten, ehe er dann mit ein paar Blättern zu seinem Stuhl zurückkehrte und zu lesen begann: »Also: Die mythologische Fabel zur Entstehung und Geschichte der Aufklärung nebst Gründen, warum die Schwaben in der Apokalypse vor dem Wahnsinn bewahrt wurden – so die Überschrift.

Als der Sieg des Christentums die alten Götter aus ihrer Rolle und Bedeutung gestürzt und ihre Tempel zerstört hatte, da wurden die Götter des Heidentums zornig. Die Menschen mißachteten sie, denn der Donner und Blitz des Jupiter, die verheerenden Kräfte des Mars, die Schönheit der Venus und die Gefräßigkeit des Saturn, auch des Chronos' Macht über die Zeit wurden nur noch von den untersten der Gesellschaft, den Dichtern, verehrt. Diese Demütigung stachelte die Götter zu äußerster Anstrengung an, ihre alte Bedeutung wiederzuerlangen. Aber der Genius des Christentums begegnete dem mit der Kraft und Moral der Liebe, so daß die Mythologie für alle Zeit ins Reich der Schwärmer und ins Land der Poesie verwiesen wurde. Der Jammer bei den alten Göttern war groß, denn daß man da unten eine Sorte Filderkraut nach Demeter benannte, den Namen Merkurs als Titel einer Tageszeitung und Juno als Zigarettenmarke benützte, das ging den Herrschaften von einst zu weit. Nach langen, wilden Träumen fand Jupiter endlich eine Jahrhundertidee, sich für die Demütigung der alten Götter an den Menschen nachhaltig zu rächen. Schließlich kannte er die Menschen und wußte um ihre Schwächen, besonders um ihre Neugier und Wißbegier, auch um den Hang zur Selbstherrlichkeit und Unabhängigkeit von jedem höheren Wesen.

Darum beschloß er, die Aufklärung mit ihrer Klugscheißerei in seine Dienste zu nehmen und sie in Gestalt der Pandora mit allen notwendigen Gaben auszustatten. Als Stoff für die neue Gottheit nahm Jupiter Schweizer Käse, da ihm Lochkäse für die Durchgängigkeit von spitzfindigen Gedanken und Parolen für die neue Göttin am besten erschien. Vulcanus formte daraus die wunderschöne Gestalt der mit ewiger Jugend ausgezeichneten

Göttin, deren erste Worte ein Dank an Jupiter waren: ›Gratias Jupiter optimum! De caseo helvetico me coagulisti – Dank dir höchster Jupiter! Aus Schweizer Käse hast du mich erschaffen.‹ Obwohl die neue Götterdame nackt vor ihnen stand, schämte sie sich nicht, denn die Götter hatten vergessen, sie mit Schamgefühl auszustatten. Dennoch kleidete sie Minerva aufreizend an, gab ihr Unterricht in allen Künsten und lehrte sie, über alles zu diskutieren und zu räsonieren. Aber auch Venus tat des ihrigen mehr als genug und ließ ihr eine Prachtfrisur durch ihren Leibcoiffeur hindonnern und ihre Brüste so formen, daß Vulcanus zusehends nervöser wurde.

Chronos ließ Vulcanus eine Uhr fertigen, die Pandora am Arm tragen konnte und auf die sie ständig nervös schauen mußte, um alle Welt in Zeitnot zu versetzen. Während die Grazien ihr Lüsternheit eingaben und die Horen ihr zeitgemäßen Schmuck anlegten, trat Merkur hinzu und verlieh ihr die Gabe großer Worte und hinreißender Lüge. Er brachte ihr bei, mit eindringlichen Parolen das Publikum zu begeistern. Das brachte Merkur einen Sonderapplaus der Götter, denn nun waren sie gewiß, daß die Aufklärung mit allen Gaben ausgestattet war, die Menschen zu ihrem Unglück zu verführen.

In bezaubernder Gestalt, mit brillantem Wissen und umwerfender Beredsamkeit ausgestattet, schickten nun die alten Götter die Aufklärung, deren wirklicher Name Pandora war, auf die Erde, um sie ihr Werk beginnen und die Politik zu einer Furie der menschlichen Gesellschaft und – mit Philosophismen aufgehübscht – zum Hauptanliegen der Menschen werden zu lassen.

Jupiter, der ein schlauer Levantiner war, bat aber zur Erleichterung seines nun doch ein wenig belasteten Gewissens den Merkur, Vorsorge zu treffen, daß beim zu erwartenden Untergang des Menschengeschlechts, den Pandora schrittweise bewirken würde, wenigstens ein paar Völkerschaften übrigblieben, damit nach der Apokalypse noch jemand den Göttern zu Diensten wäre. Merkur, der Schwaben, Schotten und Juden besonders gewogen war, versprach daher Jupiter, mit den

Schwaben ein erstes Überlebensmodell zu schaffen, das dann mit Varianten auch für seine anderen Lieblinge nutzbar wäre.

Und so schwebte Merkur mit einer wahrhaft blendenden Idee hinunter gen Stuttgart ins Alte Schloß, wo er den ungestümen Herzog Ulrich aufsuchte, der eben von der Jagd heimgekehrt war und vesperte. Als der Herzog Merkur sah, bekreuzigte er sich, obwohl er ein Reformierter war, weil er Uhlbacher Götzenberg zum Vesper trank. Merkur bedeutete ihm, daß er im Auftrage Jupiters komme, der ihm empfehle, in Tübingen eine Philosophenschule zu gründen. Der Herzog lachte belustigt: ›Was willsch' du von mir, du Heidegöttle? A Philosopheschtift in Tübinge'? Daß i net lach'! Lauter Schwätzer und Spintisierer züchte und da Ufruhr dazua!‹

Als Merkur ihm nun drohte, er werde ihm, wenn er sich weigere, aufs Dach steigen und sich dort zeigen, damit sich das Volk entrüste, weil er einen Heidengott auf seinem Dach hätte, da brummte der Herzog unwirsch: ›Ach, steig' mer doch in d' Tasch' mit deiner Philosopheschul in Tübinge!‹ Da schwang Merkur seinen Stab, und der Herzog wußte nicht, wie ihm geschah, denn seine Taschen waren plötzlich prall mit Goldstücken gefüllt. Geistesgegenwärtig hielt er mit den Händen die goldgefüllten Taschen zu, daß ja kein Goldstück herausfalle, und meinte in plötzlich zugänglichem Ton: ›Ad primum. Er hat begriffen, daß alle Wünsche Geld kosten. Ad secundum. Ganz unter uns: In mei'm bigotte Ländle kann i doch kei' Philosopheschul gründe. Do tät mir doch de ganz' Geischtlichkeit samt Talar und Bäffle en's Gsicht springe.‹

Nachdem er in einer kleinen Denkpause mit dem Zeigefinger festgehakte Fleischreste aus dem Gebiß befreit und geschluckt hatte, fuhr er fort: ›Also, i han do a andere Idee, wenn i von euch Götterknabe 's Geld derfür krieg. I gründ' und unterhalt a Stift für Theologe. Und do kommet sowieso bloß de Gscheiteschte na, au sote, wo nochher net o'bedingt a Kutte trage wellet und wahrscheinlich geborene Spintisierer sind, wie i zu de Philosophe sag. No wär's zwar offiziell a Theologestift, aber heimlich doch a Philosophestift, wie's dei' Jupiter möcht. Aber jetz' möcht i no wisse, worom der Jupiter mit sei'm gschpäßige Volk ausg'rechnet in mei'm Schwobaländle so a Philosopheschul han will?‹

Merkur versprach dem Herzog, dessen Plan er als genial pries, an jedem Dreizehnten des Monats volle Taschen. Dann weihte er ihn in den Plan der Götter ein, die Schwaben bei der zu erwartenden Apokalypse überleben zu lassen, denn aus dem Tübinger Stift würden große Geister und Philosophen hervorgehen, deren Gedanken und Lehren das Werk der Aufklärung gehörig unterstützten. Weil aber gerade hier im Schwabenland die Propheten und Philosophen als Verkünder neuer Lehren nichts gälten, so würde sich die Verheerung der Aufklärung hier nicht auswirken und die ohnehin kritischen und behäbigen Schwaben die Apokalypse als Massenwahn dereinst überleben lassen.

Und so geschah es, daß der Herzog in Tübingen ein Stift gründete und die Schwaben sich tatsächlich als überaus widerstandsfähig gegenüber dem verheerenden Werk der Pandora zeigten. Später, viel später ließen die Stuttgarter sogar Merkur, der ihnen besonders verbunden blieb, aufs Dach steigen, wo wir ihn bis heute auf dem Dach der Alten Kanzlei bewundern können.«

Remigius, der von dieser mythologischen Fabel so angetan war, daß er sich eine Abschrift erbat, mußte dann aber doch aufbrechen und bat Enno Schützenhobel, daß er bald wieder einmal zu ihm kommen dürfe. Er wolle ein wenig, soweit ihm dies möglich sei, für die Verpflegung sorgen, damit dieser sich schonen könne. Es war ihm nämlich aufgefallen, daß Enno Schützenhobel blaue Lippen hatte und beim Sprechen und Vorlesen immer wieder nach Luft ringen mußte. Er hatte, wie er gestand, einen Herzklappenfehler, war also schwer herzkrank.

Enno Schützenhobel lachte auf dieses Angebot hin, das er mit der Warnung annahm: »Wer nicht als Kauz gelten will, sollte sich nicht in die Gesellschaft von Käuzen begeben.«

Er nahm ihm zuletzt noch drei Dosen Bohnerwachs ab und gab ihm – »auch für die schöne Begegnung« – einen Zwanzigmarkschein. »An Geld habe ich weniger Mangel als Sie, junger Freund. Und außerdem haben Sie mich heute reich beschenkt«, dämpfte er die Befangenheit von Remigius.

Jammer einer Jugend

»Das ist doch wieder einmal ganz und gar der Blaue Esel«, kommentierte Möpsle den Bericht von Remigius über den Besuch bei Enno Schützenhobel. »Hat selber nichts zum Fressen und verschenkt das ganze Dosenfleisch an den Nächstbesten.«

»Dieser Nächste war heut' wirklich mein Bester«, rechtfertigte sich Remigius, »und er war noch bedürftiger als ich.«

»Und jetzt bischt du wieder bedürftiger als ich.«

»Du hast schon mit mir geteilt, und dabei bleibt's. Keine Sorge.«

»Ha, so hab i's au wieder net g'meint. Aber überleg' dir doch: Wie willsch du denn zu was komme, wenn du des bißle, was du gelegentlich kriegsch, glei' wieder verschenkscht?«

»Ich teile ja nur genau so, wie du mit mir geteilt hast.«

»Hmm. Wahrscheinlich hast du recht. Ich bewund're dich darum. Wenn ich bloß auch so sein könnt' wie du. Aber meischtens wird der Mensch halt schon von klein an versaut.«

»Hast du's schwer g'habt, früher, daheim?«

»Willst du's hören?«

»Wenn du mir's erzählen willst, gern.«

»Also gut. Aber vielleicht schmeckt dir meine Jeremiade besser, wenn ich mit einem Zitat aus dem Buch Hiob anfang', das der Pfarrer bei der Beerdigung von meinem Vater verlesen hat, ein Spruch, den ich nicht vergessen kann.« Möpsle lächelte gequält.

»Mein Vater starb übrigens an einem Schlaganfall, kurz nachdem er bei einem Fliegerangriff eine Brandbombe mangels

Wasser mit dem ihm so heiligen Moscht gelöscht und sich dabei überanstrengt hatte.«

»›Der Mensch, aus dem Mutterleib geboren‹, so heißt's bei Hiob, ›lebt nur kurze Zeit und ist voll des Elends.‹ Und so isch's au. Kaum isch man do, geht's scho los. Mer weiß eigentlich überhaupt no net, was es mit ei'm soll. Do wird mer g'wickelt, läßt alles nausfahre, wird älleweil sauber g'macht, kriegt alle paar Stund ebbes obe neig'schobe, des mer no unte wieder nausläßt. Und bei dem komische Zirkus schläft mer häufig und schreit ab und zu, obwohl's ei'm eigentlich wohl ischt und mer gar net wisse will, warum des so und net andersch ischt. Später tut ei'm irgendwann amol s'Göschle weh und mer heult halbe Nächt und wird 'rumtrage und hört d' Mutter sage: ›Oh, eieiei, hat's unser Mändle schwer, wenn's Hackerle kriegt. Aber bald isch's rum, no kann unser Mändle beiße und Spätzle und Wurschtele esse...‹

Wenn's dann soweit ist, dann geht's aber schon los. Jetzt mußt du dich aufs Töpfle anmelden und so lange sitzen, bis sich das Potschamberle, auf das bunte Häsle aufg'malt sind, wie ein Blutegel an deinem rosigen Ärschle festgesaugt hat und beim Aufstehen an dir hängen bleibt. Und weil du nicht einmal den eigenen Gestank magst und du dir in Nachahmung der Großen die Nase zuhältst, sagt die Mutter stolz zum Onkel Doktor: ›Wisset Se, Herr Doktor, mir hent a heikles Mändle. Immer wenn's unte ebbes naus läßt, no hält sich's obe 's Näsle zu.‹ Schließlich leidet man bald an Mumps und dann an Masern und entdeckt zum erstenmal, daß Kranksein auch seine angenehmen Seiten hat, steht man dabei doch ganz im Mittelpunkt, ist auch jeder Nachsicht gewiß und wird verwöhnt. Weil ich in meinen ersten sieben Lebensjahren ein Kümmerling war und man den Ausbruch einer Schwindsucht befürchtete, hat man mir viele Jahre lang jeden Abend ein Fieberthermometer ins wunde Zündloch geschoben. Das hatte zur Folge, daß sich schon allzufrüh mein Birnenhäkle aufzurichten begann, und ich heute noch am Hinterteil so kitzelig wie eine Kellnerin bin. Zudem hab ich jeden Tag einen Eßlöffel Lebertran schlucke und wegen meiner Blässe, die als Blutarmut gedeutet wurde, ein Schnapsglas Eisentinktur trinke müsse. Hinter all diesen Sonderaktionen stand die Fürsorgeschwester, eine Freundin meiner Mutter, die den vielsagenden Spitznamen ›Vögelestante‹ hatte.

Weil ich so schmächtig war und ›a bißle z'rückbliebe‹ schien, wurde auch das Essen zu einer Tortur.

›Buele eß', daß d' au amol so schtark wie der Vadder wirscht‹, mahnte die Mutter und übernahm lange Zeit die Führung des Löffels, wenn ich genug hatte. ›Ein Löffel für den Papa, ein Löffel für die – Mama‹, konnte ich eben noch sagen, eh' mir der Mund vollgestopft wurde. Und da es noch eine Tante und einen Onkel gab und auch die Großeltern selig zitiert wurden, so hat es immer schönes Wetter gegeben, weil der Teller in mühseligem Schlingopfer geleert wurde. Der Vater, dem die Nachahmung der Kindersprache nicht so lag, bemühte sich auf seine Weise, mich zum Leeren des Tellers zu bewegen. Er hängte beim Essen den Rock über den Stuhl, zeigte seine dicken Arme und belehrte mich: ›Muschkle gibt des, wenn mer dapfer ißt.‹ Und um mir das zu seinem großen Vergnügen klarzumachen, schöpfte er sich stets den Teller so voll, bis alle Platten geputzt waren und sein Leib dem einer Hochschwangeren glich. – So, jetzt weißt du wenigstens, warum ich ein Fresser und ein Möpsle geworden bin. – Und wenn die Qualzeit der Mahlzeit vorbei und alle erschöpft waren, so mußte ich gemäß peinlicher Einübung die Hände falten und für das Essen danken: ›Danket dem Herrn, denn er ist freundlich und seine Güte währet ewiglich.‹ Das ›Ewiglich‹ konnte ich in den ersten Jahren meiner Dressur nicht so recht aussprechen, so sagte ich ›ewiglicht‹, was meine Mutter stets rührte.

Als ich noch kaum sicher auf den Beinen war, lehrte man mich auch, die Hand zu geben, immer die schöne Hand, wie es hieß.

›Sag' au danke‹, wurde ich ermahnt, wenn die Metzgersfrau beim Einkauf mir ein Rädle Wurscht gab.

›Sag' bitte‹, hieß es, wenn mich das Gemüseweib mit einer

überreifen Zwetschge in der Hand fragte: ›Möchtescht a Zwetschg?‹ Dabei mochte ich schon damals kein Steinobst und wäre wohl imstand gewesen, der Alten die Zwetschge wieder in den Korb zurückzulegen.

Die unablässige Nähe und Einwirkung der Mutter wurde mir mit den Jahren zu einer wachsenden Bedrückung. Sicher war es seelisch bedingt, wenn ich trotz aller Stopfereien beim Essen ein Hering blieb. Aber vielleicht hielten mich auch die vielen Wurmkuren dünn, vermutete man doch, ich hätte Würmer im Darm.

Da kam dann die Schulzeit zunächst wie eine Befreiung, erschien die Schule mir doch wie ein Loch im Zaun, durch das ich wenigstens für eine Zeitlang entschlüpfen konnte. Aber, ach du himmlischer Vater: Mit der Schule fing lediglich eine Zeit anderer Zwänge an.

Mit dem Geld, daß ich's nicht vergesse, ging's grausig b'häb bei uns zu. Um das Geld fürs Haareschneiden zu sparen, verpaßte mir der Vater, der ursprünglich gerne Friseur geworden wäre, alle vier Wochen eine so radikale Schur, daß man mich in der Schule ›Schermaus‹ hieß.

Als ich noch in die Volksschule ging, sagte der Vater, wenn er ein paar Gläser Moscht hinter sich hatte: ›Wenn d' ebbes G'scheits werde willsch, no muscht ufs Gymnasium. Weil, wenn i uf em Gymnasium g'wese wär, no könnt' i heut statt Sekretär glatt Amtmann sei.‹ Er war bei der Stadtverwaltung. Also ging ich, da ich ein guter Schüler war, aufs Gymnasium und lernte Griechisch und Latein.

›No ka'sch zur Not au Pfarrer werde.‹ – Entschuldige, aber ich gebe nur die Worte meines Vaters wieder und will dich nicht kränken. – Ich war auch im Gymnasium kein schlechter Schüler. Aber die Zwänge lasteten bald immer mehr auf mir. Stöhnte ich über die Schulaufgaben einmal auf, so beteuerte die Mutter: ›Aber mir wollet doch bloß, daß du's amol später besser hascht als mir. Deshalb solltescht halt doch wenigschtens 's Abitur mache.‹ Als ich das Abitur hatte und mir vorkam wie einer, der das Matterhorn bezwungen hat, steigerte sich der Ehrgeiz meiner Eltern.

Mein wortarmer Vater, der damals immer mehr dem Moscht verfiel, kam eines Abends heim, als Mutter in der Stund' war, und forderte mich auf, am nächsten Morgen zum Apotheker Schaber zu gehen, den er vom Stammtisch her kannte und der bei meiner Traktierung mit Lebertran und anderem schon eine Rolle gespielt hatte. Er würde mir erklären, was alles erforderlich sei, wenn ich Apotheker werden wolle. Als ob ich je Apotheker werden wollte!

›Also, wenn du Abodeeger werde willsch‹, belehrte mich Doktor Schaber in weißem Kittel, ›no muscht z'erscht amol zehn Semeschter Pharmazie studiere und zwischedurch zwei Jahre in einer Abodeeg praktiziere. Wenn du des alles hinter dir hascht, no kommt's Staatsexame. Vorher sottsch aber doch scho' nach ere Dokterarbeit gucke, denn a promovierter Abodeeger hot meh' A'sehe als einer, wo kein Doktor isch. Wenn du no dei Dokterarbeit fertig hoscht – also, des ischt scho' a Ärbet, kann i dir sage –, no kommt schließlich nach em Staatsexame no d' Promotionsprüfung. Wenn einer des hinter sich hat, ja, dann kann er eigentlich no gar nix. Jetzt muß mer erscht amol die Praxis in einer Abodeeg richtig kennelerne, also d'Abrechnung von Kasserezept ezeterapepe. Und no muß mer ja au' erscht ebbes verdiene, damit mer später amol ama alte Kollege sei Abodeeg abkaufe oder uf Rentebasis übernehme kann.‹

Ja, du heiliger Trotzmaschenko! Immer ›amol‹. Wenn sich sowas noch Leben, dazu Leben eines jungen Mannes nennt! Nach hundert Prüfungen und einer kräfteverschleißenden Berufsausbildung kriegt man zum Schluß ein amtlich geeichtes theoretisches Wissen bestätigt und wird dann in einen engen Pferch beruflicher Tätigkeit gesperrt, wo ein erneutes Gerangel mit Hauen und Stechen für weitere Lebensjahrzehnte beginnt und man eher früher als später resigniert vor der Krankheit, die sich Leben nennt und für deren Heilung man in der lateinischen Küche des ›Abodeegers‹ vergeblich nach einem Mittel sucht.

Nein, den Mumpitz einer solchen Ausbildung und Berufslaufbahn habe ich damals gleich abgelehnt. Da wäre ich ein schlechter Schüler dieses beschwerlichen Lebens gewesen.

Als die Eltern meine Ablehnung ihrer hochgeschraubten Erwartungen erfuhren, zitierte der Vater in einem Akt seelischer Entlastung immer wieder die Ansicht unseres Physiklehrers über die sogenannte heutige Jugend: ›Die Kerle sauet in der Hitlerjugend bloß no ins Gelände und uf da Sportplatz zum Kicke. Die lernet nix meh', und deshalb wird au aus dene Kerle amol nix G'scheits.‹

Naja, bevor uns dann der Kommiß und der Krieg verschluckt hat, war ich nicht der einzige, der wenigstens noch ein bißle Amore gemacht hat.

Bei Tobruk in Afrika hat's mich dann mit einem Schußbruch am linken Oberarm erwischt. Wie viele von uns Abiturienten sind gefallen. Und alle Drangsal des Schulbetriebs war umsonst.

Wie ich Ende 1945 aus amerikanischer Gefangenschaft heimkam, war mein Vater schon gestorben, und meine Mutter lag mit Brustkrebs im Robert-Bosch-Krankenhaus im Sterben. Vorbei. Was ist mir von allem geblieben? Eine kleine Waisenrente und Unterstützung von einem Onkel.

Nachdem Möpsle eine Weile geschwiegen und in sein Bierglas gestarrt hatte, sagte er »Prost! Jetzt han i mi halt wieder amal auskotzt. Des tut gut.«

Remigius prostete zwar zu und bedankte sich für die vertrauensvolle Offenheit, aber das so ironisch erzählte Erlebnis der Jugend stimmte ihn doch betroffen und nachdenklich.

Als Erzähler entnehme ich seinem damaligen Tagebuch die Notiz:

»Jetzt weiß ich, daß meinem Freund Möpsle weit mehr als mir vom Schicksal auferlegt wurde... Das alles hat aber die sonnige Grundstimmung seines Wesens nicht verändern können. Er ist offensichtlich mit den Realitäten seines Unglücks gründlich fertig geworden.«

Vision einer Stadt

Wer als Hausierer jeden Tag über Trümmerschutt von Ruine zu Ruine eher stolperte als ging, konnte die tiefe Niedergeschlagenheit über den Untergang der Stadt nicht loswerden. Aber viele Menschen, die durch Bomben ihr Zuhause verloren hatten, begannen in zäher Kleinarbeit, Trümmer zu beseitigen und in den verbliebenen Resten ihrer Häuser sich notdürftig einzurichten. Erkunden oder Ausbau einer Unterkunft, Beschaffung von Lebensmitteln und Suche nach den in den Wirren des Kriegsendes verschollenen Angehörigen, diese Dinge beherrschten den Alltag.

In den Universitätsstädten, so auch in Stuttgart, demonstrierten Studenten, die unter Wohnungsnot und Hunger am meisten zu leiden hatten. »Brot statt Bajonette! Hungerdemokratie!« stand auf ihren Transparenten. Der AStA rief die Öffentlichkeit mit der Bitte um Arbeitsstellen und Freitische für Studenten auf. Die Hoover-Speisung, die kostenfreie Ausgabe einer täglichen Mahlzeit an die Studenten, lief seit einem Jahr und verbesserte die schwierige Ernährungslage erheblich.

Auf dem Schwarzmarkt purzelten jetzt die Preise. Eine Schachtel Lucky Strike kostete 4 DM, ein Pfund Bohnenkaffee 13 DM. Schwarzmarkt und regulärer Markt gerieten immer mehr in Wettstreit. Der Run auf die Deutsche Mark setzte ein. Ab 1. Juli wurde die Bewirtschaftung für Eier aufgehoben, ebenso für Wein und Branntwein. Geschäftsleute, die jetzt plötzlich wieder Waren anboten, beteuerten, nicht sie, sondern die Lieferanten hätten die Waren zurückgehalten und gehortet. Die Qualität der Waren, etwa von Schuhen, ließ allerdings zu wünschen übrig.

Vorerst noch spärlich wegen der strengen Rationierung von Papier wurden auch wieder Bücher gedruckt. So konnte man Hermann Kasacks Roman »Stadt hinter dem Strom«, Otto Rombachs »Vittorino« oder Erich Kästners Gedichte in Buchhandlungen bekommen. Bücher, über die man sich unterhielt, die man sich schenkte, um ein wenig den Blick von der äußeren Lebensmisere abzulenken, auch ein erster Versuch, wieder zu einem freien kulturellen Leben zu finden.

Remigius war schon mehrere Tage allein unterwegs, denn Möpsle hatte sich bei einem Fehltritt auf einer Treppe den Knöchel verstaucht. Ohne seinen Freund fiel er wieder in den Hang zu Hilfsdiensten, wo immer er auf ein Anliegen traf. Da half er einem älteren, im Schreiben ungelenken Mann beim Ausfüllen seines Renten- und Beihilfeantrags, da führte er eine alte, gehbehinderte Dame zum Arzt und wieder nach Hause, spannte einer Frau das Wäscheseil, weil er es dank seiner Größe besser konnte, und hörte sich dort das Elend einer Frau an, deren Söhne im Krieg gefallen waren und deren Mann beim Bombenangriff umgekommen war, während sie den kleinen Rest verbliebener Habe, die einmal ihr Leben war, als Vergangenheit pflegte. Solche Erlebnisse verstrickten ihn immer wieder in Visionen von Bildern, an denen alle Wirklichkeit vorbeihuschte.

Eines frühen Abends war er, um sich von der Begegnung mit all dem Elend zu befreien, auf die Höhen des Stuttgarter Westens spaziert und blickte bei jeder Gelegenheit hinab auf die Stadt. Ein Gewitter zog auf. Die Luft elektrisierte ihn. Mit dunklen, schweren Wolken am Himmel breitete sich eine geradezu mystische Finsternis aus, die ihn allmählich zu Halluzinationen und visionärem Erleben, zu einer alle Wirklichkeit übersteigenden Schau befähigte: Stuttgart – seine Heimat.

Hier war seine Heimat, da war er eingebettet in Geschichte und in Traditionen, in denen es sich leben ließ, an deren Bildern sich die in Chaos geratene Welt immer wieder einen Augenblick erhellte, um Strukturen einer unzerstörbaren heiligen Ordnung erkennen zu lassen. Hier war der Ort seiner inneren Gespräche, in die Eltern und Studienräte, Freunde und nicht zuletzt auch die Bücher immer wieder eingegriffen hatten. Hier suchte er nach den Bekenntnissen eines eigenen Mythos, der seine Vergangenheit und seine Zukunft zu einer Gegenwart verbinden würde, in der sich alles ereignen konnte, was in ihm hatte warten müssen. Hier hatte er lachen und weinen gelernt, weil hier die Zwiebel seines Lebens geschält wurde. Er empfand schon lange, daß er eigentlich kein Vaterland, sondern nur ein »Vaterländle«, nämlich diese Vaterlandstadt besaß, auf die er sich stets berufen hatte, wenn man ihn fragte, woher er denn sei. Aber der Krieg, aus dem er noch nicht lange heimgekehrt war, hatte nicht nur die Häuser dieser Stadt, sondern auch die einstigen Lebensentwürfe der Einwohner, ihre Gepflogenheiten und ihre Gedankenwelt ausgelöscht.

Dort unten, im einst sumpfigen Talkessel lag sie, die Stadt, an ihrer Statt, anstatt Cannstatt einst in heimlichem morganatischem* Gelüst als Gegenstück zur ewigen Heimat des Himmels als irdische Residenz von Herzögen und Königen konzipiert, von Herzögen, die ihren Reichtum im Gemüt ihrer Untertanen tiefstapelten, um dem Neid zu entgehen. In Zeiten eines strengen Glaubens war dieses Konzept wirksam gewesen. Melancholischer Lebensernst und streng verborgene, stets gebremste Lebenslust wohnten in der Residenzstadt, die lange Zeit gar nichts anderes als eine Land-Stadt sein wollte, da man im Großstädtischen die Hure Babylons fürchtete. Aber in der jüngsten Geschichte, deren Impulse nie und nimmer von hier ausgegangen waren, ist der Antichrist doch noch über das heilige »Schtuegert« gekommen. Und jetzt lag auch diese Stadt in Trümmern. Dabei hatte von hier aus nichts Böses besonderer Art seinen Lauf genommen. Der Antichrist hatte sich nur einmal und dazu recht mühsam in dieser Stadt feiern lassen. Mit dem Eigensinn dieser Menschen konnte er nichts anfangen. Und dennoch war 1944 mehrmals das verheerende Feuer der Rache vom Himmel gefallen, auf Gerechte und Ungerechte. O Heimatland, o heilig's Schtuegert. O Stadt, deren Gebäude, Straßen und Anlagen eine so rechtschaffene Vision der Altvordern von einem Leben waren, das seine Ordnung, sein Oben und Unten und vor allem seine Grenzen besaß, jenseits deren man das Chaos fürchtete. Diese Vision eines in festgefügter Ordnung ruhenden Lebens war nun ausgelöscht, und es hatte

* Nicht standesgemäße Ehe

den Anschein, als rege sich trotz allem Schmerz und aller Wehmut über die verlorene Vergangenheit keine Kraft, diese Vision von einst zu einer Re-Vision wieder aufleben zu lassen.

Diese von schwerblütiger Phantasie in Gebetspausen geschaffene Stadt, deren reformierte Strenggläubigkeit alles Barocke als eine Sünde verabscheute, als eine Sünde, die hier nie stattfand und die man daher für die selbstauferlegten Bußübungen immer wieder erfinden und vorausdenken mußte. Diese Stadt, die sich erst später ein paar kleine, gebändigte Sünden – so das Klostergäßle – erlaubt hatte, um sie gelegentlich mit hochstaplerischem Augenzwinkern als Beweis ausschweifender Großstadtgesinnung anzudeuten. Diese Stadt, in der man früh zu Bett ging, um früh am Morgen das Tagwerk beginnen zu können. Diese Stadt, in deren Parks die Götter und Heroen ohne Genitale dargestellt waren. Diese Stadt, die nur jenseits des Neckars im römischen Bad Cannstatt eine begrenzte karnevalistische Ausgelassenheit mit eckigen Späßen und phantasiegebremstem Mummenschanz kannte. Diese Stadt mit ihrem chronischen Defizit an Sünde, deren geistiges Klima von Stiftlern aus Tübingen geprägt wurde... O du heilig's Schtuegert! Du warst doch nie des Satans Stuhl und du hast doch nie der Lehre Bileams angehangen. Und dennoch wurdest du in diesem panischen Krieg ein Teil Karthagos. Auf Ruinenwände schrieben Legionäre der Sieger, die wohl zwischen Skalpton und Skunxtown geboren waren: »Death is so permanent...«

Als er auf die Haltestelle der Straßenbahn zuschritt, weil Blitz und Donner nun schon rascher aufeinander folgten, tauchte eine wild durcheinanderlachende Schar von Frauen auf. Als ob sie betrunken wären, so tanzten sie durch- und miteinander und lachten pausenlos. Kaum hatten sie ihn erblickt, als sie auf ihn zutanzten und ihn schließlich im Reigen mit dem sich ständig wiederholenden Singsang umhüpften:

»Was mir g'wä send, des send ihr –
Was mir send, des werdet ihr...«

Wenn sie sich unterbrachen, so nur, um sich wild auszulachen. Es waren Frauen mittleren Alters, und manche sahen trotz aller hysterischen Lacherei verhärmt aus. Da sie alle weite schwarze Röcke und schwarz-weiß gestreifte Blusen trugen, hätte man meinen können, sie seien vielleicht einer Anstalt entlaufen oder sie gehörten einer Sekte an. Aber die Größte unter ihnen, eine etwas hagere Frau mit feinen Gesichtszügen und schwarzen Haaren, die aufgelöst über ihre Schultern hingen, hob plötzlich ihre Hände, und alle Ausgelassenheit verstummte mit einem Schlag. Sie blickte entrückt in den immer noch von Blitzen aufleuchtenden Gewitterhimmel und sprach in feierlichem Ton: »Schwestern im Leid, ab heute sind wir Schwestern der Freude. 33 Jahre haben wir geweint über das, was hätte sein können und nicht war – Maranatha!«

»Maranatha«, schrien die anderen als Antwort.

»Jetzt aber freut euch im Herrn, jetzt sind die 33 Jahre des Lachens angebrochen. Jetzt können wir lachen über das, was Wirklichkeit sein will und keinen Traum hatte.«

Schon eine Sekunde nach dieser sibyllinischen Prophezeiung lachten alle und kreisten Remigius ein, indem sie ihn mehr umhopsten als umtanzten, bis eine kleine Dralle die Rumba anstimmte:

»Sascha, sascha, uf unsere Ämter geht der Seckel um...
Sascha, sascha, o lachet ihr Leut und send net dumm...
Sascha, sascha, 's gibt Liebe auf Märkle, jeder fünf Gramm –
Sascha, sascha, für fuffzig Gramm Fleisch steht keiner mehr stramm...«

Zuletzt warfen die Lachfurien bei ihrem wilden Tanz Beine und Röcke so hoch, daß sich ihre »Landkärtle« im Licht der Blitze wie ein Karussell um Remigius drehten. Es wurde ihm immer heißer. Da klingelte die heranfahrende Straßenbahn und die Weiber rannten lachend davon.

Befreit und doch noch im Bann dieses Spuks bestieg er die Straßenbahn und fuhr zum Schloßplatz. Nun öffnete der Himmel alle Schleusen. Er stand auf dem vorderen Perron neben dem Wagenführer. Der Scheibenwischer konnte die Wassermassen, die gegen die Scheiben prallten, kaum bewältigen. Ein mitfahrendes Weib meinte entsetzt: »Des ischt ja wie beim Weltuntergang!«

Der Wagenführer antwortete: »Ha 's tuets, 's könnt schlimmer sei.«

Da schlug der Blitz in die Stromleitung, alle Lichter gingen aus, der Wagen mußte gebremst werden und blieb eine Weile stehen. Remigius befand sich wie in einem Traum. Das Unwetter, dieser kosmische Eingriff, verwandelte die Natur, die Menschen und das Zeitgefühl. Es war als ob der große Sabbat begänne, an dem mit Donner und Getöse Gebirge einstürzten, der Himmel auf die Erde herabfiel, die Flüsse alles Land überschwemmten und Tote aus allen Zeiten der Vergangenheit sich unter die Lebenden mischten; als ob Gegenwart und Vergangenheit nach der Ordnung eines neuen Zeitgefühls suchten.

Dies war die Situation, in der sich alles gegenwärtige Leben verzehrt zu haben schien, ein Bild, bei dem aus dem eingesunkenen Leib des Vergangenen, aus den vertrockneten Eingeweiden der Geschichte die Keime der Weisheit für eine neue Ordnung des Lebens gelegt werden mochten.

Aber es gab sie noch, die reale Welt, die wenigstens den Gesetzen der Physik und der Chemie gehorchte.

»Schloßplatz« rief der Schaffner, und es regnete immer noch. Mit vielen anderen stieg Remigius aus und eilte in langen Sätzen zum halbzerstörten Königsbau, um Unterschlupf vor dem Regen zu finden. An einem überdachten Platz stellte er sich zu mehreren Männern und einer Frau, die dort Schutz gesucht hatten. Die Frau, deren Gesicht im Licht der Blitze einen gütigen und feinen Ausdruck erkennen ließ, sprach zu einem kleineren älteren Herrn mit Kinn- und Schnurrbart, der ziemlich abwesend in den Regen starrte: »Eigentlich habet Sie Glück g'habt, Herr Vischer, daß Sie von Stuttgart nach Tübinge versetzt worden sind. Mir Stuttgarter sind alle ausbombt.«

»So gesehe habet Sie recht, Frau Wildermuth. In mei'm Zorn war ich damals sogar froh, daß d' Uni in Tübinge bliebe und net nach Stuttgart komme ischt, obwohl Tübinge seinerzeit a

Nescht war. Aber jetzt isch Tübinge dank der Franzose europäisch bliebe und sogar so ebbes wie d' Hauptstadt von unserem Schwobeländle worde.«

»O Vischer, Sie sind wirklich au einer*«, lachte die Dame Wildermuth.

Unterdessen trat ein schmächtiger junger Mann mit blassem Gesicht und Bart, der ihm das Aussehen eines Revoluzzers verlieh, etwas nach vorne zu einem leicht gebückten älteren Herrn, dem eine Haarsträhne in die Stirn hing, und rief: »Donner und Doria! Endlich die große Stunde der Menschheit für Freiheit, Gleichheit und Brüderlichkeit! Gepriesen sei diese Stunde Null, in der von nun an die Güter und Lasten gerecht verteilt und die Privilegien abgeschafft werden. 1848 bis 1948, ein Säkulum hat's gedauert. Aber jetzt wird unsere Revolution endlich auf den Trümmern der alten Welt den Sieg einer neuen, besseren Welt erringen.«

Der ältere Herr faßte den Jüngling am Arm, legte den Zeigefinger an den Mund und machte: »Pssst! Herwegh, sei still! Von so ebbes darf mer au jetzt no in unserem Ländle bloß träume. So ebbes kann mer bloß philosophisch und so verklausuliert sage, daß se's vielleicht in de nächschte hundert Jahr begreifet, was mir scho vor hundert Jahr g'meint hen. Wie i damals verkündet han: ›Deutschland ischt kein Staat mehr, send se über mi herg'falle. Aber was uns die verrückt hyschterische Vadderlandsbegeischterung, dieser ›Brei des Herzens‹, wie i damals gläschtert han, brocht hat, des sieht mer jetzt so ziemlich endgültig. Und wie hen se mi ›grausam‹ und ›herzlos‹ g'schimpft, wie i g'sagt han, daß der Gang der Geschichte sich, wenn's sei muß, au über Millione Einzelschicksale gleichgültig hinwegsetzt. Noi, Herwegh, au jetzt no könnet mir so kühne, radikale Gedanke bloß daheim inere Runde bei eme Viertele Uhlbacher vortrage.«

»Jetzt hör' bloß uf, Hegel. Mir wisset jo, daß du der Hellste

* »Auch Einer« ist der Titel eines Romans von Friedrich Theodor Vischer.

unter uns bischt. Aber was dei grandiose Denkmaschin uns voraussagt, ischt einfach unmenschlich und grausam. Des kannsch doch de Leut net sage, daß em einzelne sei Schicksal dem großen Geischt der Geschichte scheißegal sei. Jetzt, wo fascht jede Familie trauert und Mütter und Fraue jeden Abend a Kerz am Fenschter brenne lasset, weil se hoffet und betet, daß ihre vermißte oder g'fangene Söhn' und Männer wieder heimkomme sollet.«

»Also Fritz«, entgegnete der Mann, der Hegel genannt wurde, »als Zeitgenosse aller Zeitgenossen, der du ja immer sein und bleibe willsch, kann i dir bloß rate, jetzt keine zahme Xenien* mehr zu schreibe, und vor allem au keine Nenien. Bewerb' di bei der Redaktion vom Weschpanescht, bei dere satirische Zeitschrift, die se neuerdings rausbringet, denn's Pathos hot ausg'schisse. Uf dere Wellelänge darfsch net weitermache, sonscht liest dei Zeug kei Mensch mehr und wirscht a Buchstabeleich in verstaubte Lexiko.«

Der Mann, der Fritz genannt worden war, senkte betroffen den Kopf: »Alles wird Makulatur, alles, wenn du so was sagsch, Hegel, no glaub' i's bald selber.«

»Ha, so han i 's net g'meint«, tröstete ihn der Mann, der Hegel genannt wurde. »Du bisch sicher no a ganze Weile international g'litte wie i au, Fritz. Dei Ode ›An die Freude‹ wird grad so ebbes wie a Internationalhymne. Und für d'Franzose hosch d'Jungfrau von Orleans g'schriebe, für d' Schweizer da Wilhelm Tell, für d' Engländer immerhin d' Maria Schtuart und für uns Deutsche schließlich d' Räuber. Also do ka' dir in der Spruchkammer net viel passiere.«

»O send doch net so deschperat«, schaltete sich da Frau Wildermuth ein. »I han no nie so viele und so saftig farbige Veigele blühe sehe wie in dem Frühjahr, und des deutet auf a gar net ganz so schlechtes Jährle hin.« Dann stupfte sie einen Mann, der die ganze Zeit auf den von wenigen Straßenlaternen und von

* Titel der Epigramme Schillers und Goethes im »Musenalmanach« von 1797

Blitzen erleuchteten Schloßplatz hinausstarrte und von allem Gerede anscheinend keine Notiz genommen hatte.

»Was meint denn unser lieber Hölderlin? Sag doch Friedrich, hasch du net au d'Veigele in dem Frühjahr b'sonders schö g'funde?«

Der Mann, der Hölderlin genannt wurde, gab eine Weile keine Antwort, als ob er über die dümmliche Frage der Wildermuth verärgert sei und sie durch Schweigen beantworten wolle. Dann aber sprach er in gemessenen Worten: »Man wird uns alle nicht mehr kennen. Eine saturnische Zeit bricht an, eine Zeit, die alles, was bisher groß und bedeutsam erschien, verschlingen wird. Selbst Worte von morgen, sofern ihnen noch eine Hybride an Gefühl von gestern anhängt. Und diejenigen, die auf ihren Kleidern nur noch den Staub der geflüchteten Worte von gestern finden, werden sich sogar dessen schämen. Der Krieg hat Saturn ins Regiment gesetzt, damit er alle Regeln und Ordnungen, die Verstand, Vernunft und Kunst einst schufen, verschlinge. Bei der Sprache beginnt er damit: zuerst die Grammatik, damit Unordnung sich ausbreite. Und dann schluckt er jene Worte, die ihre Beziehungen und ihren Rückhalt verlieren und so schwach werden, bis sie der wachsende Unsinn mit Klingelwörtern ersetzt. Und es wird mitten im Reichtum an Gütern eine Armut an Wissen und Vertrauen sein, und metaphysischer Schwachsinn wird die Epidemie einer unstillbaren Glücksgefräßigkeit auslösen...«

Ein mächtiger Donnerschlag ließ den Mann, der Hölderlin genannt wurde, verstummen.

Plötzlich fährt ein ganzer Konvoi von amerikanischen Armeefahrzeugen vor und Dutzende von Militärpolizisten stürzen trotz Regen aus den Fahrzeugen und umstellen den Königsbau, wo in manchen Ecken der Schwarzhandel mit Bohnenkaffee und amerikanischen Zigaretten blühte. Die MPs gehen konzentrisch vor, filzen Taschen und Mäntel und lassen sich von jedem die Kennkarte zeigen. Schwarzhandelsware wird konfisziert, einzelne Personen werden in Jeeps verladen.

Schiller, Hegel, Herwegh, Hölderlin, der Vischer und die

Wildermuth passieren die Kontrolle mit umgestülpten Taschen. Ihre Namen in den Kennkarten lösten bei den jungen Amis keine Verwunderung aus, denn in Alabama, Oklahoma und Texas waren schwäbische Geistesgrößen nicht bekannt.

Teestunde

Ausnahmsweise hatte Remigius in den Tagen, da er ohne Möpsle auf Handelschaft nach Heslach ging, großes Glück. In einer Fabrik wurde er zu einer Dame geschickt, die den Einkauf leitete. Sie hatte nicht nur Zeit, ihn anzuhören, sondern auch ein mitleidiges Herz und den festen Willen zu helfen und nahm ihm mit einem Schlag zwanzig Dosen ab. Die »Dame mit Herz«, das sie auch als Brust gewaltig bändigen mußte, gehörte der Mazdaznan-Gemeinschaft* an und lud Remigius zu einem Vortrag ein. »Körperlich und geistig atmen lernen«, stand auf dem Programm, und Remigius ging gefälligerweise mit. Aber als er spät, eben noch um sechs Uhr abends zur Abrechnung in den »Unterstand« kam, weil er zuvor noch Enno Schützenhobel kurz aufgesucht und ihm ein halbes Dutzend Eier gebracht hatte, die von ländlichen Verwandten geschickt worden waren, da traf er Tamara Hülsenbeck.

»Jetzt geh'n Sie aber gleich mit mir zum Tee«, sagte sie und packte ihn am Arm. »Ich hab' einen tollen Sonderjob für Sie, der Ihnen hundert Mark einbringt«, teilte sie ihm freudig mit.

Als sie mit der Straßenbahn in die Birkenwaldstraße fuhren, wo Tamara wohnte, weihte sie ihn in den Job ein.

»Da war ein Mädchen im Quick-Büro und wollte einen Pfarrer-Studenten, der bei einer Beerdigung ›etwas Würdiges‹ spre-

* Religiöse Heilsbewegung und Glaubenslehre

chen sollte. Und da hab' ich gleich gesagt, ich wüßte jemanden«. »Hundert Mark und a Pfund Bohnekaffee täte mir dem Herre gebe«, versprach sie und gab mir ihre Adresse.

»Aber ich habe ja erst vor, Theologie zu studieren«, warf Remigius betroffen ein.

»Das ist doch egal, denn das muß nicht so rituell sein, nur eben ›würdig‹. Die Verstorbene war Klo-Frau in Bad Cannstatt, und dort auf dem Steig-Friedhof ist auch übermorgen die Beerdigung.«

»Na, da haben Sie mir was Schönes eingebrockt«, meinte Remigius ein wenig nachdenklich. Aber hundert Mark! Eine fürstliche Belohnung war das und gleichzusetzen mit dem Verkauf von hundert Dosen Bohnerwachs, ganz zu schweigen von dem Bohnenkaffee.

Tamara gab ihm den Zettel mit der Adresse. »Abgemacht?«

»Gut, abgemacht. Ich werde die Dame morgen in Cannstatt aufsuchen, um etwas über die Verstorbene zu erfahren«, stimmte er zu.

Tamara strahlte, denn sie war offensichtlich stolz darauf, ihm einen guten Dienst erwiesen zu haben. Als sie an dem teilweise zerstörten Haus angekommen waren, in dem Tamara ihre Wohnung hatte, faßte Remigius sie an den Schultern und sagte: »Danke für den Job. Bist halt ein Prachtmädchen.«

»Bin ich?« entgegnete sie verlegen und schlug dann spontan vor: »Ach, laß uns du sagen. Ich bin Tami und zu dir sag' ich...?«

»Migge«, schlug er vor.

»Nein, das gefällt mir nicht. Ich sag' Remigius, das ist ein so einmaliger Name.«

Hinter der Türe, die Tami öffnete, hing als Vorhang eine graue Militärdecke, die sie nun zur Seite schob, um ihn eintreten zu lassen. Sie befanden sich in einem großen, annähernd quadratischen Raum, dessen eine Seite – als besonderer Stolz der Bewohnerin – von einem großen Fenster mit Blick in den Garten eingenommen wurde. Davor befand sich eine breite Fensterbank, auf der Blumentöpfe standen, aus denen Würzkräuter wuchsen. Inmitten dieses Arrangements hatte eine Katze ihr gemütliches Plätzchen, die nun herabsprang und schnurrend und mit Miau auf Tami zuging, um von ihr begrüßt und gestreichelt zu werden.

»Ja, Muschi, so ist's schön. Hast auf mich gewartet«, sprach sie die graue Tigerkatze an. An den Wänden waren Regale aus rohen Brettern angebracht, auf denen Bücher und eine Fülle von Keramiken und Kasperfiguren standen, was ein buntes, lebendiges Bild vermittelte. An einer Wand das Bett, eine aus Brettern gezimmerte Liege mit mehreren Decken. Und davor eine größere, längliche Kiste mit einem bunten Tuch als Tisch und einige kleinere Kisten mit Sitzkissen als Stühle. Dies war das bescheidene, »zeitübliche« Mobiliar einer Studentenbude, zu dem sich noch wie ein Fremdkörper in einer Ecke eine alte Nähmaschine gesellte, die mit Stoffresten belegt war.

Remigius nahm auf einem Kistenstuhl Platz, um abzuwarten, bis Tami der Katze ihr Futter zurechtgemacht und ihnen den Tee zubereitet hatte. Die Küche befand sich »nebenan« hinter einem Vorhang. Es roch ein wenig muffig in dem Wohnraum, aber Tamara mußte tagsüber, wenn sie weg war, das Fenster wegen der Katze geschlossen halten, und auch Katzen haben ihre, wenngleich geringe Ausdünstung.

Als er nach einer Weile zu ihr in die kleine Küche ging, die außer einem uralten Büfett einen ausgewaschenen Schüttstein und eine doppelte elektrische Kochplatte enthielt, auf der ein Wassertopf brodelte, schmeichelte er: »Schön hast du's hier. Bist ganz für dich, kannst leben wie dir's paßt...« Und in plötzlicher Lust zum Schmusen umfaßte er sie von hinten und schmiegte sich an sie.

»Die Revolution braucht Zeit zur Vorbereitung, sagte Rosa Luxemburg«, mahnte sie ihn zur Vernunft.

»Ach so«, entgegnete Remigius, »richtig, du bist ja in der KPD. Aber wenn alle so wären wie du...«

»Da hat's genug Leute wie ich und auch wie du, alle, die es satt haben, sich dauernd nur wie Menschen dritter Klasse behandeln zu lassen.«

»Und wie wollt ihr die Menschen und die Zustände ändern und verbessern?«

»Durch Erkämpfung der politischen Macht, nicht durch Beten.«

»Und der in seiner weniger guten Leidenschaft gefangene Mensch wird dann politisch zu einem anderen Wesen geformt?«

»Der Mensch muß aus den Fesseln seiner sozialen Abhängigkeiten befreit werden, um gut sein zu können: Und das zu vollbringen, dafür kämpfen wir Kommunisten.«

»Dann meinst du also, daß es mit dem Menschen, ja mit allen Menschen gleichermaßen nur aufwärtsgehen und sich die Welt nur bessern kann, wenn die Menschen aus der Abhängigkeit und den Fesseln des Kapitalismus, vielleicht besser des Monetarismus, befreit werden?«

»So ist es, mein Lieber. Und du, der du ja auch zur Masse der Ausgebeuteten gehörst, solltest auf unserer Seite stehen, ganz besonders als künftiger Pfarrer, denn wir kämpfen für Gerechtigkeit und gegen die sinnlose Anhäufung von Besitz und Gütern, mit denen dann nur Herrschaft über andere ausgeübt wird.«

Mit einem Pfeifton begann das Wasser im Topf zu kochen, und Tamara beschied ihn jetzt ins Zimmer, wo sie dann beim Tee weiterdiskutieren könnten.

Sie brachte in einem Porzellankännchen konzentrierten Tee-Extrakt, der dann mit dem heißen Wasser in gewünschtem Maße verdünnt wurde. Als beliebigen Zusatz bot sie aus einer kleinen Flasche ein wohlriechendes alkoholisches Kräuterelixier an und dozierte dann über die nach ihrer Meinung einzig richtige Teezubereitung, wie sie in Rußland seit Jahrhunderten üblich sei. Der Tee müsse vor allem auf dem Landweg nach Europa gebracht werden, da er beim Seetransport geschmackliche Einbußen erführe.

Als Attraktion zum Tee bot sie einen mit Honig gesüßten und mit Bucheckernöl angerührten Maiskuchen an, der so köstlich schmeckte, daß ihr Gespräch eine Weile verstummte. Remigius war für den Themawechsel dankbar, obwohl er ständig auf dem

Sprung war, sich neben sie auf den Bettrand zu setzen und mit ihr ein wenig zärtlich zu sein. Aber als ob sie ihn durchschaut hätte und seinen gefühlvollen Absichten zuvorkommen wollte, pries sie den russischen Tee und kam nach seinen Lobreden über ihre Kunst der Teezubereitung und des Kuchenbackens auf das alte Thema zurück, indem sie fragte: »Wie stellst du dir denn als Christ und Pfarrer in spe vor, daß sich mit den Menschen und der Welt etwas bessern soll?«

»Wenn ich's ganz knapp sagen will, so sind wir Christen bestrebt, möglichst viele Menschen ›gut‹ zu machen, sie dahin zu führen, daß sie so leben, wie es uns Christus gelehrt hat. Und wenn sie das tun...«

»Ja, wenn sie das täten!« warf Tami ein.

»Du hast recht. Das wäre die größte revolutionäre Veränderung der Gesellschaft, wenn wenigstens alle getauften Christen in eine Verhaltensnachfolge ihres Herrn treten würden. Das könnte uns dem Himmelreich auf Erden, um es theologisch zu sagen, näherbringen.«

»Das ist die Utopie gläubiger Christen seit bald zweitausend Jahren. Aber die Besitz- und Machtgier des Menschen hat sich, wie die Geschichte beweist, nicht geändert. Im Gegenteil. Die christliche Kirche hat diesem Unwesen nur einige besonders düstere Kapitel hinzugefügt.«

»Das Versagen der Kirche ist gewiß schmerzlich, aber: Ist es nicht die christliche Religion, die den Menschen in seiner Labilität und in den Nöten seines Daseins zu trösten weiß und dem einzelnen den Weg zur Geborgenheit weist? Nach meinen bisherigen Erfahrungen ist die Religion der Liebe durch nichts zu übertreffen und zu ersetzen.«

»Das ist euer Glaube. Aber der Mensch der Neuzeit, der aufgeklärte Mensch geht seinen Weg zur Befreiung mit der Wissenschaft und nicht mit dem Glauben. Und Marx hat uns endlich ein in sich schlüssiges Konzept anvertraut, aus eigener Kraft das Elend und die Mängel unseres Daseins zu meistern, ohne den Nebel von Glaubensdogmen.«

»Indem er in Verbindung mit der Aufklärung neue Dogmen

geschaffen hat, wobei er zum Zerfall überweltlicher Autorität die Verweltlichung der Wissenschaft und die Verwissenschaftlichung der Welt mit dem Ergebnis gefördert hat, daß durch die Auflösung routinierter Lebensformen und eingeschliffener gesellschaftlicher Rollen der ganze Kanon bislang anerkannter Normen und damit die Sinnbestimmung des Menschen in der Krise, wenn nicht sogar zerstört ist.«

»Da bin ich der anderen Meinung, daß Marx dem Menschen erst den Weg in eine freie Bestimmung seiner im Vordergrund stehenden gemeinschaftlichen Rolle gebahnt, ihn aus unerträglichen gesellschaftlichen Zwängen befreit und ihn die Eigenbestimmung seines Lebens gelehrt hat.«

»Ja, und nun läuft die neue Ideologie mit ihrer Fackel der Aufklärung umher, bricht alle jahrtausendealten, aus Erfahrungen des Menschen geprägten Tabus und jagt die Tugend hinweg, die sie lächerlich macht. Aber auch in sozialistischen Staaten rasseln die Ketten der Leidenschaften und lassen vernehmen, daß die ›neuen Menschen‹ weiterhin ihre Sklaven sind.«

»Was die christliche Kirche oder das Christentum in bald zweitausend Jahren nicht geschafft hat, kann der Sozialismus ja nun schließlich, auch wenn er das richtige Konzept besitzt, nicht schon in fünfzig oder hundert Jahren hinkriegen. Also da mußt du fairerweise hundert oder zweihundert Jahre vorgeben.«

»Wir sollten uns aber der Kernfrage stellen, ob diese Welt als Gemeinschaft vieler in Völker und Rassen gegliederter Gesellschaften nur durch verbesserte politische Verhältnisse oder durch religiöse Erziehung und Entwicklung des einzelnen zu einem guten Menschen erhalten und zu einem besseren Ganzen geführt werden kann? Und da unterscheiden wir uns wohl doch im Ansatz der Bemühungen. Der Glaube des Christen leugnet die Rolle des Menschen als eines auf Gemeinschaft und Gesellschaft bezogenen Wesens nicht. Im Gegenteil, denn die von ihm geforderten Werke der Liebe und Barmherzigkeit richten sich wie alle Tugenden ja eben auf das Gedeihen des Menschen in der Gemeinschaft und dieser selbst. Der einzelne in seinem

Befinden ist nicht von einer wie auch immer beschaffenen Gesellschaft, sondern von Gott und der göttlichen Gnade abhängig. Und die Gesellschaft erreicht immer höhere Grade einer das Wohl des einzelnen stützenden Einrichtung, je tugendhafter und vollkommener in seiner Bildung zum Menschen der einzelne gebracht zu werden vermag.«

»Das setzt aber deinen Glauben voraus. Und was tun, wenn die Menschen in hellen Scharen die Kirche mit ihrem Glauben verlassen und ihren eigenen Weg mit Hilfe der Wissenschaft suchen?«

»Ich bin ebensowenig wie andere im Besitz einer alleinseligmachenden Lösung dieser Fragen. Aber ich habe den bisherigen Ablauf meines Lebens durch meine religiöse Bindung als Fügung erlebt und spüren können, daß ich in den Schrecken des Krieges ›geführt‹ und in meinem Inneren bewahrt wurde. Und ich habe die Kraft des Gebets mir nicht etwa nur eingebildet, sondern erfahren. Das sind für mich Gründe genug, um mich darum zu mühen, meine Glaubensüberzeugung zwar niemandem aufzuzwingen, sie aber auch nicht schamhaft zu verschweigen. Wenn es nach diesem Krieg mit seinen Folgen für uns Menschen aufwärtsgehen soll, so nicht allein durch die Hoffnung auf vernünftige politische Ordnungen, sondern weit mehr durch ein beispielhaftes Verhalten des einzelnen.«

»Amen«, sagte Tami. »Du wirst bestimmt kein schlechter Pfarrer, aber du wirst, wenn du weiter so von der Wurzel her nachdenkst, was dem Begriff ›radikal‹ entspricht, später auch noch an meine so andere Erkenntnis von der Voraussetzung einer radikalen politischen Änderung der spießigen Verhältnisse denken, wenn du in deinem christlichen Wirken genau auf die eingefleischte Habsucht und den Hang zur Beherrschung anderer durch Besitz und Einfluß stoßen wirst. Und dann denkst du an die aufmüpfige Tami, das ›Kommunistenweib‹, wie mich kürzlich einer beschimpft hat.«

»Der Blaue Esel verehrt dieses Kommunistenweib«, versicherte Remigius und setzte sich neben sie auf das Bett, wobei er seinen Arm um sie legte und ergänzte: »In den Augen dieser

Welt sind wir beide zwei arme Schweine. Aber wir haben doch Hoffnung im Gepäck und den Willen, uns nicht nur treiben zu lassen, sondern uns für eine wenn auch unterschiedliche Überzeugung einzusetzen.«

»Du bist ein sympathischer Narr«, schmeichelte Tami.

»Wir haben wohl beide eine Macke«, konstatierte Remigius, »dabei fühlen wir uns aber offensichtlich ganz wohl.«

Sie lachten. Er zog den Geldbeutel, entnahm einen Zehnmarkschein und riß ihn in zwei Hälften. Eine der Hälften gab er Tami, die ob solcher Verrücktheit sprachlos war, und erklärte ihr: »Laß uns Freunde sein. Das ist der Schlüssel unserer Freundschaft. Wir werden uns für immer daran erkennen, daß die beiden Hälften zusammenpassen.«

Mit dieser Geste, die ihn die Hälfte seines Tagesverdienstes kostete, wollte er auch symbolisieren, daß ihre Freundschaft über dem Mammon stehe. Um einer Antwort von Tami aus dem Wege zu gehen, sprang er auf, bedankte sich für die Teestunde und versicherte, er werde der Klo-Frau von Cannstatt ein würdiges Begräbnis gestalten.

Als »Mille« beigesetzt wurde

Wenn ich im Zuge meiner Erzählung die Beisetzung der Cannstatter Klo-Frau »Mille«, bei der Remigius die Funktion eines Geistlichen zu übernehmen hatte, in einem ausführlicheren, ineinandergreifenden Handlungsablauf schildern kann, so verdanke ich diesen Umstand dem seinem Gymnasium nach dem Tode hinterlassenen Tagebuch des Lateinlehrers von Remigius, der unter dem Spitznamen »Sallust« bekannt war. Er hatte über die Zeit seiner Demütigung durch die Entnazifizierung das bittere »Tagebuch eines Entrechteten« geschrieben. Ein Zufall setzte mich davon in Kenntnis, und ich durfte das Tagebuch einsehen, das über den Auftritt des »ehemaligen Schülers Lindwasser« einen das Tagebuch von Remigius höchst interessant ergänzenden Bericht enthielt.

Als Remigius tags darauf Irene B. besuchte, um wegen der Beisetzung Kontakt mit der Auftraggeberin aufzunehmen und etwas über die Verstorbene zu erfahren, da öffnete ihm ein schwarzer Amerikaner in Uniform die Tür, ließ ihn ein und ging dann ins Badezimmer, wo Irene ihr Haar fönte. Der baumlange Kerl trat von hinten an sie heran und faßte sie um die Brust, wurde aber von ihr angefaucht: »Laß 'mi doch ei'mol in Ruh, du verrückter Dinger du!«

»Was ist verrügder Ding-ger?« fragte Charly, wie der Ami hieß, und ließ von ihr ab.

»Bloody man«, erklärte Irene überzogen.

»Oh, Baby, schlimme Wort«, sagte Charly traurig.

»Ich bin traurig – mourning, verstehst du?« sagte Irene und merkte dann erst, daß Charly ihr den Besuch von Remigius mit einer Handbewegung anzeigte.

Irene, eine flotte Dreißigerin, bat Remigius ins Zimmer und wiederholte dann die Bitte, er möge doch als »angehender Pfarrer« wie ihr gesagt worden sei, morgen ihre Ziehmutter und Beinahe-Schwiegermutter mit einem Gebet einsegnen und am Grab »etwas Passendes« sprechen. Sie sei zwar aus der Kirche ausgetreten, aber eine so brave, liebe und auch religiös gebliebene Frau gewesen. Im folgenden erzählte Irene auf die Fragen von Remigius aus dem Leben der Verstorbenen, die in Abwandlung ihres Vornamens Emilie von allen »Mille« genannt wurde. Währenddem läutete es und Elsa, die nebenan wohnende Freundin von Irene, gleichfalls mit einem Amerikaner liiert, kam hereingestürmt mit einem Zettel in der Hand.

»Du, horch g'schwind«, platzte sie heraus und fuhr nach kurzer Vorstellung fort: »I han a Trauera'zeig ufgsetzt, denn des muß ja morge no zum Blättle.«

»Ja, les' vor«, bat Irene.

»Also«, begann Elsa, »des isch gar net so ei'fach, so a Trauera'zeig:

Nach einem arbeitsreichen Leben hat uns
unsere liebe, treusorgende
Emilie Ankenbrand
im Alter von 72 Jahren verlassen.
Wir haben sie auf ihren Wunsch in aller Stille
auf dem Steig-Friedhof beigesetzt.
In Trauer
die Hinterbliebenen.«

»Ja, so isch's recht. Ganz schlicht und ohne pompfarzonöse Sprüch«, lobte Irene, »meinet Sie net au', Herr Pfarrer?«

Remigius pflichtete bei und bemerkte mit Unbehagen, daß er nun schon mit »Pfarrer« tituliert wurde.

»Richtescht glei a Pfund Kaffee für de Herr Pfarrer na«, bat Irene ihre Freundin. »'s Geld spendiert mei' Charly.«

»Solle mer's glei' erledige?« fragte Elsa.

»Des wird's Beschte sei'«, pflichtete Irene bei. »No hemer's weg, wenn Sie ei'verstande sind, Herr Pfarrer?« wandte sie sich an Remigius. Und ehe der noch aus seiner Verlegenheit fand, sauste Elsa weg, um kurz danach eine Pfund-Dose Bohnenkaffee zu überreichen, während in der Zwischenzeit Irene aus ihrer Handtasche fünf Zwanzigmarkscheine nestelte und sie Remigius mit der Frage, die keine Frage war, »z'friede so?« zusteckte. Remigius war das peinlich, schon im voraus für etwas entlohnt zu werden, was er ja nun anderentags erst noch und hoffentlich zur Zufriedenheit zu leisten hatte. Zu Hause setzte er sich dann sofort hin, um seine Beerdigungsansprache zu entwerfen, nachdem er vorher noch mit Pfarrer-Onkel Eberhard telefoniert und sich wegen des zeremoniellen Ablaufs Erkundigungen und Rat eingeholt hatte.

Am anderen Morgen schaufelten auf dem Steig-Friedhof in Bad Cannstatt zwei Männer ein Grab.

»Zwei Schritt breit, drei Schritt lang«, sagte der eine und tat die Schritte. Der andere, ein hagerer, grauhaariger älterer

Mann, stützte sich auf den Pickel und meinte: »Stimmts auch? Reicht das denn?«

Der etwas korpulente, kleinere Mann beruhigte: »Des han i im Gfühl. Für des z'ammeg'schnurrte alte Weible reicht's. Die hat a klein's Särgle.«

»Du mußt das wissen«, sagte der Hagere.

»Worauf du einen lassen kannst«, erwiderte der kleine Korpulente und ließ zur Bekräftigung einen lauten Bums.

»Ohne Scherz kann der Mensch anscheinend das Leben nicht ertragen«, sagte der ältere Hagere und lächelte gequält. Dann begann er, mit dem Pickel die trockene, weiche Erde aufzuschlagen, die der Dicke alsbald zur Seite schaufelte. Nach einer Weile fragte der Hagere, als ihm der Schweiß von der Stirn tropfte – es war ein heißer Sommermorgen – und er eine Pause anstrebte: »Wie groß und wie tief muß die Grube denn werden?«

Der Korpulente hielt inne: »Zwei Meter lang, einsfünfzig breit und etwa zwei Meter tief.«

»Meinst du, das reicht?«

»Schiskojenno, für den Fall stimmt's.«

Sie gruben weiter. Die Sonne brannte im Juli um zehn Uhr morgens schon ziemlich stark.

»Kannscht no?« fragte der Korpulente fürsorglich und fügte hinzu: »I bin's von der Organisation Todt her besser g'wöhnt als du.«

»Es geht schon, wenn ich auch immer wieder eine Schnaufpause einlegen muß«, bedankte sich der hagere Ältere und ergänzte: »Festina lente.«

»Was heißt des?«

»Eile mit Weile.«

»Jaja«, meinte der Korpulente, »du kannscht halt Latein, und i kann dafür besser schaffe.«

»Aber stell' dir vor«, meinte der hagere Ältere, »du müßtest zur Strafe eine höhere Klasse des Gymnasiums in Latein unterrichten, so wie ich als Lateinlehrer jetzt zur Strafe Gräber ausschaufeln muß...«

»Des wär' a Gaude«, lachte der Korpulente.

Sie gruben weiter und kamen tiefer.

Zu dieser Zeit überflog Remigius den Entwurf für seine Ansprache bei der Beisetzung der Emilie Ankenbrand. Er war einigermaßen mit dem zufrieden, was er da mit dem Herzen und mit einem Schuß Theologie formuliert hatte. Ein regulärer Pfarrer hätte es wohl biblischer, aber kaum warmherziger als er sagen können. Zusammen mit zwei Gebeten würde er nun »illegal« sein Debut als späterer Pfarrer am Grabe der »Mille« geben. Das stimmte ihn beklommen. Aber er fühlte sich herausgefordert. Schließlich hatte er »Mille« ebenso wie all jene in der Stadt gekannt, die ihre plötzlichen Bedürfnisse und Drangsale jener öffentlichen Anstalt anvertrauen mußten, die in »Männer« und »Frauen« untergeteilt war. Und hier waltete »Mille« nicht nur von Amts wegen als – wie sie selber scherzte – »Angestellte beim Städtischen Schiffamt«, sondern gar oft auch als rettender Engel in stürmischen Augenblicken, wenn sie hilfreich die Türen zum donnernden »Fort d' honneur« öffnete und Papier oder eine Zeitung reichte. Man sah sie meist mit Schrubber und Wassereimer, denn es war ihre Obliegenheit, den Ort des Unreinen sauberzuhalten. Das tat sie viele, viele Jahre bis ins hohe Alter mit Einsicht und Nachsicht, mit philosophisch anmutendem Humor bis hin zu persönlichen Hilfsdiensten, wenn das eine oder andere Malheur geschehen war. Sie, die personifizierte Hilfe für alles, was erst lustvollen Eingang und nach stummem Durchgang endlich zur Leibeslust des Ausgangs gefunden hatte, sie war eine Priesterin des ausverleibten Einverleibten, des Diskreten, des diskreditierten Exkreten, und sie waltete eines Ortes, den man beschwert aufsuchte und erleichtert verließ. Dabei säuberte sie aber auch den seelischen Schmutz, der an diesem Ort in Versen und Zeichnungen an Türen und Wänden hinterlassen wurde. Fast täglich tilgte sie Aufforderungen und Adressen der Unzucht, obwohl ein verrückter Doktorand die Kritzeleien für eine wissenschaftliche Untersuchung sammelte. Nur einmal hatte sie mit ihrem Putzlappen eine Weile nachdenklich gezögert, als sie den bitteren Vers las:

Der Mann, der fiel in Stalingrad,
Die Frau in fremde Betten.
Der Mann fiel für das Vaterland,
Die Frau für Zigaretten.

Hier hatte sich die Verbitterung eines Heimkehrers aus der Kriegsgefangenschaft ein poetisches Ventil verschafft, in das der ganze Jammer seiner Enttäuschung eingefangen war. »Mille« besaß ein Herz für alle, die zu leiden hatten, und es war ihr egal, daß ihre Gutherzigkeit von Wolfsmenschen oft ausgenützt wurde. Wie hätte sie denn wissen sollen, wer von den Schülern, die sie in der Pause um ein »Vespergeld« anpumpten, nun wahr oder falsch sprach, wenn sie mit »Vergessen« oder mit »Armut« der Eltern argumentierten?

»Lügen strafen denjenigen selbst, der sie gebraucht«, war ihre Ansicht.

Da Remigius keinen schwarzen Anzug besaß, zog er seinen dunkelblauen an, den er noch von der Tanzstunde her besaß, band sich eine schwarze Krawatte um, die er von seinen Hausleuten geliehen hatte, und machte sich dann auf den Weg zur Straßenbahn.

Die beiden Männer, die auf dem Friedhof das Grab aushoben, standen schon bis über die Schulter in der Grube.

»Einsfünfundsechzig«, stellte der Korpulente wieder einmal »schiskojenno« fest.

Plötzlich schlug der Pickel des hageren Ältern auf etwas Metallisches.

»Jesses! Hör uf, Salluscht!« schrie der Korpulente.

Der hagere Ältere hielt ein und witzelte: »Findet man auf'm Friedhof öfter vergrabene Schatztruhen?«

»Noi, aber Bombe als Blindgänger«, belehrte ihn der Korpulente.

»Was? Eine Bombe, ein Blindgänger?« fragte Sallust und drückte sich in die Ecke der Grube.

Der Korpulente schabte vorsichtig mit der Schaufel und schließlich mit den Händen die Erde zur Seite, und es zeigte sich der Stahlmantel einer großen Fliegerbombe.

»O heiligs Schtuegert, jetz laß mi gau«, entsetzte sich der Korpulente.

»Das müssen wir sofort melden«, meinte Sallust, wurde bleich und schickte sich an, aus der Grube hochzuklettern.

»*Was* müsset mir melde?« drohte der Korpulente und hielt Sallust in der Grube fest.

»Nix meldet mir«, bekräftigte er, »Köpfchen, Köpfchen, Salluscht! Erscht nachdenke, Herr Oberstudienrat!«

»Willst du die Bombe etwa selber entschärfen?« fragte Sallust etwas spitz.

»Wieso entschärfe? Schö' zudecke werdet mir des Bömble, denn die Grub' isch für des Särgle tief genug. Und dann wird sowieso zug'schüttet, und die Mutter Erde hütet weiter ihr Geheimnis.«

»Die – Mutter, die Mut-ter Erde...« stotterte Sallust schrekkensbleich.

»Und wenn sie hochgeht?«

»Ach, papperlapapp! Was wird die hochgange! Die liegt scho vier Jahr da drunte, dere g'fällts do, wenn mer se net kitzelt.«

»Du meinst also: Noli me tangere?«

»Was heißt des wieder?«

»Rühr mich nicht an.«

»Genau des machet mir. Stell dir doch vor: Bombealarm! Der ganz' Hallschlag wird evakuiert bis des Ding entschärft isch oder hochgeht. Aber no schlimmer: Die Beerdigung kann net stattfinde, scho gar net ›in aller Stille‹. Und mir müsset woanders a neu's Loch grabe – also noi, den Kladderadatsch erspare mir uns.«

Sallust machte ein Gesicht, als sei jetzt auch ihm eine Erleuchtung gekommen und hätte er einen Ausweg aus seinen Skrupeln gefunden.

»Video meliora proboque, deteriora sequor«, deklamierte er.

»Kannsch du denn gar nix meh' deutsch sage?« mokierte sich der Korpulente.

»Ich sehe zwar das Bessere – und folge doch dem Schlechteren«, übersetzte Sallust.

»Was besser oder schlechter isch, des werdet mir erscht nach der Beerdigung wisse«, gab der Korpulente zu. »I werd' jedenfalls dene Grableger sage, se sollet den Sarg net so stark nunterblotze lasse.«

»Müssen wir bei der Beisetzung dabei sein? Oder schaufeln wir erst eine Stunde später zu?« erkundigte sich Sallust vorsichtig.

»Angscht?«

»Vorsicht, würde ich sagen.«

»Also, 's ischt üblich, daß mir im Hintergrund stehet und dann, wenn die Trauergäscht weg sind, glei' zuschauflet«, meinte der Korpulente.

»Beatus ille qui procul negotiis«, bruddelte Sallust vor sich hin.

»Ha? Was schwätzscht wieder verklausuliert?«

»Glücklich, wer fern der Geschäfte sein kann, hab' ich gemeint.«

»Des könnt dir so passe...«

Um diese Zeit wollten Irene und Elsa mit ihren Ami-Freunden gerade zum Friedhof aufbrechen. Elsa fragte Irene: »Gehscht du mit mir noch in d' Wohnung von der Mille? Mir solltet doch no des Foto von ihrem g'fallene Sohn hole, weil se des mit ins Grab nehme wollt.«

»Hol's doch g'schwind«, meinte Irene.

»Ach, komm halt mit. I han irgendwie Angscht, so allei' in der Wohnung, wenn ebber grad g'schtorbe isch.«

»Oh, du bischt a Bibberle, komm, no gehn mer g'schwind nuf zur Mille.«

Als die beiden Mädchen in die Wohnung der Verstorbenen eintraten, wurde es aber auch der forschen Irene seltsam zumute, denn Wohnungen soeben Verstorbener verstärken die Ausstrahlung des Lebens. Der eigentümliche Geruch des Wohnmilieus ist noch nicht gewichen. In der Küche steht noch zuletzt benütztes Geschirr auf dem Schüttstein, und im Wohnzimmer liegen alle Dinge noch an ihrem Platz, wie sie der Verstorbene in der letzten Situation belassen hat. Aber man weiß, daß hier Verlassenheit nun Hinterlassenschaft bedeutet.

nehmen voll Trauer Abschied von dir, unserem Ehrenmitglied. Du hascht uns ermuntert, wenn's als nicht so recht gegangen ischt. Dein Spruch war: ›Mannen, singet a luschtigs Liedle, no geht's besser.‹ So war's und so ischt es. Und deshalb sind mir dir dankbar und werden mir dir jede Woch' an unserem Klubabend in der Öffentlichkeit ein luschtigs Liedle widme. Und mir sind sicher, daß du von obe auf uns runtergucken und deine Freud' auch im Himmel an unserem ›Stammtisch von de singende Tröpfler‹ han wirscht.«

Die Stimme versagte ihm. Er steckte Zettel und Brille in die Rocktasche zurück, machte eine kurze Verbeugung vor dem Grabloch und schluchzte: »Ruhe sampft.« Dann holte er sein Sacktuch aus der Hosentasche und trat schneuzend zurück, während ein anderer den Kranz niederlegte. Nun weinten alle, und tränenwischend gab Irene, am Arm ihres Charly, mit leichtem Kopfnicken Remigius ein Zeichen. Der begann mit dem Vaterunser, das alle leise mitbrummelten.

Sallust nahm dabei seinem dicken Kumpel die Mütze vom Kopf und rächte sich damit für den Rippenstoß.

Aber schon geschah wieder etwas Seltsames. Als sie beteten »und vergib uns unsere Schuld« – da tönte die Dame mit dem übergroßen Hute, die keiner kannte, die folgende Passage »wie auch wir vergeben unsern Schuldigern« so laut, als hätte es ganz Cannstatt hören sollen. Niemand am Grab wagte jedoch während des Gebets mehr als einen erschrockenen, mißbilligenden Blick.

Remigius hatte ganz konzentriert das Gebet und ohne Reaktion auf den kleinen Zwischenfall den Segen gesprochen und warf dann mit einer kleinen Schaufel dreimal Erde in die Grube, dann kondolierte er den Mädchen und ihren Amerikanern. Und während nun die beiden Mädchen mit ihren Freunden ans Grab vortraten, schritt Remigius zum Ausgang des Friedhofs, ohne sich nach Sallust umzublicken.

Für Sallust und den Dicken gab es aber plötzlich noch eine helle Aufregung. Als nämlich die neun singenden Tröpfler am Grab vorbeidefiliert waren, traten die etwas zurückstehenden beiden Damen vor, und die ältere mit ihrem Riesenhut zog ein Papierstück und ein Feuerzeug aus ihrer Handtasche, zündete das Papier an, warf es auf den Sarg in die Grube hinunter und sagte mit feierlicher Stimme: »Es soll vergessen sein.«

Der Dicke rannte entsetzt ans Grab und schrie: »Sind Sie wahnsinnig? Am Grab Feuer legen.« Sallust warf sich hinter dem Grabstein auf den Boden und benützte die Schaufel als Kopfschutz, denn er sah Feuer und zuletzt noch die Bombe explodieren. Aber der Dicke ließ sich mit ungeahnter Behendigkeit in die Grube hinab und trat mit den Füßen die kleinen Flammen aus, die schon ein wenig das trockene Tannenreis angesengt hatten. Die beiden Mädchen schluchzten und wurden rasch von ihren Begleitern weggeführt. Bis der Dicke sich wieder aus der Grube hochgestemmt hatte, waren die beiden Damen bereits ein Stück vom Grab entfernt. Sie, die etwas gebrechlich erschienen waren, konnten plötzlich in ihren Schritten recht flott ausholen.

Der Dicke maulte ihnen nach: »A'zeige sollt' mer die Spinatwachtel! So ebbes! Zündle am Grab!«

Dann rief er Sallust, der sich eben wieder vorsichtig erhoben hatte: »Komm' jetzt, mir schauflet zu, daß endlich Ruh' ischt mit dere Komede!«

Sallust, der sich erleichtert zeigte, sprach so, als ob er vor seinen Lateinschülern ein Drama der Antike und darin die eigene Schmach zu kommentieren hätte, indem er Boethius* zitierte:

»Wehe, wie stürzte hinab tief in den Abgrund
kraftlos der Geist und beraubt eigener Klarheit!
...Dunkel umgibt ihn,
Und es drücken den Hals lästige Fesseln,
Ach, und die Augen, gesenkt unter dem Schmerz,
Schauen gezwungen nur nichtige Erde...«

* Römischer Philosoph und Staatsmann (480–525)

Eine besondere »milde Gabe«

Es schien hinterhältig von Gehlen, daß er Möpsle und Remigius zum Hausieren in die Stadtteile Berg und Gaisburg schickte. Hier wurden einstmals am 21. Juli 1796 während der »Schlacht bei Cannstatt« zwischen Österreichern und Franzosen durch Beschuß mit Haubitzen vier Häuser zerstört. 1944, also 148 Jahre später, hatten die Fliegerbomben achtzig Prozent der Häuser ganz oder teilweise in Ruinen verwandelt.

In den Häuserruinen wucherte bereits Gras. Das Ausmaß der Zerstörung brachte es mit sich, daß Möpsle und Remigius viel tippeln mußten, um die wenigen übriggebliebenen Häuser zu erreichen. »Einfache« Menschen hausten hier, denen die Bodenpflege noch kein so besonderes Anliegen war, da sie kaum Boden unter den Füßen hatten. Aber es gab gerade hier besonders viele »Menschen mit Herz«, die einen Hausierer nicht mit barschen Redensarten wegschickten, sondern häufig bei Nichtbedarf noch Mitgefühl zeigten und sich oft durch »milde Gaben« den armen Studenten gegenüber erkenntlich zeigten.

»Ha, Bohnerwachs brauch i keins, aber i hätt' a Stückle frische Träubleskuche für Sie zum probiere... I han grad a paar frische gschmelzte Maultasche... Trinket Se doch a Tässle Kaffee mit... I möcht' Ihne a Guck voll Kirsche aus unserem Garte gebe...«, so etwa hieß es immer wieder, und Remigius und Möpsle waren dann am Ende stets reichlich mit »milden Gaben« bedacht, die ein wenig über den geringen Absatz hinwegtrösteten. Mit dem dazugehörigen Schwatz verbunden, kostete das Zeit. Und Möpsle ging es dabei kaum besser, obwohl Remigius noch viel länger brauchte, da er in jeder Situation hilfsbereit war. Mal paßte er aufs »Kindle« auf, wenn eine Frau rasch einkaufen mußte, mal hielt er einem Mann die Leiter, half er einem Schüler bei den Schulaufgaben und dann wieder schob er einer Frau beim Großputz die schweren Möbel zur Seite, trug die Teppiche in den Hof, schleuderte sie über die Stange und klopfte sie aus, ganz wie's die jeweilige Situation eben erforderte. Das hatte zur Folge, daß er fast täglich »gefüttert« wurde und häufig Lebensmittel erhielt, die er dann abends Enno Schützenhobel brachte, um den herzkranken alten Mann ein wenig zu versorgen.

Möpsle schüttelte zwar meist den Kopf über diese sozialen Dienste, erwies sich aber nicht weniger selbstlos, indem er oftmals einen Teil seines Verkaufs an Remigius abtrat, um »Auftritte« bei Fleischmacher zu vermeiden und den Freund nicht gar so erfolglos erscheinen zu lassen.

Eines Tages wurde Remigius im Gewirr von Ruinen und halbzerstörten Häusern eine »milde Gabe« besonderer Art zuteil. Er kam in einen Hinterhof mit einem kleinen Backsteinhaus, dessen Fenster im Parterre mit Eisenstäben vergittert waren und offen standen. An einem der Fenster hielt sich ein kleines Mädchen mit seinen Händchen an den Eisenstäben fest und schrie zetermordio nach seiner Mutter, die offenbar fortgegangen war. Wie er erfuhr, war das Kind von einer Wespe ins Unterärmchen gestochen worden, als es ein Marmeladenbrot aß.

»Komm', mach' mir auf, daß ich dir einen Umschlag machen kann«, bat er das Kind immer wieder. Aber das Kind hatte wohl die strikte Anweisung, niemandem zu öffnen, und war sehr verängstigt durch den fremden Mann. Als Remigius nun nach dem Ärmchen griff – »komm', zeig' mir mal« –, verfiel das Kind in panische Angst, zog seine Händchen plötzlich zurück, verlor dabei das Gleichgewicht und stürzte vom Stuhl, auf den es sich gestellt hatte. Dabei schlug es mit dem Mund auf den Stuhlrand und schrie nun vor Schmerz gellend auf, da es sich eine Platzwunde an den Lippen zugezogen hatte, die sofort stark zu bluten begann.

»Mach' mir auf, daß ich dir helfen kann«, flehte Remigius das Mädchen immer wieder an. Aber das Kind war schmerzblind und im Schock. Er stürmte in den Hausflur und klopfte. Nichts rührte sich in dem kleinen Haus. Niemand war da. Schließlich rammte er die Türe auf, stellte seine Tasche ab, nahm das Kind auf den Arm und rannte mit ihm zwei Straßen weiter zum nächsten Arzt, wo die Platzwunde genäht wurde. Der Arzt kannte das Kind und wußte auch, daß die Mutter als Masseuse in der Massageabteilung des nahen Mineralbades beschäftigt war. Er werde sie benachrichtigen. Remigius solle die Kleine inzwischen wieder nach Hause und zu Bett bringen.

Als er längst am Bett des Kindes saß und ihm ein eigens erfundenes Märchen von der Wespe Eulalia erzählte, die so unbändigen Hunger nach Marmelade bekam, daß sie auf das Marmeladenbrot des Mädchens flog, da erschien eine blonde Frau mit herkulischer Gestalt und breitem, gutmütigem Gesicht und rief: »Ja mei' Schatzele, was hasch du denn gmacht?« Als ob er gar nicht da wäre, eilte sie ans Bett und nahm dann das schon wieder beruhigte Kind auf den Schoß, um es im nachhinein so zu trösten, als wäre alles eben jetzt erst geschehen.

Remigius hatte sich erhoben und stand als verlegener Zeuge der Szene im Raum. Jetzt schmerzten ihn plötzlich die Schultern vom Schleppen seiner Tasche und dem längeren Tragen des Kindes, und er strich sich abwechselnd mit den Händen über die Schulter- und Armmuskeln. Vielleicht geschah das auch nur aus Verlegenheit, aus der ihn aber Simone Fröschle, wie die Mutter des Kindes hieß, mit überschwenglichem Dank für seine entschlossene Hilfe erlöste. »Die Tür' laß' i glei wieder mache, des macht nix«, beruhigte sie ihn und fand ihn einer »Ganzmassage« bedürftig, die sie ihm gleich morgen früh als Dank angedeihen lassen wolle. »Da fühlet Sie sich hinterher wie a junger Gott und krieget a G'läuf wie an Tiger auf der Pirsch«, pries sie die Segnungen ihrer Massagekünste und versicherte, daß sie ihm kein besseres Geschenk zukommen lassen könne.

Am anderen Morgen lag er völlig nackt, wie ihm geboten worden war, auf dem Massagebett. Simone Fröschle hatte nicht nur den hünenhaften Körper eines germanischen Weibes, sie verfügte zudem über eine unbändige, für schwächliche Männer wohl abschreckende Vitalität und besaß ein Temperament und einen ungezügelten Drang, sich mitzuteilen. Kurz, sie war ein sinnenhaft in der Wirklichkeit des Gegenwärtigen wurzelndes Wesen, weshalb ihren Augen nichts entging, und sie sofort ein

Handtuch über seine Schamregion ausbreitete und meinte: »Des machet mir in der Massage immer, weil's zippelige Männer gibt.« Was »zippelig« bedeutete, blieb seiner Phantasie überlassen. Bald sollte er merken, daß sie die Kunst ihrer Finger und Hände mit Erklärungen versah, um ihr Erfahrungswissen dabei auszubreiten. Da sie ihre drolligen Äußerungen mit dem Charme des schwäbischen Dialekts versah, milderte sich die Wucht ihrer Erscheinung.

»Das Haupt ischt der edelschte Teil«, erklärte sie. »I merk's gut, wie verspannt Ihr' Kopfhaut ischt. Des findet mer fascht immer bei Leut, wo z'viel denket.«

Sie nahm eine penetrant nach Friseur riechende, leicht schäumende Flüssigkeit, quirlte damit sein Haar und knetete dann die Kopfhaut. Er empfand es angenehm, und Simone Fröschle meinte: »Des tut gut. Da grunzet die meischte wie a lausig's Säule.«

Dann wollte sie wissen: »Hat Ihr Vater au net so arg viel Haar auf em Kopf g'habt?« Mit dieser Umschreibung seiner beginnenden Glatze zeigte sie Takt und Höflichkeit. Da sein Haupt aber unter ihren Händen ständig hin und her wackelte, und er daher kaum sprechen konnte, setzte sie ihren Monolog fort. »Des liegt meischtens in der Familie. Z'erscht kommet Geheimratsecke, zu dene mir Paulusglatze saget. Und wenn's dann hinte licht wird und sich a Tonsur bildet, isch's a Petrusglatze. Am Schluß bleibt dann a Kränzle, wo mer bloß no a bißle bürschte braucht.«

»Ja, dann hat's Ruh«, warf er ein, um etwas zu sagen.

»Aber Männer mit Glatze sind besonders agil, wie mer weiß«, tröstete sie.

»So?«

»Ha ja, so sagt mer als. Da habet Sie gwiß viel Chancen bei Fraue«, unternahm sie einen neugierigen Vorstoß.

»Do han i aber no net viel g'merkt davon«, schränkte er ein.

»No abwarte«, beharrte sie. »Ihr Körper, des sieht mer mit eim Blick, der ischt noch unverbraucht, vielleicht no unentdeckt.«

Als sie nun die Stirne massierte, stellte sie fest: »Habet Sie a mächtige Stirn, da möcht' i bloß Mäusle sei und wisse, was da so an Gedanke rumwuselt.«

Bei der Massage der Wangen und des Kinns registrierte sie zwei kleine Warzen und gab den Rat: »Die tät i mir wegmache lasse, damit Sie sich beim Rasiere net immer neischneidet.«

»Dann wird's langweilig«, scherzte er.

Am Hals fand sie, die Schilddrüse sei nicht vergrößert, »net amol a heimlichs Kröpfle.«

Als sie mit furiosen Händen, die sich zu vervielfachen schienen, den Brustkorb knetete und preßte, und er im Takt zu röcheln begann, stöhnte sie angestrengt: »Jesses, isch der Bruschtkaschte verspannt! Wie ein austrockneter Gummi, so spröd' sin' die Muskle, wie könnet Sie da no schnaufe! Da könnt' mer drei Woche lang dra' schaffe.«

»Vielleicht bringt's heut' scho was«, warf er besorgt ein, da er das Gespenst einer längeren Behandlung und eines längeren Kontakts mit dieser sinnenhaften Frau auftauchen sah.

Sie geriet jetzt durch ihre Anstrengung in Schweiß, der nach einer natürlichen Ausstrahlung ihres gepflegten Körpers und darum nicht unleidig roch. Ja, es überkam ihn eine so feine, weitreichende Fühlsamkeit, daß er aus ihrem Körperdunst die ganze Unerlöstheit ihrer weiblichen Natur empfand, strömendes Leben, von dem er umfangen wurde, das sich über Elektroden von hundert Fingern auf ihn übertrug. Jetzt vermochte er in der Tat viel leichter zu atmen als zuvor.

Als sie nun mit sanften Händen seinen eingefallenen Hungerleib abzudrücken begann, meinte sie mitleidig: »Da isch nix drauf, net amol a kleins Zehrspeckle.«

»Von was au, in *der* Zeit?«

»Und der Blinddarm isch au scho raus.«

»Der hat sowieso kein' Wert.«

»Aber d' Leber isch gut, da könnet Se no manch' ein' drufmache.«

»So?«

»D' Milz spürt mer net, die isch wohl au' in Ordnung.«

Er war über diese diagnostischen Aussagen zufrieden, nur empfand er Pein über ein Gurren seines Gedärmes, da er noch nüchtern war und viel Luft entwickelte. Wenn er sich nun auf den Bauch legte und die Luft zum Ausgang drängte – ach herrje...

»No net schinant«, beruhigte die Meisterin der geschickten Hände. »'S isch doch alles menschlich, und i' kann au a Fenschter öffne, wenn's stört.«

Nun begann die Massage der Hände und Arme. Ein Zerren, Ziehen und Reiben der Finger ging voraus. »Sie hättet Finger für en Frauearzt«, bewunderte sie.

»Will ich aber nicht werden.«

»Ha, i mein' ja bloß.«

Sie spreizte seine Finger und entblätterte seine Hände, deren Flächen sie dann mit diagnostizierendem Blick zu mustern begann. »I' versteh' au was von de Handlinie«, begann sie zu dozieren. »Also, Sie sind ein arg sensibler Mensch. So viele feine Linien und a sonnig's G'müt habet Se au. Die Kopflinie zieht gradaus am Mondberg vorbei und läßt sich au von der Schicksalslinie net unterbreche.«

Ihr flinker Blick huschte über seine Handflächen. »Au, habet Sie einen schön ausgeprägten Venusgürtel!«

»Was ist das nun wieder?«

»Ein Zeichen für hohe Begabung in der Liebe, ebbes, was mer bei de Männer net grad häufig findet.«

»Soso.«

»Ja – Sie sind wahrscheinlich ein Heimlicher.«

»Ei, was Sie mir net alles saget.«

»Wisset Se, ich stell' immer wieder fest, daß vor allem Männer fast kein Stäuble über ihr Wese wisset.«

»Also, Ihre Massage ist weit amüsanter als der Konfirmandenunterricht einer hübschen Vikarin«, lobte er.

Sie errötete ein wenig und meinte verlegen: »Sonst wär' des G'schäft doch langweilig.«

Als sie nun die Arme und danach die Beine knetete, benützte sie ein Massageöl, das nach Fichtennadeln und Mottenkugeln roch und dabei solche Vehemenz entfaltete, daß jeglicher Moschus in sämtlichen Freudenwinkeln sofort verging. Simone Fröschle, die diesen Geruch an ihrer Kleidung wie die unausrottbare Begleitung einer ranzigen Freude mit sich herumtrug, hatte dafür wohl keine Nase mehr. Sie lebte mehr mit den Augen und ihren Händen. »Wo habet Sie bloß die Muskle her?« wollte sie wissen, als sie beim Ausstreichen von Bizeps und Trizeps in Hochachtung geriet.

»Ich hab' immer viel Sport getrieben.«

»Han i mir fascht denkt. Nur wenn mer seine Organe fordert und au' gebraucht, werdet se ebbes. Des gilt für alle Teile«, belehrte sie ihn eifrig.

An den Füßen stellte sie leichte Senk- und Spreizfüße fest, an den Beinen leichte O-Beine, »des heißt, i wollt nur sage: bloß a A'lägle zu dem«.

»Wahrscheinlich han i zu allem bloß a A'lägle«, flachste er, geriet aber bald in arge Verlegenheit, als durch die Oberschenkelmassage peinliche Reflexe ausgelöst wurden. Simone Fröschle sagte geschickt: »Aus manchem A'lägle hat sich schließlich no a A'lag' entwickelt«, und bat ihn, sich auf den Bauch zu legen.

Nun walkte, schob und knetete sie die Rückenmuskeln mit solcher Hingabe, daß sich Adam schlafen legte und er das Kreuz, an dem sonst das Kreuz seines Lebens hing, nicht mehr spürte. Er glich jetzt einem Fisch ohne Gräten, in wohliger Wärme hingestreckt, ohne Bedürfnis, ohne den ewigen Bewegungsdrang. So fühlte er sich geradezu aus dem Paradies verscheucht, als ein Klaps auf den Po das Ende der Massage signalisierte und er, das Handtuch um die Lenden haltend, den Ort wohltuender Peinigung verlassen mußte.

Wieder auf den Beinen, war sein Gehirn wohl einen Augenblick in der Vertikalen mangelhaft durchblutet, denn es fiel ihm als Lob und Dank nichts anderes als der Wunsch ein: »Das sollte man jeden Tag bekommen können.«

Simone Fröschle erwiderte keck: »Wenn mer a Massöse zur Frau hat, isch des kei' Problem.«

»Wer hat scho?« fragte er rhetorisch. »Wenn das perfekt sein sollte, dann müßte schon ein Seelenmasseur eine Masseuse heiraten, damit er sich mit Seelenmassage revanchieren kann. Aber das gäb' vielleicht einen Tumult!«

Zum Glück fielen ihm der wartende Möpsle und der drohende Fleischmacher ein, so daß ihm Eile geboten schien und er sich mit der vage formulierten Absicht, einmal wieder zu kommen, und einem herzlichen Dankeschön für den Ganzkörpergenuß sowie mit Genesungswünschen für das Töchterle verabschieden konnte.

Leichten, federnden Schrittes und fit bis in die Zehen ging er bis zur verabredeten Ecke, wo er Möpsle von seiner »milden Gabe« berichtete, die ihn so leicht gemacht hatte, daß er an diesem Tag auch ungewöhnlich erfolgreich war.

»Uns tuet's«

Eine Woche später hausierten Remigius und Möpsle unterhalb der Wangener Höhe. Hier waren viele Häuser von Bomben verschont geblieben. Sie lagen verstreut inmitten großer Obstgärten, die man hier auch »Stückle« nennt. Remigius ging auf ein Haus mit grünen Fensterläden zu.

Drüben, auf der Gegenseite des Neckars, ballten sich über dem fernen Kappelberg und über dem vorgelagerten Württemberg dunkle Gewitterwolken, und es zuckten schon einzelne Blitze.

Er ging durch ein Gartentor mit dem Namensschild »Alois Hägele«. Vor dem mitten im Garten gelegenen Haus saß unter einem weit vorgezogenen Dach ein älteres Ehepaar auf der Bank. Alois Hägele und seine Frau waren in die Beobachtung des aufziehenden Gewitters versunken. Sie boten ein Bild harmonischer Zweisamkeit und erinnerten Remigius an das klassische Paar Philemon und Baucis aus der griechischen Sage, so daß es Remigius schwerfiel, sein Sprüchlein zu sagen und damit ihre Ruhe zu stören. Aber sie rührten sich nicht und hörten ihn mit regloser Hinwendung aus der Tiefe einer Ruhe an, die einem stillen Raum glich. Das war so ganz anders, als er es sonst gewohnt war, und er wußte plötzlich nicht mehr so recht, wie er in seiner Ansprache fortfahren könnte.

»Ich störe Sie wohl in einer besinnlichen Stunde?« fragte er schließlich verlegen.

Nach ein paar Augenblicken antwortete endlich Herr Hägele: »Noi, noi, mir grüblet bloß grad a bißle vor em Veschper. Martha, ruck' a bißle nom, daß der Herr Student nahocke ka.«

»Aber natürlich, Herr Student, hocket Se no her. Sie schnaufet ja so. Und em Schwäbische heißt's doch: Wer net na'hockt, der trägt de Friede aus em Haus. I' gang sowieso glei' nei' und richt's Veschper. Dürfe mir den Herre Studente derzu ei'lade?«

»Dankschön gern'«, stammelte Remigius und setzte sich. Welch eine Aufmerksamkeit, die seine Erschöpfung an dem gewitterschwülen Sommertag ausgemacht hatte und diesem Umstand so liebevoll begegnete!

Beide, die er für sich Philemon und Baucis taufte, hatten schmale Lippen und einen auffallend breiten Mund, und sie waren hager, obwohl das Leibliche so breiten Eingang hatte. Baucis, wie nun Frau Hägele hieß, ging ins Haus, und man hörte sie drinnen sogleich in der Küche hantieren.

Über der Grabkapelle auf dem Württemberg zuckten inzwischen die Blitze, und ein Donnerschlag folgte dem anderen. Schon fielen die ersten großen Tropfen vom Himmel, während Philemon, alias Herr Hägele, und Remigius auf der Bank saßen und eine ganze Weile schwiegen, bis Remigius verlegen feststellte: »Der Gewitterregen ist gut für den Garten.«

»Ja, mer ka's brauche«, bestätigte Philemon knapp.

Als Blitz und Donner fast schon eins waren und Philemon immer noch wortlos ins Gewitter starrte, fragte Remigius schließlich: »Sollen wir jetzt nicht doch besser ins Haus gehen? Man liest doch immer wieder, daß Menschen im Freien vom Blitz getroffen werden.«

»So? Bei uns isch aber no nie ebbes passiert.«

Sapermoscht, dachte Remigius, was muß bloß passieren, um bei dieser seelischen Windstille das Hemd flattern zu lassen? Da rief Baucis von drinnen: »'S Veschper isch parat.«

»No ganget mir jetzt nei«, beschloß Philemon und ging voraus. Ein schmaler Flur, in dem es stark nach Kamille roch, führte an einem Kleiderrechen, an dem einsam ein verwitterter blauer Schaffschurz baumelte, und an einem alten, fleckigen Spiegel mit Holzrahmen vorbei zu einer Tür, auf der ein kleines Holzschild auf bayrisch aufforderte: »Haxn abkratzn«. Dies war, wie Remigius erfuhr, als er auf einer Kokosmatte dem Schildaufruf nachkam und beflissen zu scharren begann, das einzig »ausländische« Stück im Hause, von einer Dreitagereise zu den bayrischen Königsschlössern – noch vor dem Krieg – als Souvenir heimgebracht.

In der Küche, in die sie nun eintraten, roch es fleischig. Den Raum beherrschte ein alter Bauerntisch. Auf ihm ein Literkrug mit Most, für jeden ein größeres rundes Speckbrett mit Messer und Gabel, ein Riesenlaib Brot, eine Keramikplatte mit warmen Roten Würsten und Schinken. Aus einer kleineren Schüssel ragte ein ganzes Bündel Rettiche.

»Mir lebet halt ei'fach«, entschuldigte sich Baucis.

Und Philemon ergänzte: »Aber uns tuet's.«

»Na, in dieser Hungerzeit ist das aber ein fürstlicher Tisch«, lobte Remigius. »Daß es mir heute noch so gut ginge, das hätte ich nicht gedacht.«

»Etz langet Se no zu«, forderte Baucis auf und goß Most in die großen Gläser. Als Remigius schüchtern eine Wurst halbierte, fuhr Philemon dazwischen, stach zwei Würste mit seiner Gabel an und legte sie Remigius aufs Speckbrett.

»No na'glangt und tapfer gesse, mer hent gnug von dem Sach'«, versicherte er.

»Ha no«, ergänzte Baucis, »so a jonger Mensch ka' doch

ebbes vertrage. Sie hent doch lange Seite, wenn mer so groß isch.«

Als sie nun alle unverzüglich das Versperritual begannen, wurde Philemon zunehmend gesprächiger, da er fleißig dem Most zusprach.

»Wisset Se, mir hent no a paar Äckerle mit Weize und Erdbiere – jo, no hot mer wenigschtens a Grundlag', und do tuet's uns...«

»Jo, und no hent mir im Garte viel Beer' und Äpfel und Biere«, ergänzte Baucis. »Und em Garte hot mer au Gmüs' und Salat und Rettich – wisset Se, no tuet's uns... Und d' Mueter hot zehn Morge Wengert, wo mer unsern Wei' herkrieget, und Moscht machet mer au no – wisset Se, no tuet's uns...«

»Fabelhaft«, konnte Remigius nur gelegentlich einwerfen, denn es schmeckte ihm so gut.

»Wisset Se, mei Döte hat a große Landwirtschaft uf de Fildere, und der schlachtet äll' Winter a Sau für uns, daß mer au ebbes ins Kraut nei hot – und no tuet's uns scho'... Und schließlich hot mer hinterm Haus no a paar Henne, daß mer au immer a frisch's Ei em Haus hat und manchmal zum Spaß a Hühnerbrüh' mache kan' – ha jo, no tuet's ei'm scho... Wisset Se, mir lebet scho' immer bescheide. Mir hent keine Kinder, und i war vierzig Johr bei der Poscht und krieg halt mei' Rente – jo, und do tuet's uns...«

»Jetz' versuchet Se aber no a Stück von dem Schinke, Herr...« forderte Baucis auf.

»Lindwasser ist mein Name«, ergänzte Remigius.

»Awa', des ischt net so wichtig, i sag' halt Herr Student«, erklärte Baucis und fuhr fort: »Wisset Se, mir krieget kaum amol Bsuch, mir lebet ganz für ons. I war lang bei e're Herrschaft im Dienscht, bevor i g'heiratet han. Und mei Herr Konsul, der a feiner Mensch war – uf den laß' i heut no nix komme, wenn er au in der Partei war –, der hat glei' zu mir g'sagt: ›Fräulein Martha, i schließ zusätzlich a Versicherung in der Schweiz für Sie ab, denn mer muß scho in junge Jahr ans Alter denke.‹ Und des hab' i nur mei'm Herr Konsul z' verdanke, daß i jetzt aus der Schweiz, wo er mi' versichert hat, a ganz schöne Rente krieg, die mir sogar im neue Geld auszahlt wird. Und mit meiner Rente und mei'm Alois seiner Rente do kommet mir aus. Noi, noi, uns tuet's...«

Nach einer kleinen Weile setzte Philemon die Litanei der Zufriedenheit fort: »Mir lebet halt bescheide und ganz nach der Natur. Mir pflanzet im Garte unsere Heilkräuter, trocknet se uf der Bühne und trinket no, wenn's amol nötig ischt, unsere hausgmachte Tee. Deshalb fehlt uns seit vierzg Johr au nix. A'wa, mir brauchet koin Doktor. Uns tuet's.«

»Ja, ja, man riecht's«, warf Remigius ein. »Es duftet im ganzen Haus nach Kamille und Pfefferminz.«

»Des isch besser, als noch tote Vögel oder Mottekugle«, scherzte Philemon, der inzwischen drei Gläser Most getrunken hatte und immer mitteilsamer wurde.

Und während sich Remigius einer zweiten Scheibe Schinken widmete, zu der ihn Baucis gegen rein höflichen Widerstand überredet hatte, philosophierte Philemon mit kleinen Pausen über das bescheidene Leben weiter.

»In Amerika lebt a Bruder von meiner Frau. Der ischt scho in de Zwanzgerjohr ausgwandert, wie's bei uns nach em Erschte Weltkrieg lumpig war. Er ischt von Beruf Metzger und hat's zum Direktor vom a große Schlachthof en Detroit brocht. Und der schickt uns scho seit Sechsevierzig äll' Monet a Care-Paket. No hat mer au an Bohnekaffee und älles mögliche an süßem G'fräß. Sogar Zigarette sind do immer drin, obwohl mir gar net rauchet. Was, des u'nötige Glump verschenke mer halt. Aber uf die Art fehlt uns nix. I sag' immer: uns tuet's.«

»Waren Sie schon einmal – vor dem Krieg natürlich – bei Ihrem Schwager zu Besuch in den USA?« wollte Remigius wissen.

»O Jesses! So a o'komode Reis' mit em Dampfer – und au no ausg'rechnet nach Amerika! Noi, uns isch's am wohlschte daheim. Do kennet mir uns aus.«

»Wisset Se, der Mensch braucht sein Tägliches, daß er gsund bleibt und sich wohlfühlt«, pflichtete Baucis bei und setzte fragend hinzu: »Send mer satt? No räum' i ab und mach' schnell no a Tässle Kaffee.«

In diesem Augenblick tat es einen knallenden Donnerschlag, als hätte der Blitz in unmittelbarer Nähe eingeschlagen. Remigius zuckte kurz zusammen. Aber Philemon beruhigte: »Bei uns schlägt der Blitz net ei', mir hent lauter hohe Bäum ums Häusle, des tuet's. Mir brauchet selleweg kein Blitzableiter.«

Etwas verstört noch vom Schreck erkundigte sich Remigius: »Was haben Sie denn gegen das Reisen? Uns Schwaben treibt's doch immer wieder hinaus in die Welt? Ich leide oft unter Fernweh und möchte am liebsten einmal durch die ganze Welt bummeln.«

Philemon überlegte eine Weile und erklärte dann: »Mir Schwobe send net älle gleich. 's gibt halt au bei uns sotte und sotte. Mir g'höret zu dene, wo's Ländle net gern verlasset. Uns tuet's daheim. I bin eimol im Ausland g'wä, und des war im Erschte Weltkrieg im Argonnerwald und in der Champagne. Des hot mir g'reicht, 's ka' überall schö' sei uf der Welt. Des will i gar net abstreite. Aber i halt' mi an des Versle: Ob im Oschten oder Weschten – in der Heimat isch's am beschten. Und die meischte unter uns kennet vielleicht Berlin und Paris, aber wie schö's im Lautertal uf der Alb oder im Jagsttal isch, des wisset se net.«

»Ha, eimol sen mer au scho' in Oberbayern im Gebirge g'wä«, warf Baucis ein.

»Ja, an dene Seen und berühmte Königsschlösser von dem verrückte Ludwig, wo se im Starnberger See versäuft hent. Aber des war so verwirrend. Überhaupt verwirrt 's Reise bloß da Sinn von de Mensche. Die meischte reagieret bloß ihr Unruh und ihr bodenlose Neugier ab. Und a g'wisse Habgier steckt nach meiner Schätzung au dahinter. Noi, mer mueß net älles g'sehe han. Der Schiller war au net en Griechenland und hat trotzdem die ganz' Welt im Geischt erfaßt. Und der Karl May war au nie bei de Indianer und em wilde Kurdistan.«

Philemon geriet jetzt ins Philosophieren, und Baucis entschuldigte dies mit der Wirkung vom Most. Aber Philemon war dennoch kein Schwätzer, denn all seinem Sprechen war die

Erlösung eines nachfolgenden Schweigens beigegeben, eine kleine Denkpause, in der sich die nächste Aussage formte und der Zuhörer gedanklich folgen konnte. Alles Sprechen wirkte wie das Sagen von längst Gedachtem, wie ein Auf- und Abschreiten in einem Raum, in dem er zu Hause war.

Remigius wurde dabei an seinen seligen Vater erinnert, der die schwäbische Heimat auch nur zweimal verlassen hatte: einmal wie Philemon unfreiwillig im Ersten Weltkrieg, und das anderemal bei einem Ausflug der Kirchengemeinde an den Bodensee, wo er »die Schweiz, Österreich und Bayern« gesehen hatte, als sie in Lindau, Bregenz und Rorschach anlegten und kurze Station machten. Der Vater selig hätte daher dieser strikten Genügsamkeit aus vollem Herzen zugestimmt. Auch bei ihm hatte man den Eindruck, als ob nur gewisse Orte der Heimat, die er in Abständen regelmäßig aufsuchte, ihm Kraft und Lebensglück schenkten. Man hielt sich in Distanz zum Fremden, Ungewohnten, zum verlockend Wünschbaren, zur Verstrickung ins Grenzenlose, denn alles Wünschen führte in Ansprüche, in Belastungen, unter denen die Ausgeglichenheit des Lebens verlorengehen konnte. Ortsveränderungen haben schließlich seelische Veränderungen zur Folge. Und das Mißtrauen gegen sich selbst war vielleicht ein Schutz vor der ins Chaos und in den Wahnsinn führenden Zuneigung des Menschen zu sich selbst. Es mochte eine in frommer Einfalt gewonnene Lebenserkenntnis sein, die in tugendhafter Haltung geübt wurde und eine Seligkeit verhieß, in der man sich wohl und sicher fühlte, obgleich sie in ihrer Weltabgewandtheit den Menschen fern von seinen möglichen Verheißungen hielt.

Als Baucis stark duftenden Bohnenkaffee einschenkte und Philemon ihr Lob spendete: »I han halt a Frau, wo koche ka' und 's Sach im Schuß hält, gell Martha«, und ihr dabei den Arm streichelte, stellte sie scherzend fest: »Mändle, i glaub' der Moscht hat di' wild g'macht.«

Remigius riskierte die fragende Feststellung: »Ich glaube, Sie sind ganz und gar glücklich miteinander?«

»Des ka' mer sage«, versicherte Philemon. »Mir sind scho

vierz'g Jahr miteinander verheiratet und hent no nie Streit g'het, noi, kei' Sterbenswörtle – stimmt's Martha?«

»Jo, 's isch währle wohr«, versicherte Baucis sanft.

»Das gibt's eigentlich nur im Paradies«, lobte Remigius, bemüht, den spöttischen Unterton zu verwischen. Und er fragte gleich etwas kecker: »Das muß schön sein, wenn's einen in der Ehe ganz gleichermaßen zueinander zieht, und das schon vierzig Jahre lang.«

»Ja«, gestand Baucis, »mir bueblet heut no genauso wie vor vierzig Jahr', gell, Männle?«

»I mein' au«, bekräftigte Philemon und erklärte ausgelassen: »Aber i war halt au nie in meim Lebe a Wirtschäftles- oder Weibergeograph. Und des hält am beschte d'Fettauge in der Supp.«

»Und i war als volledigs Mädle, wie i in Tübinge war, schließlich au kei' Studentefutter«, zog Baucis nach.

Für den, der nur ein Weib kennt, ist sie wohl in seiner Phantasie Helena, dachte Remigius; und ein Weib, das zeitlebens nur einen Mann kennenlernte, wird leicht in ihm Paris verehren. Zum Glück fiel ihm in der etwas heikel vertraulichen Situation ein Vers von Lenau ein, mit dem er sich sogar akademisch vom Thema und dem so eindrucksvollen, klassischen alten Liebespaar verabschieden konnte.

»Nie soll weiter sich ins Land
Lieb' von Liebe wagen,
Als sich blühend in der Hand
Läßt die Rose tragen.«

So zitierte er den einst auch in Stuttgart lebenden Nikolaus Lenau.

Philemon und Baucis waren gerührt. Sie baten, daß er ihnen diesen schönen Vers »von dem Lenau« aufschriebe. Als er dieser Bitte entsprach, hatte er den Wunsch, der ihm überreichte Schreibstift möge ein Zauberstab sein, mit dessen Hilfe er Philemon und Baucis ein Wundergeschenk als Dank herbeizaubern könne. Aber er war nicht Jupiter, der in Begleitung Merkurs die Gastlichkeit der bescheidenen Alten genossen und deren Haus in einen Tempel verwandelt hatte und ihnen ihre Bitte gewähren konnte, einmal zur gleichen Stunde miteinander zu sterben. »Zwei sind die ganze Familie, und beide befehlen, gehorchen«, schrieb einstmals Ovid über das glückliche Paar. Diesem Paar war er nun begegnet, und wenn sich hinter dem Bekenntnis »uns tuet's« auch eine knitze schwäbische Tiefstapelei verbarg, so glichen Philemon und Baucis im Jahr 1948 doch in ihrer herzlichen Gastfreundschaft, ihrer Genügsamkeit und ihrem stillen Glück dem klassischen Paar, das in vollkommener Eintracht sein Leben verbrachte und mit Jupiters Hilfe über den Tod hinaus miteinander verbunden blieb.

Die Verführung

Als Erzähler weiß ich glücklicherweise mehr, als die Tagebücher von Remigius und Möpsle enthalten, sonst könnte ich die delikate Geschichte von der Verführung des »Blauen Esels« nicht so vollmundig schildern. Trotz allem Vertrauen, das man in ein Tagebuch einbringt, bleibt wohl doch ein gewisses Maß an Vorsicht und Zurückhaltung in der Aussage. Und außerdem ist jeder – ob bewußt oder unbewußt – ein Manipulator seiner Äußerungen. Um dennoch nichts von den damaligen Geschehnissen zu vertuschen und dabei die Grenzen der Schicklichkeit einzuhalten, verwandle ich schließlich die beiden Personen des amourösen Abenteuers in Odysseus, den listigen, in Abenteuer verstrickten Helden der griechischen Sage, und in Kirke, die als verzaubernde Schönheit die Gefährten des Odysseus in Schweine verwandelt hatte und mit ihrer egozentrischen Gastlichkeit Odysseus zu »bezirzen« versuchte.

Wir erinnern uns jener Metzgerswitwe, deren einnehmender Gastlichkeit und Großzügigkeit bei der Abnahme von Bohnerwachs Möpsle mit Vergnügen erlegen war. Sie hatte nun die Lieferung von hundert Dosen Bohnerwachs angefordert, und diesmal war Remigius an der Reihe, den Großauftrag durchzuführen, nachdem Möpsle das zumindest bei ihm mit Liebesdiensten verbundene Geschäft schon zweimal getätigt hatte. Den Bedenken, mit denen Remigius nicht hinter dem Berge hielt, war Möpsle mit der Ansicht begegnet: »Die will dich halt jetzt amol kennelerne, nachdem ich scho' von dir erzählt han. Und wenn scho': Was hascht du denn gegen biologischen Umgang mit einer hübschen, sympathischen Frau? Der Mensch besteht doch net bloß aus Geischt.«

Mit gemischten Gefühlen und schwitzend zog Remigius einen geliehenen Leiterwagen, in dem die hundert Dosen Bohnerwachs verstaut waren, auf die Höhe im Stuttgarter Westen und klingelte dann bei Frau Unterländer.

Nach einer Weile öffnete sie. Eine hübsche Frau in adrettem buntem Sommerkleid trat ihm entgegen; über dem weiten Brustausschnitt baumelte an der Halskette ein silbernes Kreuz.

»Sie sind sicher der Freund vom Möpsle, wenn i' so sage darf«, empfing sie ihn gleich ohne Umschweife und schlug vor, die Ware erst in der Wohnung abzustellen, »bevor ich Ihne etwas aufwarte darf.« Sie half dabei recht flink und versicherte: »Wisset Se, 's schaffe bin i von klein auf g'wohnt. Aber Ihne wird's sicher schwererfalle, wenn mer bloß studiert und immer über Bücher hockt und dann plötzlich mit de Händ schaffe soll.« Remigius ließ sich über diese höfliche Ansicht auf keinen Disput ein. Er gab sich vielmehr der Betrachtung dieser, wie ihm gleich auffiel, recht attraktiven Frau hin. Sie strahlte eine ansteckende Vitalität aus und schien eine schwäbische Version der klassischen Kirke zu sein, der man es auf den ersten Blick zutraute, daß sie nicht nur einen gestrandeten Odysseus, sondern sogar den grimmigen Kaliban dienstbar machen und gleichermaßen Ariel, den Reinen, zur Liebe zwingen könnte. Tüchtigkeit und weibliche Ausstrahlung hatten ihr Merkur und Venus wahrscheinlich in die Wiege gelegt. So wunderte sich Remigius kaum, als sie vorschlug: »Regle mir doch 's Gschäftliche zuerscht, daß mer des weg habet.« Und sie holte – »i hab's scho na'grichtet« – das Geld aus der Schublade des großen Wohnzimmerbüfetts und übergab es mit der charmanten Bemerkung: »Wie Sie sehet, will i a gute Kundin bei Ihne sei, wenn Sie sich schon so große Mühe machet.« Und gleich darauf fragte sie artig: »I hab' an herrliche Gulasch kocht und an Reis dazu. Darf i Sie nachher dazu ei'lade?« Wie hätte er da nein sagen können.

»Aber 's isch jetzt erscht elfe, da könnet mir no a Stündle mitanander gemütlich schwätze. I' möcht' Sie ja so gern kennelerne, nachdem Ihr Freund mir scho' so viel von Ihne erzählt und vorgschwärmt hat, was Sie für ein wertvoller Mensch sind.«

Remigius schmunzelte: »Soso.«

Dann setzten sie sich beide auf die Couch, und Kirke, alias Frau Unterländer, ging offenherzig zur Sache: »I' hab' mir heut mei Halskettele mit dem Kreuz umg'hängt, weil i dacht hab', des könnt' Ihne als jungem Geischtliche vielleicht gfalle. Wisset Se, ich bin eigentlich ein religiöser Mensch, wenn i au bloß an Ostern und Weihnachte in die Kirch' geh'. Aber i kann niemand in Not sehe. Da muß i irgendwie helfe. Sie dürfet mi' jetzt net auslache, des isch halt so, des g'schieht ei'fach mit mir.«

Remigius hatte Mühe, ein Lächeln zu unterdrücken und bestätigte daher rasch: »Sie sind halt, wie es der heilige Augustinus erkannt hat, eine gleichsam von Natur aus christliche Seele.«

»Au, dieses schöne Wort muß ich mir aber merken«, schwärmte Kirke, wobei sie, wie das bei Schwaben in hehren Augenblicken geschieht, in drolliger Exaktheit schriftdeutsch sprach. »Hat denn der Augustinus noch mehr so wunderbare Worte g'sagt?« wollte sie wissen.

Remigius antwortete wohlgefällig und ohne Argwohn: »Das schönste Wort von ihm, das ich als eigenes Bekenntnis angenommen habe, handelt von der Unruhe unseres Herzens: ›Unser Herz ist ruhelos, bis es Ruhe findet in Dir‹.«

»Oh, so was Schönes hat noch niemand zu mir g'sagt!« begeisterte sich Kirke, die ganz offenbar das »Dir« auf sich bezog und mit tiefem Blick vorschlug: »Für eine so große Stunde hab' ich was Außergewöhnliches im Schrank, etwas, was Sie noch nie getrunken haben. Darf ich's Ihnen anbieten?« Und während sie zum Schrank ging, schnalzte sie genießerisch mit der Zunge: »Klasse!« Sie brachte eine Flasche alten Marc de Bourgogne – nein, sie brachte die Flasche nicht, sie trug sie feierlich wie eine brennende Kerze und stellte sie langsam, gemessen auf den Couchtisch und streichelte die Flasche, als ob in ihr alle ihre bislang geweinten irdischen Freudentränen gesammelt wären.

Remigius, zu leichtem Sinn erwacht und nicht abgeneigt, die Rolle des Kavaliers zu übernehmen, erbot sich, die Flasche zu öffnen, aus der gar bald der Geist der Aphrodite entströmte.

»Auf Augustinus und unser unruhiges Herz«, prostete ihm Kirke zu, ohne dabei etwas Ungebührliches zu empfinden.

»Aahh... der macht aus schlappe Socke Amokläufer«, lobte Remigius überschwenglich und lieh Kirke willig die Hand, als sie zu ihm rückte, seine Hand nahm und an ihr busiges Herz legte: »Fühlen Sie, wie mein Herz vor lauter Freude schlägt?«

»Was machen wir da?« fragte er keck und folgte gerne ihrem Vorschlag, das Glas zu leeren.

Jetzt merkte er, da er kaum Alkohol trank, ein schummriges Gefühl wie in einem Aufzug, der vom 20. Stockwerk ohne Halt in den Keller rast. Und er fand es erdig schön, als Kirke ihn zart küßte und flüsterte: »Ich mag Sie arg, Sie Augustinus.« Und die Zartheit ihrer nun einsetzenden Liebkosungen verhieß Begabung und Fähigkeit zu großen Steigerungen.

Als er ihren Kuß und ihr Streicheln noch zurückhaltend erwiderte, fragte sie verlegen: »Was sollen wir jetzt tun?«

»Gutes, Gutes wollen wir tun«, verblüffte er sie, hielt sie aber zärtlich an den Händen.

Da überraschte sie mit einem Einfall: »Au ja, wir spielen Martinles.«

»Was ist das?«

»Martinles, des kommt vom heiligen Martin, der doch seine Kleider an Bedürftige verteilt hat«, beeilte sich Kirke zu erklären.

»Mir ist allerdings nur bekannt, daß er seinen Mantel geteilt und verschenkt hat«, wandte Remigius ein, obwohl er natürlich begriffen hatte, was sie meinte.

»Ach was«, erklärte Kirke, »des mit dem Mantel isch doch bloß symbolisch, und jetzt im Sommer trägt mer sowieso kein' Mantel. Nei', beim Martinlesspiel schenket sich Verliebte abwechselnd ihre Kleidungsstück', bis se so arm sind wie Adam und Eva.«

»Also da muß ich aber erst noch ein Glas von dem himmlischen Nektar trinken, bis ich den Martin spielen kann«, verschaffte sich Remigius Aufschub, da er noch nicht alle Hemmungen zu überwinden vermochte.

Kirke war einverstanden, erklärte aber, daß der Martin gemäß den obwaltenden Spielregeln mit gutem Beispiel vorangehen müßte. Um ihm den nötigen Schwung zu verschaffen, sagte sie beim Zutrinken: »Ex, lieber Martin«, und stürzte ihr Glas Marc de Bourgogne hinunter, so daß dem unheilig gestimmten Martin nichts übrigblieb, als nachzuziehen.

Nun packte sie ihn bei den Händen und schlug vor: »Komm, wir gehn ins Schlafzimmer, da isch's a bißle dunkel.«

»Du meinst wohl, man soll das Gute im Verborgenen tun?« scherzte Martin vertraulich und folgte ihr.

Das Schlafzimmer befand sich in mystischem Halbdunkel. Über einem breiten französischen Bett hingen vier Gemälde, Allegorien auf die vier Jahreszeiten, wobei sich der neuernannte Martin in einer letzten Anwandlung von Bedenken schwor, hier nicht alle vier Jahreszeiten, sondern nur eine schöne Stunde zu verbringen.

Im Unterbewußtsein rechnete er sich den Verlauf des Martinspiels aus, da er nur Hemd, Hose, Unterhose und Schuhe zu vergeben hatte und Kirke ebenfalls nur über vier milde Gaben verfügte, wie er festgestellt hatte.

Nun ja, es begann harmlos mit den Schuhen und dauerte nicht mehr als zehn Minuten, bis beide im zeitlosesten aller zeitlosen Kostüme waren und sich nach ihren Guttaten schließlich gütlich taten und ihr »biologischer Umgang« zu einem lustvollen Spiel himmlischer Kräfte wurde.

Als sich schließlich Martin wieder ernüchtert in Odysseus mit listigen Aufbruchsgedanken verwandelte und Kirke ihre himmlischen Reize mit alltäglicher Tüchtigkeit tauschte, erhob sich Odysseus und philosophierte: »Man soll in himmlischen Situationen nie so lange bleiben, bis ihr Zauber weicht.«

Kirke empfahl schlagfertig: »Du hasch' recht. I' mach' uns jetzt da Gulasch, das hent mir uns verdient.«

Ausgang

Remigius hatte bei seinen täglichen Begegnungen mit Menschen verschiedener Art, mit Häusern und deren spezifischen Gerüchen und bei Gesprächen mit und ohne Inhalt jeweils eine bunte Palette von Eindrücken zu bewältigen. Aus dem dünnfädigen Gewirr nächtlicher Überlegungen knüpfte der Tag dann seinen gordischen Knoten. Sein Alltag glich einem halluzinatorischen Zustand, in den immer wieder Augenblicke der Wirklichkeit drangen, und es schien ihm zeitweilig so, als würde er sich der Welt entfremden, um ihr dadurch immer näher zu kommen. Er wünschte sich manchmal eine Kraft, mit der er die vielen Irrlichter durch Tränen oder Gelächter auslöschen könnte, diese Irrlichter im chaotischen Dunkel einer neu entstehenden Welt, die nur Signale der Zerstreuung und Rufe zur Rast an Orten waren, die es nicht gab, die nur verführerisch für Stunden wie eine trügerische Versprechung bei all jenen aufleuchteten, in deren Augen jetzt nach sieben mageren Jahren endlich wieder Funken der Lebensfreude aufblitzten und die nun nach Vergnügungen am Rande ihres neuen Weges Ausschau hielten. Es schien ihm geradezu symbolisch, daß so viele Menschen in Schutt und Müll nach Dingen suchten, die sich vielleicht noch verwerten ließen, nach dem Vertrauten aus einer Vergangenheit, die zerstört und unbewohnbar geworden war. Und mit hochgereizter Phantasie und allerlei Phantasmen strebten sie nach Auswegen aus dem verengten, eingeschränkten Leben. Das abendliche Ausgehen war vielleicht ein Ausdruck dafür.

Die Kinos, obwohl ihre Zahl durch Neugründungen rasch zugenommen hatte, waren überfüllt. Auch ihn zog es eines Abends mit Tamara, bei der er sich für die Vermittlung seines Beerdigungsjobs erkenntlich zeigen wollte, ins Kino. Des knappen Geldes wegen gingen sie in ein kleines, recht behelfsmäßig eingerichtetes Kino, und er nahm Karten für eine der vorderen Reihen, den »Rasiersitz«.

Es wurde ein amerikanischer Film mit einer »love-story« gespielt, den anzusehen nur mit der Neugier auf amerikanische Filme zu entschuldigen war. Er hatte Tamara das Pfund Bohnenkaffee geschenkt, das er als »Hilfspfarrer« bei der Beisetzung von »Mille« außer seinem Honorar erhalten hatte. Tamara hielt den Kaffee auf ihrem Schoß, wo er mit seinem anregenden Duft in einem Wettstreit mit jenen unangenehmen Düften des hinter der Leinwand befindlichen Pissoirs allmählich unterlag. Tamara duldete es, daß er im Dunkeln seinen Arm um ihre Schultern legte und ab und zu seine Wange an die ihre schmiegte. Sie mochte Zärtlichkeiten in der Öffentlichkeit nicht und begann schon bald über den »Liebeskitsch« des Films zu mosern. Ihre halblaute, immer heftiger werdende Kritik begann die Umsitzenden zu stören, und so standen sie schließlich mitten im Filmgeschehen auf, um dem Kitsch wie auch dem urinösen Geruch zu entfliehen. Das einzige, was von dem Film haften blieb, war der Schlager, der zu einem Ohrwurm wurde:

»You can never say yes,
You can never say no...«

Tamara war nicht in Ausgehlaune, sie wirkte beschwert und von ihren politischen Aktivitäten eingenommen.

Er hatte schon Pech mit ihr. »Gehen wir noch in ein Lokal ein Viertele trinken?« erkundigte er sich. Sie wollte nicht. »Der Alkohol und auch das viele Geld.« Denn man erhielt guten Wein und Essen ohne Marken nur gegen Aufgeld auf den Preis in der Speisen- und Getränkekarte, und das auch nicht in jedem

Lokal, weil die Lebensmittel noch »bewirtschaftet« waren und das Ernährungsamt Kontrolleure ausschickte.

Also folgten sie ihrem Vorschlag und gingen zu ihr nach Hause, wo Tamara ihren russischen Tee und ein paar Schmalzbrote zubereitete. Auf dem Tisch lagen Plakatentwürfe der KPD und eine aus der Bibliothek geliehene Ausgabe der »Phänomenologie des Geistes« von Hegel. In dieser Polit-Atmosphäre konnten sich Bacchus und Venus nicht wärmen. Tamara schien durch ihre politische Tätigkeit verbiestert. »Der steht ihr Intellektualismus im Weg. Die isch nix für dich«, hatte Möpsle vor einigen Tagen festgestellt. Er hatte recht, denn sie litt seine Liebesbedürftigkeit mit gelegentlichem Streicheln und einem Küßchen auf die Wangen nur wie eine sauere Matrone die Liebesbezeugungen des ihr gleichgültig gewordenen Ehemanns. Schade, dachte er. Da wollte ich einmal ausgehen mit ihr und sie auf ein anderes Geleis' bringen, und jetzt denkt sie nur noch an Hegel und Marx und findet alles andere läppisch. Sie ist humanistisch ausgebildet, aber die Latinitas hat sie nicht gebildet, sonst würde ihr jetzt vielleicht der Vers von Horaz einfallen:

»Dona praesentis carpe laetus horae et
linque severa –
Nütze froh, was die Stunde dir schenkt und
laß' ab vom Ernst.«

Utinam! – Wär's doch so! Aber als er in versuchter Anpassung an ihren augenblicklichen metaphysischen Tick bemerkte, bei seinem künftigen Theologiestudium wolle er sich auch mit Philosophie beschäftigen, warf sie ihm gleich ein Zitat ihres verehrten Ludwig Feuerbach an den Kopf: »Der Theologie ist nur das Heilige wahr, der Philosophie nur die Wahrheit heilig.« Da hatte er's. Sie war grätig und hatte zumindest heute ein verhunztes Gemüt. Überhaupt schien sie nur noch in Aphorismen zu sprechen. Die auf Prägnanz getrimmten politischen Parolen ihrer Partei hatten ihr Denken so zerstanzt, daß sie fast nur noch Sprechblasen von sich gab. Schade. Abgesehen davon, war dieses Bonmot von Feuerbach zwar brillant formuliert, aber eben doch letztlich eine Halbwahrheit in seiner verkürzten Formulierung.

Tamara verfügte über eine bestechende Dialektik, die jedoch leider von fehlerhaften Inhalten und Prämissen gespeist wurde, so daß sie zwangsläufig nur in einer Logik schlüssig blieb, die man als »systemimmanent« bezeichnen konnte. Wenn er von Gott sprach, hatte sie nur ein nachsichtiges Lächeln für ihn übrig. »Der von euch Christen geglaubte persönliche, um uns besorgte, uns strafende und erlösende Gott ist aus tiefenpsychologischer Sicht nichts als eine narzißtische Illusion. Und auch der Satan ist als eingebildete Figur für die Unglücksbewältigung im Leben erkannt. Was soll's? Die Aufklärung der Massen schreitet gewaltig voran. Und da willst du noch den alten Mann mit dem schönen weißen Bart und die Satyrgestalt des Teufels am Leben halten? Komm' lieber zu uns und kämpfe für soziale Gerechtigkeit und Befreiung der Menschen von all dem mystischen Mummenschanz der Kirchen.«

Sie spielte sich auf wie Pallas Athene, die Göttin des Wissens und der Wissenschaft. Das ärgerte ihn, weshalb er entgegnete: »Was soll der Quatsch mit der Wissenschaft und der Tiefenpsychologie, wenn das Wissen doch kaum bis unter die Kruste des Lebens reicht, und die gepriesene ›Wissenschaft‹ doch nur mit tausend Vorbehalten das Dasein zu definieren wagt, während der Mensch eine nicht auszulotende Fülle an Leben in sich und um sich herum spürt und wissen will, wie er sein Leben führen und gestalten soll. Was mich betrifft, so bereitet mir alles, was ich in liebevoller Hinwendung beim einzelnen Menschen bessern und ein kleines Stück der Vollkommenheit näherbringen darf, eine tiefe Befriedigung.«

»Schon mal was von der Gesellschaft und ihren Aufgaben gehört?« fragte sie mit hämischer Überheblichkeit.

»O ja. Aber es hat mir bislang noch keiner die Hausnummer der Gesellschaft angeben können. Dieser Moloch, der sich eben noch ›Volksgemeinschaft‹ nannte, tritt jetzt mit einem neuformulierten Text auf die Bühne, um sich im Gewande der Wissenschaft als einzige Bezugsgröße auszugeben.«

Tamara sah in ihm wohl einen hoffnungslosen Fall, denn sie sprach mehr in den Raum hinein als zu ihm: »Es ist wohl einfacher, antiquiert wohltätig und barmherzig zu sein, als für soziale Gerechtigkeit zu kämpfen und zu neuen Ufern aufzubrechen.«

Es hatte keinen Sinn, weiter mit ihr zu streiten.

»Du bist halt ein Böckle«, lenkte er ein, »und ich auch. Aber vielleicht wollen wir ähnliches auf verschiedenen Wegen.«

Sie nahm die versöhnliche Geste an und berichtete mit totalem Themawechsel von einem neuen Job ab Ende Oktober. Im Hauptbahnhof würde ein Kino eröffnen und Studenten als Platzanweiser einstellen. Die Zeit von acht Uhr abends bis nachts um ein Uhr sei geschickt, da könne man neben dem Studium Geld verdienen. Er meldete sich an, mitzumachen und verabschiedete sich bald mit einem außergewöhnlichen Handkuß, fest entschlossen, seine männlichen Gefühle künftig bei ihr nicht mehr aufkommen zu lassen. Sie war keine Eselin, die zu ihm gepaßt hätte, so bemerkenswert sie als Persönlichkeit und als Kumpel auch sein mochte. Er war davon überzeugt, daß sie ihre Bestimmung verfehlte, weil sie einer Ideologie anhing, die sich nicht aus ihrem persönlichen Wesen heraus verwirklichen ließ. Weil sie den Intellekt anbetete, stand ihre Intelligenz ihrem persönlichen Glück dauernd im Wege. So wurde der Ausgang mit ihr zum Ausgang einer reizvoll erdachten Begegnung. Da war Möpsle geradliniger. Der mied »komplizierte Weiber«, denn er wollte sich noch nicht binden, und wenn's darum doch nur »um des« ging, suchte er sich meist »gesetztere Jahrgänge« oder, wie er oft scherzte, »ei'gfahrene Fahrräder«. Und außerdem wurde er dann obendrein noch freigehalten, wenn er mit gutsituierten Damen ausging, die sich etwas auf einen jungen Freund zugute hielten.

Remigius widmete sich in der Folge ganz und gar der Betreuung von Enno Schützenhobel, den er mindestens zweimal in der Woche abends, wenn Möpsle mit seinen Bekanntschaften ausging, mit Lebensmitteln aufsuchte und dann das Vergnügen genoß, mit diesem vergeistigten alten Herrn über Gott und die Welt zu plaudern. Er war zu dieser Zeit der einzige Mensch, der ihn in der Qual seiner beruflichen Entscheidung und auch in seinem Wesen verstand und rasch die Rolle eines väterlich besorgten älteren Freundes übernahm.

Als Remigius ihm anderen Tages beim abendlichen Besuch von der Kontroverse mit Tamara erzählte, war der Privatgelehrte gleich bei seinem Lieblingsthema, dem Vergleich zwischen der aufklärerischen Philosophie und der Wissenschaft sowie der Religion.

»Daß sich Ihre Freundin beim Streit um den Gottesbeweis ausgerechnet auf die Psychoanalyse, respektive Tiefenpsychologie beruft, ist schon drollig«, tröstete er. »Dabei ist es doch so, daß die geborenen Neurotiker schon mit vorgefertigter Psychoanalyse zur Welt kommen, während Geizkrägen und Narzißten, auch solche, die in den Narzißmus der Wissenschaft geraten, sich entweder gar nicht oder höchstens am Lebensende für die Ewigkeit analysieren und therapieren lassen. Wer aber die Erfahrungen mit einem persönlichen Gott durch die schnodderige Bemerkung abtut, das sei nichts als eine narzißtische Illusion, der sollte erst seinen unreinen Mund ausspülen, ehe er das Wort ›Gott‹ in den Mund nimmt. Denn wir brauchen nun einmal einen Fixpunkt außerhalb der Welt, um unser Leben und unser Schicksal zu verstehen und schließlich ruhig und gelassen durch dieses Leben gehen zu können.«

Enno Schützenhobel mußte beim Sprechen immer wieder kleine Pausen einlegen, denn er war infolge seiner schweren Herzinsuffizienz* kurzatmig. Sein gesundheitlicher Zustand verschlechterte sich zusehends, und wenn er Remigius mehr und mehr in seine Angelegenheiten einbezog, ihn auf dieses und jenes hinwies, wie es einmal nach seinem Ableben sein solle, wenn er ihm den hohen geistigen Wert seiner kostbaren Bibliothek ans Herz legte und ihm dabei einzelne Bücher von besonderer Bedeutung sowie seine noch unveröffentlichten Manuskripte zeigte und erklärte, so geriet Remigius in wachsende Beklemmung.

* Herzmuskelschwäche

»Ich habe ja niemanden hier, den ich so mag wie Sie und dem ich so ganz vertraue wie Ihnen«, versicherte Schützenhobel oft und wußte kaum, wie er seine Dankbarkeit über diese zufalls- oder besser schicksalsgeborene Freundschaft zum Ausdruck bringen sollte. Remigius fühlte, daß dieser noble Mensch in seiner Einsamkeit ihn jetzt brauchte, und er ließ es daher weder an Zeit noch an einfühlsamer Aufmerksamkeit mangeln, ihn so oft wie möglich zu besuchen und ihm jede gewünschte Besorgung abzunehmen. Wenn er den hageren Mann mit seinem faltigen Gesicht, den blauen Lippen und dem etwas unsicheren Gang betrachtete, so beschlich ihn die Ahnung, daß hier ein Mensch dem Ende seines Lebens entgegenging. Und wäre es nicht aufdringlich erschienen, so hätte er sich das eine oder andere Mal, wenn er ihn besonders schlecht antraf, sogar erboten, bei ihm zu nächtigen, um da zu sein, falls ihm in der Nacht etwas zustieße. Auf der Nachhausefahrt, wenn er sich Sorgen um den kranken alten Freund machte und bei sich betete, es möge doch zu einem guten Ende kommen, lag ihm oft das »Tu autem – Du aber« auf der Zunge, das im kirchlichen Stundengebet den Ausgang bildete: »Tu autem, Domine, miserere nobis – Du aber, Herr, erbarme Dich unser.«

Pfarrer Sauerbleich schickt eine Epistel

Remigius' Mutter stand in der engen Behelfsküche und schnitzelte Kartoffeln für das Abendessen. Es gab Bratkartoffeln, unter die zwei zerrührte Eier gemischt wurden; dazu eine kleine Scheibe in Würfel geschnittenen Speck, den sie von ihrer Hamsterreise zum Doktor-Bruder auf der Alb mitgebracht hatte, und reichlich Zwiebeln, ein Geschenk der seit langer Zeit befreundeten Gärtnersfrau in der Nachbarschaft.

Ach, was mußte nicht alles herhalten und unternommen werden, daß man wenigstens einmal am Tag herzhaft essen konnte. Sie hatten es so eingerichtet, daß sie immer abends einigermaßen satt wurden, während mittags Remigius unterwegs beim Hausieren und die Mutter zu Hause mit einem Stück Brot und etwas Käse, den es auf Marken gab, den Hunger zu überwinden versuchten. Etwa alle vier Wochen fuhr sie mit der Bahn aufs Land, auf die Alb zum Doktor-Bruder, der für seine Dienste von den Landpatienten meist mit Naturalien entlohnt wurde und daher keine Not zu leiden brauchte. Er versorgte seine kränkelnde, an nervösen Magenstörungen und Blutarmut leidende Schwester und Remigius jedesmal bei ihren Besuchen mit Brot, Butter, Speck, Würsten, Honig und Sirup aus gekochten Zuckerrüben, ebenso mit Eiern, die ihm überreichlich zugetragen wurden. Das einzig Schlimme war hinterher jedesmal die Angst vor Kontrollen, die auf Geheiß der Militärregierung in den Zügen, die man ohnehin »Kalorienzüge« bzw. »Hamsterzüge« nannte, durchgeführt wurden. Ein Glück, dachte sie, daß gerade vor drei Tagen, als sie schwerbepackt nach Stuttgart zurückgefahren war, keine Kontrolle stattgefunden hatte. Bruder August hätte sie im Hinblick auf das schwere Gepäck ja gerne mit seinem alten DKW nach Bad Cannstatt gefahren. Aber die Ärzte bekamen für Krankenbesuche so wenig Benzin zugeteilt, daß er bei halbwegs gutem Wetter seine Hausbesuche mit dem Fahrrad abstrampelte, um das Auto bei Regen und im Winter benützen zu können. Obwohl er es mit seinen ärztlichen Diensten auch nicht leicht hatte, war er doch sehr um sie und Remigius besorgt, ja, er gab den Gedanken nicht auf, Remigius würde das Medizinstudium beenden und später einmal seine Landpraxis übernehmen.

Aber nun war gerade heute wieder ein Brief vom Pfarrer-Bruder Eberhard gekommen, ein Doppelbrief an sie und an Remigius. Die Briefe von Eberhard verdienten ihrem Stil nach als Epistel bezeichnet zu werden.

Heute war eine verhältnismäßig kurze, aber besonders wichtige Epistel für Remigius eingetroffen, die sie gelesen hatte, da das Schreiben wegen Portoersparnis ihrem Brief beigefügt war.

Als Remigius endlich nach Hause kam und recht guter Dinge zu sein schien, gab sie ihm nach der Begrüßung gleich den Brief: »Du, der Onkel Eberhard hat dir was Wichtigs gschriebe.« Und während sie sich schon in die Küche begab, fragte sie noch: »Isch's recht, wenn i dir jetzt Bratkartoffle mit Speck und Eier mach'?«

»O ja, ich hab' mächtig Kohldampf, denn ich hab' heut' mittag bloß no Märkle für a Weckle und a Magerkäsle g'habt.«

Solange die Mutter nun in der Küche hantierte, las er wiederholt die Epistel von Onkel Eberhard:

Mein lieber Remigius,

Tante Luisle und ich denken oft an Dich, und wir sorgen uns über die Ungewißheit, die über Deiner Berufswahl schwebt.

Aha, dachte Remigius, da hat die gute Mutter sich wieder mal an ihren Bruder gewandt.

Wir wissen, daß Du Dir's mit der Frage, ob Du Pfarrer werden oder Dein Medizinstudium fortsetzen sollst nicht leicht machst. Deine Mutter und wir kennen Dein komplexes Wesen, Deine Auf- und Abschwünge, die Gezeiten Deines Begehrens und Deines Genügens. Wir kennen Deine engen Bindungen an die Wahrheit, die Strukturen Deiner Aufrichtigkeit ebenso wie die Deiner Ausflüchte. Und nun gilt es für Dich, Veranlagung und Überzeugung zum Beruf mit Berufung werden zu lassen. Wir haben uns überlegt, wie wir Dir ohne direkte Beeinflussung in der uns besonders berührenden Frage, ob Du Pfarrer werden sollst, dienlich sein könnten.

Nach einer Aussprache mit unserem Schwiegersohn, Pfarrer Schmalenberger, den Du ja kennst, sind wir zu einem, wie wir meinen, guten Vorschlag gekommen: Erwin, der seit einigen Monaten eine Pfarrstelle in Ludwigsburg angetreten hat, würde Dich gerne einmal acht Tage bei sich aufnehmen und Dich seine gesamte Tätigkeit von früh bis in die Nacht miterleben lassen. Das wäre ein Praxiserlebnis des Pfarrerberufes für Dich in einer Stadt, wie ich es Dir in meiner kleinen Landgemeinde nicht vermitteln kann. In stiller Einkehr im

Gespräch würdest Du die Ereignisse des Tages nachprüfen können. Erwin und Bärbel, die sich über Dein Kommen freuten, könnten Dir so manches vermitteln. Sie beide erwarten Deinen Anruf im Pfarrhaus.

Deine Mutter hat uns von Deinen vielen Erlebnissen und Deinen Anstrengungen berichtet. Hüte Dich nur vor der Rastlosigkeit, die verhindert, daß Du bei Dir selbst bleibst und es mit Dir selbst aushältst. Bedenke: Rastlosigkeit führt zu Betriebsamkeit, Geschwätzigkeit, Neugier und Besinnungslosigkeit und endet in innerer Langeweile. Und noch etwas: Kleine, manchmal auch größere Nachteile muß der Christ auf sich nehmen, wenn sich daraus große Vorteile für andere ergeben. Denn Tag soll man werden und nicht Nacht bleiben.

Und noch etwas: Du lernst bei Deiner gegenwärtigen Kaufmannschaft sicher viele Menschen kennen, die allein von materiellem Denken beherrscht sind. Merke Dir und sei dessen gewiß: Vernünftelnde Realisten, die meist verkappte Materialisten sind, gleichen modernen Alchimisten, die das Gold und Silber religiösen Glaubens anderer in das Blech ihrer Gesinnung verwandeln möchten.

Und noch etwas: Wenn Dich die Armut und das Annehmen von Gaben des Mitleides bedrücken, so merke Dir: Nicht der Arme hat jenem zu danken, der ihm gibt, sondern im tieferen Grunde der Besitzende dem Armen, weil er ihm Gelegenheit gibt, sich selber wohlzutun.

Und nun Gott befohlen, lieber Remigius. Laß Erwin und Bärbel bald wissen, wann Du zu ihnen kommen wirst.

Dein Onkel Eberhard und Tante Luisle

Remigius stützte den Kopf in beide Hände und schmunzelte nachdenklich. Als die Mutter aus der Küche kam und mitteilte, das Essen sei fertig, sagte er gedankenverloren: »Ja, mer riecht's.«

Und als die Mutter vorsichtig fragte: »Hasch's glese?«, redete er anscheinend an der Frage vorbei: »Ja, des macht mir Appetit, i kann's kaum erwarten. Und noch etwas«, imitierte er den geläufigen Briefstil des Onkels, »es ist schön, so einfühlend liebevoll umsorgt zu werden, Mutter, aber seinen Weg muß jeder halt doch selber gehen.«

Dies war eine sanfte, von der Mutter verständig aufgenommene Kritik ihrer versuchten Schicksalslenkung. Daher unterließ sie das übliche »mer meint's ja bloß gut«.

Nach dem Essen rief Remigius in Ludwigsburg bei Pfarrer Schmalenberger an und verabredete ein siebentägiges Praktikum. Gleich am Sonntag würde er abends kommen. Im »Unterstand« meldete er sich für eine Woche wegen »dringlicher familiärer Angelegenheiten« ab. Möpsle informierte er genauer.

Erleben, was Pfarrersein heißt

Remigius saß am Sonntagabend im Zug nach Ludwigsburg und hing seinen Gedanken nach. Obwohl er es strikt vermied, sich einer Jeremiade hinzugeben, erschien ihm nach seinen bisherigen Erfahrungen das Leben einem Kreuzweg vergleichbar, einer auferlegten Passion, bei der von Millionen Menschen vieler Völker ein jeder sein Kreuz zu tragen hatte. Und einem jeden waren seine persönlichen Stationen auf dem Leidensweg zugeteilt. Aber es kam ihm bei solcher Betrachtung auch der Gedanke, daß die vom Schicksal und letztendlich von Gott auferlegten Leiden als Prüfungen den Sinn haben könnten, Kräfte im Menschen zu entwickeln, die ihn zu einer Vielfalt von Antworten auf die Herausforderungen des Lebens befähigten und sein Verständnis und sein Verhalten reifen ließen.

Als Erzähler muß ich bei solchen und weiteren tiefgründigen Überlegungen des damals fünfundzwanzigjährigen Remigius dem Eindruck vorbeugen, ich würde solche philosophischen Gedanken gleichsam hinterher wie ein Reis zur Veredelung aufpfropfen. Die normale Unbeschwertheit und Unbekümmertheit junger Menschen war damals im Feuerofen des Krieges dahingeschmolzen und einer leidvollen Betroffenheit, einer tiefen Depression gewichen, die verkraftet werden mußte. So erklärt es sich, daß die aus dem Krieg heimgekehrten Studenten sich geradezu leidenschaftlich in Gedanken und Gesprächen mit philosophischen und religiösen Fragen befaßten und nach neuen, verläßlichen Standpunkten suchten. In Tübingen war die Aula am »dies academicus« überfüllt, wenn die Theologen Romano Guardini und Helmuth Thielicke vortrugen, und die Veranstaltungen der Evangelischen Akademie in Bad Boll wurden zu einem Mekka für die Akademiker aller Fakultäten. Wissen wollten die aus dem Krieg heimgekehrten Studenten, wie der Mensch leben soll und welches die geistigen Bezugspunkte für ihr Leben sein müßten. Eine oft erstaunliche Belesenheit in philosophischen Fragen war unter Studenten keine Seltenheit. Nachgrübeln und Gespräche über Gott und die Welt im besten Sinne gehörten zu den Besonderheiten jener ersten Nachkriegsjahre, weshalb ich als Erzähler Ihnen, lieber Leser, diese Thematik in lebendigem Zusammenhang mit der Geschichte des »Blauen Esels« vermitteln möchte.

Remigius hatte es zeitlich so eingerichtet, daß er erst nach der Abendbrotzeit bei Pfarrer Schmalenberger eintraf. Die Mutter gab ihm auch einen Korb voll Lebensmittel mit, damit er wegen der Verpflegung nicht zur Last falle. Aber sein Bäsle, die Pfarrfrau, wartete dennoch mit Käsebrot und Tee auf. Nebenbei besprachen sie, daß er, wo immer nur möglich, »dabei« sein solle, um zu erleben, was Pfarrer sein heißt.

Remigius hatte ein dickes Heft mitgebracht, um die Ereignisse der kommenden Tage aufzuzeichnen, damit er auch später noch darüber nachdenken könnte. Mit einem solchen Tagebuch war der Pfarrer unter der Voraussetzung einverstanden, daß die Aufzeichnungen vertraulich gehalten würden.

Als sie sich noch eine Stunde über alles mögliche unterhalten hatten und sich um zehn Uhr zur Nachtruhe begeben wollten, läutete das Telefon.

»Herr Pfarrer – sind Sie's? I han bloß frage wolle, ob – ein mächtiger Rülpser unterbrach die Rede – ob i' mi scheide lasse soll?« sagte eine Männerstimme mit deutlichem Zungenschlag.

Der Pfarrer, aufs äußerste bemüht, seinen Ärger zu beherrschen, fragte zurück: »Ja, und was wollen Sie so spät heute am Sonntag noch wissen, hat das nicht bis morgen früh Zeit? Ich weiß ja gar nichts über die näheren Umstände.«

»Ja, des isch so: Mir feieret grad Geburtstag, eigentlich scho de' ganze Tag, jetzt bloß no 's Geburtstagskind und mei' Bruder...«

»Dann sind Sie das Geburtstagskind?«

»So isch's, Herr Pfarrer. Wisset Se, jetzt wär's grad so gschickt zum Schwätze, weil mei Frau scho' seit ere Weile im Bett ischt.«

Jetzt kam das Gespräch lebhaft in Gang, und der Mann erzählte, daß ihn sein Weib dauernd beherrschen wolle und ihn bei jeder Gelegenheit, sogar heute am Geburtstag – »mei Bruder isch Zeuge, Herr Pfarrer« – einen Saufbold geheißen habe und nichts mehr mit ihm zu tun haben wolle. Und jetzt hätte ihm der Bruder, den sein Weib als »Saufbruder« beleidigt hätte, geraten, sich scheiden zu lassen.

Als der Pfarrer nun fragte: »Jetzt sagen Sie mir aber, wie Sie gerade auf mich gekommen sind? Sie gehören ja doch eigentlich nicht in meinen Sprengel...«, bekam er zur Antwort:

»Ha, kenne tu i' Sie net. Aber mei' Bruder hat Sie neulich ufere Hochzeit g'hört, und do hent Sie Ihr Werbesprüchle gsagt: Ich bin immer für Sie da – Tag und Nacht. Und do hat halt mei' Bruder gmeint, den rufet mir jetzt a', denn der ischt immer da, Tag und Nacht.«

Eine dramatische Beisetzungsfeier

Am *Montag* gab es morgens zuerst Erledigungen in der Kirchenpflege: Abliefern der Stammbücher von Taufen und Trauungen und Besprechung mit dem Kirchenpfleger. Anschließend zwei Stunden Religionsunterricht im Gymnasium. Eine Klasse hatte einen Aufsatz mit dem Thema »Christlicher Glaube und Naturwissenschaft« geschrieben. Und als bei der schwierigen Diskussion über die in den Aufsätzen vorgetragenen Ansichten der Unterschied zwischen dem heutigen, von naturwissenschaftlichen Erkenntnissen geprägten Weltbild und der Botschaft und dem Weltverständnis von Jesus Christus aufeinanderprallten, wurde es Remigius bang um den Standpunkt des Pfarrers. Der beherrschte aber die schwierige Situation mit der ebenso schlichten wie klaren These: »Christus kam, um uns Menschen zu zeigen, wie wir auf der Erde leben sollen, und nicht, um uns das Universum zu erklären.«

Anschließend an den Religionsunterricht Geburtstagsbesuch bei einer achtzigjährigen, humorvollen Frau, die in einem größeren Mansardenzimmer wohnt und in ihrer Freude über den Besuch so ausführlich aus ihrem Leben erzählte, daß der Pfarrer es schwer hatte, wegen seiner anderen Termine einen Absprung zu finden. Die Frau lebte in inniger Zweisamkeit mit ihrem »Hansele« genannten Kanarienvogel, und beim Abschied, als sie in ihrem Lebensbericht erst bei ihrer Hochzeit angekommen war, sagte sie, wohl ein wenig enttäuscht über den Aufbruch von uns »zwei Herre Pfarrer«: »No muß i' halt mei' Gschicht mei'm Hansele weiter erzähle, der hört mir nämlich ganz gespannt zu. Und wenn i' als heule muß, sagt er ganz lieb ›piep – piep‹ zu mer.«

Zu Hause vor dem Mittagessen memorierte der Pfarrer seine Trauerpredigt, denn um 13.30 fand die Beerdigung eines Mannes statt, der schon mit fünfzig Jahren und nur zwei Jahre nach seiner Heimkehr aus amerikanischer Kriegsgefangenschaft gestorben war.

Wir gingen zu Fuß zur Friedhofshalle, trafen dort die Witwe und setzten uns, da noch Zeit war, für ein kurzes Gespräch zu ihr. Nach einer Weile entschuldigte sich der Pfarrer: »Ich muß jetzt gehen, um mich umzuziehen. Der Sarg Ihres Mannes wird nachher dort durch die große Türe hereingefahren und neben das Rednerpult geschoben.« Dann ging er in den für die evangelischen Geistlichen bestimmten Raum 1, um sich umzuziehen.

Als das Orgelspiel in der Aussegnungshalle begann, schritt er im Talar ans Pult und fing mit einem Grußwort aus der Bibel und einem nachfolgenden Gebet an. Als er vielleicht bis zur Mitte des Gebets gekommen war, ging die Eingangstür zur Halle auf und es kam eine Frau herein. An sich nichts Besonderes, daß jemand zu spät zur Beerdigung kommt, vor allem, wenn man weiß, daß die Trauerfeierlichkeiten pünktlich beginnen, weil die nächste Beisetzung, wie auch an diesem Tage, gleich darauf folgt, die Totengräber die offenen Gräber nach der Beisetzung noch zuschaufeln müssen und auf pünktlichen Feierabend bedacht sind.

Merkwürdig war nur, daß die Frau während des Gebets nicht höflich hinten an der Tür stehen blieb, sondern mit klapperndem Schuhwerk pietätlos im Mittelgang nach vorne marschierte. Der Pfarrer sah zu ihr hin. Sie kam näher und blieb endlich vier Schritte vor ihm am Pult stehen. Nach dem »Amen« hob sie den Arm, deutete mit dem Zeigefinger auf den Sarg und sagte zum allgemeinen Entsetzen: »Entschuldiget Sie, Herr Pfarrer, aber des da ischt net der richtige Sarg.« Der Pfarrer war empört und peinlich berührt. Die Trauergemeinde war recht groß, da der Verstorbene noch relativ jung und Mitglied im Schäferhund-Klub war, zudem waren auch viele Arbeitskollegen gekommen. Sie reckten alle ihre Hälse aus den schwarzen Trauerkutten. Der Pfarrer versuchte es zunächst mit einem nachsichtigen Lächeln. Aber er wußte, daß er jetzt etwas sagen mußte. Bei der gestörten Andacht konnte er auf keinen Fall mit der Predigt beginnen.

Die Frau ging nun zur Witwe in der vordersten Reihe, legte ihr die Hand auf die Schulter und sagte laut: »Gell, Erna, mir hent em Adolf a groß' Chrysanthemenbukett uf da Sarg g'legt, und überhaupt, des isch net em Adolf sei' Sarg.« Die Witwe bestätigte dies mit hilflosem Kopfschütteln. In Sekundenschnelle schossen dem Pfarrer alle möglichen Fragen durch den Kopf: Soll ich den Organisten einen Choral spielen lassen? Soll ich zur Witwe hingehen und die Situation mit ihr besprechen? Soll ich zu den Leichenträgern hinausgehen? Schließlich sagte er mit aufgesetzter Feierlichkeit: »Liebe Trauergemeinde, wir wollen unsere Trauerfeier für kurze Zeit unterbrechen.« Während er das Pult verließ und, vorbei an der raunenden Gemeinde, auf die große Türe zuschritt, durch die der Sarg hereingeschoben worden war, stießen zwei Kirchenträger plötzlich die große Flügeltür auf, gingen zum Sarg und schoben ihn hinaus.

Kurz darauf beförderten sie mit ihrem Rollwagen einen anderen Sarg mit weißem Chrysanthemenbukett neben das Rednerpult. Der Pfarrer schritt pietätvoll hinter ihnen drein und bestieg wieder das Pult.

»Lasset uns fortfahren in unserer Trauerfeier und hören auf Gottes Wort«, sagte er, konsterniert, aber gottfroh, das Manuskript seiner Predigt vor sich zu haben.

Als der Sarg später draußen versenkt und das Begräbnis beendet war, standen die Leute und Angehörigen noch in Gesprächen beieinander. Der Pfarrer entdeckte die Frau, die mit ihrem Eklat die Feier unterbrochen hatte, nahm sie zur Seite und fragte: »Sagen Sie, wie haben Sie das bloß gemerkt?«

»Scho' glei', wie die den Sarg rei'gschobe hent«, erzählte sie, »han i' des Bukett vermißt. No han i' die Leicheträger drauße danach gfragt. ›Noi, noi‹, hen die gsagt, ›zu dem Sarg g'hört kei' Bukett.‹ No war i' recht stutzig und han gfrogt, ob denn in dem Sarg überhaupt der richtige Ma' liegt. ›Ha no, gute Frau‹, hen die sich eschoffiert, ›mir hent immer no de richtig' Leich' in de richtige Sarg neiglegt.‹

›Ja, wie sieht denn der Ma' do aus wo Sie nei' gschobe hent?‹ han i wisse wolle. ›Ha, des könnet mir Ihne genau sage: der hat schneeweiße Hoor, trägt an schwarze A'zug, hält an Rosenkranz in der Hand und nebet ihm im Sarg liegt sei' Stock.‹ ›Grad no!‹ sag i' druf. ›Mei' Schwoger hot kei gotzigs grau's Haar, der war erscht fuffzig. Außerdem hent mir ihn im Nachthemd in de Sarg glegt, und evangelisch war er au und hot nie an Rosenkranz in de Händ g'het. Und am Stock isch der au net gange.‹«

Als der Pfarrer zurück in das Leichenhaus ging, um sich

umzuziehen, nahm er den Weg über den Seitenflügel, in dem die Toten für die nächste Trauerfeier aufgebahrt lagen. Vor einer der Zellen waren mehrere Angehörige versammelt, die ihren Toten beweinten. In dem Sarg lag ein alter Mann mit schneeweißen Haaren in schwarzem Anzug. In seinen gefalteten Händen hielt er einen Rosenkranz, und neben ihm im Sarg lag ein Gehstock.

Nach dieser aufregenden Beerdigung gleich Krankenbesuch im Kreiskrankenhaus. Eine Frau um fünfzig mit fortgeschrittenem Unterleibskrebs, der Bauch voll »Wasser«, der Körper ausgezehrt. Der Pfarrer drückte ihre knochigen Hände, ohne etwas zu sagen. Sie blickte ihn mit großen Augen, die tief in den Höhlen lagen, ruhig an und sagte: »Jetzt hab' ich's bald gschafft, Herr Pfarrer, gell?«

»Der Herr weiß eines jeden Stunde«, erwiderte der Pfarrer nach einem Augenblick.

»Ich bin gar net traurig«, sprach die Frau. »Mein Mann ischt schon im Dezember 1942 in Rußland g'falle. Und jetzt geh' ich auch zu ihm. Ich weiß, daß ich ihn dort wieder find'.«

»Darf ich ein Gebet sprechen?« Der Pfarrer betete dann unter ganz persönlichem Bezug. Ich aber kämpfte mit Tränen und gestand mir ein, daß ich das wegen meiner zu starken Gemütsbewegung nicht könnte.

Bei einem Mann in mittleren Jahren, der den Fuß gebrochen hatte, gab's keine Probleme. Da kam die Chefvisite ins Zimmer, und der Pfarrer und ich wollten gehen. Aber der Chefarzt bat uns dazubleiben, er wolle sich nur kurz das Bein des Patienten ansehen. Nach kurzer Prüfung der Muskelfunktion meinte der Chefarzt: »Prima ist es geworden. Da können Sie in drei Wochen schon wieder arbeiten.«

»Was?« stammelte der Patient, »ha, Herr Chefarzt, jetzt jaget Sie mir aber en Schrecke ei. In drei Woche scho wieder – des könnet Se mir doch net a'do!«

»Na ja, dann reden Sie halt noch mit Ihrem Hausarzt. Aber wir können Sie übermorgen nach Haus' entlassen«, schmunzelte der Chefarzt und verließ mit seinem Gefolge das Zimmer.

Als wir wieder allein waren, versicherte der Mann: »Also i schaff' gern. Aber mit *dem* Fuß! Jetz' gucket Sie sich den Fuß a', Herr Pfarrer, wie der no' dick ischt.«

»Wie ist denn das passiert?« fragte der Pfarrer verlegen.

»Ha, i weiß selber net so recht, Herr Pfarrer. I bin Landwirt und bin halt plötzlich, weil i's Übergwicht kriegt han, vom Heubode abgstürzt. I muß au 's Bewußtsein verlore han, so hat des an Schlag do, und wie i wieder zu mir komme bin, war i der Meinung, i sei tot. Aber wie i no ziemlich weg war, und gfrogt han, ob i scho' im Himmel bin, da isch mei Amale bei mir gstande und hat gsagt: ›Noi, Frieder, no kei' Sorg‹, i bin no bei dir'‹.«

Komplizierter war das Anliegen einer Witwe, deren Mann gefallen war und die das Trinken angefangen hatte, von dem sie ein Freund, mit dem sie inzwischen zusammenlebte, wieder abgebracht hatte. Aber nun war die Tochter in der Oberschule durchgefallen und wollte mit ihren sechzehn Jahren mit einem Amifreund – wohl auch die Ursache ihres schulischen Versagens – nach Amerika gehen, wo der Ami sie angeblich heiraten wollte. Die Frau lag wegen eines Leberschadens schon vier Wochen in der Klinik, und ihre Heilung und Entlassung war noch nicht abzusehen. Während dieser Abwesenheit sei ihr Freund nun fremdgegangen, habe inzwischen eine andere und wolle nichts mehr von ihr wissen. Ob der Herr Pfarrer nicht einmal so nett wäre und mit dem Freund reden könnte. Sie habe Angst, wieder dem Alkohol zu verfallen, wenn der Freund sie verließe. Und vielleicht könnte es ihm auch möglich sein, mit der Tochter zu sprechen und sie von ihrer Verrücktheit abzubringen, mit dem Amifreund nach Amerika auszuwandern? »Also, wenn's an Herrgott gibt, Herr Pfarrer«, weinte sie verzweifelt, »no derf er des net zulasse.«

In das flackernde Licht ihrer holprig ausgesprochenen Not versicherte der Pfarrer, sich um den Freund und die Tochter zu kümmern, und betete: »Was das Schicksal uns auch antun mag, wir wollen es im Geist unseres Herrn annehmen. Wir haben aber nicht den Geist der Welt empfangen, sondern den Geist aus

Gott. Wer hat aber des Herrn Sinn erkannt, oder wer will ihn unterweisen? Unser Glaube besteht nicht aus Menschenweisheit, sondern aus der Kraft Gottes...«

Nach den Krankenbesuchen wieder zu Hause, zog sich der Pfarrer zurück, um die Predigt für den nächsten Sonntag vorzubereiten. Während des Abendessens wurden eine Taufe und eine Trauung angemeldet. Das Brautpaar kommt morgen abend zur Aussprache. Bäsle Bärbel, obwohl gesegneten Leibes und nicht so wie sonst in Form, bot sich an, den Pfarrer heute abend im Bibelkreis zu vertreten, denn der Montag, obwohl »Pfarrertag« geheißen, war dennoch mit Pflichten ausgefüllt, und der Abend sollte dem Geforderten doch wenigstens ein wenig Ruhe bringen. Er nahm das liebevolle Angebot seiner Frau an.

Der Mann mit der Puppe

Gegen acht Uhr rief ein Mann an. »Der Mann mit der Puppe«, berichtete der Pfarrer. »Das ist eine tragikomische Geschichte«, begann er zu erzählen, während wir uns aufmachten, den Mann zu besuchen.

»Es gibt immer wieder Rätsel menschlichen Verhaltens, die man mit psychologischen Erklärungen zwar zu deuten sucht, die wir aber nur mit von Herzen kommender Einfühlung als Erscheinungen eines wundersamen Lebens mit Verständnis anzunehmen vermögen. Da ist hier ein Mann, Leo Zwickerle heißt er, welcher seine Frau, mit der ihn, obwohl kinderlos, eine gefühlvoll innige Ehe verband, beim Luftangriff auf die Stadt verloren hat. Er war bei der Post und während des Angriffs nicht zu Hause, weshalb er überlebte. Aber seither hat er sich mit einer größeren Puppe eine Ersatzfigur geschaffen, die er ständig mit sich führt. Er spricht mit ihr wie mit seiner umgekommenen Frau, dem Emmale. Daß so etwas die Leute nicht verstehen und komisch finden, ist ihm egal. Er hat ein butterweiches Gemüt und ganz nah ans Wasser gebaut, manche Leute sagen, er hätte einfach ›zuviel Seele‹. Er kommt mit seiner Puppe auch regelmäßig zum Gottesdienst und opfert immer zweimal, einmal für sich und dann noch für sein Emmale. Etwa zwei Jahre lang hatten die Leute, vor allem die Arbeitskollegen, so viel Mitgefühl, daß sie seine neue schrullige Zweisamkeit mit dem ›Emmales-Ersatz‹ hinnahmen, ohne ihre Spöttelei zu äußern.

Aber dann fanden die meisten, daß sich ein Mensch doch im Laufe der Zeit wieder fassen und zu sich selbst finden müsse. Und nun ging es los: ›Der muß ja de doppelte Wasserzins zahle, denn der heult no de ganze Bodensee leer.‹ Und da er trotz Glatze und ansehnlichem Bäuchle mit 63 Jahren am Kriegsende noch ein landesübliches Mannsbild darstellte, versuchten es eine Zeitlang zwei Weibsbilder, ihn herumzukriegen. Aber die eine, so wurde mir erzählt, war eine dürre Bohnenstange mit tieffurchenden Leidenszügen im Gesicht, die sich mit ihrem eigenen unbewältigten Leben und Leiden in seine Gefühlswelt einschleichen wollte, und die andere sei eine einfältig liebe Jungfer mit 45 Jahren und ausgeprägtem Hang zu Klatsch und Tratsch gewesen. Sie war es auch, die in Umlauf brachte, der Leo tät spinnen, mit dem sei nix los. Der ging' bloß mit seiner Pupp' ins Bett. ›Und do au no jeden Tag dere Emmalespupp da Kaffee mit na' richte, do müßt i scho' schö' dumm sei‹, hatte sie herumerzählt. Und so hieß es bald: Der hat en Vogel.

Wie sollten die Leute, die ihn nicht näher kannten und nichts von der Vorgeschichte wußten, den Mann mit der Puppe auch begreifen können? Wenn er nun, da er inzwischen in Rente war, oft ins Café Specht kam und die Bedienung ihn fragte, was es sein dürfe, so blickte er, wie man erzählt, erst zu seiner Puppe, die er immer auf den Stuhl neben sich setzte, und sagte dann: ›Ha, mir trinket an Kaffee mitanander.‹ – ›Und Kuchen?‹ – ›Ja, aber bloß ein Stück, denn mei' Emma verträgt Süß net.‹ Später, wenn der Kaffee für ihn und die Puppe auf dem Tisch stand, konnte er mitfühlend sagen: ›Gell, bischt heut' bei dem Wetter au a bißle müd? Aber des Kaffeele macht uns glei' wieder munter.‹ Die Puppe, die das gleiche dunkelblonde Haar wie das Emmale selig trug, lächelte sanft und verhalten. Ihr Gesicht war kindlich zart und von einem Ausdruck, dem man mit Phantasie verschiedene Stimmungen abgewinnen konnte. Die Hände hatten schön gearbeitete Fingerchen, und an der rechten Hand war der Zeigefinger etwas abgespreizt und schien eine Geste des Deutens zu machen.

O ja, ich hatte schon öfter bei Gesprächen mit Leo Gelegenheit, die jeden Tag neu eingekleidete Puppe zu betrachten. Leo vergaß übrigens im Café nie, der Puppe die Fingerchen abzuwischen und tupfte ihr bei heißem Wetter auch stets ein paar Tropfen Kölnisch Wasser auf die Stirn, wie er sie umgekehrt im Winter mit Mantel und Mütze klimagerecht anzog. In einem Wirtshaus, wo der Leo früher verkehrte – jetzt geht er abends kaum noch aus – hab' ich einmal wüste Spötteleien hören müssen. ›Mit einer Pupp' tät i mi' scho' ins Bett lege, wenn se aus Fleisch und Blut wär‹, witzelte einer, und sein Kumpan pflichtete ihm bei: ›Des mein' i au. Se könnt sogar no ebbes jünger sei' als mei' Gertrud.‹

Ja, und jetzt hat der Leo am Telefon geheult, ganz bitterlich, und gebeten, ich soll doch bitte gleich kommen. Er sei in einem Lokal, wo er noch ein Bierle getrunken hätte, von ›rohe Kerle‹ verspottet und auch noch gelätscht worden. Er blute aus dem Mund. Ich hab' ihn gefragt, ob ich einen jungen Kollegen, der auch etwas von der Heilkunst verstehe, mitbringen dürfe. Er ist einverstanden, und ich hab' vorsorglich einen kleinen Verbandskasten dabei.«

Nach diesem Bericht des Pfarrers waren wir schon bald bei dem Mann mit der Puppe, der in einem alten Haus mit noch älteren Flurgerüchen wohnte und wo es noch Drehklingeln an den Wohnungstüren gab.

Leo Zwickerle führte uns ins Wohnzimmer, dessen Möbel wohl noch von den Eltern oder Großeltern stammten und in ihrem soliden schwarzeichenen Holz den Anspruch erhoben, für weitere drei Generationen dazusein. Leo hatte eine kleine Rißwunde an der Unterlippe, die kaum noch blutete, dazu eine etwas geschwollene linke Backe von einem Schlag mit der flachen Hand. Als ich etwas Wundgel auf die Wunde aufgetragen hatte und meinte, es sei nicht so schlimm, rückte Leo mit der Wahrheit heraus: »Also entschuldigen Sie, Herr Pfarrer, i sag's jetzt ehrlich: Wege dem hab' i Sie net extra zu mir komme lasse. Des hat einen viel tieferen Grund. Aber i weiß net so recht, wie ich des sage soll. Auf jeden Fall bin i selber schuld, daß i heut abend eine uf d' Gosch kriegt han. Des hätt' net sei' müsse, wenn des mit dere Fanni net gwese wär.«

»Was war denn mit der Fanni, sag's mir halt«, erkundigte sich der Pfarrer.

»Also des war so, ich war neulich no abends zum Esse in der Bahnhofswirtschaft und da hent mi' so a paar Rüpel wege mei'm Emmale uf de Arm gnomme. Und da sind drei Fraue von der Heilsarmee rei'komme und hent a Liedle gsunge. Die wüschte Kerle hent dauernd glacht und gspottet, und wie i zu mei'm Emmale sag: ›Gell, des wüschte Gschwätz da höret mir uns nimmer an‹, und ich der Bedienung wink', da steht doch einer von dene Kerle auf und faucht mi' a': ›Was, du blöder Fetischischt, wirscht au' no frech?‹ Und scho' hat er mir eine ins Gsicht gschlage. Jetzt hat sich aber sofort die eine von dene Heilsarmeefraue vor mich gschtellt und den wüschte Kerle zurechtgwiese. Des war die Fanni. Und weil mir's ganz turmelig war, hat se mi' heimbegleitet und mir daheim Umschläg' gmacht. Und se hat mei' Pupp, über die die wüschte Kerle Bier gosse hent, neu ei'kleidet und war so lieb zu mir wie mei' Emmale selig.«

Jetzt schwieg Leo und wurde verlegen.

»Ja und?« fragte der Pfarrer. »Was war denn noch?«

Nach einer Weile gab sich Leo einen Ruck: »I will's Ihne gradaus sage, Herr Pfarrer. I han mi' in die Fanni verliebt. Ja, so ebbes, werdet Sie denke. Aber 's isch so. I han se heut zu mir ei'glade und gsagt, sie müss' doch noch einmal nach mir gucke, wege dere Verletzung natürlich. Und se ischt au' komme. Und mir hent Kaffee mitanander trunke. Natürlich hat se glei' gspannt, was mit mir ischt. 's Schlimmste: I han scho die ganze Täg zu mei'm Emmale immer Fanni gsagt und mi' komischerweis' kaum gschämt.«

»Aber das ist doch schön und ganz natürlich«, lobte der Pfarrer freudig.

»Ja – denket Sie vielleicht, Herr Pfarrer. Aber wie ich zu der Fanni beim Kaffee do in der Stub', wo Sie jetzt sitzet, na'gruckt bin und se a bißle gstreichelt han und ihr a Heiratsaträgle mach' – ja, ja, Herr Pfarrer, soweit isch's komme – da hat die Fanni gsagt, das ginge nicht. Sie sei praktisch schon verheiratet durch ihren Dienst in der Heilsarmee.«

»Ja, was ist denn jetzt schlimm? Die Frau könnte doch wirklich verheiratet sein?«

»Ach, Herr Pfarrer, do fraget Sie no? Ich bin doch jetzt in meiner Verliebtheit in Gedanke mei'm Emmale untreu gwese. Das mir so an Seitesprung passiere muß! Also i war so durcheinander, daß i heut' abend ohne mei' Emmale in d'Bahnhofswirtschaft gange bin. Und da waret doch wieder die wüschte Kerle und hent sich heut mokiert, daß i mei' Emmale net dabei hätt. Und während dem Dischput isch wieder der eine von dene Kerle an mein Tisch komme und hat mir ganz sanft, also wirklich bloß sanft eine glätscht und beinah freundlich gsagt: ›Siescht, Alterle, du brauchscht bloß als amol eine an d' Gosch, no wirscht du wieder normal.‹«

Wir kamen um ein Lächeln nicht herum, und der Pfarrer tröstete: »Also, Leo, mit dem sanften Schlägle ist doch deine kleine Sünde reichlich abgegolten. Die Fanni ist dir verziehen, und jetzt ist dir dein Emmale nicht mehr böse.«

»Wenn Sie des saget, Herr Pfarrer, no glaub' i's«, meinte Leo zufrieden, und wie zur Bestätigung fragte er seine Puppe: »Gell, du bisch mir nemme bös, Emmale? Hoscht g'hört, was der Herr Pfarrer gsagt hat?«

Die Puppe zeigte ihr mildes Lächeln im Gesicht und ließ sich von Leo einen lauten Schmatz geben. Damit war alles wieder im Lot.

Besuch in einem Trauerhaus

Am *Dienstag*, schon gleich nach acht Uhr morgens, rief das Beerdigungsinstitut Müller an, gestern abend sei eine alte Frau gestorben, die übermorgen beerdigt werden soll. Es wäre ratsam, heute vormittag das Trauerhaus aufzusuchen, um mit den

Angehörigen das Notwendige zu besprechen. Sie selbst vom Beerdigungsinstitut würden gegen Mittag die Leiche einsargen und ins Leichenhaus überführen.

Vor diesem Gang machten der Pfarrer und ich noch Besuch bei einem Hausbesitzer. Eine Familie aus dem Flüchtlingslager, die dort in einer der Baracken schon bald zwei Jahre hauste, hat um Hilfe bei der Wohnungssuche und Fürsprache bei dem Hausbesitzer gebeten. Die Großeltern mit weit über siebzig, die Eltern um fünfzig und zwei Töchter, eine davon schwanger und vor der Hochzeit, lebten im Barackenlager zusammengepfercht mit vielen anderen in gleicher Situation und waren von ihren vielen Bedrückungen mürbe und allmählich mutlos geworden. Eine Unterkunft für sie allein, und wenn es ein Stall zum Einrichten wäre, das war ihr bescheidenes Begehren.

Der Pfarrer sprach mit dem Hausbesitzer, der aber gleich wegen »Eigenbedarf« ablehnte. Darauf Anfrage beim Nachbarn, ob er nicht sein bescheiden bewohnbares Gartenhaus der Flüchtlingsfamilie – »sehr ordentliche und anständige, saubere Leute« – als Übergangslösung vermieten könnte.

Der alte Knaudel, den trotz Kriegs- und Hungerzeiten die Gicht und Arteriosklerose zu plagen schienen, sagte schroff: »Flichtleng? In unserem Gartehaus? Wie wenn mir net scho' gnug Mäus' und Ratte hättet...«

Empört und resigniert zogen wir ab und suchten nun das Trauerhaus auf, eine alte Mietskaserne, wo wir die Wohnung der Verstorbenen im Parterre fanden. Da die Klingel nicht funktionierte, klopfte der Pfarrer an der Glastüre. Ein Mann, vielleicht um fünfzig, im olivgrünen Drillich der US-Armee gekleidet, öffnete.

»Ich bin der Pfarrer mit einem jungen Kollegen«, stellte er uns vor und nahm an, daß dies genüge, da er ja erwartet würde. Ohne ein Wort zu sagen, drehte sich der Mann um und ging in die Wohnung. Wir folgten ihm. Drinnen im Wohnzimmer, wo alles recht unordentlich umeinanderlag, lehnte sich der Mann ans Büfett und stierte an uns vorbei.

Dem Pfarrer ging's durch den Kopf, daß es halt ein einfacher

Mann war, dem Worte nicht lagen. Oder hatte er ihn nicht verstanden?

»Ich bin der Pfarrer«, wiederholte er darum seine Vorstellung. »Das haben Sie schon einmal gesagt«, erwiderte der Mann trocken, aber ohne Spitze dabei.

Er hat recht, dachte der Pfarrer, ich muß das Gespräch mit ihm einleiten. Freundlich und teilnehmend sagte er also: »Ich komme wegen der Beerdigung.«

»Wegen was sonst?« antwortete der Mann mit tonloser Stimme.

»Ja, ich meine, wir müßten ein wenig darüber reden«, versuchte es der Pfarrer. Der Mann schwieg und blickte starr zum Fenster. Nur das Ticken eines alten Regulators an der Wand war vernehmbar und klang wie ein Countdown. Der Pfarrer versuchte es mit einer konkreten Frage: »Die Verstorbene war wohl Ihre Mutter?«

»Warum auch nicht?«

»Können Sie mir etwas aus ihrem Leben erzählen?«

»Warum?«

»Damit ich mir ein Bild von Ihrer Mutter machen kann.«

»Da hängt eins«, sagte der Mann und deutete mit dem Kopf auf ein Bild an der Wand, das ein Brautpaar zeigte. Es war wohl das Hochzeitsbild der Eltern.

»Haben Sie einen Wunsch für die Grabrede, vielleicht einen Text oder noch den Konfirmandenspruch Ihrer Mutter?« Und nach einer Pause: »Vielleicht ist der Spruch im Gesangbuch Ihrer Mutter?«

»Wir brauchen kein Gesangbuch. Bei uns singt niemand.«

»Wissen Sie«, beharrte der Pfarrer, »mir liegt bei der Grabrede sehr viel am Persönlichen.«

»Mir nicht«, sagte der Mann.

»Die Beerdigung Ihrer Mutter – wie soll ich's denn machen?« fragte der Pfarrer verzweifelt.

»Kurz«, antwortete der Mann.

Der Pfarrer, gewöhnt, einem Menschen mit größter Einfühlung entgegenzukommen, übte sich in Geduld. Er konnte dem

Mann nicht böse sein, wie er da so naiv und arglos auf seine Fragen antwortete.

Plötzlich hörte man im Zimmer nebenan eine Katze miauen.

»Ist da noch jemand?« fragte der Pfarrer hoffnungsvoll.

»Ja, ja«, antwortete der Mann.

»Darf ich mich mit demjenigen einmal unterhalten?« erkundigte sich der Pfarrer.

»Natürlich.«

Der Pfarrer klopfte an die Türe, hinter der wir die Katze gehört hatten.

»Da brauchen Sie nicht klopfen. Die hört nichts mehr«, erklärte der Mann mit düsterer Stimme. Der Pfarrer sah seine Hoffnung schwinden und dachte, daß er wohl eine schwerhörige Großmutter finden werde, mit der ein Gespräch unmöglich wäre. Er öffnete die Türe, und wir traten ein. Durch das geöffnete Fenster fuhr ein Windstoß und blähte die Vorhänge wie ein Segel. Gleichzeitig, durch unser Eintreten erschreckt, fauchte die Katze, die wir in dem abgedunkelten Raum erst jetzt auf der Decke eines Bettes sahen, in dem die Tote lag. Die Katze bukkelte sich und war kampf- und sprungbereit, so daß wir es nicht wagten, näherzutreten. Wie gelähmt traten der Pfarrer und ich zurück und verließen rückwärts das Zimmer. Der Sohn der Toten stand immer noch mit verschränkten Armen an gleicher Stelle und sah den Pfarrer wie gelangweilt an, als wollte er sagen: Ich hab' dir's doch gesagt, daß die da drin nichts mehr hört.

In dieser betretenen Situation klopfte es, der Mann öffnete, und die Männer vom Beerdigungsinstitut schleppten einen Sarg herein und stellten ihn in der Wohnstube ab.

»Nichts für ungut, Herr Pfarrer«, sagte der eine, »wir sind etwas früher dran und wollten eigentlich Ihren Besuch nicht stören.«

»Sie stören nicht, wir wollten uns eben verabschieden«, antwortete der Pfarrer, ging auf den Sohn der Verstorbenen zu und sagte: »Also, dann bis übermorgen.« Und er reichte dem Mann die Hand.

»Adieu«, sagte der Mann nur und deutete für die Männer vom Beerdigungsinstitut mit dem Kopf zur Türe ins Zimmer, wo die Tote lag. Wir gingen und hofften, daß die Männer mit der fauchenden Katze zurechtkommen würden.

Später erfuhr der Pfarrer, daß der seltsame Mann in einem Straflager in Kriegsgefangenschaft schlimmen Torturen ausgesetzt gewesen und daher mit seelischem Schaden heimgekommen war.

Am Nachmittag zwei Stunden Konfirmandenunterricht. Die Zehn Gebote mußten erklärt werden. Welch ein Unterfangen, den Dreizehn- bis Vierzehnjährigen die Sünde des Ehebruchs nahezubringen! Der Pfarrer verstand es aber recht gut, die Zehn Gebote als Spielregel und Schutz der Gesellschaft vor Verfall und Gesetzlosigkeit darzustellen, und erklärte die Folgen der Verstöße gegen die Gebote mit praktischen Beispielen aus dem Leben. Nur Praxis und Lebenserfahrung konnten hier weiterhelfen.

Am Abend bereitete sich der Pfarrer auf eine Trauung, auf die Beerdigung der Frau, die wir eben mit der Katze auf ihrem Totenbett gefunden hatten, und auch noch auf die Sonntagspredigt vor.

Eine »große Leich«

Mittwoch. Vormittags Hausbesuche bei Alten und Kranken. Der Pfarrer trägt in einer großen Tasche Lebensmittel aus Care-Paketen, die er verteilt, indem er jedem der Alten und Kranken etwas ihren Bedürfnissen entsprechend überläßt. Eine Litanei der Not begegnete uns bei diesen Besuchen, und es rief überall nicht nur nach leiblicher Speise in dieser sich nur sehr langsam bessernden Hungerzeit. Immer wieder die Bitte um Fürbitte im Gebet um Angehörige, die verschollen oder noch in Kriegsgefangenschaft waren.

Um halb zwölf Trauung eines jungen Paares, bei dem schon »etwas Kleines« unterwegs war. »Selbdritt« am Altar wurde es der zur Vertuschung des Umstandes wohl zu stark eingeschnürten Braut schlecht und die Trauung mußte eine Viertelstunde unterbrochen werden. Die Orgel überbrückte mit einem Zwischenspiel.

Am Nachmittag Beerdigung eines Neunundachtzigjährigen. Es war eine große Leich mit vielen Leuten, denn der verstorbene alte Mann war Ehrenvorsitzender des Sängerbundes, und die Mitglieder waren mit einer riesigen Abordnung und mit der alten, brokatgestickten Fahne angerückt. Von der Fahnenstange hingen an bunten Bändern Plaketten herab, die sich der Sängerbund auf vielen Festen als Preis ersungen hatte. Bei jedem Schritt des Fahnenträgers berührten sich die Silber- und Bronzeplaketten, es klang wie ein Glockenspiel. Die Trauergemeinde stand am Grab, und der Pfarrer trat, als er den Segen gesprochen hatte, vom Holzbrett am Grab zurück und gab ein Zeichen für die Nachrufe. Drei Mann vom Sängerbund traten vor, der Fahnenträger, der Vorsitzende und ein Beigeordneter. Der Vorsitzende holte einen Spickzettel aus der Rocktasche und hielt ihn in den Zylinder vor sich hin und las eine recht warmherzige Abschieds- und Gedenkrede vor. Als er allerdings von dem »allzufrüh Verstorbenen« sprach, mußten einige doch etwas lächeln. Am Ende der Rede neigte der Fahnenträger die Fahne über dem Grab und schwenkte sie dreimal hin und her, wobei die Siegerplaketten klingelten. Nun fühlte anscheinend der Vorsitzende das Bedürfnis, dem verstorbenen lieben Sangesbruder noch ein allerletztes Wort zu sagen. Ein letzter Wunsch für ihn sollte es sein, der Wunsch für einen sanften Schlummer im Grab. Das stand aber nicht mehr auf dem Spickzettel und mußte frei heraus, eine Schwierigkeit, wenn man so ergriffen und gerührt am Grab steht. Und so rief er mit bewegter Stimme ins Grab hinab: »Also, Christian, schlappere sunft.«

Anruf eines Verzweifelten

Donnerstag. Vormittags Religionsunterricht im Gymnasium mit dem Thema Geschichte der Reformation im Herzogtum Württemberg. Der Pfarrer orientierte sich erst mit einigen Fragen über den Stand des Vorwissens, ehe er dann spannend erzählte.

Um zehn Pfarrerkonferenz.

Um eins Beerdigung der alten Frau, deren Sohn uns so merkwürdig und wortkarg empfangen hatte.

Am Nachmittag Besuch bei einem Sterbenden, um ihm seelsorgerischen Beistand zu leisten. In der Wohnung traf der Pfarrer auf die Tochter, die auf Benachrichtigung der Mutter von weit angereist war. Sie blickte den Pfarrer befremdet an und fragte die Mutter: »Wer ist denn das?«

»Das ist der Herr Pfarrer«, antwortete die Mutter, »der wird den Papa beerdigen.«

Die Tochter stutzte, während der Pfarrer verlegen dachte: Wahrscheinlich ist sie durch meine Zivilkleidung irritiert.

Nun fragte die Tochter: »Du, sag' mal Mutter, ist denn der Papa nicht katholisch gewesen?«

»Doch, ja, ja. Aber das ist doch egal. Weißt du, dieser Pfarrer hat vor zwei Wochen einen Nachbarn begraben, und die Leute waren so zufrieden mit ihm. Er hat's wirklich sehr nett gemacht. Und da hab' ich gedacht, den nehmen wir auch. Und unser Papa ist auch einverstanden.«

Abends bereitete sich dann der Pfarrer auf die Sonntagspredigt vor. Aber das Gesetz der Wahrscheinlichkeit erfüllte sich wieder, denn kurz nach neun abends rief es an. Ein Mann meldete sich:

»Herr Pfarrer, ich habe eine Bitte an Sie. Nehmen Sie jetzt einen Zettel und notieren Sie sich die Adresse meiner Frau. Seien Sie so nett, und gehen Sie morgen zu ihr hin und sagen ihr, sie möge mir verzeihen, auch ich hätte ihr verziehen. Ich gehe jetzt aus dieser Welt. Grüßen Sie bitte meine Frau und die drei Kinder ...«

Der Pfarrer merkte, daß es der Anrufer ernst meinte und versuchte, ihn davon zu überzeugen, daß sie sich vor einem solchen Auftrag doch noch treffen müßten. Dazu sei keine Zeit mehr, und er rufe von einer Telefonzelle aus an. In einem heftigen Hin und Her wollte der Pfarrer nun von ihm wissen, weshalb er denn aus dem Leben scheide. Der Mann wollte sich zwar auf diese Frage nicht einlassen, gab aber doch schließlich nach und sagte, er sei von der Spruchkammer als »Belasteter« eingestuft worden, weil er an der Front zugunsten eines älteren Kameraden auf den Heimaturlaub verzichtet habe. Das sei ein Beweis für seine aktive militaristische Einstellung. Und nun habe er als Beamter keine Chance mehr, wieder eingestellt zu werden. Der Pfarrer erklärte sich bereit, am anderen Morgen seiner Frau den Selbstmord zu berichten, allerdings unter einer Bedingung: »Ich tu' Ihnen den Gefallen, wenn Sie mich jetzt noch anhören und das, was ich Ihnen sage, bis vier Uhr heute nacht überdenken. Wenn Sie zu dem Ergebnis kommen, daß aufgrund meiner Überlegungen und Vorschläge noch eine Möglichkeit zum Weiterleben besteht, rufen Sie mich um vier Uhr an. Wenn ich keinen Anruf von Ihnen erhalte, gehe ich morgen zu Ihrer Frau.«

Wie überlegt mußte man so ein Gespräch führen! Keinem Wort durfte auch nur ein Gran an überzeugender Wahrhaftigkeit fehlen, und kein Satz durfte danebengehen. Die Logik einer Begründung mußte ins Gefühl eindringen, und die Argumente und das Angebot zur Hilfe mußten die Wogen eines Gefühlssturmes unterspülen, um sie abzuschwächen.

Als der Pfarrer den Hörer auflegte, ließ er erschöpft und mit Schweiß auf der Stirne den Kopf zwischen den Armen auf die Tischplatte sinken und verharrte einige Minuten völlig stumm. Mit der Vorbereitung auf die Sonntagspredigt war es aus. Müde und bedrückt ging er mit dem Telefon ins Schlafzimmer. »Jetzt kann ich nur noch beten«, sagte er matt. Und ich wußte, daß er einen unruhigen Erschöpfungsschlaf haben würde.

Trotz verkürztem und ruhelosem Schlaf wirkte der Pfarrer am nächsten Tag beim Frühstück munter. Um vier Uhr früh war der sehnlichst erflehte Anruf gekommen. Nun stand der Pfarrer mit seiner angebotenen Hilfe bei der Spruchkammer und danach beim Amt des Anrufers in nicht gerade leichter Pflicht, aber der Mann war, mindestens vorläufig, dem Leben erhalten.

Am *Freitag* gleich nach dem Frühstück und kurz vor dem Aufbruch zum Religionsunterricht im Gymnasium, kam ein junges Ehepaar. Ihr neugeborenes Kind war nach zehn Tagen in der Klinik gestorben. Es war eine Frühgeburt. Die Eltern wollten das Kind nicht der Klinik überlassen, sondern eine richtige Begräbnisfeier haben. Und das sollte schon morgen sein.

Auf dem Weg zum Gymnasium trafen wir den »Sarg-Müller«, einen erfahrenen Mann und ein Original dazu. Er erinnerte den Pfarrer: »Gell, morge um elfe vergrabe mir die Frühgeburt.«

»Ja, die Eltern waren eben bei mir.«

»Habet Sie schon Ihr Leichered' dazu?« fragte er teilnahmsvoll.

»O Herr Müller«, seufzte der Pfarrer, »was sagt mer au' in so einem Fall?«

Der Sarg-Müller hatte große Erfahrung und war immer gut für einen Tip. Nach kurzer Überlegung schlug er vor: »Ach, Herr Pfarrer, machet Se halt a' kurz' Lebensläufle.«

Am Nachmittag erklärte mir der Pfarrer während einer Teepause: »Das ist halt viel Kleinkram, um den kein Außenstehender weiß. Mit Hochzeit, Taufe, Beerdigung und Gottesdienst ist es nicht getan. Und die Seelsorge besteht nicht nur aus Anhören und Zuspruch. Ein Christ ist ein dienender und dienstbarer Mensch. Aber du kennst vielleicht den treffenden Vers:

Als sich die Dienstbarkeit des Menschen aus der Welt verloren,
Hat sie zu ihres Wesens Sitz den Esel auserkoren.

Es ist nun einmal so, daß praktizierte Nächstenliebe den Christen als Eselmenschen erscheinen läßt.«

Ich hätte gerne noch ein paar Fragen an den Pfarrer gestellt, aber es läutete an der Tür. Es war der Sarg-Müller, der die Bitte einer Frau überbrachte, der Pfarrer möchte doch kommen, weil ihr Mann beerdigt werden müsse. Und er erbot sich, uns zu den Leuten zu fahren.

Auf der Fahrt erzählte uns der Sarg-Müller: »Komisch isch des scho'. Der Mann lebt nämlich noch; jedenfalls hat er noch gelebt, wie ich grad dort war. Die Frau hat zu mir gsagt, ich soll doch an ihrem todkranken Mann scho' a Särgle abmesse. Ich hab's natürlich taktvoll gemacht, nur mit dem Augenmaß und nicht mit dem Meterstab.« Wir hielten in einer Siedlung am Stadtrand, der Sarg-Müller wünschte uns verschmitzt »gute Verrichtung«.

Ein grobschlächtiges Weib mit Bartstoppeln um ein energisch vorgewölbtes Kinn und kaltbösem Blick empfing uns: »So, hat's Ihne der Müller gsagt, daß Sie komme sollet? I hätt' gern', daß Sie mein Mann beerdiget. Deant Sie des?«

»Aber gewiß. Wann ist er denn gestorben?«

»Ha – «, zögerte das Weib ein wenig, »so ganz isch er no net gschtorbe, aber 's isch drum rum.«

»Ja, dann will er vielleicht eine letzte Beichte und ein Gebet vor dem Sterben?«

»Haa, des ischt net u'bedingt nötig, mir sind doch evangelisch«, wehrt das Weib vorsichtig ab.

»Aber das ist doch auch für evangelische Christen üblich«, belehrte sie der Pfarrer.

»So? Des han i no net g'hört«, sagte das Weib befremdet.

»I han halt g'meint, daß Sie ihm saget, daß er jetzt sterbe muß, denn er hat nach em Doktor verlangt. Aber wenn mer so röchelt wie der, no braucht mer doch bloß no da Pfarrer.«

Mit bösen Vorahnungen gingen wir durch die aufgestoßene Tür ins Schlafzimmer, wo uns eine brütende Hitze und Gerüche von Medikamenten zunächst den Atem stocken ließen. Aus einem Bett in der Ecke des abgedunkelten Zimmers hörten wir ein Röcheln. »Asthma hat er scho lang«, erklärte die Frau, und schubste den Pfarrer zum Bett.

»So, des ischt jetzt der Pfarrer«, erklärte sie dem nach Luft ringenden älteren Mann und fügte hinzu: »Der isch der Beschte fürs Beerdige«, und in ihrem Unterton klang die Befriedigung dessen mit, der in einem Geschäft einen vorteilhaften Einkauf getätigt hat.

Der Pfarrer wandte sich aber zunächst der Frau zu und bat sie, uns eine Weile mit dem Schwerkranken allein zu lassen. »Des isch' net nötig«, widersetzte sie sich, »i kann älles wisse, was do no' zum Schwätze ischt.«

Aber der Pfarrer faßte das Weib am Arm, führte sie mit sanfter Gewalt hinaus und schloß dann die Tür hinter sich zu. Das Weib maulte derweil draußen vor sich hin: »Wenn i des gwußt hätt – so a' Geheimniskrämerei, so a' liedrige...«

Der Pfarrer bat mich, den Mann einmal, so gut das eben durch Abhorchen mit dem Ohr, durch Abklopfen und Pulsfühlen möglich war, medizinisch zu untersuchen. Schließlich war ich ja im Krieg schon als Hilfsarzt tätig. Der Mann hielt währenddessen mit dankbarem Blick die Hand des Pfarrers. Unsere Vermutung schien nach meinen Eindrücken zu stimmen: Es lag eine Bronchitis mit asthmatischem Zustand vor. Ärztliche Hilfe konnte den Mann vielleicht noch retten. Unser Entschluß war schnell gefaßt. Während der Pfarrer bei dem Schwerkranken blieb, ihn beruhigte und Gebete sprach, eilte ich an dem rohen Weib vorbei hinaus und rief von der nächsten Telefonzelle einen Arzt an. Der kam auch sehr rasch und bestätigte nach seiner Untersuchung unseren Eindruck. Er gab dem Patienten eine Spritze und veranlaßte die sofortige Einweisung ins Krankenhaus und tat dem Weib, die sich herauszureden versuchte, gewaltig und deftig den Rost herunter. Wie sie dann auch noch abgeschwächt maulte, brüllte er sie an: »Wenn Sie jetzt no weiter maulet, dann zeig' ich Sie wegen unterlassener Hilfeleistung an! Sie könnet dem Herrn Pfarrer dafür danke, daß Sie net zur Mörderin geworde sind – Sie...«, und er murmelte etwas in sich hinein, das nichts für zarte Ohren war. Dann fragte er den Pfarrer, ob wir nicht noch so lange dableiben könnten, bis der Krankenwagen käme. »Bei dem kaltschnäuzigen Satansbraten ist man vor nix sicher«, begründete er seine Bitte. Er müsse leider sogleich weiter zu einem anderen Hausbesuch.

Nachdem er fort war, begann die Spritze zu wirken und der Mann atmete wesentlich leichter. Der Pfarrer wies das Weib freundlich, aber bestimmt an, die nötige Wäsche fürs Krankenhaus zu richten, und schon bald kamen die Männer vom Roten Kreuz und holten den Mann ab, der sich immer wieder bedankte und den Pfarrer bat, ihn doch auch im Krankenhaus zu besuchen, denn er müsse ihm etwas erzählen.

Als wir wieder zu Hause waren, rief der Pfarrer als erstes den Sarg-Müller an, er solle die Sarganfertigung einstellen, denn der Mann sei, nicht ohne sein Zutun, vermutlich dem Tod noch einmal von der Schippe gesprungen.

Ein schwäbischer »Spieß« gibt nicht auf

Am *Samstag* wollte der gefräßige Saturn an dem ihm zugeschriebenen Tag wohl sein Opfer haben, denn nachts um drei Uhr rief es an: der Gäblers Franz, dem Pfarrer wohlbekannt. Er hatte wieder einmal eine schlechte Nacht, und nachts ist alles besonders dunkel. Er wolle jetzt halt doch endlich Schluß machen, denn »so hat's einfach kein' Tau mehr«, erklärte er. Als alter Berufssoldat mit viel Leib und nun auch noch Seele, geriet er nach dem Krieg ohne seinen Soldatenberuf in eine unbefriedigende Existenz als Hilfsarbeiter bei Daimler. Sein Soldatenstolz und sein unerschöpfliches Repertoire an Schilderungen kriegerischer Heldentaten waren nicht mehr gefragt. Niemand wollte mehr etwas vom Militär und vom Krieg wissen, von der Tapferkeit seines schwäbischen Regiments, in dessen Kampfabschnitt der Russe nie durchgekommen sei. Und so wolle er Schluß machen jetzt.

Das hatte er wohl schon oft gesagt, und darum fragte ihn der Pfarrer schockierend direkt, wie er's denn machen wolle?

»Mit ama Strick. I han mir'n scho kauft«, antwortete er in einer Sachlichkeit, die seiner Absicht einen hohen Grad an Glaubwürdigkeit schenken sollte.

»Und wo wollen Sie's machen?« fragte der Pfarrer weiter.

»Ha, uf der Bühne, wo sonscht.«

»Oh«, faßte sich der Pfarrer ein Herz, »auf der Bühne – wie schad', daß Sie sich dann nicht mehr sehen können!«

»Wieso?«

»Ha, stellen Sie sich doch einmal vor, wie das aussieht, wenn ein so tapferer Schwabe wie Sie, der sich nie vor dem Feind gefürchtet hat, auf der Bühne oben baumelt! Und dann sagen die Leut' auch noch: Der hat bestimmt was ausgefressen, daß er sich jetzt auf seiner Bühne baumeln läßt.«

Der Pfarrer hörte einen tiefen Seufzer, dann legte der Mann auf. Den Pfarrer plagten aber nun doch schlimme Zweifel, ob er mit seiner forschen Art richtig gehandelt hatte. So ging er in aller Frühe den Gäblers Franz aufsuchen. Die Frau war ebenso verwundert wie verstört, als sie dem Pfarrer öffnete und die Frage hörte: »Was ist mit Ihrem Mann los?«

Verdattert sagte sie: »Der Franz? Der liegt im Bett und schnarcht, der ischt erscht gege Morge heimkomme. Wahrscheinlich hat er a bißle viel trunke, weil er wieder amol sein dubbelige Tag g'het hot.«

Dann bat sie einen Augenblick um Geduld, eilte in die Wohnung und rüttelte den schlafenden Franz. »Der Pfarrer isch do! Hoscht en wieder beläschtigt?«

Da drehte sich der schlaftrunkene Franz auf die andere Seite und sagte hörbar: »Sagscht em Pfarrer en Gruß. Ein schwäbischer Spieß gibt net auf.«

Am Vormittag kam ein Brautpaar zur Besprechung der Hochzeit. Danach gab es einige Krankenbesuche ohne Besonderheiten. Sonst verliefen Nachmittag und Abend ruhig, und der Pfarrer saß über der Vorbereitung der morgigen Sonntagspredigt.

Erweckung aus dem Sündenschlaf

Da sich die Kirche wegen Bombenschäden im Wiederaufbau befand, mußte der Gottesdienst am *Sonntag* im Gemeindesaal stattfinden. Da der Saal nicht alle Besucher fassen konnte, wurde der Gottesdienst zweimal hintereinander abgehalten. Weil das Wort Gottes schließlich seine Temperatur braucht, hatte die Mesnerin den Saal etwas geheizt, was beim ersten Gottesdienst um neun Uhr recht angenehm war. Als dann aber gleich danach um halb elf die Besucher des zweiten Gottesdienstes in den Saal drängten, war es nicht nur sehr warm, sondern die Luft auch recht verbraucht. Man hätte vorher lüften sollen. Dazu war aber keine Zeit mehr, denn schon quetschte das Harmonium sein Vorspiel durch die dicke Luft, und bald sang die Gemeinde im Schlepptau des vorauseilenden Harmoniums das erste Lied. Die Predigt handelte textgemäß von der Wiederkunft des Herrn und der Erweckung der Menschheit aus ihrem Sündenschlaf. Der Pfarrer sprach auch bei diesem zweiten Durchgang sehr lebendig und völlig frei.

Nach einer Weile fielen ihm zwei Frauen in der vordersten Reihe auf, die immer wieder mit dem Kopf nickten. Sie nicken zu meiner Bestätigung, dachte er und hatte das Gefühl, daß seine Predigt gut ankäme und sie ihnen eben zu Herzen ginge. Um so mutiger predigte er darum weiter. Doch als er wieder und wieder zu den beiden Frauen hinblickte, bemerkte er, daß sie die Augen beim Nicken geschlossen hielten, ganze Sätze lang. Und überhaupt nickten sie auch bei ganz unbedeutenden Stellen der Predigt und nicht nur von oben nach unten, sondern auch seitwärts nach rechts und links. Jetzt war es ihm klar: Die beiden schliefen und hatten Mühe, ihren Kopf ruhig zu halten. Nun ja, es war zu warm im Saal. Vielleicht lag auch eine anstrengende Woche hinter ihnen. Aber schließlich hatte er sich viele Stunden auf die Predigt vorbereitet, die Texte eingehend studiert und seine Rede einige Male memoriert, um frei vortragen zu können. Darum überlegte er jetzt, wie er die beiden Frauen noch während der Predigt wach bekommen könnte. Es vergingen wertvolle Minuten, und die Predigt gelangte schon in ihren letzten Abschnitt. Da kam ihm endlich eine Idee, die nur eine kleine Abänderung der einstudierten Rede verlangte. »Die Wiederkunft des Herrn, die uns verheißen ist«, sagte er, »bedeutet für uns Christen Advent. Und Advent, das heißt« – und nun ließ er seine Stimme mächtig zu einem lauten Ruf anschwellen – »aufwachen! Aufwachen aus dem Sündenschlaf!« Ach herrje! Die beiden fielen schier vom Stuhl, so schreckten sie jetzt hoch und bemerkten, wie der Pfarrer sie mit einem triumphierenden

Lächeln anstrahlte, nachdem ihm die »Erweckung« gelungen war.

Was ist Frömmigkeit?

Als Remigius nach dem Gottesdienst dann beim Mittagessen im Pfarrhaus saß und sein Abschied vom einwöchigen hautnahen Miterleben des Alltags eines Pfarrers bevorstand und er die Frage des Pfarrers nach einem Ergebnis seiner Eindrücke erwartete, hatte er vorerst das Gefühl, als ob er so klug als wie zuvor wäre. Sein Problem, die Kernfrage nämlich, ob er seinem Gelübde in Rußland folgen und Pfarrer werden solle, hatte sich nun nach diesen Eindrücken in die Frage umgewandelt, ob er denn Pfarrer werden könne. Denn der Anteil dessen, was der Pfarrer aus besonderer Begabung seiner Persönlichkeit heraus bei der Bewältigung vieler Aufgaben und Situationen in der Praxis verfügbar haben mußte, schien ihm gewaltig. Und eine Persönlichkeit in diesem Beruf konnte man ganz offenbar nur werden, wenn Substanz und Begabung zu echter Berufung vorlagen. So war er nun eher bedrückt von solchen Fragezeichen, die er für sich setzen mußte, als etwa klarsichtig für eine Entscheidung.

Bärbel schien dies bei Tisch zu erfühlen, denn sie fragte vorsichtig: »Hat's dich arg angestrengt? Du scheinst etwas matt zu sein.«

»Ja, es ist schon viel, was da an Erlebnissen und Gedanken auf einen einstürmt«, gab er zu und erwartete jeden Augenblick die Frage des Pfarrers, ob er nun seinem Entschluß, Pfarrer zu werden, etwas nähergekommen sei.

Aber der stellte diese oder eine ähnliche Frage nicht. Er gab sich zunächst ganz dem Genuß des Essens hin und begann erst danach in einem kleinen Monolog den Versuch eines Kommentars. Wie zu sich selber sagte er: »Jeder Tag muß eine stille, geduldige Stunde kennen, in der die Seele sich selbst gehört und ganz auf sich lauscht. Denn der Mensch muß immer wieder nach sich und seinem Leben suchen. Dazu braucht er aber einen Fixpunkt über allem Geschehen. Nur wer Gott erfährt, vermag das Wesentliche des Lebens zu verstehen und weiß schließlich, daß es darauf ankommt, was der Mensch vor Gott ist.«

Remigius wagte darauf die etwas provokante Frage, die er einleitend mit seiner Unwissenheit entschuldigte: »Wer ist nun eigentlich fromm? Der Mensch, der Gutes tut? Oder ist Frömmigkeit mehr als gutes Handeln, so etwas vielleicht wie eine bestimmte Haltung?«

Der Pfarrer holte tief Luft zu einem langen Seufzer. »Haa… da fragst du mich aber was Schwieriges. Eine Definition von ›Frömmigkeit‹ oder ›fromm sein‹, darüber haben sich schon andere den Kopf zerbrochen. Als evangelischer Christ, der ich die Einflüsse des Pietismus auf meine Haltung nicht verleugnen kann, möchte ich, eingedenk dessen, daß dies nicht den Gesamtkomplex christlicher Frömmigkeit umfaßt, ganz knapp sagen: Fromm ist, wer täglich vor Gott gegen sich selbst ermittelt.«

»Und was ist dabei das Ergebnis?« fragte Remigius weiter.

»Endet das nicht in einem unüberwindbaren Schuldkomplex?«

»Für den, der an Gott glaubt, nicht«, befand der Pfarrer und ergänzte: »Selbsterkenntnis vor Gott führt vor allem zu Bescheidenheit und Demut, den wichtigsten Tugenden des Christen. Bescheidenheit bewahrt davor, sich selbst und seine persönlichen Anliegen zum Mittelpunkt der Welt werden zu lassen, und Demut bedeutet ja ›Dienstmut‹, Bereitschaft zum Dienst am Nächsten im Geiste Gottes. Frömmigkeit zeigt sich also auch in ständiger Bemühung um Bescheidenheit und Demut.«

»Das ist viel, was du mir da erklärt hast«, bedankte sich Remigius. »Darüber muß ich noch gründlich und sicher sehr oft nachdenken. Aber ich beginne zu ahnen, in welch riesigem Ausmaß die Welt noch vom Heil entfernt ist und wie wenig die Schrecken des Krieges und seine Folgen die Menschen zu wahrer Umkehr und auf den Weg des Heils bringen werden.«

Nachdenklich kehrte Remigius von seinem Anschauungsunterricht in Ludwigsburg heim. Jetzt sah er sich Zweifeln gegenüber, ob er denn überhaupt den Anforderungen dieses Berufes genügen könnte.

Im Café »Mohrenköpfle«

Im Café »Mohrenköpfle« nahe der Königstraße gab es Eis ohne Märkle, auch Kaffee, der nach Bohnenkaffee roch und schmeckte. Der Zulauf war groß, und Remigius, der nach seinen Erlebnissen im Pfarrhaus in Ludwigsburg wieder den Verkauf von Bohnerwachs aufgenommen hatte und vormittags bei einem Drogisten recht erfolgreich gewesen war, ging an diesem heißen Tag nachmittags ins »Mohrenköpfle«, um sich ein Eis zu gönnen.

Das Gewirr vieler Stimmen war in beißenden Zigarettenqualm eingehüllt, und aus vielen Tassen und vom Büfett her mischte sich auch Duft von Bohnenkaffee wie eine zarte Melodie unter den Nebel, in den Tische und Stühle getaucht waren. Er fand in dem nahezu voll besetzten Lokal schließlich noch Platz neben einem älteren Herrn, einem etwas vierschrötigen Typ, der einen Stumpen rauchte und die »Stuttgarter Zeitung« las. Dicht daneben saßen an einem kleinen, runden Tisch zwei aufgedonnerte mollige Luxusgeschöpfe, an denen er sich zu seinem Stuhl vorbeizwängen mußte.

Er bestellte einen Eisbecher mit der Bezeichnung »Letzter Versuch« und bedauerte, daß er sich nicht auch wie sein Gegenüber in eine Zeitung zurückziehen konnte, da er in dem Sitzgedränge nicht so recht wußte, wo er hinblicken und was er mit seinen Händen anfangen sollte, ehe ihm das Eis serviert wurde. Zwangsläufig wurde er zum Schwarzleser der »Stuttgarter Zeitung«, die sein Tischnachbar ausgebreitet hatte. Es war die Mittwoch-Ausgabe der – wegen Papiermangel – nur zweimal in der Woche, nämlich Mittwoch und Samstag erscheinenden

Zeitung. »Umfassendste spontane Hilfsaktion der Geschichte«, las er, »In den USA werden von Privatpersonen monatlich 10 Millionen Dollar für Care-Pakete nach Deutschland ausgegeben... Hungerblockade der Russen für Berlin... Palmiro Togliatti beim Verlassen des Abgeordnetenhauses von fünfundzwanzigjährigem Studenten angeschossen...«

Der Tischnachbar tat einen tiefen Zug an seinem Stumpen und blies die Rauchwolke aus, als seufzte er. Durch den Qualm hindurch las Remigius weitere Überschriften:

Noch 5000 Spruchkammerverfahren...

Joe Luis schlägt Walcott in der elften Runde k.o. und bleibt Weltmeister...

Lebensmittelrationen für August: Fleisch 300 g, Fett 625 g, Fisch 1000 g, Frischmilch 3000 g...

Die beiden Molligen am Nebentisch lachten immer wieder laut auf. Die eine goß sich geradezu zwanghaft Chypre-Parfüm in ihre Achselhöhlen, da sie schwitzig war. Die andere, gleichfalls eine üppige Ceres* mit chaotischer Verdauung, hatte ein anderes Rezept, damit fertig zu werden. Da ihr Leib ein Luftballon war, schien ihr ein lautes Lachen als beste Möglichkeit, heimlich Luft abzulassen. Als eine hochschwangere Frau ins Lokal kam und etwas mühselig zwischen den Tischen durchwatschelte, kicherten die beiden, und die eine deklamierte hörbar:

»Isch des Bäuchle spitz
Gibt's a Kindle mit em Schlitz,
Isch des Bäuchle aber rund,
Gibt's a Kindle mit em Spund!«

Beide ließen ihre Lachtrompete erschallen.

Der Stumpenraucher am Tisch wendete die Zeitung und kommentierte in einem Anflug von vorsichtiger Kontaktaufnahme: »Am beschte liest mer d' Zeitung von hinterei. Mer guckt erscht ob ebber Recht's g'schtorbe ischt.«

Als er dabei seinen Stumpen aus dem Mund nahm, bemerkte

* Römische Göttin der Feldfrucht

Remigius eine Hasenscharte, die von einem Oberlippenbärtchen notdürftig verdeckt wurde.

»Jung g'schtorbe', heißt's, gibt schöne Engel, aber der Petrus nimmt au alte Bengel«, flachste Remigius zurück.

»Sie habe aber Humor, junger Mann, und hiesig sind Se au«, konstatierte der Mann mit dem Stumpen. Das Eis der Distanz war gebrochen, als die Bedienung das Eis auf den Tisch stellte.

»Darf mer frage, was der Herr beruflich macht?«

»Student und augenblicklich Gelegenheitsarbeiter.«

»Ja, und was studieret Sie, wenn i neugierig sei' darf?«

»Medizin und jetzt dann Theologie.«

»Ja guck' her! Glei' zwei Sache schtudiert der g'scheite Herr.«

Die beiden Molligen lachten laut auf, und die eine gönnte sich dabei eine menschliche Erleichterung.

Der Herr legte seinen Stumpen in den Aschenbecher und rückte näher zu Remigius. Sein Atem stank nach Rauch und Zwiebeln. »Wenn Sie vielleicht Geld verdiene wollet«, flüsterte er vertraulich, »no hätt i an tolle Job – wie mer jetzt sagt – für Sie.«

»Und was wär' des?« interessierte sich Remigius und wich ein wenig zurück.

»Also die Sach' ischt die: Ich bin der Wirt vom ›Grüne Turm‹ in Böblinge. Am Samschtig findet bei mir a eigetümliche Versammlung statt, für die i zwei gebildete Hilfskellner brauch, weil da lauter seltsame Leut' a Versammlung haltet; Leut, wisset Se, mit dene es sicher schwierig wird, weil mer do, wenn mer se sieht, zwar lache muß, aber doch auf kein' Fall lache sollt'. Und dazu braucht mer ei'fach gebildete Herre, die net lachet, obwohl se vielleicht lache müßtet.«

»Ja, was sind denn des für Leut?« schmunzelte Remigius.

»Also wenn Se mi so direkt fraget, no tät i sage: des sind so ebbes wie Monschter. Sie waret doch au em Krieg und sind sicher ebbes g'wöhnt. Des sind Kerle mit drei Händ', mit sechs Finger, mit zwei Köpf, mit ama Hoorpelz wie a Viech, und einer mit ama Schwanz wie a Hond... Und weiter hot's: Manche wie de dick' Berta mit vier Zentner, manche mit sechs Brüscht, a Fischweib mit Schuppe und was weiß i was no älles für Abnormitäte und Mißgeburte. Des sind älles Sehenswürdigkeite, die uf em Volksfescht in Schaubude uftretet. Und die wollet jetzt an Verei' oder a Gwerkschaft gründe, die arme Deifel, damit se net von dene Schausteller bloß mit ama Almose abg'fertigt werdet, wenn se des sehe lasset, was mer eigentlich net sehe sot.«

Remigius nickte verständig. »A schwierige Sach', Herr –?«

»Stump«, stelle sich der Stumpenmann vor.

»Lindwasser.« Sie reichten sich die Hand. Und dieser Händedruck kam schon einer Abmachung gleich.

»Also i garantier' Ihne a Handgeld von dreiß'g Mark«, versicherte Herr Stump, »und was no an Trinkgeld von de Doppelköpf und Rieseweiber derzukommt – des wär' doch a runde Sach' für zwei so net ganz ausstudierte Herre...«

Remigius hatte natürlich gleich an seinen Freund Möpsle als zweiten Mann gedacht und schlug daher vor: »Ich hätt' auch einen zweiten Mann, einen Psychologiestudenten, einen, der die Seele studiert und sich in die schwierige Aufgabe gut einfühlen könnte.«

Herr Stump geriet darüber in freudige Ekstase. »Ja du heiliger Ratteginkel! Gibt's des? Uf ein Schlag zwei schtudierte Kellner für da ›Grüne Turm‹! Fabelhaft! Fräulein zahle! Herr Windlasser –«

»Lindwasser.«

Die beiden molligen Weibchen am Nebentisch lachten auf, und die eine hob ihre rechte Keule.

»Entschuldigen Se, Herr Lindwasser, wenn i Ihrn Name falsch g'sagt han.«

»Schon gut, Herr Stump, aber wann soll denn die Versammlung steigen?«

»Am Samschtig um sechse obends. Des heißt, Sie und Ihr Kollege solltet scho um fünfe im ›Grüne Turm‹ sei und a bißle helfe beim Vorbereite.« Herr Stump zog seine Brieftasche, da ohnehin die Kellnerin zum Kassieren kam, und holte ein Kärtle heraus, auf dem Remigius las:

Karl Stump
Wirt zum »Grünen Turm«
Böblingen

»Abgemacht?«, frage er Remigius.

»Abgemacht«, und sie gaben sich die Hand wie beim Verkauf einer Kuh.

»Dem Herr sei Eis zieget Se au glei ab«, orderte Herr Stump der Kellnerin in der Pose dessen, der die Spendierhosen nicht nur anhat, sondern auch vorführt. »Also, am Samschtig!« verabschiedete er sich in bester Stimmung und ließ die »Stuttgarter Zeitung« liegen. Als er schon am Ausgang war, kehrte er um und kam zum Tisch zurück. »Beinah hätt' i d' Zeitung vergesse. Die muß i meiner Liesel als Drachefutter mitbringe.«

»Gell! Ihr Frau will au wisse, was in der Welt los ischt?« sagte Remigius freundlich.

»Noi, die braucht d' Zeitung zum Ei'wickle vom Veschper.«

Das Eis, drei runde Kugeln mit gelbem Vanille, rotem Erdbeergeschmack und brauner Schokoladensoße, war ziemlich wässerig und schon teilweise ineinandergeflossen, als Remigius zu löffeln begann.

»Jetzt wird's luschtig«, sagte die eine am Nebentisch, goß sich Chypre in die Achselhöhlen und blickte zum Eingang.

»Du kriegsch die Motten! Die blaue Engel von der Heilsarmee!« entfuhr es der anderen, worauf sie lachte.

Remigius sah drei Damen von der Heilsarmee, die sich zur Mitte des Lokals zwängten und sich dort aufstellten. Eine von ihnen, die eine Klampfe wie ein MG umhängen hatte, vermochte ihre jugendliche Schönheit trotz des Uniformhutes, der einem aufgestülpten Almosenkorb glich, nicht zu verbergen. In ihren Augen funkelte ein Feuer, in dem auch ein paar Flammen aus der Hölle züngelten. Mit ihrer stattlichen, schlanken Gestalt, den gelösten, harmonisch ablaufenden Bewegungen beim Gehen und Hantieren mit ihrem Instrument, dem strahlenden, fröhlichen Gesicht glich sie geradezu einem Engel in Uniform. Dabei gewann man den Eindruck, ihrer Erscheinung könnte die einfachste Kleidung so wenig anhaben wie diese Uniform.

Die beiden anderen waren untersetzt und wirkten im Vergleich zu ihr etwas plump. Auf sie paßte schon eher das verbreitete Vorurteil, sie wären wohl deshalb Samariterinnen geworden, weil ihnen Venus ihre Gunst versagt hätte.

Aber sie, die sofort die Blicke der Männer auf sich zog und über eine ungewöhnliche Ausstrahlung weiblichen Charmes verfügte – welch eine innere Kraft mußte in ihr wirken, ihre Anmut und Schönheit mit der Uniform der Heilsarmee zu kleiden? Was gehörte doch dazu, sich auf der Straße und in Lokalen jeden Tag spöttischem Grinsen und anzüglichen Bemerkungen auszusetzen.

Auch jetzt begleiteten spöttisches Schmunzeln und Witzeleien an einigen Tischen den Gesang des Trios.

»Laß die Laster,
Laß den Zaster,
Laß den Schnaps,
Und laß das Bier –
Laß dich retten
Aus den Ketten,
Folge uns ins Heilsrevier.
Folg' der Liebe,
Folg' der Liebe,
Folg' der Liebe uns'res Herrn.«

Remigius starrte auf die Klampfenspielerin und geriet immer mehr in die wahnhafte Vorstellung, daß auch sie ihn heimlich anblicken würde und daß sie seine Faszination in dem Raum unter den vielen Menschen ausgemacht und erkannt haben müßte. Alles um ihn herum wurde zu einer unbedeutenden Kulisse von Gesichtern ohne Gesicht, zu einem Brei von zerquetschten Stimmen. Es bewegte ihn nur ein Gedanke: Wie finde ich hier in dem Lokal Kontakt zu ihr, ohne sie zu kompromittieren und ohne mich zu blamieren. Aber als der Gesang endete und die Salvistinnen an die Tische gingen und den »Kriegsschrei«, das Blatt der Heilsarmee, anboten, geschah etwas Aufregendes mit der Klampfenspielerin. Ein Mann um vierzig, mit widerlich angeberischem Gehabe, gab ihr großspurig einen Zehnmarkschein und wollte den Überpreis für den »Kriegsschrei« nicht zurücknehmen. Daraufhin gab die Klampfenspielerin den Zehnmarkschein zurück und wollte ihm das Blättle umsonst überlassen. Mit der erregten Äußerung: »I laß mir doch von der Heilsarmee nix schenke« nahm er den Zehnmarkschein und stopfte ihn der schönen Klampfenspielerin gewaltsam in den Ausschnitt und flachste sie dabei an: »Wenn d' a bißle freundlicher gucke tätsch, no tät i dir no viel meh' do neistopfe!«

Jetzt erhob sich entrüstet ein älterer Herr und stellte den Wüstling zur Rede, während die schöne Salvistin verlegen den Geldschein auf einen Tisch legte und sich zum Gehen wandte. Da stieß der Wüstling den älteren Herrn zu Boden, sprang der Salvistin nach und packte sie am Arm. Mit einem Ruck war nun aber Remigius hochgeschossen und packte seinerseits den Wüstling am Rockkragen: »Lassen Sie die Dame in Ruhe!« zischte er und baute sich kampfbereit auf.

»Des geht Sie an Scheißdreck a, wem i Geld spend'«, gab er drohend zurück und holte mit geballter Faust zum Schlag aus. Aber Remigius – er war ja einst Amateurboxer –, wehrte den Hieb geschickt ab und schlug ihm mit der flachen Hand eine klatschende Backpfeife ins Gesicht. Die Leute im Café brüllten »Bravo, schmier' em no eine!« Dazu kam es aber ebensowenig wie zu einer Revanche des Wüstlings, denn die schöne Salvistin stellte sich dazwischen und besänftigte den Wüstling, indem sie ihm ihr Taschentuch, das sie mit Eau de Cologne anfeuchtete, auf die gerötete Wange legte und ihm, der sich nun entschuldigte, immer wieder versicherte, es sei ja doch alles gut, sie werde seine Geldspende für die Armee annehmen.

Die Leute ringsum waren sprachlos darüber, daß die schöne Heilsarmistin sich dem zuwandte, der sie beleidigt hatte, während sie Remigius und dem umgestoßenen älteren Herrn, die in den Augen aller Anwesenden so mutig den Unflätigkeiten des Kerls entgegengetreten waren, den Rücken zukehrte und keinen Dank wußte. Ja, es kam sogar soweit, daß die schöne Heilsarmistin den Wüstling unter ständigem Zureden aus dem Café hinausgeleitete und es in Kauf nahm, daß dieser Kerl mit spöttischen Blicken und so, als habe er als Mann die Schöne in Uniform bezirzt, wie ein Sieger das Lokal verließ.

Remigius, der sprachlos eine Weile dastand, ehe er langsam hinausging, hörte kaum die empörten Zurufe: »Des hat mer davon, wenn mer sich heutzutag für den A'stand ei'setzt.« »Die Weiber von der Heilsarmee sauet bloß em Gsindel nach.« Und mit einem blassen Dankeschön überging er das Angebot der beiden molligen Luxusgeschöpfe: »Dürfet mir den Helde wenigschtens zu em Kognäkle eilade?«

Draußen sah er, wie sich der Wüstling eben von den drei Salvistinnen verabschiedete und ihnen einen Geldschein übergab. Kopfschüttelnd und angewidert wandte Remigius sich ab und ging langsam weiter. Da hörte er rasche Schritte hinter sich und wurde plötzlich am Arm gepackt. Als er sich umdrehte, stand die Schöne von der Heilsarmee vor ihm. Röte der Verlegenheit flog über ihr Gesicht. Mit sanfter, dennoch ein wenig militanter Herzlichkeit sagte sie: »Net bös' sei, bitte! Aber es ischt halt moralischer, Unrecht oder Böses zu erleiden als zuzufügen. Christus hat uns doch gelehrt, ›wer das Schwert nimmt, der soll durch das Schwert umkommen‹.«

Remigius konnte sein Gekränktsein nicht so recht überwinden, war aber auch glücklich verwirrt über die plötzliche Nähe der Schönen. Die Erklärung ihres ungewöhnlichen Verhaltens klang ihm auch zu einstudiert, apostolisch belehrend, als daß er darauf antworten wollte. Deshalb fragte er verstimmt: »Wollen Sie mich jetzt auch noch tadeln, weil ich Sie vor einem Flegel in Schutz genommen habe?«

»Nein, bitte!« beschwor sie ihn. »So hab ich's doch nicht gemeint. Im Gegenteil. Ich wollte Ihnen danken für Ihren Mut und nur erklären, daß ich den Kerl beruhigt habe, um eine weitere Schlägerei zu verhindern.«

Ihre Nähe, ihre Stimme und ihr Blick, der Verständnis und Nachsicht erflehte, wandelten seine Stimmung in Verlegenheit.

»Verzeihung«, bat er und fragte in steifer Höflichkeit: »Darf ich mich vorstellen – mein Name ist Lindwasser. Ich bin Student und wohne in Cannstatt.«

Sie zog nach: »Schwegler. Ich studiere auch, zur Zeit Romanistik. In den Semesterferien diene ich freiwillig bei der Armee.«

»Oh, ich bewundere Sie«, brach es aus ihm heraus. »Sie haben sich's auch nicht leicht gemacht.«

»Auch?« hakte sie ein und sah ihn fragend an.

»Ja – wissen Sie«, erklärte er etwas verlegen, »das mit mir ist eine längere Geschichte, die ich Ihnen gerne einmal erzählen würde. Aber ich hab's geahnt, daß wir wohl sehr ähnliche Auffassungen haben. Mein Spottname ist nämlich ›Blauer Esel‹. Und weil die Uniform, die Sie tragen, blau ist, und man dienstbare Menschen allzugerne als Esel bezeichnet, so bilde ich mir ein, wir wären beide Esel und müßten uns deshalb eigentlich besonders gut verstehen, denn die »Blauen Esel« – ob in Uniform oder Zivil – sollten unter sich ihre Eselsprache pflegen.«

»Wie stellen Sie sich das vor?« wollte sie mit amüsiertem Lächeln wissen.

Remigius, der jetzt seine Befangenheit abgelegt hatte und in Fahrt geriet, nahm ihre Hand mit beiden Händen und erklärte: »Ich muß Sie wiedersehen, denn ich bin sicher, daß wir uns vieles und Schönes erzählen werden, in der Eselsprache, die Ihnen noch besser als Latein und Französisch gefallen wird.«

Sie lachte und hatte Vergnügen an seiner kühnen Phantasie. Aber die beiden anderen Salvistinnen warteten in einiger Entfernung und winkten ihr. Mit einem plötzlichen Ruck schulterte sie daher die Klampfe und entschuldigte sich: »Ich muß leider gehen.«

»Leider« hatte sie gesagt! Und er wollte in der Eile noch wissen: »Wo finde ich Sie?«

Mit schelmischem Lächeln gab sie ihm die Auskunft: »Sie treffen mich tagsüber in einem Stall voller Esel, dort, wo man ankommt und fortgeht. Adieu!«

Und mit schnellem Schritt eilte sie zu den wartenden Salvistinnen. »Auf Wiedersehen!« rief er ihr nach und winkte ihr noch zu. Kurz bevor sie ihre Kameradinnen erreicht hatte, drehte sie sich noch einmal um und winkte ihm zu. Remigius stand noch eine Weile wie angewurzelt da, als sie schon um eine Ecke verschwunden waren. Am liebsten wäre er ihr gefolgt, hätte er sie bei ihrem Einsatz begleitet, auf sie aufgepaßt und so lange in ihrer Nähe ausgeharrt, bis ihr Dienst zu Ende gewesen wäre und er sie dann nach Hause hätte begleiten können. Aber er sah ein, daß das nicht ging. Nein. Eine große Zuneigung konnte kaum spannender beginnen als jetzt, wo er wie nie zuvor die Glut seines Herzens spürte und alles andere nebensächlich wurde. »In einem Stall voller Esel, dort wo man ankommt und fortgeht«, dort würde er sie zu gegebener Stunde aufspüren, und sie würde ihn erkennen.

Jetzt mußte er aber Möpsle wegen des Auftrags in Böblingen sprechen, und beschwingt wandte er sich seinen Pflichten zu.

Die Versammlung der Monster

Möpsle und Remigius saßen nachdenklich im Bus nach Böblingen, um dort als Aushilfskellner in die Dienste des Wirts vom »Grünen Turm« zu treten. Von einem älteren Mann ihnen gegenüber, der sie etwas später nach ihrem Ziel fragte, erfuhren sie gegen Ende der Fahrt, daß der »Grüne Turm« unterhalb der zerstörten Stadtkirche liege und »a gute alte Beiz« sei, »wo's für Stammgäscht ab und zu au no ebbes ohne Märkle gibt«.

»Kennen Sie den Wirt zufällig?« fragte Remigius.

»O ja, der Karle Stump isch mit mir in d' Schul gange. Der isch eigentlich Metzger, und hählinge isch er's au bliebe. Aber i will nix g'sagt han.«

Daraus war zu schließen, daß Herr Stump als Metzger wohl ab und zu »schwarz« schlachtete, um etwas Gefälliges für das Durchkommen seiner Gäste und fürs eigene Aus- und Fortkommen zu tun. Und für die »geschlossene Gesellschaft« heute abend war ein gleiches zu vermuten.

Da Möpsle vor lauter Hunger unter Luftaufstoßen und Remigius unter Magenbrennen litt, so gaben sie sich schwelgenden Hoffnungen auf eine Freßorgie mit saftigem Braten und Spätzle hin. Getrübt wurden solch paradiesische Vorstellungen nur von der Ungewißheit, wie sie mit den Monsters, diesen Menschen mit ihren wohl erkennbaren Webfehlern der Natur zurechtkommen könnten. Wahrscheinlich würden sie ihre Komplexe mit der Berühmtheit ihrer Abnormität mehr oder weniger kompensieren, vermutete Möpsle als angehender Psychologe. Und Remigius hatte zu Hause rasch in einem alten Büchlein mit dem Titel »Vom Umgang mit Fabelwesen« nachgelesen. Aber es enthielt nichts Brauchbares.

Als sie am Postplatz in Böblingen ausstiegen, meinte Möpsle: »I weiß net, i han so a mulmig's G'fühl wie damals vor meiner Verwundung bei Tobruk.«

Auch Remigius war beklommen. Aber weil er den Job angenommen hatte, versuchte er, gut Wetter zu machen: »Wart' ab. Mir verdienet heut viel und werdet au' satt.«

»Was mir am Schluß verdient hen, wird mer sehe«, zweifelte Möpsle.

»Du wirst noch deine Freude haben an diesem tollen Angebot«, versicherte Remigius.

»Ob des so ischt, wisset mir erscht morge«, beharrte Möpsle.

So käppelten sie auf dem Weg zum »Grünen Turm«. Dort wehte ihnen schon im engen Flur zur Küche und zur Gaststube kerniger Bratenduft um die Nase. Der Wirt kam eben mit ziemlich weißer Schürze aus der Küche und bat mit freudiger Geste ins Nebenzimmer. »Also«, begann er nach einigen tiefen Schnaufern, »i han mir ebbes Außergewöhnliches ausdenkt. Des isch nämlich so: Die Monschter, die jeden Augeblick ei'treffet, sind im Grund ja arme Teufel und hent sicher Hemmunge. Und do han i mir denkt, des wär gar net so schlecht, wenn Sie zwei – künschtlich natürlich – sich in Kriegsversehrte verwandle tätet. Der eine – i han lang überlegt – sot a Augeverletzung aus em

Krieg simuliere, a Sonnebrill ufsetze und bloß wenig sehe. Und der andere, für den hätt' i a Spezialwatte zum in d' Ohre neistopfe, daß er kaum no hört und mer sage ka', es wäret ihm em Krieg beide Trommelfeller platzt.«

Remigius und Möpsle waren überrascht und sahen sich fragend an. Möpsle reagierte etwas sauer, vollends als Herr Stump ihm die Watte für die Rolle des Schwerhörigen zuschob. Er moserte: »Des isch aber gar net evangelisch, was Sie do mit uns vorhent.«

Remigius stimmte jedoch zu: »Sie kennen die Monster besser als wir. Es wird schon gut sein, wenn wir ein wenig Invaliden spielen und das Gefälle an Lebensglück vermindern.«

Daraufhin schob Herr Stump die abstoßende Bemerkung nach: »Also, am Trinkgeld wird sich des au bemerkbar mache.«

»Von mir aus und der Magd aus«, seufzte Möpsle schließlich und gab nach.

Nun wurde eine Münze geworfen und Möpsle erhielt die Sonnenbrille und hatte den Halbblinden zu spielen, während Remigius sich »Spezialwatte« in die Ohren stopfte und die Rolle des Tauben übernahm. Herr Stump kontrollierte den Sitz der Sonnenbrille und die Lagerung der Watte in den Ohren und gab zudem noch Regieanweisungen. Im übrigen störten die Behinderungen der frischgebackenen Kellner beim Bedienen nicht allzusehr, denn die Gäste erhielten eine Essensmarke und Marken für die Getränke, nach denen das Büfett alles herrichtete. Es mußte also nicht kassiert werden, da die Bezahlung geregelt war.

»Siehst du mich noch?« kontrollierte Remigius seinen Kumpel.

»Bloß wie an Schatte von meiner Tante Frieda«, vesicherte Möpsle und fragte zurück: »Hörscht du mi no?«

»Ich hör' bloß Rhabarber – Rhabarber...«

»Prima«, grinste Herr Stump und bat nun beide in die Küche zum Essen. »A durschtiger Kellner und an hungriger Koch, die fallet em Teufel seiner Großmutter ins Loch«, scherzte er lachend in seiner derben Art.

Aber Remigius hörte es nicht und war im übrigen schon ganz

mit der Einbildung des Taubseins beschäftigt. Und er schätzte sich über seinen zeitlich begrenzten Hörverlust gar nicht so unglücklich, wenn er darüber nachdachte, was ihm dabei an belanglosem Geschwätz erspart bleiben würde.

Möpsle, der gleichfalls über die Vor- und Nachteile seiner Rolle als »Beinahblinder« nachdachte, war etwas weniger mit seinem Schicksal zufrieden. Einerseits sollte er nichts sehen, andererseits würde er aber trotz Sonnenbrille die Abnormitäten der Monster wahrnehmen und vielleicht lachen müssen. Mein Gott, hoffentlich fiel ihm dann immer ein Witz oder eine lustige Redensart ein, wenn er durch einen Lachzwang in Verlegenheit geriet.

Als sie sich in der Küche mit Schweinebraten, Spätzle und Kartoffelsalat den Bauch vollschlugen, gerieten sie nach einem Maß Bier immer mehr in Zuversicht. Frau Stump, deren Leibesfülle das Vorn und Hinten kaum noch unterscheiden ließ und die den Krieg zumindest im Kochtopf gewonnen hatte, prophezeite den beiden befriedigt in sibyllinischer Kürze: »No kei' Sorg: D' Liederlichkeit isch immer no 's bescht Schtück von der Phantasie!«

Und schließlich trafen dann die Gäste ein.

Als Wortführer erschien ein Hüne mit Indianerprofil und total tätowiertem Gesicht. Er übergab Herrn Stump gestikulierend eine Liste der Gäste und redete – für Remigius unverständlich – auf den Wirt ein. Als er die Küche verlassen hatte, zeigte Herr Stump Remigius die Liste. Sie war angeführt von diesem Mann, der sich »Tekumse, der tätowierte Apache« nannte. Und Remigius las weiter:

Cynthia – die mit viereinhalb Zentnern schwerste Frau der Welt
Riso, die Ratte, mit 36 cm langem Schwanz
Rollo, der Libellenmensch mit drehbaren Kugelaugen
Finkel, die Ente mit sechs Fingern und sechs Zehen und Schwimmhäuten und anderen Sensationen
Mucki, Charly und Lioba, die drei gescheiten Liliputaner
Sandra, die Frau mit sechs Brüsten

Django, der Haarmensch mit vollkommenem Tierfell
Orillo, der Mann ohne Ohren, mit Liesa, dem Schaf mit zwei Köpfen
Gummeline, die Kautschukfrau mit elastischer Gummihaut
Biface, das Doppelgesicht mit drei Augen und zwei Nasen
Ondula, die armlose Frau mit den größten Brüsten der Welt
Mortodio, der Skelettmensch aus Haut und Knochen
Adam und Eva, das Transvestitenpaar aus dem Paradies
Kitty, die gehörnte Frau
Roberto Maximo, der zwei Meter zweiunddreißig große Riese mit der lautesten Stimme Europas
Als Gast und Referent: Rechtsanwalt Maulbetsch.

Von Hand – wohl von Tekumse – geschrieben, stand mit allerlei orthographischen Fehlern auf einem weiteren Blatt:

Tagesordnung
1. Begrüsung (Tekumse)
2. Essen
2. Refferad Rechtsanwald Maulbetsch
»Der Körber als Wahre im bürgerlichen Recht«
4. Ausprache über Propleme
5. Gemühtliches Beisammensein.

Während der Wirt dann mit Tekumse im voraus abrechnete, waren Möpsle und Remigius ins Nebenzimmer komplimentiert worden, um dort auf ihren Einsatz zu warten.

Als Remigius in seiner Taubheit den »Böblinger Boten« las, hörte Möpsle draußen im Flur das Kommen der einzelnen Gäste. Plötzlich in dem engen Flur ein Schaben und Kratzen und das Stöhnen einer Frau. Irgend etwas schob und zwängte sich die Flurwände entlang. Das Geräusch glich dem Kratzen des Kugelbesens eines Kaminfegers bei der Kaminreinigung. Als das Wesen draußen im Flur hörbar stöhnte und schimpfte: »Det is'n Schlauch aber keen Flur. Ach herrje, is keen Jeburtshelfer da?«, da wußte Möpsle, daß dies nur Cynthia, der weibliche Koloß sein konnte. »Ick meen, ich käm uf de Welt«, schimpfte sie. »Mein Jott, nu laßt mich bloß ma uf de Stühle komm'! So'n Jeburtskanal – da fehlen ja bloß noch de Haare! Nee, dat vadirbt mir de janze Fijur!«

Bald nach diesem Theater kam Herr Stump und frage Remigius und Möpsle: »Isch alles o.k.? In han grad erscht no des Rieseweib verstaut. Da, gucket Se her, die hat mir ihr riesige Visitekart' gebe.«

Möpsle und Remigius lasen auf der Bildkarte, auf der Cynthia, der Koloß, in sitzender Pose zu sehen war:

Cynthia, der Welt schwerster weiblicher Koloß – 1000 Mark für den, der eine gewichtigere Dame vorstellt – Cynthia, das Riesenweib muß auf der Eisenbahn im Gepäckwagen verladen werden, weil sie durch keine Coupétüre kommt. Cynthia braucht Sonderanfertigungen für ihre Kleider und Dessous. Als Strumpfhalter trägt sie Militärkoppel um ihre Schenkel.
Cynthia – das rundeste Modell seit Menschengedenken.
Cynthia – die Witzige.
Cynthia – der charmante Koloß.
Cynthia zeigt sich der staunenden Welt für billiges Geld.

»Also kommet Se jetzt, die braucht glei' an Liter Bier, sonscht wird se o'gnädig. I han Sie beide drinne scho mit Ihre verschiedene Leide als zwei arme, kriegsversehrte Studente a'kündigt. Sie brauchet gar nix meh' sage, bloß no serviere.«

Für Remigius begann nun ein Film zu laufen, ein Stummfilm mit hektischen Aktionen zwischen der Theke und den Tischen. Nur kurze Unterbrechungen mit Blicken, Bildern, Fuchteln mit Handzeichen und Essenplatten und Biergläsern, die auf den Tischen zu seiner eigenen Verwunderung ohne ernsten Zwischenfall landeten. Immer wieder mitleidige Blicke der Monster, wenn man sich mit Händen und Fingern verständigte. Es lief alles wie am Schnürchen, und auch Möpsle tapste mit gespielter Sicherheit des Halbblinden zwischendurch einmal stockend an die Tische. Den Lärm der Stimmen brauchte Remigius nicht zu hören, man sah ihn. Die flinken Münder labberten beim Essen und Reden unablässig, und es bestand der Eindruck, als handle es sich hier um die ewige Anbetung Abaddons, des Herrschers der Hölle, der alle mißratenen Geschöpfe in diese Spelunke geladen hatte. Und Abaddon verwandelte nun Remigius in ein einziges Auge, um ihm in großer Vollendung das Geschenk eines Voyeurs seiner Geschöpfe zu gewähren.

Tekumse, der tätowierte Indianer, schien das Amt des Hohepriesters bei dieser Satansmesse auszuüben. Seine Arme und Hände waren Silben, Worte und Sätze. Remigius hörte ihn mit dem Auge. Tekumses Gesicht war die aufgeschlagene Seite einer Luziferbibel: Die Stirn zeigte eintätowierte Meereswellen, auf denen ein kleines Boot schlingerte. Und wenn er bei seiner Rede mit den Zeigefingern immer wieder auf das Boot hinwies, so versprach er wohl allen gute Hoffnung im Kampf gegen die Elemente der Natur. Seine Adlernase, in die der Bug des Bootes in plastischer Manier auszulaufen schien, schmückten auf dem Nasenrücken und seitlich davon die Fühler von Schnecken, die auf seine Wangen tätowiert waren. Später, als Tekumse einem Verlangen von Cynthia nachkam und sich von ihr zwei Wangenküsse geben ließ, waren die blauen Schneckengehäuse durch Cynthias Lippenstift rot koloriert. Dafür zeigte Cynthia ihre Strumpfbänder. Es waren zwei württembergische Militärkoppel, auf deren Koppelschlössern der württembergische Wahlspruch prangte: »Furchtlos und treu«.

Cynthia, die stets von den drei Liliputanern Mucki, Charly und Lioba wie von Putten umgeben war, und die in ihrer explodierenden Üppigkeit der Urmutter Gäa glich, wußte sich immer wieder in den Mittelpunkt zu rücken. Sie aß und trank wenigstens das Doppelte, und wenn sie etwas sagte, so lachten alle. Im übrigen kommandierte sie ihre Liliputaner, von denen ihr Lioba jede Viertelstunde mit einem kleinen Handtuch den Schweiß aus dem Gesicht wischte und Mucki und Charly ihr aus einem riesigen Kolben Eau de Cologne in die Achselhöhlen gossen, ehe sie sich dann wieder für eine Weile auf den quellenden Polstern von Cynthias Riesenschenkeln niederließen.

Neben Cynthia, die auf zwei extragroßen Stühlen saß, über die ihre Hinterbacken hinausquollen, hatte Django, der Haarmensch, seinen Platz. Er glich mit seiner abnorm breiten Nasenwurzel, seinem viel zu breiten Mund, mit seiner pelzmützenartigen, tief in die Stirn reichenden Kopfbehaarung und den durchlaufend miteinander verbundenen Augenbrauen einem späten Neandertaler. Auch Nacken und Hals waren behaart, und was man bei weit geöffnetem Hemdkragen auf der oberen Brust sah, war das Fell eines schwarzen Tieres. Gleichermaßen erstreckte sich sein schwarzes Fell auf die Unterarme und Handrücken. Wenn er grimassierend lachte, bleckte er ein ungewöhnlich starkes und dichtes Gebiß. Wenn er nicht gerade aß oder trank, so legte er seine haarigen Pranken um die neben ihm sitzende Sandra, bei der sich infolge ihres engen Kleides auf jeder Seite drei untereinander liegende Brüste abzeichneten. Sie war schlank, hatte ein schmales Gesicht, strichförmige Lippen und einen meist giftigen Blick, der auf Cynthia gerichtet war.

Einen entsetzlichen Anblick bot Biface, der Mann mit dem Doppelgesicht. Seine gedoppelte Stirn sandte nach vorn zwei Nasen aus, und außer zwei jeweils seitlich der Nasen eingelassenen schrägen Augen besaß er ein drittes zwischen den Nasen. Weiter abwärts vereinigte sich der Oberkiefer und schloß mit einem breiten Mund ab, unter dem sich ein verhältnismäßig kleiner Unterkiefer bewegte. Remigius wußte nie, in welches der drei Augen er blicken sollte, wenn er Bier brachte.

Einer Mumie gleich saß daneben Gummeline, die Kautschukfrau. Ihre Haut zogen Mucki und Charly, wenn sie einmal von Cynthia abließen, mit großem Spaß demonstrativ in Falten hoch wie zu Gebirgen, um sie dann wieder mit flacher Hand in eine Ebene zu verwandeln. Darüber mußten die beiden Transvestiten Adam und Eva jedesmal so lachen, daß sie sich wetteifernd in der bald anhebenden Konkurrenz der Sensationen immer wieder in ihren Rollen als Mann und Weib abwechselten und man bald nicht mehr wußte, wer von ihnen Adam und wer Eva war.

In einer Ecke saß Rollo, der Mann mit den Libellenaugen, dessen Augäpfel wohl deshalb herausragten, weil sich bei ihm keine Augenhöhlen entwickelt hatten. Wenn er seine Spezialbrille ablegte, die einer Röntgenbrille glich, konnte man beobachten, wie er seine Augäpfel nach allen Seiten drehen und ohne Kopfdrehung seitwärts und nach oben und unten linsen konnte. Sein Anblick erinnerte an ein Reptil, das Mensch werden sollte und es nicht ganz geschafft hatte.

Neben ihm saß mit teigig aufgedunsenem Gesicht, in dem zwei kleine Knopfaugen und schnabelförmig vorgewulstete Lippen auffielen, eine korpulente Frau, die sich »Finkel, die Ente«, nannte. Demonstrativ legte sie ihre Hände auf den Tisch, um ihre sechs Finger mit Schwimmhäuten dazwischen zu zeigen. Trank sie aus dem Glas, so reichten ihre Schnabellippen weit über den Glasrand hinaus, und beim Schlucken warf sie jedesmal den Kopf wie eine Ente nach hinten.

Und da saß noch Riso, die Ratte. Ein Geschöpf, das den feuchtkalten Achselhöhlen Satans entkrochen schien, ein schmächtiges, aber agiles Wesen mit rüsselförmigem Gesicht und spitzem Mund, der meist offenstand und zwei überstehende obere Schneidezähne gleich einem Nagetier zeigte. Auffällig waren auch seine zipflig ausgezogenen Ohrmuscheln, mit denen er eine muntere Beweglichkeit vorführte. Um es sich beim Sitzen bequemer zu machen, hatte er einen Reißverschluß hinten an der Hose geöffnet, und hing als Sensation einen wenigstens dreißig Zentimeter langen, sich konisch zuspitzenden, spärlich behaarten Schwanz heraus, der tatsächlich einem Rattenschwanz glich.

Remigius wußte aus der Entwicklungsgeschichte, daß es sich hierbei wohl um die Abnormität eines zum Schwanz entwickelten Steißbeins handeln mußte.

Bescheiden und mitleiderregend saß neben der Ratte Ondula, die Frau ohne Arme mit Riesenbrüsten, die sie hochgebändigt hatte, so daß sie mit der darüber ausgebreiteten Serviette wie ein gedecktes Tischlein aussahen. Sie wurde liebevoll aufmerksam beim Essen und Trinken von ihrem Mann bedient, der mit Künstlernamen Orillo hieß und die relativ bescheidene Abnormität fehlender Ohrmuscheln mit einer mäßigen Schwerhörigkeit aufwies. Ondula und Orillo traten auf Jahrmärkten gemeinsam mit ihrem Haustier auf, das sie nach dem Essen kurz aus dem Hof, wo es angebunden war, hereinholten und vorführten, dem Schaf Liesa mit zwei Köpfen und hübschen Glöckchen um die beiden Hälse.

Schreckend wie ein Totengerippe saß an einem anderen Tisch Mortodio, der Skelettmensch. Er vermittelte den Eindruck eines überhäuteten Skeletts, das nur über ein eben noch für langsame Bewegungen ausreichendes, fast unsichtbares Quantum an Muskulatur verfügte und die Unlust eines erschöpften Schöpfers und eine Parodie eines Menschen, vielleicht auch ein knöchernes Lamento der Impotenz darstellte. Durch seine dünnen Bauchdecken konnte man die Bewegungen des Gedärmes wahrnehmen. Er führte das gelegentlich vor, indem er sein Hemd hochhob und die Bauchpartie zeigte. Das Bierglas umfing er mit den Knochenfingern beider Hände, um es in Zeitlupe an den Skelettmund zu führen. Und obwohl er schon zehnmal getrunken hatte, war das Glas immer noch halbvoll. Alles Zureden beim Essen half nichts. Er hatte kaum mehr als zehn Spätzle hinuntergewürgt und kaute noch an dem ersten Bissen seines Bratens, als die anderen sich schon beim Nachtisch an gebackenen »Nonnenfürzle« und Apfelbrei gütlich taten.

Nach vorne zum Eingang in die Gaststube saßen eine Frau und zwei Männer. Die Frau hatte ihre Haare weit nach hinten gekämmt und zeigte an der freien Stirn seitlich zwei stummelförmige, daumenendgliedgroße Hörner. Es war Kitty, die gehörnte Frau. Da sie auch leicht hervortretende, gutmütige Augen besaß, glich sie einer glücklichen Kuh. Sie unterhielt sich angeregt mit dem neben ihr sitzenden Rechtsanwalt Maulbetsch, einem kleinen rundlichen Männlein mit Spiegelglatze und flinken Äuglein, der wiederholt den ungläubigen Thomas spielte, um die Hörner seiner Nachbarin befühlen zu dürfen.

Wenn man diese beiden nur aus bestimmtem Blickwinkel sah, so lag dies an Roberto Maximo dem Riesen, der die Stuhlreihe nach vorn abschloß. Mit seiner dröhnenden Stimme übernahm er die Funktion einer Tischglocke. Wenn er auf ein Zeichen Tekumses »Ruhe« rief, so zitterten Gläser und Geschirr auf den Tischen und zuckte Risos Rattenschwanz. Remigius mußte trotz der Watte in den Ohren aufpassen, daß er nicht zusammenschrak, wenn Robertos Stimme ertönte. Der zwei Meter zweiunddreißig große Roberto Maximo hatte eine platte, breite Boxernase und Pranken, die nur in eine Sonderanfertigung von Boxhandschuhen paßten. Er trat nämlich im Colosseum als Preisboxer auf und hatte, wie man hörte, noch nie einen Kampf verloren. Befand er sich in Ruhe und Ausgeglichenheit, so wirkte er gutmütig, fast einfältig. Geriet er in Erregung, so wurde er meist unkontrollierbar. Da er sich in der niedrigen Wirtsstube nicht in seiner ganzen Größe aufrichten konnte und stets eine leicht gebückte Haltung einnehmen mußte, war ihm etwas von seiner erschreckenden Größe genommen. Zu Möpsle, der ihn bediente, waren, wohl von Mitleid für den Sehbehinderten getragen, auffallend rücksichtsvoll, ja hilfreich, wenn er ihm ab und zu die Biergläser abnahm und sie am Tisch verteilte. Einmal soll er sogar gesagt haben: »Wenn mer die zwei junge Mensche sieht, wie die aus em Krieg heimkomme sind und jetzt als halbe Krüppel schaffe müsset, no könnet mir mit unsere Macke z'friede sei'.«

Überraschend für Möpsle und Remigius war aber das anscheinend distanzierte Interesse, das ihnen zuteil wurde. Die Monster waren ganz offensichtlich nur mit sich beschäftigt. Nur die drei Liliputaner waren einigemal frech, so, als sie Remigius ihre Bestellung ins Ohr brüllten und als Charly einmal versuchte, Möpsle die Sonnenbrille abzunehmen.

Als Remigius und Möpsle beim Geschirrabräumen nach dem Essen in der Küche einen Augenblick Schnaufpause machten, philosophierte Remigius vor sich hin: »Das Mißgebildete hat wahrscheinlich den Sinn, uns die verschiedenen Möglichkeiten der Schöpfung warnend vor Augen zu führen, die ständige Ankündigung einer Endzeit, die uns droht, wenn wir die Gesetze Gottes und der Natur mißachten und die Menschen schließlich zu spukhaften Wesen werden.«

Möpsle, dem der Schweiß aus allen Poren triefte, philosophierte zurück mit der Bemerkung: »Schweißlos und ohne

Blicke vermögen nur die Götter zu sein. Heilandsack, do hent mir uns auf ebbes ei'glasse.«

Frau Stump, die den beiden die ungewohnte Anstrengung ansah, fühlte sich zur Ermunterung veranlaßt und forderte sie in fürsorglicher Weise auf: »Etz setzet euch no a Weile na, denn jetzt isch ja erscht der Vortrag vom Maulbetsch. Und no kommt de zweit Ronde von dere ufregende Hocketse. No gibt's Brezle und Wei' und wird's erscht schwierig, wenn die Monschter glade hent.«

Und während Möpsle und Remigius mit hängenden Schultern erschöpft vor sich hinstierten, schenkte ihnen Frau Stump »a Viertele Hohehaslacher« ein, der, wie sie meinte, »glei wieder stämmig macht«. Und da sie sich beim Einschenken auch selbst nicht vergaß, sagte sie: »Prositle, die schtudierte Herre.«

»Auf die zweite Runde«, prostete Möpsle.

Remigius seufzte: »Ich krieg bald einen Dullo.«

Schließlich legten beide ihre »Prothesen« ab, um sich ein wenig zu entlasten. Sie glaubten sich ja in der Küche sicher. Als Möpsle aus der Tageszeitung vorlas, kam es zu allmählicher Entspannung. Herr Stump, er sich nun ebenfalls in die Küche zurückzog, um »die Herrschafte« unter sich zu lassen, warnte allerdings vor der Unbesorgtheit mit der Ablage der Sonnenbrille und der Entfernung der Watte aus den Ohren. »Des Völkle isch teilweise verschlage, dene trau i net übern Weg.«

Leider sollte er damit recht behalten. Als Möpsle eben aus dem »Böblinger Boten« vorlas: »Ja so ebbes: In Wimsheim blüht ein Apfelbaum, der schon reife Früchte trägt zum zweitenmal. – Des isch g'wiß au a Monschter«, da ging die Küchentüre auf und Cynthia, begleitet von den Liliputanern, entschuldigte sich: »Oje, ick wollt ma' uf det Örtchen, aber hier is ja dat Jejenteil.«

Obwohl Herr Stump sofort Cynthia entgegeneilte, um ihr den Weg zum Örtchen zu zeigen, hatte der Koloß doch Möpsle mit der Zeitung in der Hand gesehen. Aber schlimmer noch: Lioba, die Liliputanerin, wischte unbemerkt in die Küche und kroch flugs unter den großen Küchentisch. Dort unten zu Füßen von

Möpsle, Remigius und der Wirtin benahm sie sich wie ein ungezogenes, zu hinterlistigen Streichen aufgelegtes Mädchen. Als Möpsle nach einer Weile wieder aus der Zeitung vorzulesen begann und sich entrüstete: »Also so was! Die Schiffer* spinnen doch! Fragen die im Abitur: Welches war der Lieblingswein Ciceros? und: Wie heißt der Sekretär Trumans?« – da zupfte ihn Lioba unterm Tisch an der Hose und krähte herauf: »Ätsch, du bist ja gar nicht blind. Du kannst ja lesen.«

O Schreck! Schon kroch die Minidame unterm Tisch hervor und bemerkte zu alledem noch, wie sich Remigius rasch die Watte in die Ohren stopfte und Möpsle die verbergende Sonnenbrille aufsetzte. Noch ehe sich alle so recht fassen konnten und während Frau Stump entrüstet ausrief: »Ja sowas! Wie kommt des Lumpemenschle do unter de Tisch?«, streckte Lioba an der Türe die Zunge heraus, machte eine lange Nase und verschwand in die Gaststube.

Während man daraufhin in der Küche erregt und zunächst ratlos diskutierte und sich endlich darauf einigte, die bisherigen Rollen weiterzuspielen, wurde in der Gaststube nach dem Vortrag des Advokaten ein langer Disput geführt. Man war sich zwar rasch einig geworden, eine »Interessengemeinschaft Körper-Sensationen« zu bilden und Herrn Rechtsanwalt Maulbetsch mit der Geschäftsführung zu beauftragen. Zu heftigem Streit kam es über die Höhe der Beiträge. Man stritt sich, ob man 30 oder 60 »Neue«, wie man die DM nannte, als Beitrag erheben sollte.

Mitten in einen heftigen Wortwechsel hinein marschierten Herr Stump und seine Kellner mit Brezeln und Weinkrügen auf, und der Wirt erklärte: »Um zwölfe fährt der letzte Bus, und jetzt isch's zehne, und die Herrschafte sottet doch no' die frische Brezle und den süffige Hohehaslacher probiere.« Aller Hader verstummte sogleich und aus allen Ecken kam Zustimmung für diese angenehme Unterbrechung, als der Rotwein eingegossen wurde. Jeder griff nach den Brezeln, es wurde geprostet und der Württemberger Rotwein gelobt.

* Bezeichnung für Lehrer

Nach einiger Zeit kam Roberto Maximo auf die Idee, ein Trinkgeld »für die arme Studente« einzusammeln. Er holte einen Hut vom Haken und ließ ihn kreisen, nachdem er selbst großzügig einen Zehnmarkschein hineingelegt hatte. Cynthia und die Liliputaner wisperten miteinander, und als die Reihe an sie kam, gaben sie den Hut ohne Gabe weiter. Das fiel auf, und Riso, die Ratte, der Cynthia ohnehin nicht ausstehen konnte, moserte in seinem Kölner Dialekt: »Jetz' kann et jeder wisse, dat et Riesenweib un' ihre Kind'gens ihr bisgen Anstand an der Jarderobe abjejeben hon.«

Tekumse fragte Cynthia: »Was soll denn dat nu heißen?«

»Später«, beschied Cynthia kurz und stierte vor sich hin.

Die freche Lioba erklärte: »Später, später packen wir aus.«

»Verdammte Geheimniskrämerei«, brummte Roberto Maximo verdrossen und nahm den Hut, nachdem er herumgereicht war, wieder an sich. Die Stimmung war irgendwie gereizt, und nun fing Tekumse wieder mit der Beitragsfrage an. Dies nutzten Herr Stump und seine Kellner, denen es bei den Äußerungen Cynthias und der Liliputaner heiß geworden war, um sich rasch in die Küche zurückzuziehen. Dort stöhnte Möpsle: »Mein lieber Kokoschinski, jetz' isch aber bald die Kacke am dampfen!«

»Wieso?« widersprach Herr Stump trotzig. »Die sollet doch keine Schwerhörigkeit und keine Sehverminderung erscht amol nachweise.«

Remigius, der das vorgespielte Theater längst bereute, meinte vorwurfsvoll: »Ja, es ist halt so: ehrlich währt am längsten. Das hätte ich wissen müssen. Und so einer will Pfarrer werden.«

»Ha, komm' jetzt«, beschwichtigte ihn Möpsle. »Des war als Spaß vom Herr Stump scho recht g'meint.«

»Der Spaß wird noch teuer«, orakelte Remigius düster und leerte sein Glas mit einem Zug, um seine Sünde hinunterzuspülen.

Plötzlich hörten sie Geschrei in der Gaststube und es tat auch einen Rumpler. Alle sprangen hoch. »Weib, du rufscht glei d'

Polezei, wenn i mit dene Rambas do drin net fertig werd'«, ordnete Herr Stump an und machte Möpsle und Remigius Mut: »Auf geht's. Jetzt müsset mir dene zeige, wo der Bartel da Moscht holt.«

Als sie in die Gaststube stürmten, herrschte dort ein lärmendes Tohuwabohu. Offenbar wirkte der Wein und hatte es Krach gegeben. Tekumse hatte Riso, die Ratte, mitsamt seinem Stuhl zu Boden geschleudert und schleifte ihn an seinem Rattenschwanz am Boden, und die Ratte schrie vor Schmerz. Die anderen waren aufgesprungen und umstanden die Kampfhähne. Als die Ratte schließlich wieder mit einer flinken Wendung auf die Beine kam und Tekumse ihn erneut an der Brust faßte, biß ihn die Ratte in die Finger. Mit einem Schmerzensschrei ließ Tekumse ab und hielt die blutende Hand. Jetzt trat Roberto Maximo zwischen die beiden und hielt Tekumse von erneutem Angriff ab. Herr Stump schrie zornig: »Ruhe! Sonscht hol' i glei d' Polezei!« Alle starrten einen Augenblick auf den Wirt. Aber Roberto, der Riese, war jetzt in Rage, packte den Wirt am Krawättle und donnerte ihn an: »Wenn du d' Polizei holscht, no henk' i dir vorher 's Kreuz aus und laß di uf der Hand schterbe!« Während nun der Wirt zu beschwichtigen suchte, plärrten die Liliputaner: »Bravo, Roberto. Jetzt nimm dir mal die Kellner vor. Der eine kann die Zeitung lesen und der andere das Gras wachsen hören!« Und Cynthia bestätigte: »Det sin' jemeine Schwindler, aber keene Versehrten. Die ha'm keen Groschen Trinkjeld vadient.«

Als Roberto Maximo mit blitzenden Augen Möpsle und Remigius vor sich befahl, versuchte Tekumse ihn zu besänftigen: »Nu laß' ma' die zwee Pimpfe. Du kannst jetzt nix mit ihn' veranstalten.«

»Halt dei' Gosch«, wimmelte ihn Roberto ab und packte beide mit schmerzend hartem Griff an den Handgelenken. »I will jetzt genau wisse: Bisch du halber blind oder schpielscht du uns a Theater vor?« frage er Möpsle, und Remigius nagelte er fest: »Bischt du kriegsversehrt und halber taub, oder hasch' dir bloß Watte in d' Ohre neigschtopft?«

Schon wollte Remigius reumütig ein Geständnis ablegen, als Möpsle trotzig sagte: »Herr Roberto, jetzt bedenken Sie doch, daß wir hier nicht vor Gericht stehen. Sie haben kein Recht, meinen Kollegen und mich festzuhalten.«

Tekumse trat noch einmal hinzu und ermahnte den Riesen erneut, doch keinen Mengenges zu machen und Ruhe zu geben. Gleichzeitig riet auch der Advokat: »Lassen Sie das, Herr Roberto, Sie und wir kriegen nur Ärger.« Da besann sich der Riese: »Wenn ihr älle meinet...« Und er ließ Möpsle und Remigius los und trat zurück.

Alles schien noch einmal gut gegangen zu sein. Doch da packte die rachelüsterne Ratte einen Stuhl und schlug ihn heimtückisch von hinten Tekumse in die Kniekehlen. Tekumse rutschten die Beine weg und stöhnend wälzte er sich am Boden. Jetzt war die Hölle wirklich los. Der riesige Roberto stürzte sich auf die Ratte, um sie für diesen feigen Angriff auf Tekumse zu strafen. Die Ratte jedoch sprang wendig und blitzschnell zur Seite, und der Riese landete mit seinem Hechtsprung über Orillo hinweg auf dem Busen von Ondula, und von dort aus abprallend auf dem Tisch, den er von Gläsern und Brezeln freifegte. Ondula schrie entsetzt und vor Schmerzen auf. Die Transvestiten nahmen währenddessen schnell und geschickt die Ratte in den Schwitzkasten, und nun kamen die Liliputaner und packten und zogen am Schwanz der Ratte. Das wiederum erregte Django, den Haarmenschen, der die Liliputaner einzeln packte und auf Cynthia schleuderte, die ein mächtiges Geschrei erhob. Der Advokat und Kitty bemühten sich um Tekumse am Boden. Als in dem Durcheinander der Wirt und Remigius die Transvestiten von der Ratte trennen wollten, stürmte bereits wieder Tekumse herbei, um mit wilden Faustschlägen auf die Ratte loszulegen. Aber einer seiner Faustschläge traf unbeabsichtigt Remigius unterhalb des Auges ins Gesicht, so daß für ihn die Lichter ausgingen, und er bewußtlos nur mit größter Mühe von Herrn Stump und Möpsle aus dem Getümmel gezogen werden konnte, in das inzwischen auch wieder Roberto Maximo eingriff und blindlings einen nach dem anderen hochzog und mit einem

Schlag niederstreckte, ehe ihm Django einen Stuhl auf den Kopf schlug, und er wie eine gefällte Eiche über den Tisch fiel.

Als die Polizei und das Rote Kreuz endlich das Schlachtfeld sortierten, mußte die Ratte mit doppeltem Kieferbruch in die Spezialklinik nach Tübingen gebracht und mehrere Kampfhähne ins Böblinger Kreiskrankenhaus eingewiesen werden, darunter Remigius mit Gehirnerschütterung und Platzwunde unter dem linken Auge, auch Möpsle zur Wundversorgung auf dem Kopf, weil ihm die giftigen Liliputaner, als Roberto ihn eine Weile im Schwitzkasten hielt, ein Büschel Haare samt einem kleinen Stück Kopfhaut ausgerissen hatten.

Als Remigius mit verpflastertem Gesicht aus Ohnmacht und Erschöpfung zu sich kam, saß Möpsle mit einem Kopfverband bei ihm am Bett und hatte bereits wieder zu seinem Humor gefunden. Er schüttete über sechzig Mark in Münzen und zwei Zehnmarkscheine aus einem zerknitterten Hut vor Remigius auf die Bettdecke. Es war das von den Monsters gesammelte Trinkgeld, das die Polizei sichergestellt und auf Geheiß von Herrn Stump an Möpsle übergeben hatte.

»Jetzt sieht jeder, daß mir unser Geld mit em Kopf verdient hent«, lachte Möpsle, und Remigius ergänzte: »Wir haben das bekommen, was wir verdient haben.« Dann sank er wieder erschöpft in die Kissen.

Stuttgarter Stäffele

Obwohl sie nach dem Debakel bei der Versammlung der Monster eine Woche ausgesetzt und ihre Blessuren gepflegt hatten, sah man zehn Tage später bei Remigius eine frische Narbe am linken Jochbein, und Möpsle verdeckte seine Pflaster auf der Kopfhaut mit einer Baskenmütze. Dieses Abenteuer in Böblingen hatte ihrer Freundschaft vollends jenen unauslöschlichen

Erlebnisbezug verliehen, wie er etwa Kriegskameradschaften auszeichnet, es war so etwas wie eine Feuertaufe ihrer Freundschaft.

Jetzt keuchten sie morgens zum Bopser und zur Weinsteige hoch, rechts und links eine schwere Tasche mit Bohnerwachsdosen am Arm. Da blieb nicht viel Luft für Gespräche. Das Wetter zeichnete viele kleine, klumpige Wölkchen ans Firmament, deren hellgelbe Farbe den Eindruck aufkommen ließ, als hinge der Himmel voller Spätzle. Es fehlte nur noch die Bratensoße.

Der Bopser, eine grüne, parkähnliche Zwischenhöhe auf dem Weg nach Degerloch, war in früheren Zeiten das Entzücken von Spaziergängern und Liebespaaren, für letztere ein Ziel, um dort oben abseits auf einem lauschigen Bänkle im Schutz des Gebüschs der drangvollen Zuneigung alle Formen des Ausdrucks zu gewähren.

Noch unterhalb dieser Höhe trennten sich ihre Wege. Beim kurzen Ausschnaufen bevor es viele Staffeln hochging, stellte Möpsle befriedigt fest: »Ich hab' jetzt schon vierhundert Mark auf der Seite. Und du?«

»Erst dreihundert«, gab Remigius kleinlaut zu. »Aber ich hab' auch schon Geld für zwei Hemden, ein paar Unterhosen und Schuhe ausgeben müssen.«

»Schwarz oder auf Bezugsschein?«

»Auf Bezugsschein«, antwortete Remigius und fuhr fort: »Frag' net, was das für eine Komödie war auf der Bezugsstelle. Wozu brauchet Sie die Schuh? wollte der Sachbearbeiter wissen. Habet Sie Ihr Antragsformular vollständig und wahrheitsgemäß ausgefüllt? Wenn net, dann kommet Se' morge wieder... Jetzt kommet Leut' und wollet zwei Paar Schuh', und vor em Krieg sind se no barfuß g'laufe... Fräulein, wenn Se meinet, es stünd' Ihne was zu, dann irret Se sich. Es steht Ihne zerscht amol zu, daß Sie hier au in Ihrem Zustand anstehet... So ging das.«

»Den sollt' mer em ›Wespennest‹, der neue satirische Zeitschrift, für den von ihr gestifteten ›Wanderpreis für den unerfreulichsten Beamten‹ vorschlage«, meinte Möpsle.

Dann zogen sie los, jeder in Richtung auf eine der zahlreichen Staffeln, die in steilem Anstieg auf die Höhe führten.

Stuttgart ist eine Treppenstadt, eine »Stäffeles-Stadt«. Nur über Stäffele erreicht man die Häuser und Villen ringsum an den grünen Hängen. Man braucht Kondition, eine gute Puste, um die kleinen Wohnidyllen zu erreichen. Das wissen außer den Bewohnern die Hausierer am besten. Die Treppen der Stäffele werden oft zu Stufen des Denkens, der Wiederholung und Variation der Gedanken. Lieblingsmelodien, die im Inneren erklingen, werden dem Rhythmus des Treppensteigens angepaßt. Gedichtverse werden zur Zwangslitanei mit Abzählzwang, wie oft man einen Vers sagen muß, bis man oben angelangt ist.

Ein liederlich Weib aus Cuxhaven
Sprach: Komm laß uns beide flugs schlafen.
Da ging ich halt mit,
Weshalb ich jetzt bitt',
Gott mög' mich nicht für den Jux strafen.

So deklamierte er einen Limerick und wiederholte ihn stumpfsinnig im Takt der Treppen.

Treppen vermitteln einen bestimmten Rhythmus und ordnen Zeit und Raum. Sie lassen die Stäffele zu einer Skala musica werden, zu einem Weg, der Gewicht und Gleichgewicht und Bewegung in Harmonie verwandelt.

Die Anstrengung brachte ihn auf ein seltsames Argument gegen seine Absicht, Pfarrer zu werden. Würde er diesen Beruf ergreifen, so käme dies einer Professionalisierung seiner Einstellung gleich, denn von einem Geistlichen erwartete man all das, was er von sich aus tat. Es wäre doch eigentlich besser, als Durchschnittsmensch zu leben, als einer, dessen Gesinnung man nur an seinem Verhalten so ganz allmählich erkennen würde.

Gestern hatte er eine nervöse, abgespannte Frau beim Holzspalten angetroffen, die bei der schweren Arbeit von ihren um sie herum spielenden Kindern genervt wurde. Es war ständig etwas los mit den Kindern, und es bestand die Gefahr, daß sich die Frau durch die vielen Ablenkungen verletzen könnte. Das

Beil war schon einmal haarscharf neben ihrem Bein vorbeigesaust. Da erbot er sich zu helfen und spaltete zwei Stunden lang das Holz. Er war am Schluß total erschöpft. Als Dank nahm ihm die Frau, eine Kriegerwitwe, zwei Dosen Bohnerwachs ab und bewirtete ihn mit Kaffee und Obstkuchen.

Möpsle, dem er davon berichtet hatte, lächelte nur ohne Kommentar, so daß er ihm gleichsam zur Rechtfertigung nur versichern konnte: »Esel sind halt Esel, aber irgendwie glücklich dabei.«

Ein einziges Haus

Nun war er an einem mehrstöckigen Haus angelangt, das einzige in dieser schmalen Straße, die eher einem Weg glich und als Sackstraße endete. Zwei weitere Häuser daneben hatten die Bomben in Ruinen verwandelt, und mehrere Bäume ringsherum waren zerschmettert und ragten als kahle Stümpfe wie Mahnmale einer klagenden Natur in die Luft. Er stellte vor der Haustüre erst einmal seine schweren Taschen ab, um ein wenig zu verschnaufen. Dabei blickte er auf die Klingeltafel. Jedes der vier Stockwerke hatte rechts und links eine Wohnung. Das war für Hausierer ungünstig, denn häufig äugten die gegenüber Wohnenden durch ihren »Spion« an der Türe, wenn jemand zum Nachbarn kam. Und stellte sich heraus, daß da ein Hausierer vorsprach, so öffneten sie nachher nicht und täuschten Abwesenheit vor.

Im Parterre rechts stand »Professor Hellinger«. Mein Gott, ein Professor. Mit Professorenfrauen war nicht gut Kirschen essen, das wußte er aus einigen Erfahrungen, und er erinnerte sich, daß er von einer Professorenfrau kürzlich bündig beschieden wurde: »An der Haustüre kaufen wir keine Waren. Wir gehen ins Geschäft, wenn wir etwas benötigen.«

Mit banger Erwartung klingelte er. Der Türöffner summte,

und er trat in den Treppenflur. Drei gekachelte Stufen nur, und er stand vor der Wohnungstür, die sich eben öffnete. Ein kleiner, schwarzhaariger Herr um fünfzig mit buschigen Augenbrauen und einem energischen, musternden Blick stand vor ihm. Der Professor selbst. Während Remigius sich vorstellte und sein Sprüchlein aufsagte, musterte ihn der Professor interessiert. Aber er schien nur flüchtig zuzuhören. Ihn interessierte der junge Mann aus einer ganz anderen Perspektive.

»Nehmen Sie einmal Ihre Segeltuchtasche in die Hand und stellen Sie sich so«, er gab genaue Anweisungen, wie sich Remigius zu postieren hatte. Dann betrachtete er ihn kurz und sagte: »Ausgezeichnet! Das suche ich schon lange. Ich bin Kunstprofessor und unterrichte im Portrait- und Aktzeichnen. Kommen Sie herein, ich will Sie zeichnen.«

Remigius fühlte sich überrumpelt und war verlegen. Aber er folgte dem Professor in ein großes Zimmer, das Atelier, in dem eine große Zahl weiblicher Aktbilder herumstand und die Wände zierte.

»Ja, muß ich mich jetzt ausziehen?« fragte Remigius in besorgtem Entgegenkommen.

»Nein, nein«, beruhigte der Professor. »Sie sind so abgemagert und sehen so elend aus, wie ich mir einen Heimkehrer aus russischer Kriegsgefangenschaft vorstelle. Und ich wollte schon immer einmal einen Plenni portraitieren, dessen Gesicht und Figur die Leiden einer langen Gefangenschaft wiedergeben. Keine Angst, ich habe einen alten Wehrmachtsuniformrock und eine Gebirgsjägermütze, die Sie nachher anziehen, und in einer halben Stunde habe ich die Skizze fertig. Ich kann Sie zwar nicht mit Geld entlohnen, aber ich schenk' Ihnen nachher eine Aktskizze, die Ihnen vielleicht ein wenig Freude macht.«

Remigius war einverstanden, und der Professor, offenbar Junggeselle, holte zwei flüchtig gespülte, noch feuchte Tassen und goß Tee ein, den er schon parat hatte. Dann ließ er Remigius über seine Lebenssituation und die Kriegszeit erzählen und hörte gespannt und mit großer Aufmerksamkeit zu. Nach etwa zwanzig Minuten befand er: »Sie sind ein äußerst sympathischer junger Mann, nicht nur vom Äußeren her. Aber jetzt ziehen Sie bitte einmmal die Landserklamotten dort an, damit ich die Arbeit beginnen kann und Sie nicht allzulange von Ihren elenden Pflichten abhalte.«

Elende Pflichten, so hatte er die Hausiererei zutreffend und doch schmerzend genannt, und es schwang Mitleid in seiner Stimme, im Ton mit, so wie er das sagte.

Dann wurde er zurechtgemacht fürs Portrait, an dem offenbar dem Professor so viel gelegen war. Ein zu weiter Uniformrock schlotterte um seinen Oberkörper, und eine gleichfalls zu weite Militärmütze, wie sie die Gebirgsjäger getragen hatten, mußte an den Rändern innen mit Papier unterlegt und gefüttert werden, daß sie einigermaßen Halt auf seinem Kopf finden konnte. Die überstehende, zu große Mütze ließ sein hageres Gesicht noch eingefallener erscheinen als es schon war.

»Gut so«, befand der Professor. »Gut so. Da sieht man indirekt, wie sehr Sie in der Gefangenschaft eingegangen – Entschuldigung, ich wollte sagen –, abgemagert oder meinetwegen geschrumpft sind.«

Remigius fühlte sich elend. Jetzt war er also eine Horrorpuppe. Vorsichtig fragte er: »Genügte es nicht, wenn Sie mich als armen Hausierer konterfeien würden?«

»Nur langsam«, beschied der Professor, »das kommt nachher noch. Erst will ich Sie als Plenni, und dann in einer zweiten Skizze in Ihrer jetzigen Situation, als Heimkehrer ins zivile Elend. Der Rollenwandel, der in Wirklichkeit gar keiner ist – darauf kommt mir's an.« Und schon begann er zu skizzieren und hörte man nur noch das Kratzen seines Zeichenstifts auf dem Papier.

»Jetzt nehmen Sie bitte noch Ihre Segeltuchtasche in die rechte Hand. Ja, die rechte Schulter etwas hängen lassen, um die Schwere und das Gewicht anzudeuten... so, ja..., denn Sie tragen schwer an dem, was Ihnen verblieben ist... Nein, auch wenn Sie lächeln, können Sie Ihre Resignation nicht ganz wegwischen... Das machte Sie mir gleich sympathisch: Dieses Lächeln als letzter Versuch, mit Ihrer geschundenen Seele, mit

Ihrer Urtraurigkeit fertig zu werden... Das hab' ich sofort bemerkt. Nein, nein. Nicht rot werden jetzt. Tauchen Sie wieder zurück in Ihre Melancholie...« Die ruhige Stimme des Professors hatte etwas Hypnotisierendes an sich. »Wissen Sie, das Nackte bei der Aktmalerei bedeutet letztendlich nur Zeitlosigkeit des menschlichen Körpers, Entledigung der Kleidung heißt Beseitigung zeitgebundener Attribute und Hinwendung oder Rückkehr ins urtümliche Sein des Leibes. Wenn ich Sie nun in der Uniform und dann gleich noch in Ihrem Zivilanzug skizziere, so kommt es mir dagegen auf historische Bezüge an.« Nach einiger Zeit, in der sich der Professor in kritischen Selbstanweisungen erging, stellte er mit Befriedigung fest: »So, den Plenni hätten wir, und jetzt machen wir Kostümwechsel. Jetzt kommt der akademische Hausierer dran.« Remigius war erleichtert über den Wechsel zur Gegenwart, denn sein Posieren als Kriegsgefangener hatte etwas Hochstaplerisches an sich. Gewiß war er in französischer Gefangenschaft gewesen, aber die Leiden derer von Stalingrad waren ihm doch erspart geblieben. »Nehmen Sie jetzt bitte beide Taschen zur Hand, so wie Sie vorhin vor mir gestanden sind«, ordnete der Professor an. »Und senken Sie etwas den Kopf, denn Sie sind unsicher, ob Sie das Zeug in den Taschen loswerden.«

Woher er nur wußte, wie stark angeschlagen sein Selbstbewußtsein als Hausierer war? Man sah es ihm also an, daß er sich ständig in überspannter Anstrengung befand, um der im Grunde doch unwürdig erscheinenden Rolle einigermaßen gerecht zu werden.

»Wenn es Sie schlaucht, die beiden schweren Taschen zu tragen, so tut mir das leid, aber ich muß jetzt Ihre Anstrengung sehen und festhalten«, entschuldigte sich der Professor und beeilte sich offenbar, sein begonnenes Werk so rasch wie möglich zu vollbringen. Remigius bewunderte die enorme Sensibilität und Einfühlung des Künstlers. »So, das geht flott voran«, stellte der Professor beruhigend fest. »Können Sie noch stehen?« erkundigte er sich fürsorglich, denn Remigius wurde blaß, und er fühlte, wie ihm das Blut aus dem Gehirn wich.

Endlich war es soweit, und er konnte sich selbst betrachten. Er fand sich auf den Skizzen zwar nicht wirklichkeitsgetreu, weil die verborgenen Leidenszüge allzu betont erschienen, aber er befand vorsichtig: »Das Bild reizt mehr zu intensiver Betrachtung als zu flüchtigem Anblick.«

Der Professor schien diese verborgene Kritik zu überhören und holte ein Blatt mit einem liegenden weiblichen Akt. »Damit möchte ich Ihnen danken, und das Blatt soll Sie an Hellinger erinnern. Gefällt's Ihnen?«

»Sehr gut«, versicherte Remigius, während er den Akt betrachtete. Die dargestellte junge Frau hatte ein schwungvoll geformtes Becken und volle Brüste, sie stützte ihren Kopf auf eine Hand und lag auf einem Diwan. Ihr linker Arm, der in leicht gebeugter Haltung auf ihrem Körper lag, wirkte wie der eingeholte und angelegte Flügel eines Engels, und der rechte Arm, der angewinkelt den Kopf stützte, schien sich auf eigene Art zur Ruhe gelegt zu haben. Die Frau wirkte eher nachdenklich als vom Feuer des Verlangens erhitzt. Sie machte den Eindruck, als hätte sie sich erst die Kleider von der Seele gerissen, ehe sie ihren Leib aus den Kleidern schlüpfen ließ. Und hingestreckt hatte sie zu einem inneren und äußeren Gelöstsein gefunden, sich einer Ordnung überlassen, die sie schon in sich trug und die nun ihren Körper erst in seiner ganzen Schönheit erblühen ließ.

Als er sich vom Professor, der bedauerte, kein Bohnerwachs zu benötigen, verabschiedet hatte – »Ich wünsche Ihnen guten Verkaufserfolg bei den Damen im Hause« –, dachte er, bevor er nebenan klingelte, daran, wo er das Aktbild aufhängen könnte und was wohl die in solchen Dingen etwas engherzig eingestellte Mutter sagen oder denken würde, wenn er dem soeben verdienten Kunstwerk einen Platz an der Wand seiner Schlafecke zuordnen würde.

Das Namensschild kündigte zwei Damen an: »Pauline Ziegler« und »Sieglinde Weidenstock«. Er klingelte. Es rührte sich nichts. Aus den Vornamen schloß er, daß es sich wahrscheinlich um eine ältere und eine jüngere Frauensperson handeln würde.

Er klingelte noch einmal. Drinnen, irgendwo in der Wohnung, wohl in der Küche, fiel etwas Zerbrechliches auf den Boden und zerschellte klirrend. Eine entsetzte Frauenstimme jammerte: »Auch das noch!«

Da öffnete der Kunstprofessor noch einmal die Türe und ermunterte ihn: »Läuten Sie nur etwas länger, denn Frau Ziegler hört schwer.« Noch während sich Remigius bedankte, war der Professor schon wieder verschwunden.

Nun klopfte er dreimal stark und hörte dann schlurfende Schritte nahen, die er Pauline Ziegler zuordnete. Sie war es auch ohne Zweifel, die mit einem fragenden »Ja?« öffnete. Ein weiblicher Koloß in ungewöhnlicher Aufmachung stand vor ihm: Ein mächtiger Turban, den ein vielfach gewundenes weißes Leinentuch von den Augenbrauen hoch hinaufreichen ließ, krönte ein rundes Gesicht, mit altersschlaff hängenden Wangen und blitzenden kleinen Augen, die von herabhängenden Oberlidern überdacht waren. Ihre Korpulenz war von einem rosaroten Morgenmantel umgeben, dessen Maß es schwer hatte, unter dem ächzenden Zwang eines Gürtels eine eben noch schließende Hülle zu bilden.

Da Remigius im geschickten Umgang mit schwerhörigen Menschen die Erfahrung besaß, nur in kurzen, prägnanten Sätzen zu sprechen, faßte er sein sonst ausführliches Sprüchlein in die knappe Aussage zusammen: »Ich bin Student und verkaufe Bohnerwachs.«

Frau Ziegler, die sich leicht zitternd auf einen Stock stützte, war es im Hinblick auf ihre Schwerhörigkeit gewohnt, zur Vergewisserung das Gehörte zu wiederholen, und sagte, indem sie ihre freie Hand wie zu verstärktem Lauschen ans Ohr hielt: »Sie sind am End' und verkaufen Bodenseelachs? Hab' ich Sie da recht verstanden?« Remigius konnte ein Lächeln nicht unterdrücken und wiederholte seinen Satz noch einmal besonders laut. Jetzt lachte Frau Ziegler lauthals und bat ihn in die Wohnung, wo man sich in der nötigen Lautstärke besser verständigen könne. Und da habe sie auch noch ihr Hörrohr parat. »Also so etwas! Versteh' ich mal wieder alles falsch! Ach, ist das schlimm, wenn man nicht mehr so recht hört!« So jammerte sie, als sie ihn ins Wohnzimmer führte, wo mächtige Möbel aus schwarzem Palisanderholz aus der Jugendstilzeit auf einst glanzvolle Zeiten hindeuteten. Auf dem von hochlehnigen Stühlen umgebenen Tisch standen neben einer wassergefüllten Emailleschüssel einige Flaschen mit Essenzen und lag ein langes, schmales Leinentuch, wie sie es als Turban um ihren Kopf geschlungen hatte. Diese Utensilien gaben Anlaß zu einer Erklärung, die Frau Ziegler geboten hielt, ehe sie sich mit dem Begehr des Besuchers befaßte.

»Ach, wissen Sie, ich höre nicht nur schlecht, ich leide auch ständig unter Kopfschmerzen, schon seit Beginn meiner Tätigkeit als Lehrerin, als ich erst achtzehn zählte. Und ich war schon bei hundert Ärzten, und keiner hat mir richtig helfen können. Außer Schmerzmitteln und warmen Fußbädern ist denen nichts eingefallen. Und weil ich ein lediges Fräulein war und geblieben bin, hat mir einer geraten, ich hätte halt heiraten sollen, um meine ›Frauendrüsen‹ in Schwung zu bringen. Also was ich da alles hab' hören müssen…, und schließlich ha'm se mich als ›Kopfwehtante‹ noch lächerlich gemacht.«

Remigius blickte verstohlen auf seine Armbanduhr, denn nun wurde ihm klar, daß Frau Ziegler einen langen Atem hatte und es offenbar mehr schätzte, erzählen zu können als zuzuhören.

»Was studieren Sie denn – doch nicht etwa Medizin?« fragte sie etwas erschrocken.

Aber Remigius hielt es für eine läßliche Sünde, als er ihr in das inzwischen angesetzte Hörrohr, das dem Horn einer Kuh glich, mit lauter Stimme eingab: »Theologie – Pfarrer will ich werden!«

»Gott sei Dank«, seufzte Frau Ziegler. »Da kann ich ja ungeniert reden, weil alles bei Ihnen unters Beichtgeheimnis fällt«, fügte sie triumphierend hinzu, da sie ihrem Mitteilungsdrang nun mit beruhigtem Gewissen alle Schleusen öffnen konnte. Remigius ahnte, daß er nun für seine Halbwahrheit büßen würde, doch sein etwas bedrängtes Gewissen stimmte ihn ergeben.

»Also ich will Sie nit langweile«, erzählte Frau Ziegler mit anklingendem hessischen Dialekt, »aber die Ärzt' habe mich völlig falsch behandelt. Erst der Heilpraktiker Lederle hat mir geholfe. ›Ei, Frau Ziechler‹, hätte er gemeint, ›da hilft doch nur ein Neptunsgürtel.‹ Wissen Se, was das ist?«

Remigius schüttelte den Kopf.

»Das ist ein feuchter Umschlag mit einem Gemisch aus Wasser und Melissengeist; das da, was ich unter mei'm Turban trach'.«

Remigius nickte verständig und blickte heimlich auf die Uhr.

»Seit ich den Neptunsgürtel dreimal am Tach anwend', is es deutlich besser und reg' ich mich viel wenicher über mei' Pflegetochter auf.«

»Frau Weidenstock?«

»Ja, die Siechlinde«, bestätigte die Kopfwehtante und legte gleich eine neue Platte auf: »Also wissen Se, das ist wirklich schad, daß se net da ist, wenn so an scheener und gebildeter junger Mann zu Besuch is wie Sie.«

»Warum?« fragte Remigius eher verlegen als neugierig, doch sollte sich dies rasch ändern.

»Also ich will sie ja net aufhalte, Herr –?«

»Lindwasser«

»Ei gut, Herr Lindwasser. Aber mei' Siechlinde, die is fei auf die Kunsthochschul' gegange und is so eine begabte Künstlerin, ei, das muß isch Ihne nachher noch geschwind zeische, was die für schöne Sache macht. Aber mei' Siechlinde is e komisch Mädsche. Die war oder is noch, besser gesacht, mit auch so einem Künstler verlobt, einem Maler, der schon seit 1943 in Rußland vermißt is. Un' denken Se, das Mädsche guckt doch kein' anere Mann an. Da kann komme, wer will. Und was habe sich bloß scho feine Herre um se bemüht! Sogar ihr Chef bei der Bank, wo se tätich is. Die geht doch abends oder am Wochenend net ums Verrecke aus. ›Ich wart' auf mein' Hugo; was tät der sasche, wenn ich's mit anere Männer hätt'?‹ is immer ihr Red', wenn ich zu ihr sach', sie soll sich doch net so vereinsame. Wissen se, was die gemacht hat?«

Remigius verharrte mit fragendem Blick, denn Frau Ziegler ertappte sich bei dieser Frage bei einer Indiskretion.

»Ei, des darf ich eichentlich ja net sache, weil des ihr Geheimnis is. Aber Sie sin' ja angehender Pfarrer un' sache's niemand.« Sie stand auf und bat ihn mitzukommen. »Das muß ich Ihne zeiche, damit Sie's auch glaube un mein Kummer begreife«, rechtfertigte sie ihre Indiskretion. Sie öffnete die Türe in Sieglindes Zimmer, das einem Künstleratelier glich. Auf dem Fenstersims und einem länglichen Arbeitstisch standen zahlreiche kleinere Skulpturen aus gebranntem Lehm und Gips und gegossenem Metall. Frauengestalten, ebenso Männer von athletischer Figur in allen möglichen Posen, dazwischen ineinander verschlungene Liebende und zwei Portraitskulpturen eines jüngeren Mannes, zu denen Frau Ziegler kurz und bündig erklärte: »Das is er, der vermißte Bräutigam von Siechlinde.«

Aber das Zimmer, dessen Wände mit surrealistischen Bildern in großer Zahl behangen waren, die von ihren phantastischen Motiven her im ersten Augenblick eine faszinierende Verwirrung stifteten, bot darüber hinaus eine schockierende Attraktion, auf die er erst eingehender zu blicken wagte, als Frau Ziegler mit einer Kopfbewegung darauf hinwies und erklärte: »Erschrecken Se net, aber mei' verrückte Siechlinde hat doch tatsächlich ihr'n Hugo in Lebensgröße aus Wachs modelliert un' nebe sisch ins Bett gelecht!«

Und Remigius war tatsächlich erst etwas darüber erschrokken, als er in dem französischen Zweierbett einen mit der Bettdecke bis zum Hals zugedeckten Mann liegen sah, der zu schlafen schien. Er war so naturgetreu mit Gesicht und Haaren nachgebildet, daß man nicht gleich an eine Wachsfigur dachte. »Phantastisch«, konnte er eben noch sagen, da schrillte der penetrante Pfeifton eines Wassertopfes in der Küche, der sogar Frau Ziegler erschreckte, und sie hastete mit der Bemerkung hinaus: »Ei, gucke Sie sich nur um, ich muß mei' Kaffeewasser vom Herd nehme.«

In absichtsloser Neugier, zu der er ja aufgefordert war, ging Remigius zum Bett und betrachtete das Gesicht des schlafenden

Mannes, der mit geschlossenen Augen und entspannten, feinen Gesichtszügen auf dem Rücken dalag. Sein nur leicht geschlossener Mund hatte wohlgeformte, etwas betonte Lippen, und bei näherem Hinsehen bemerkte er, daß sich darauf Spuren vom Rouge eines Lippenstiftes fanden. Da erfaßte ihn plötzlich eine wilde Neugier, den Körper unter der Decke zu sehen. Ob die Künstlerbraut ihn wohl mit dem ganzen Körper so minutiös nachgebildet hatte, wie dies mit dem Kopf und vor allem dem Gesicht der Fall war? Und mit flinker Vorsicht hob er die Bettdecke und erstarrte einen Augenblick, von dem er nachher nicht mehr wußte, ob er nur zwei Sekunden oder länger gedauert hatte. Hugo, der Nachgebildete, war nur mit dem Oberteil eines Schlafanzuges bekleidet. Auch der Unterleib einschließlich der Männlichkeit war naturgetreu nachgebildet. Wie einem ertappten Dieb schoß Remigius das Blut in den Kopf, und er ließ die Decke wieder sinken und konnte sie eben wieder so glätten wie zuvor, als Frau Ziegler hereinschlurfte und sich entschuldigte, sie habe nur den Herd abstellen müssen.

Sie suchte nach einem Anschluß an das Thema mit der Frage: »Na, was sache Sie zu der Verrücktheit von dem Mädsche? Na, wenn Sie erst noch wüßten... Aber es genücht ja schon, was Sie da sehe.« Sie hatte keine Ahnung über das Ausmaß dessen, was Remigius inzwischen gesehen hatte. »Wenn isch bloß ein nette junge Mann wie Sie wüßt'«, fuhr sie fort, »einen, der des Mädel endlisch von ihrem Kult mit dem Hugo wegbrächt. Ei, des hat doch kein' Wert, daß se sisch dauernd bloß mit ihrem Hugo-Ersatz abgibt. Is' es net wahr?«

Remigius war verlegen; denn er empfand das abnorme Verhalten der Sieglinde als recht kompliziert, aber eben nicht nur vom Verstand her zu beurteilen. Und so wich er mit der Feststellung aus: »Sie muß ihren vermißten Hugo doch ganz außergewöhnlich stark lieben. Und sie hofft wohl in ihrer Verwurzelung mit ihm, daß er nicht tot ist, sondern – das gibt es ja häufig – eben doch noch heimkehrt.«

Frau Ziegler, die wohl nur »heimkehrt« so recht verstanden hatte, beharrte auf ihrer Ansicht: »Der noch heimkehren? Schon seit 1943, ei des sin' doch jetzt scho' fünf Jahr', seit der amtlich vermißt is'. Nee, also da glaub' isch net mer dran.«

Remigius spürte, daß er die Kopfwehtante von ihrer Ansicht nicht abbringen konnte und kam daher etwas brüsk auf sein eigenes Anliegen zurück: »Entschuldigen Sie, Frau Ziegler, das ist eine recht komplizierte Sache mit Ihrer Pflegetochter, aber ich muß leider meiner Pflicht nachgehen und Wachs verkaufen.«

Frau Ziegler setzte ihr Hörrohr an und wollte wissen, was das Wachs koste.

»Drei Mark die Dose«, tönte er sanft hinein.

»Ei gut, Sie haben mir so geduldich zugehört, da nehm' ich Ihne eine ab«, entschied sie, wohl ein wenig enttäuscht darüber, daß sie ihr Herz nicht noch mehr ausschütten konnte. »Isch hätt' Sie so gern mit meiner Siechlinde bekannt gemacht«, bedauerte Sie. »Wenn Se abends amol Zeit hätte, tät' ich Sie gern' zum Esse eilade. Ich hab' noch en ganze Hase von mein' Bruder, der Jäscher is. Und isch könnt' mer denke, daß Sie sisch mit der Siechlinde gut unterhalten täten.«

»Wenn ich's einrichten kann, so komm' ich abends noch einmal vorbei«, vertröstete Remigius sie unverbindlich und war schließlich froh, als er sich verabschieden konnte.

Wieder bist du in Privatprobleme hineingezogen worden, klagte er vor sich hin. Es schien ein verratzter Tag zu werden, ein Eseltag, an dem er anscheinend dafür auserkoren war, alle möglichen Suppen auszulöffeln, die sich andere gekocht hatten. Wie kam es nur immer wieder, daß manche Leute so rasches Vertrauen zu ihm entwickelten und ihn in ihre Situation und ihr Begehren hineinzogen? Das mußte jetzt anders werden, noch in diesem Haus.

Als er die Treppe in die erste Etage hochging, machte ihn der Blick auf die Uhr betreten. Fast zwei Stunden war er im Parterre beim Professor und der Kopfwehtante aufgehalten worden und hatte nur eine Dose Bohnerwachs verkauft. Was würde da wieder Möpsle sagen, und an das schäbige Grinsen von Fleischmacher wollte er erst gar nicht denken. Es schien so, als ob er seinem Spottnamen »Blauer Esel« immer wieder aufs neue gerecht würde. Nein, er war einfach nicht der Typ eines Erfolgsmenschen, zumindest nicht als Hausierer.

Rechts las er dann »Ruth Schanz« auf dem Namensschild an der Türe. Er klingelte dreimal vergebens. Nicht zu Hause.

Gegenüber verkündete der Name »Leonore Schievelbein« wieder eine Frau. »Weiberhaus«, bruddelte er, wurde aber plötzlich stutzig: Schievelbein? Leonore? Verdammt! Sollte das nicht vielleicht die Witwe seines 1941 in Taganrog ums Leben gekommenen Kriegskameraden Jörg Schievelbein sein? Es durchfuhr ihn wie ein Stromstoß. Hitze überfiel ihn, und er stand eine ganze Weile wie gelähmt vor der Türe, unfähig zu läuten oder umzukehren.

Blitzartig rollten Bilder einer bestürzend schlimmen Erinnerung vor ihm ab. Der so lustige, heitere Schievelbein, der Frohsinn der Kompanie, und diese Tragik, mit der das Schicksal ihn aus dem Leben holte, noch dazu die abscheuliche Infamie, mit der sein Abgang von der Bühne des Lebens als »Heldentod« bezeichnet wurde, damals im frühen Winter Anfang November 1941 in Taganrog... Ein so dem Leben zugewandter, stets heiterer und humorvoller Mensch wie er, der hatte eben seinen Spaß mit Weibern, oder war es eigentlich nicht umgekehrt? Wenn verborgene Angst, Erschöpfung und Depression die Stimmung drückten, da verstand er es, mit »Thema Nummer eins«, das er in unzähligen Varianten von Abenteuern lustig zu erzählen wußte, die Gemüter wieder aufzuhellen. Er hatte mit seiner ungewöhnlichen Sprachbegabung als Volksschullehrer weit schneller und umfangreicher als alle anderen in der Kompanie Russisch gelernt und fungierte in seiner Kontaktfreudigkeit als Dolmetscher in allen Situationen, besonders auch, wenn es etwas zu »organisieren« galt. Dabei hatte er wirklich ein Herz für die Russen, in besonderem Maße freilich für die Russinnen, deren Vitalität und Lebenstüchtigkeit er in allen Varianten zu preisen verstand. Aber eben dies wurde ihm zum Verhängnis, als er in Taganrog während eines Zwischenaufenthaltes in der Etappe Nadja und Ludmilla kennenlernte, zwei Mädchen, deren verborgene Schönheiten und Qualitäten er in der Kameradenrunde in bestaunenswerter Vielfalt an Details zu schildern wußte. Und sein mitleidvolles Herz für die Hungersnot der Zivilbevölkerung ließ ihn jeden möglichen Abend den beiden Schönen Verpflegung bringen, um in deren Kate am Rande der Stadt eine Art von Verständigung zu feiern, die man als Esperanto der Liebe bezeichnen konnte. Das ging fast zwei Wochen so gut und so schön, daß wir anderen geradezu neidisch wurden. Aber dann explodierte eines Tages eine von Partisanen eingeschmuggelte Bombe in der Stadtkommandantur und zerstörte nicht nur das Gebäude, sondern forderte auch den Tod von über zwanzig Soldaten. Daraufhin schwärmten Feldgendarmen wie die Spürhunde aus, um nach Partisanen zu fahnden. Das wurde Schievelbein zum Verhängnis und zu einer Enttäuschung für ihn, die man nur ahnend nachempfinden konnte. Aus durchgesickerten Schilderungen erfuhr man damals, daß der gute Liebesritter wohl mit Nadja und Ludmilla nach Verzehr von Brot und Schweineschmalz, das sie mit Krimsekt hinuntergespült hatten, vergnüglich in einem zwar von Läusen nicht gerade freien, aber doch wärmenden Bett lag, als ein Trupp von Feldgendarmen auf Befehl des Abwehrdienstes, der Verdacht geschöpft hatte, die Kate umzingelte und zum Verlassen des Hauses mit einem Megaphon aufforderte. Welch eine Überraschung mußte es für Schievelbein gewesen sein, als seine beiden Hübschen aus dem Bett sprangen und unter dem Bett Maschinenpistolen hervorholten und damit an den Fenstern in Schußposition gingen. Und wohl schneller als eine Einwirkung auf die beiden Mädchen möglich war, wurde geschossen. Die Feldgendarmen warfen schließlich Handgranaten und durchsiebten mit Salven aus ihren Gewehren und Maschinenpistolen das kleine Haus so gründlich, bis sie später die beiden Mädchen und zu ihrem Entsetzen auch einen deutschen Landser erschossen vorfanden. Recherchen förderten danach die Erkenntnisse über die tragischen Zusammenhänge zutage und vor allem, daß Kamerad Schievelbein wirklich keine Ahnung davon gehabt hatte, mit Partisaninnen befreundet gewesen zu sein. Und so kam es zu der stereotypen Nachricht, daß er »für Führer, Volk und Vaterland« gefallen sei...

Nein, eine Begegnung mit Schievelbeins Witwe versprach zu viele Probleme. Das wollte er nicht riskieren, obwohl sie ihn vielleicht nur dem Namen nach und möglicherweise aus Bemerkungen in Feldpostbriefen kennen mochte.

Als er sich eben abwenden und eine Treppe höher gehen wollte, öffnete sich die Türe, und es kam ein etwa zehnjähriges Mädchen heraus, dessen Gesicht dem gefallenen Kriegskameraden so sehr glich, daß es keinen Zweifel mehr an der Richtigkeit seiner Vermutung gab. Dem Mädchen war seine Mutter gefolgt, die Remigius durch ein Foto, das ihm sein Kriegskamerad einst gezeigt hatte, in ungefährer Erinnerung hatte. »Also ade, Mutti«, sagte das Mädchen sich verabschiedend, stutzte aber, als es plötzlich vor Remigius stand.

Leonore Schievelbein bemerkte fast gleichzeitig den Mann, der da vor der Türe stand, und nach einem etwas flüchtigen »Mach's gut«, mit dem sie das wegeilende Kind verabschiedete, fragte sie Remigius erstaunt: »Wollten Sie zu mir?«

Nun war es zu spät, einfach weiterzugehen, und er war viel zu gebannt von dieser plötzlichen Begegnung, um sich mit einer Ausflucht wegzustehlen.

Es fiel ihm einfach nichts anderes als sein Sprüchlein ein, das er zu sagen gewohnt war. Dabei mußte etwas Intensives in seinem Blick liegen, mit dem er der noch jungen, blaß und melancholisch aussehenden, dennoch recht hübschen Frau gegenüberstand. Frau Schievelbein, an der ihn große braune, traurig blikkende Augen faszinierten, wirkte unsicher und meinte zunächst: »Ach wissen Sie, es kommen so viele, die etwas verkaufen wollen, und ich bin als Kriegerwitwe nicht in der Lage, immer etwas abzunehmen.« Aber nachdem sie ihn noch einmal eingehend betrachtet hatte, sagte sie anschließend: »Ich weiß nicht – Sie kommen mir irgendwie bekannt vor? Als ob ich Sie schon einmal gesehen hätte...«

Jetzt glaubte es Remigius seiner Aufrichtigkeit schuldig zu sein, sich erkennen geben zu müssen. Und er sagte: »Auch ich meine, Sie zu kennen, denn ich war Kriegskamerad eines Jörg Schievelbein.«

»Jörg«, stieß die Frau erregt aus. »Das ist ja unfaßbar!... Oh bitte, kommen Sie doch herein.«

Und bald saß Remigius im Wohnzimmer, wo er mit Blick auf ein großes Foto seines gefallenen Kameraden einer Flut von Fragen ausgesetzt war. Und um ihn nun für ihre erregten Fragen festzuhalten, servierte Frau Schievelbein einen Tee, mit der Bemerkung, sie habe in dieser schlimmen Zeit nichts anderes im Haus. Remigius war beklommen. Der Krieg, den er vergessen wollte, dessen Erlebnisse ihn manchmal in quälenden Träumen heimsuchten, holte ihn immer wieder ein, so wie jetzt. Und da glücklicherweise das Töchterchen zur Schule gegangen war, konzentrierten sich die Fragen von Frau Schievelbein auf die letzten Tage und den Hergang der Ereignisse, denen ihr Mann damals in Taganrog zum Opfer gefallen war.

Zuvor hatte sie einige Fotos geholt, und auf zweien war Remigius zusammen mit ihrem Mann und einigen weiteren Kameraden festgehalten, wobei Leonore Schievelbein mit unverhüllter Sympathie ergänzte, Jörg habe in seinen Briefen immer wieder hervorgehoben, welch einen feinen, verläßlichen Kameraden er in ihm gefunden habe. Mit dieser Aussage und mit einer zudem noch spürbar konzentrierten Ausstrahlung ihres plötzlich erwachten weiblichen Charmes zwang sie ihn unwillkürlich zu einem inneren Engagement, aus dem er noch keinen Ausweg sah. Vor allem suchte er in Gedanken in fieberhafter Eile nach einer tröstlichen Erklärung der damaligen Ereignisse. Ob er arg habe leiden müssen, wollte sie begreiflicherweise wissen. Es war die quälende Frage von Millionen Müttern und Frauen, denen die Abscheulichkeit des Sterbens ihrer gefallenen Söhne und Männer vorenthalten blieb, sofern nicht überlebende Kameraden berichten konnten. Vor ihm saß eine noch junge Frau, die gewiß seit Jahren mit einer Traurigkeit kämpfte, die sie nicht unter die Leute trug, um sie zu übertönen. Sie mußte wohl ganz für sich damit leben, mit einer Melancholie, die zwar ihre Kräfte nicht aufgezehrt und ihre Seele noch nicht in Düsternis gefangen hatte, die sie aber doch immer wieder in ihren Bann zog und wohl besonders in Stunden der Ermüdung und des Alleinseins eine Depression über sie ausbreitete, der sie sich mit wehmütigen Erinnerungen an ein kurzes, kaum so recht aufgeblühtes Lebensglück hingab. Und nun bot sich ihr vielleicht die Möglichkeit, in der Verarbeitung ihrer Traurigkeit einen Schritt weiterzukommen, ihrer Trauer einen Rang zu geben, der sie nicht ausschloß, aber in jene Distanz brachte, in der sich besser mit ihr umgehen ließ. Er sollte ihr diese Hilfe nun zukommen lassen, das verhieß einen Weg auf schmalem Grat zwischen Irrtum und Wissen, den Versuch zu einer Wahrheit, die nicht tötete, sondern leben ließ. Es mußte Hoffnung als Verlangen nach Zukunft bleiben, und es durfte nicht Krankheit als Ausweg zur Problemlösung entstehen. So ging es Remigius durch den Kopf, als Frau Schievelbein mit der Zubereitung und dem Eingießen des Tees beschäftigt war.

Leonore Schievelbein konnte ihre Erregung nicht so recht beherrschen, doch machte sie einen gebildeten und gewandten Eindruck, als sie in aller Offenheit gestand: »Diese plötzliche Begegnung verwirrt und erfreut mich gleichermaßen, so daß Sie meine Fragen, die aus mir hervorgesprudelt sind, bitte entschuldigen wollen. Ich lebe halt so zurückgezogen und allein mit dem Töchterle und gehe nie aus – ach, ich bin schon ganz menschenscheu geworden.«

»Oh, ich kann das verstehen«, versicherte Remigius, »Jörg war ja ein so prächtiger Mensch, den man wohl nie vergessen kann.«

»War er denn bedrückt, hatte er eine Vorahnung?« wollte sie wissen.

»Nun, weder noch«, begann Remigius seinen Bericht. »Er besaß soviel Humor und ein so heiteres, immer wieder aufgeräumtes Gemüt, daß er in keiner noch so bedrückenden Situation die Zuversicht und seine aufmunternde Vitalität verlor. Und dazu hätte es wahrlich Anlässe genug gegeben, als wir beim Einbruch der Winterkatastrophe 1941 durch die russische Offensive am Don zurückgeworfen wurden und sich das Kriegsglück erstmals zu wenden schien. Wir waren damals in Taganrog am Asowschen Meer eingekreist, und es schien, als kämen wir aus dem Kessel nicht mehr heraus. Aber die Stadt als frontnahe Etappe bot uns wenigstens schützende Quartiere und regelmäßige Verpflegung. Jörg, der wegen seiner guten Russischkenntnisse und seiner einmaligen Begabung, menschlichen Kontakt herzustellen, ständig unterwegs war, Verpflegung und Getränke zu organisieren, eine Tätigkeit, die er im Auftrag der Kompanie stets mit erstaunlichem Erfolg durchführte, kannte bald viele russische Familien und war daher von der Hungersnot der Zivilbevölkerung bedrückt. Gutherzig wie er von Grund auf war, brachte er daher von der reichlichen Militärverpflegung immer wieder Kommißbrot und Schmalz, der einen oder anderen russischen Familie, obwohl dies verboten war. So fanden wir nichts dabei, wenn er an manchen Abenden im Schutz der Dunkelheit Verpflegungsbesuch, wie er es nannte, bei Russen unternahm, ja, wir gaben ihm oft noch die Reste unserer Verpflegung mit. Wir wußten zwar, daß es Partisanen unter der Zivilbevölkerung gab. Aber wer konnte sie schon unterscheiden, vollends, wenn es sich um Frauen handelte? Und siebzig Prozent der verbliebenen Einwohner der Stadt waren Frauen, da die Männer als Soldaten oder Arbeitskräfte von den Russen rekrutiert und fort von zu Hause waren.«

»Und zu Frauen hatte er halt einen Hang, das weiß ich wohl«, warf Leonore Schievelbein mit bitterem Lächeln ein.

»Nun ja«, gab Remigius zu, »wer wie wir Soldaten tagaus tagein nur in Männergesellschaft leben mußte, der freute sich auch mal an einer Begegnung mit sanfter Weiblichkeit, eigentlich eher an ein wenig mütterlicher Fürsorge, die man vielen russischen Frauen mit Hochachtung bescheinigen darf. Ein wenig Freundschaft durch menschliche Begegnung war in solchen schlimmen Zeiten so etwas wie Hoffnung und Trost. Das ging uns allen so. Und wenn sich nun hinter bemitleidenswerten, hungernden Frauen, die für uns abends ein Essen aus unseren Lebensmitteln bereiteten und mit uns gemeinsam aßen, Partisaninnen verbargen, in deren Innerem zwischen persönlicher

Sympathie, Pflichten und Befehlen gewiß ein Konflikt hin- und herwogte, so haben wir das eben nicht wahrgenommen. Ich bin sicher, daß Jörg von ihnen nichts zu befürchten hatte. Aber er konnte eben nicht wissen, daß unser Abwehrdienst und die Feldgendarmerie durch Denunzianten von der Partisanenzugehörigkeit zweier Russinnen, denen Jörg abends Verpflegung brachte, Wind bekommen hatten. Und die Feldgendarmen, die ausrückten, um die beiden Frauen zu verhaften, wußten wiederum nicht, daß Jörg mit ihnen das Abendbrot teilte, als sie anrückten.«

»Jetzt kann ich mir vorstellen, wie es wohl in Wirklichkeit war«, schluchzte Frau Schievelbein. »Seine Gutmütigkeit und sein Leichtsinn...«

»Ja, es war wirklich ein doppeltes Unglück, in das er geraten war«, versicherte Remigius. »Er wurde für seine Fürsorglichkeit schlecht belohnt. Aber höchstwahrscheinlich hatten die beiden Partisaninnen, die ihm kein Leid zufügen wollten, gar keine Möglichkeit mehr, ihn zu warnen oder zu verstecken, denn sie wurden ja von der Feldgendarmerie umzingelt und überrascht. Und er selbst hatte nur eine Pistole, die er dort immer abschnallte und, wie man hörte, nicht benützte.«

Leonore Schievelbein neigte sich nach vorn und vergrub ihr Gesicht zwischen ihren verschränkten Armen auf dem Tisch. Nach einer kurzen Weile hob sie den Kopf und zischte voller Haß: »Fürsorglichkeit!« Dann tauchte sie wieder in ihre Dekkung und schluchzte ein paarmal, ehe sie den Kopf hob und in hellsichtiger Erkenntnis sagte, die keine Täuschung aufkommen ließ: »Für Nadjas und Ludmillas und nicht fürs Vaterland, für uns daheim, hat er –«, und schluchzend sank ihr Kopf wieder auf die Tischplatte.

Remigius war zunächst ratlos und fand es bedrückend peinlich, daß sie ihrem Aufruhr an Gefühlen vor ihm so freien Lauf ließ und ihr Gesicht vergrub. Sein Bericht fand dadurch ein jähes Ende. Er wartete ab, und es gingen ihm viele Gedanken durch den Kopf. Sieben magere Jahre hatten wohl ihr Leben in Dürre verwandelt und Schmerz und Trauer, die ohnehin dicht bei der Lust wohnen, immer mehr ins Viertel unbändigen Verlangens umquartiert. Aus Trauer, die allzulange währt, wird dann oft wilde, leidenschaftliche Lebenslust. Die heftigen Äußerungen, die er hier nun erfahren mußte, ließen es ihn vermuten. Und er hatte, wenn auch ohne Absicht, die Eruption so lange verdrängter Gefühle ausgelöst und war nun der hervorbrechenden Lava ihrer Sehnsüchte ausgesetzt. Vergeblich die Hoffnung, Leonore würde sich nach einer Weile wieder fassen und aufrichten und, nachdem sie sich die Tränen aus dem Gesicht gewischt haben würde, in Distanz zu ihm das Gespräch fortführen. Sie verharrte in ihrer Abgewandtheit, in der sie sich ihm jedoch mit ihren Gefühlen immer mehr näherte. Ihr Atem wurde immer gleichmäßiger, was seinen Verdacht nur noch mehr zu bestätigen schien. Aber wenn er jetzt, was ihm zuvor die Schicklichkeit verboten hatte, auf ihre wohlgeformten Arme und ihre stark behaarten Waden blickte, wenn er sich der nun verborgenen sinnlichen Augenbrauen erinnerte und ihre feingliedrigen Hände und Finger besah, die immer wieder zuckten, so spürte er, daß sich kein ausreichender Widerstand in ihm zu entwickeln vermochte. Der Teufel gab ihm wohl ein, seinen Stuhl an Leonore heranzurücken und so etwas wie einen aufmunternden Trost mit einer Standard-Devise des toten Kameraden zu versuchen. Indem er ihre Schultern und Arme streichelte, sagte er: »Wie sagte doch Jörg immer? Wir sollten die Kraft und den Humor finden, aus der Tragödie des Lebens solange wie nur möglich eine Komödie zu machen.« Ihr Körper zitterte leicht und sie atmete darauf tief, als müsse sie diese ihr geläufige Weisheit zugleich in ihre Seele hineinnehmen und voller Ekel wieder ausblasen. Als er ihre Hände berührte, ergriff sie seine Hand, als ob sie nur darauf gelauert hätte, denn sie schnappte blitzschnell zu. Und sie ließ ihn auch nicht wieder los.

Während sie nun seine Hand noch fester drückte und sie zu küssen begann, versuchte er abzulenken: »Was haben wir doch über ›Schievelbeins Tante‹ gelacht! Das muß ja mit ihrem penetranten Körpergeruch, den sie mit nur wenig Erfolg durch

Naphtha-Einlagen und Lavendel bekämpfte, eine tolle Frau gewesen sein!«

Da wurde Leonore plötzlich von Lachen geschüttelt, richtete sich auf, faßte ihn nun an beiden Händen und sagte vertraulich: »Das hat er dir und den anderen erzählt? Dieser Heiterling und Bluffer! Es gab nie eine solche Tante. Vergessen wir's.«

Als sie nun stürmisch ihre Arme um ihn schlang und jedes weitere Wort mit ihren Lippen erstickte, wurde ihm klar, daß die Sanftheit seines Wesens in der Verstrickung dieser Begegnung zu Schwäche entartet war. Er hatte süße Buße zu gewähren für alles, was Leonore widerfahren war, denn ihr Herz schrie nach Vergeltung für ihre sieben mageren Jahre, für alle Vergnügungen, die ihr Mann selig den Nadjas und Ludmillas geschenkt hatte; für die Soldatenkumpanei, der ihr Mann selig die Geheimnisse ihrer Liebe preisgegeben hatte, um in wollüstigen Phantasien die Schmerzen der Trennung zu lindern; und schließlich hielt sie es für absolut gerecht, daß der Kamerad ihres gefallenen Mannes von dem großen Glück seines Überlebens ihr jenes kleine Scheibchen zuteile, das sie als Sühne für ihre Versagungen und die ersten Schritte in ein neues Leben verlangen durfte.

Als er nach einer langen, erregenden Stunde das Haus endlich verließ, sah er den Kunstprofessor ihm nachblickend am Fenster und vermeinte ein Grinsen in seinem Gesicht zu bemerken.

Die geschäftliche Bilanz war verheerend, denn mit der an Leonore verschenkten Dose Bohnerwachs war der Verdienst von den beiden verkauften wieder aufgebraucht. »Nur ein Haus«, murmelte er in plötzlicher Ernüchterung und überlegte, wie er Möpsle die Geschehnisse der letzten drei Stunden erklären könnte.

Auf dem Hauptbahnhof

Seinen Mißerfolg in dem einzigen Haus, dessen Besuch ihn einen ganzen Vormittag gekostet und außer einer Aktzeichnung und einem unbeabsichtigten Abenteuer nichts eingebracht hatte, hörte Möpsle ohne Äußerung mit einem verständnisvollen Schmunzeln an. Er ahnte, als Remigius ihm ohne Beschönigung von seiner dramatischen Begegnung mit Leonore Schievelbein erzählte, daß so etwas seinem Freund zur Zeit gegen den Strich gehen mußte, nachdem er sich gerade Hals über Kopf in eine Heilsarmistin verliebt hatte. Seine sonst so beherrschte Sinnlichkeit war offenbar vom Verlangen der jungen Frau überrumpelt worden.

Um die triste Stimmung seines Freundes, der das Gesicht eines gefallenen Engels machte, wieder aufzuhellen, erbot sich Möpsle, anderentags die erneute Lieferung von hundert Dosen Bohnerwachs an die fidele Metzgerswitwe zu übernehmen, damit er inzwischen nach seinem Schwarm von der Heilsarmee suchen könne.

So ging Remigius anderentags am Nachmittag auf die Suche nach Sina, wie er in Anlehnung an Asina – Eselin – die schöne Salvistin getauft hatte. Ihren wahren Vornamen kannte er ja nicht. Aber Sina gefiel ihm so gut, daß er von diesem Namen nie mehr abgehen würde.

Wo sollte er sie suchen? Den »Stall voller Esel, dort, wo man ankommt und fortgeht«, wie sie sich rätselhaft über den Ort ausgedrückt hatte, an dem sie zu finden sei, vermutete er im Hauptbahnhof. Dort trafen jeden Tag siebzigtausend Reisende ein, wie er kürzlich in der Zeitung gelesen hatte, und es waren Zehntausende unter ihnen, die noch nicht wußten, ob dies ihre endgültige Ankunft war: Vertriebene aus den deutschen Ostgebieten und Heimkehrer aus der Kriegsgefangenschaft, Menschen, die auf der Suche nach Angehörigen und einer Bleibe waren. Sie alle befanden sich mit ihrem Elend und ihren wenigen verbliebenen Habseligkeiten unterwegs, kamen hier an und wußten meist nicht, ob sie bleiben konnten oder ihre Odyssee ins Ungewisse fortsetzen mußten. Da sie keine Lebensmittelkarten besaßen, waren sie auf Verpflegung durch wohltätige Organisationen angewiesen, die ihre Tätigkeit um die Bahnhofsmission herum konzentrierten.

Dort, so hoffte er, würde er wohl am ehesten seine Sina finden können. Er mußte sie unbedingt treffen, um sie zu einem Spaziergang einzuladen, auf dem er sich ihr dann erklären könnte. Wenn es sein müßte, würde er sogar »die Gestirne vom Himmel holen«, um ihr seine Liebe zu offenbaren, denn sie – das war seine Überzeugung – war für ihn, und er für sie bestimmt.

Er mußte vor den vielen Menschen, die den Eingang zum Hauptbahnhof passierten, immer wieder ausweichen, da es manche im Gegensatz zu ihm eilig hatten. Die Eingangshalle, ja eigentlich der ganze einst von Paul Bonatz konzipierte Bahnhof hatte etwas von der Majestät einer Kathedrale. Dieser einzigartige Bahnhof, den er leidenschaftlich liebte, war so von gegenwärtigem Leben, von geradezu symbolischem Kommen und Gehen, von Abschied und Wiedersehen, von Begegnung und blindem Vorbeigehen, von Sehen und Nichtsehen erfüllt, daß er einem Theater glich, einer quirligen Bühne des Lebens, die zu betreten, und sei es als Komparse, immer wieder aufs neue Vergnügen bereitete. Auch die Bombenschäden konnten dem erhalten gebliebenen mächtigen Bauwerk und vor allem seiner Seele nichts anhaben. Durch die Löcher im Dach regnete es an einigen Stellen herein, so daß sich in der Eingangshalle Pfützen bildeten. Heute aber, am Beginn des September, herrschte sonniges Wetter und fiel Sonnenlicht auf das bunte Durcheinander von ein paar tausend Menschen, die sich hin und her bewegten oder einzeln und gruppenweise herumstanden. Ein gedämpftes Stapfen, Schlurfen, Trippeln und ein immer wieder von grellen Lauten zerschnittenes Brodeln der Stimmen erfüllte die Hallen. Vor den Fahrkartenschaltern drängten sich die Leute, und in einer Ecke wurden Heimkehrer aus der Kriegsgefangenschaft von einer großen Menschenmenge umringt. Leidenschaftliche, meist bittere Bemerkungen begleiteten deren Berichte aus den

Kriegsgefangenenlagern. Andere rannten die Treppen hoch zu ihrem Zug, stießen dann und wann mit gepäckbeladenen Ankömmlingen zusammen, wobei es Schimpfereien und Flüche absetzte. Ein jeder suchte und erkämpfte sich Weg und Bahn, und viele waren dabei nicht gerade zimperlich.

Remigius stieg gemächlich und höflich ausweichend die Treppe hinauf zur Abfahrtshalle, wo ein noch größerer Wirrwarr herrschte. Viele standen und lungerten mit ihrem Gepäck herum. Schwarzhändler boten Zigaretten und andere begehrte Güter an. Die Bahnpolizei und die gefürchtete amerikanische Militärpolizei hatten es schwer, in diesem Durcheinander die Schafe von den Böcken zu unterscheiden.

Plötzlich klopfte ihm jemand auf die Schulter: »Mensch, Migge, grüß dich. Wie geht's dir?« Ein kleiner, hagerer Mann in schwarzem Pfarrersgewand sprach ihn an. Es war der zwei Jahre ältere Schulkamerad Hermann Linsenmaier, der schon 1941 beim Frankreichfeldzug eine schwere Verwundung erlitten, dann katholische Theologie studiert hatte und nun, wie sich in rascher Erzählung des Wichtigsten herausstellte, als Vikar in St. Georg tätig war. Bis zur Abfahrt seines Zuges nach Tübingen, zu dem ihn nun Remigius begleitete, konnten sie sich noch eine kurze Weile unterhalten. Und Remigius erzählte in knapper Weise seine Situation, vor allem von seinem Entschluß, Theologie zu studieren. »Wunderbar«, entgegnete Linsenmaier, »aber da müssen wir unbedingt bald darüber reden, Herr Kollege«, scherzte er herzlich und schlug vor: »Paß auf, am 13. September würde es mir passen, wenn du abends zu mir nach St. Georg kämst. Da ist erst noch eine Chrysostomos-Feier, aber danach könnten wir so richtig miteinander ›schwätze‹ und erzählen, was seither so alles war. Übrigens, zur Namenstagfeier Johannes Chrysostomos bist du natürlich herzlich eingeladen, um sechs Uhr abends.«

Remigius sagte zu und konnte, da Linsenmaier jetzt einsteigen mußte, nur noch andeuten, daß er ihm einiges beichten und ihn um seinen Rat bitten wolle.

»Dann komm' unbedingt, wir werden uns schon verstehen, so

wie früher«, rief ihm Linsenmaier noch zu, bevor der Zug anfuhr.

Remigius winkte noch eine Weile nach und ging dann langsam den Bahnsteig zurück. Er freute sich, diesen verläßlichen alten Schulfreund wiedergefunden zu haben. Gute Erinnerungen stiegen in ihm auf. Hermann Linsenmaier, zwei Klassen über ihm, war ein Superschüler gewesen, besonders in Latein. Und als Remigius einmal wegen einer Erkrankung mit dem Latein in Rückstand geraten war, hatte Hermann Linsenmaier ihn getrimmt und eine Weile bei den Hausaufgaben betreut. Aber die Erinnerung war mehr noch durch eine verläßliche Freundschaft geprägt, die er als der Ältere Remigius in fürsorglicher Weise angedeihen ließ. Er mochte Remigius als »anständigen Kerle« und brachte volles Verständnis für die Komplexe auf, unter denen Remigius wegen seiner bescheidenen Herkunft und den ärmlichen Verhältnissen zu Hause im Vergleich zu den meisten Klassenkameraden damals zu leiden hatte, die in der Mehrzahl Kinder von Akademikern waren und von den Lehrern doch mehr respektiert wurden.

Als er in der Halle an einer Gruppe von Flüchtlingen vorbeikam, die auf und neben ihren Bündeln am Boden kauerten und an der Bauerntracht und den Kopftüchern der Frauen als Vertriebene aus deutschen Siedlungen im Osten zu erkennen waren, fiel ihm eine alte Frau auf, die fürsorglich von einer beruhigend auf sie einredenden Frau mittleren Alters betreut wurde. Alles rannte und schob an dieser Szene vorbei. Er blieb unwillkürlich stehen und hörte jetzt, wie die jüngere Frau die Großmutter beruhigte: »Noch eine Stund', Babuschka, dann sind mer da. Und dann gibt's Tee und Wasser.« Dabei strich sie mit einer Hand besänftigend über die Wangen der alten Frau, als wolle sie die Falten im Gesicht glatt streichen.

»Hat sie denn Durst?« wandte sich Remigius an die Tröstende, indem er sich zu den Frauen hinunterbeugte.

»Ja, sie ißt schon zwei Tage nichts und will immer nur trinken«, antwortete die Frau und seufzte: »Ach, es ist eben einfach zuviel für ihr Alter.« Die Babuschka, wie die Alte als Großmutter angesprochen wurde, blickte Remigius mit matten Augen an, Augen, in denen sich ein Abgrund an Traurigkeit auftat. Sie sprach kein Wort. Sie schluckte nur immer wieder und bewegte dabei ihre Lippen, als hätte sie Flüssigkeit zu sich genommen. Er konnte ihren verzweifelten Blick, der schon zum Erlöschen bereit schien, nicht länger aushalten und versprach: »Warten Sie, ich besorge etwas zum Trinken, dann geht es Ihnen gleich wieder besser.«

Auf seiner Suche nach etwas Trinkbarem stieß er auf zwei Schwarzhändler, die Coca-Cola anboten, die Flasche für zwei Mark. Er zahlte und brachte das belebende Getränk der Babuschka. Sie trank die kleine Flasche ohne abzusetzen leer. Dann ergriff sie seine Hände, küßte sie und ließ sie, so peinlich ihm das auch war, nicht mehr los. Das Coffeingetränk schien ihr augenblicklich wieder Leben zu geben, und während sie »guter Mann, guter Mann« murmelte, drehte sie seine Hände mit den Handflächen nach oben und vertiefte sich in die Muster seiner Handlinien.

»Babuschka kann aus der Hand lesen«, erklärte die jüngere Frau, die sich als ihre Schwiegertochter vorstellte.

Remigius ließ es mit sich geschehen, wobei er in die Hocke ging, um seine Hände für die auf dem Boden sitzende Frau besser verfügbar zu halten. Als die Babuschka nach einer ganzen Weile immer noch in seine Hände starrte, ohne etwas zu sagen, fragte er schließlich neugierig: »Kann man denn da etwas über die Zukunft erfahren?«

Die Babuschka überhörte seine von Ungläubigkeit zeugende Frage. Es dauerte noch eine kleine Weile, bis sie ihn nachdenklich anblickte und ziemlich rätselhaft verkündete: »Es wird bald ein Unglück sein. Sie dürfen aber nicht verzweifeln, wenn das Unglück kommt. Es wird wieder gehen. Und dann kommt großes Glück für Sie, ganz großes. Sie sind ein guter Mensch. Danke, danke.« Dann küßte sie noch einmal seine nun entzifferten Hände und hielt sich danach ihre eigenen dürren Hände vors Gesicht, als wolle sie nun nichts mehr von dieser Welt sehen.

Die jüngere Frau beteuerte, was die Babuschka aus der Hand gelesen habe, sei noch immer eingetroffen. Allerdings würde sie die Konzentration, die sie sich dabei abverlangen müsse, jedesmal sehr erschöpfen. Sie bedankte sich noch einmal, und Remigius ging weiter.

Er war betroffen, wenn er sich auch einzureden versuchte, das sei doch wohl nicht ernst zu nehmen. Welches Unglück könnte ihn in Kürze treffen? Worauf, wenn die Vorhersage stimmte, sollte er sich vorbereiten, gegen was schützen?

Je näher er sich zur Bahnhofsmission durchdrängelte, desto größer wurde der Tumult. Elendsgestalten mit hohlwangigen Gesichtern und schmuddeliger, abgenutzter Kleidung, verschnürte Bündel, unrasierte, sonnengebräunte Männergesichter mit unsteten Augen, Frauen, die unter riesigen Kopftüchern nur Ausschnitte ihres Gesichts preisgaben und ihren Mund immer noch verschlossen hielten, da sie auf ihrer langen Flucht den Mund nicht aufgetan hatten, weil sie um ihre Goldzähne fürchten mußten. Dazu Schweiß- und Ledergeruch und saure Ausdünstungen ungepflegter Körper, die wochenlang nicht aus der Kleidung gekommen waren.

Und dann eine ungeordnete Schlange wartender, hin- und hergestoßener Menschen vor einer Baracke, wo etwas verteilt wurde. Einzelne hielten schmierige, abgegriffene Papiere in der Hand, Bescheinigungen ihres Flüchtlingselends. Ohne Bescheinigung gab es nichts, war man nichts.

Er schob sich vor zur Baracke und wurde dabei von giftigen Blicken und Bemerkungen begleitet. »Ich muß mit dem Personal sprechen«, besänftigte er den Unmut der Wartenden. Und dann ein Schild »Heilsarmee«. Würde sie wohl da sein? Er blickte gespannt und kam endlich in das Innere der Baracke, wo einige Männer und Frauen der Heilsarmee die Hereindrängenden in eine Reihe zu bringen versuchten, während andere Tee, Suppe und Brot austeilten. Im Hintergrund entdeckte er Sina, die mit einer Brotschneidemaschine große Laibe in Scheiben schnitt. Wie gebannt blieb er stehen und sah ihr zu. Sie trug eine Schürze und arbeitete so intensiv, daß sie ihn nicht bemerkte.

Ein paar Strähnen ihres schönen schwarzen Haares hingen ihr in die Stirne. So würde sie später einmal in eigener Küche hantieren, fleißig, geschickt und mit herzigem Eifer. Er konnte ihr gar nicht genug zusehen.

Da kam ein Heilsarmist und bat ihn, sich in der Schlange einzureihen. Als Remigius ihm erklärte, er sei kein Aspirant auf Verpflegung, sondern wolle nur kurz Fräulein Schwegler sprechen, da blickte Sina, als sie ihren Namen hörte, auf und bemerkte Remigius.

Mit freudigem Erstaunen strahlte sie: »Also das hätte ich nicht gedacht, daß Sie mich hier aufsuchen.«

Remigius war verlegen und entschuldigte sich, er störe wohl. Etwas pastoral fügte er dann hinzu: »Wer sucht, der findet auch.«

Eine andere Heilsarmistin übernahm gefällig die Arbeit von Sina, und sie gingen nun in dem engen Raum einen Augenblick zur Seite.

»Ich mußte Sie doch auffinden«, begann er verlegen.

»Ja?« meinte sie, um eine Pause zu überbrücken, und ergänzte: »Das freut mich aber.«

»Ja? Freut Sie's?« wiederholte er schüchtern, faßte sich nun aber ein Herz und sagte mit gedämpfter Stimme: »Ich möcht' Sie gerne zu einer Tasse Kaffee einladen und mit Ihnen plaudern. Wann hätten Sie denn einmal dienstfrei?«

Sie tat einen tiefen Atemzug, der einem befreienden Seufzer gleichkam, und schlug dann spontan vor: »Übermorgen könnte ich nachmittags um vier weg.«

Eine so glatte Zustimmung hatte er nicht erwartet. Seine Freude spülte mit einemmal alle seine Bangigkeit hinweg, und er faßte sie diskret an beiden Händen und versicherte: »Ich bin ganz arg glücklich, daß Sie mir keinen Korb geben. Ach, ich möchte Ihnen ja so viel erzählen. Können wir uns dann übermorgen nachmittags um vier Uhr am besten am Bahnhof hier treffen, am Lebensmittelgeschäft vielleicht?«

»Ja, dann hab' ich's von hier nicht weit«, stimmte sie zu.

Da er sein übermächtiges Glück nicht in Gefahr bringen und

nicht überziehen wollte, brach er das knappe Gespräch mit der Versicherung ab: »Ein glücklicher Esel wird Sie erwarten. Und nochmals Entschuldigung, daß ich hier so hereingebrochen bin.«

Sie lächelte und bestätigte ihm: »Übermorgen um vier nachmittags, ich freu' mich auf den Esel-Treff. Adieu...«

»Bis dann«, verabschiedete sich Remigius und drängte hinaus, wo ihn das Elend der Flüchtlinge umgab. Anders als zuvor war er sich jetzt aber gewiß, daß er nun sogar auch noch ein zufriedener Mensch sein könnte, wenn er sich in der Reihe derer befände, die hier um Brot und Suppe anstanden.

Zimmer 163

Als er abends nach Hause kam, stürzte ihm die Mutter aufgeregt entgegen: »Gut, daß du zeitig heimkommscht. Der Herr Schützenhobel liegt schwerkrank im Marienhospital. Er hat a Telegramm gschickt, du sollscht ihn so bald wie möglich bsuche.«

Die Nachricht wirkte wie eine kalte Dusche auf seine so freudige Beschwingtheit. Er hatte sich vorgenommen, die Mutter in sein neues Herzensglück einzuweihen, vorsichtig und behutsam zwar, wie man ihr eben alle Neuigkeiten nahebringen mußte, aber doch so, daß er seinem Mitteilungsbedürfnis ein wenig Auslauf nach dem so schönen Ereignis gönnen könnte.

Nun war es nichts damit. Obwohl Enno Schützenhobel nur um alsbaldigen Besuch gebeten und nichts über die Art seiner Erkrankung oder den Grund der plötzlichen Klinikeinweisung mitgeteilt hatte, ahnte Remigius, daß wohl ein akuter Herzanfall der Anlaß war. Betroffen und von düsteren Ahnungen befallen, machte er sich nach einem kurzen Imbiß auf den Weg in die Klinik. Die Mutter, die sich schon immer aus der Distanz um

Herrn Schützenhobel mitgesorgt hatte, gab Remigius einen vorsorglich beschafften Blumenstrauß mit. »Sagscht au en Gruß und gute Wünsch' von mir.«

In der Straßenbahn stand er auf dem hinteren Perron eingekeilt unter vielen Fahrgästen. Aber er merkte es kaum, denn er war in Gedanken schon bei Enno Schützenhobel, und dabei fielen ihm wieder die philosophischen Gedanken des Privatgelehrten über die Ursachen von Krankheit ein. »Krank ist alles Unvollkommene«, hatte er in einem seiner Manuskripte geschrieben, »krank ist das, was aus ursprünglicher Vollkommenheit zurückverfiel. Krank ist aber auch, was aus der Unvollkommenheit nicht zur Vollkommenheit finden konnte oder wollte.«

Selbsterfahrung und gründliche Einblicke in das Leben anderer hatten ihn erkennen lassen, daß der Mensch letztlich dann erkrankte, wenn sich seine ursprüngliche Vollkommenheit im Laufe des Lebens durch falsche Lebensweise zur Unvollkommenheit reduzierte oder wenn der Mensch es zu lange versäumte, Vollkommenheit zu wollen, weil die Zerstreuungen des Lebens ihn ablenkten. Im einzelnen konnte das etwa bedeuten, ein gesundes, vollkommenes Organ unbeachtet zu lassen, es nicht zu fordern, so daß es verkümmerte und seine ursprüngliche Vollkommenheit verlor. Und es konnte sein, daß ein schwächliches, unvollkommenes Organ, das durch aufmerksame Hinwendung und Übung zu Vollkommenheit geführt werden wollte, keine Beachtung fand. Ob man die Betrachtung über die tieferen Zusammenhänge von Krankheit und Unvollkommenheit einerseits und Gesundheit und Vollkommenheit andererseits wie hier philosophisch oder auf biologischer Vergleichsebene anging, so blieb doch eine analoge Konsequenz. Dies war eine von vielen Denkanregungen, die er von Enno Schützenhobel empfangen hatte. Die Begegnung und Freundschaft mit Enno Schützenhobel war wie eine Gnade des Himmels zu ihm und über ihn gekommen, um ihn in neue und weitere Sphären der Einsicht hineinwachsen zu lassen.

Er kam zum Eingang der Klinik. »Innere Klinik, zweiter

Stock, Zimmer 163«, wies ihn der Pförtner ein und hatte keine Einwände gegen seinen Abendbesuch.

Auf dem langen Flur, der zum Zimmer 163 führte, begegnete ihm eine Ordensschwester und eine Schwesternschülerin, die behutsam ein fahrbares Gestänge mit daran befestigter Infusionsflasche schoben und in eines der Zimmer eintraten. Ob es die Stationsschwester war und er sich vielleicht bei ihr hätte erkundigen sollen? Aber er war ganz in seine Gedanken verloren und eben mit der Mystifizierung der Zimmernummer 163 beschäftigt. Die Eins, die göttliche Eins am Anfang, und die gleichfalls göttliche Drei am Ende als Symbol der Überwindung, der Ent-zwei-ung und daher der Vollkommenheit. Und in der Mitte die Sechs als klassische Zahl der Mitte, der Vereinigung des Männlichen mit dem Weiblichen – wie mochte sich das reimen? Alle drei Ziffern deuteten auf Vollendung eines göttlichen Wirkens hin.

Als er auf die Tür von Zimmer 163 zuging, traten zwei Frauen mit auffallend großen Taschen heraus, in denen sie wohl ihre Mitbringsel geschleppt hatten, dem Umfang der Taschen nach wohl Proviant für eine Woche. Die eine tuschelte, nachdem sie die Tür hinter sich geschlossen hatte: »Oje, der hört au 's nägscht Jahr de Kuckuck nemme schreie«, worauf die andere indirekt bestätigte: »Da isch ja unser Gottlob no viel besser dra'.«

Als Remigius gerade das Zimmer betreten wollte, fragte ihn eine der Frauen neugierig: »Wollet Se a Bsüchle beim Herr Schützehobel mache? Der liegt da drin bei unserem Döde; 's steht aber anscheinend net so gut mit ihm. Gucket Se no nei, er ischt no wach.«

Remigius bedankte sich und klopfte schwach an, ehe er dann gleich eintrat. Es war ein Zweibettzimmer, und gleich im vorderen Bett lag Enno Schützenhobel, nein, er saß eher mit ziemlich aufrechtem Oberkörper, wie man Patienten mit Atemnot zu lagern pflegt. Er war an eine Infusion angeschlossen und hatte einen Sauerstoffkatheter durch die Nase eingeführt. Sein Atem ging ruhig, aber stark. Nur mit einem geringen Kopfnicken und einer Augenbewegung vermochte er den Gruß von Remigius zu beantworten, der ans Bett herantrat und am freien Arm ihm die Hand drückte und dann den Puls fühlte. Der Puls war schnell und unregelmäßig durch Extrasystolen.* Das Herz schlug also unrhyhthmisch und in seiner unergiebigen Kraft zu schnell.

Schützenhobel sah mit einem Blick aus fernen Tiefen zu ihm auf und sagte mit dünner, brüchiger Stimme: »Schön, daß Sie da sind... Es geht bald zu Ende...«

»Psst!« wehrte Remigius ab. Er solle lieber nicht viel sprechen. Obwohl das Fenster geöffnet war, herrschte eine drükkende Schwüle im Zimmer, und dem Schwerkranken stand der Schweiß auf der Stirn. Remigius wischte ihm mit einem Taschentuch, auf das er Kölnischwasser geträufelt hatte, Stirn und Gesicht ab. Das tat gut.

Nach einer Weile begann er wieder zu sprechen und Remigius um einen Gefallen zu bitten. Sein schwaches, flackerndes Sprechen glich einem Kerzenlicht im sanften Luftzug der Nacht, einem unsteten, bedrohten Licht, mit dem er sich mühte, ihm nahezukommen.

»Würden Sie sich um meine Kakteen kümmern? Sie stammen direkt aus Brasilien... Sie mögen nicht viel Feuchtigkeit, dürfen aber auch nicht austrocknen... Die Putzfrau versteht das nicht... Sie müssen es immer warm haben, besonders Echinocactus erinaceus... Danke!«

Nach einer Pause: »Noch eine große Bitte...« Er zeigte mit einer Kopfneigung auf die Schublade seines Nachttischs. »Da drin im Buch von Seneca liegt ein Zettel... Ich hab' aufgeschrieben, was ich für eine Anzeige will, wenn's vorbei ist... Erledigen Sie das?«

Remigius drückte ihm zustimmend und mit Kopfnicken die Hand.

»Und dort ist auch eine Bankvollmacht... damit Sie alles für mich erledigen können... die Kosten und so... nachher...«

* Vorzeitiges Zusammenziehen des Herzens innerhalb der normalen Herzschlagfolge (med.)

Remigius nickte nur, denn er besaß in diesem Augenblick keine Stimme mehr und mußte sich die Augen wischen.

»Nur nicht aufregen, junger Freund... Es geht mir doch bald gut«, mußte Schützenhobel ihn trösten. »Wenn es soweit ist, gehen Sie in meine Bibliothek... Bitte gut merken: In der viertoberen Reihe ganz links an der großen Bibliothekswand... da steht ein Foliant...«, er mußte aussetzen und erst wieder eine Weile schnaufen.»›Die sibyllinischen Orakel‹... da drin finden Sie etwas, was Sie gut brauchen können... Ich hab's nimmer nötig... ›Die sibyllinischen Orakel‹, viertobere Reihe links... wer's nicht weiß, wird's unter viertausend Bänden nicht finden...«

Das klang so geheimnisvoll wie ein Orakel selbst. Aber ehe Remigius in seiner Befangenheit etwas sagen konnte, fuhr Schützenhobel fort: »Alles andere weiß mein Notar und Anwalt Dr. Uhlmann... Es ist alles geregelt...«

»Machen Sie jetzt lieber eine Pause«, riet Remigius.

Schützenhobel ließ den Kopf zurücksinken und Remigius bettete ihn zurecht. Dann flüsterte Schützenhobel: »Es stirbt sich mit einem kranken Herzen nicht so leicht... die Luftnot verwirrt... kein stilles Denken möglich...«

Er war jetzt am Ende seiner Kraft angelangt, und Remigius fragte nur noch, ob er vielleicht die Nacht hier an seinem Bett bleiben solle. Schützenhobel dankte, schüttelte aber den Kopf: »Besser, Sie kommen morgen wieder... Adieu, lieber Remigius...« Dabei drückte er ihm fest die Hand. Es war zum erstenmal, daß er ihn mit dem Vornamen angesprochen hatte. Remigius ruhte eine Weile mit festem Blick in den Augen seines Freundes, der ihm, wenn es die Kräfte zugelassen hätten, noch so vieles hätte sagen mögen.

»Ich bin in Gedanken und im Gebet ganz bei Ihnen«, versicherte Remigius. »Alles, alles Gute bis morgen.«

Schützenhobel lächelte schwach: »Bis morgen.«

Der Mann im Nebenbett, der sich nach der Begrüßung taktvoll abgewandt hatte, versicherte beim Abschied: »I werd' scho ufpasse, send Se no beruhigt.«

Draußen auf dem Flur war der Stationsarzt im Anmarsch. Remigius bat ihn um Auskunft.

»A la longue besteht wenig Hoffnung. Er nimmt schon seit Jahren Digitalis in höherer Dosis. Diese Karte ist bei ihm leider ziemlich ausgereizt. Sie studieren Medizin?«

»Ja.«

»Besuchen Sie ihn halt jeden Tag, wie er es wünscht. Er spricht immer wieder von Ihnen.«

In der Straßenbahn auf der Heimfahrt hing er seinen Gedanken nach. Enno Schützenhobel schien von Geheimnissen eines Lebens umgeben, von dem er nur einige Daten kannte. Seltsam hatte ihn schon öfter berührt, daß es Enno Schützenhobel offenbar nie an Geld mangelte. Er besaß ja auch noch die brasilianische Staatsangehörigkeit neben der deutschen, und über Mittelsleute in der Schweiz hatte er nach seinen Äußerungen auch schon während des Krieges immer wieder Post von seinem Bruder in Brasilien erhalten. Wenn Remigius etwas in der Stadt für ihn zu besorgen hatte, so gab er ihm jedesmal soviel Bares mit, wie er es niemals benötigte.

Die Kakteen, die aus Brasilien stammten, mochten ihn wohl mit ihrer Blütenschönheit und ihrem Formenreichtum an Brasilien und sein dortiges Elternhaus erinnern.

»Die Liebe der meisten Menschen«, hatte er einmal bedeutungsvoll ausgesprochen, »ist nur eigensüchtiges Interesse, denn sie bezieht sich auf die Eigenschaften des Menschen, nicht auf ihn selbst. Geht die geliebte Eigenschaft oder der Besitz eines Menschen zugrunde – Schönheit, Wissen, Einfluß –, so endet auch die Liebe.«

Das war sicher eine bittere Erkenntnis, nach deren Formulierung er damals lange geschwiegen hatte.

Seine Gedankenabläufe wurden dann aber plötzlich von vordergründiger Neugier erfaßt. Was mochte es wohl mit dem Folianten in der Bibliothek auf sich haben? Würde er dort Hinweise auf die Rätsel seines Lebens finden? O Gott, welch ein seltsamer Zufall, der ihn so intensiv in die letzten Tage dieses außergewöhnlichen Mannes eingewoben hatte!

Und nun – das hob seine gedrückte Stimmung wieder empor – würde ihn bald das Glück mit Sina erwarten. Er hatte sie wie in einem Traum gefunden, seine andere Hälfte, deren Wesen und Persönlichkeit ihm zum Ganzen seines Lebens immer noch gefehlt hatte. Sie würde den Schlüssel für alle zukünftigen Entscheidungen seines Lebens besitzen, das fühlte er. Und in dieser beseligenden Gewißheit, die ihn in der Kraft eines großen Hoffens hielt, vermochte er seine Gefühle zu meistern.

Das Unglück läßt auf sich warten

Botnang, die im Wald eingebettete Stadtregion oben hinter dem Westen, war nicht ganz so zerstört wie die Innenstadt. Hier gab es noch viele erhalten gebliebene oder nur teilbeschädigte Häuser, so daß die Bodenpflege ein Thema war! Möpsle und Remigius erlebten daher einen erfolgreichen Tag. Das war gut so nach dem Mißerfolg auf dem Bopser. Schon um ein Uhr mittags mußten sie neue Ware bei Fleischmacher holen, was dieser mit dem spöttischen Lob quittierte: »Dat is ja kaum zu fassen.« Da er um diese Zeit im »Gefechtsstand« der Gaststätte schon ziemlich »voll« war, spottete Möpsle auf dem Rückweg nach Botnang: »So, wie der Sünder Adam am Apfel und der Weise Anakreon an Traubenkernen erstickte, so ersäuft unser Fleischmacher eines Tages im Doppelkorn.«

Wieder oben in Botnang, trennten sich ihre Wege, und sie verabredeten sich auf zwei Stunden später, um etwas früher Feierabend zu machen. »Und keine Extras heute«, ermahnte Möpsle mit vielsagendem Schmunzeln.

In drei Häusern lief es bei Remigius so gut wie am Vormittag; er setzte nahezu mühelos sechs Dosen ab. Das prophezeite »Unglück« schien auf sich warten zu lassen. Er dachte zwar auf seinen Wegen an die Weissagung der alten Frau auf dem

Hauptbahnhof, aber nun, angesichts des heutigen Verkaufserfolges, befand er sich wieder in einer angenehmen Ausgeglichenheit.

Er ging auf ein herrschaftlich wirkendes Haus mit zwei Stockwerken und schön geschwungenem Walmdach zu, das in einem größeren Ziergarten stand. Ein paar Edeltannen wirkten wie düstere Wächter, und eine riesige Trauerweide verbreitete Elegie. Das Eingangstor war offen, weil der allgegenwärtige Rost wohl anscheinend das Schließen der Tür unmöglich machte. Drei Namen unter den Klingeln am Hauseingang ließen auf eine vollzählige Belegung des Hauses schließen. Bei der Parterre-Klingel stand »Auguste Bronner«. Er klingelte. Es dauerte, obwohl er eine klägliche Stimme zu vernehmen meinte. Dann summte der Türöffner, und er trat in ein großräumiges Treppenhaus, stieg drei Stufen empor zum Eingang der Parterre-Wohnung, wo eine sehr alte, gepflegte Dame in heftiger Erregung erschien und mit einem Seufzer der Erleichterung sagte: »Ach, endlich kommt ein Mensch, ich bin so verzweifelt.« Und sie hielt ihre rechte Hand geschützt mit der Linken und stöhnte vor Schmerzen: »Ich bin eben gestürzt und habe mein Handgelenk verletzt. Und niemand ist da. Wer sind Sie denn? Könnten Sie mir helfen?«

Remigius stellte sich vor und versicherte beruhigend, er sei Medizinstudent und im Krieg Sanitäter gewesen, er wolle sich die Verletzung erst einmal ansehen.

»Ah, Sie studieren Medizin«, strahlte Frau Bronner und fügte erleichtert hinzu: »Ich glaub', der Himmel hat Sie in diesem Augenblick zu mir geschickt. Ich kann ja nicht einmal telefonieren.«

Remigius trat in den düsteren Flur der Wohnung, der von einer Lampe in gedämpftes Licht getaucht war. Ein Lampenweibchen, die herrliche Holzschnitzerei einer sirenenhaft gestalteten Frauenfigur mit Fischleib, gab der Laterne eine imposante Lebendigkeit. An den Wänden bemerkte er im matten Licht große Ölportraits von Herren und Damen in Kostümen der Barockzeit.

Aber zunächst untersuchte er das verletzte Handgelenk der alten Dame, das sie ergeben und mit gespannter Erwartung in seine stützenden und vorsichtig tastenden Hände legte. Er ließ das stark angeschwollene Handgelenk vorsichtig beugen und strecken und versicherte dann: »Es ist wohl nur eine schwere Verstauchung und Bänderverletzung. Gebrochen scheint Gott sei Dank nichts. Wenn Sie vielleicht eine elastische Binde im Haus hätten, würde ich Ihnen einen Verband anlegen.«

»Ach, bin ich jetzt aber glücklich, daß nichts gebrochen ist«, versicherte die Dame und fügte hinzu: »Wissen Sie, mit zweiundachtzig Jahren ist man halt so ungeschickt, und ich hab' mich eben über eine Nachricht so schlimm aufgeregt, daß ich dann über den Teppichrand gestolpert und hingestürzt bin.«

Sie führte ihn nun ins Badezimmer, wo in einem Sanitätskasten reichlich Binden vorhanden waren, und er fertigte mit großer Sorgfalt einen feuchten Verband und eine Schlinge an, in die sie den verletzten Unterarm einlegen konnte.

»So, das hätten wir. Tut's noch arg weh?« erkundigte er sich und fühlte sich dabei wie ein Arzt nach gelungener Operation.

»Sie haben mich so vorzüglich behandelt wie ein Arzt, jetzt kann ich den Schmerz schon gut aushalten. Und wenn wir beide uns jetzt noch ein wenig im Salon setzen, ein Likörchen trinken und plaudern könnten, wär' ich bestimmt auch gleich wieder beruhigt und in Ordnung.«

Remigius nahm dankend an, und die alte Dame öffnete mit der Linken die Tür zum Salon, einem Raum, der diese gehobene Bezeichnung fürwahr verdiente. Es war ein herrschaftliches Zimmer in seinen Ausmaßen, vor allem aber durch sein an ein Museum erinnerndes Interieur mit kostbaren Barockmöbeln, Uhren, Porzellan und Bildern im Stil des 18. Jahrhunderts, ein Traum von Wohnkultur aus jener Zeit. Nun fand er auch Zeit, die alte Dame eingehender zu betrachten. Sie trug ein langes dunkelblaues Seidenbrokatkleid, das über der Brust von einer Brosche geschmückt war, in deren Mitte ein Skarabäus von funkelnden Rubinen umgeben war. Während sie am rechten Ringfinger als Zeichen ihrer Witwenschaft zwei Eheringe trug, zierte den linken Ringfinger eine antike karmesinrote Gemme.

Sie kleide sich immer wie zum Ausgehen, erklärte sie auf seine ihr nicht entgangenen bewundernden Blicke, denn jeder Tag, den sie noch zu leben habe, sei ein festlicher Tag. Das hohe Alter hatte sie dank der kultivierten Pflege, die sie sich in allem angedeihen ließ, in jener Schönheit erhalten, die auch alten Menschen zukommt. Und zudem strahlte sie ein nobles, vergeistigtes Wesen aus in ihrer Haltung und in allem, was sie sagte. Ein breites, jedoch harmonisch gegliedertes Gesicht mit etwas wehmütig und entrückt blickenden Augen sah ihn an. Eine etwas stämmige Figur wirkte bei ihrer Größe stattlich. Die bläulichen Lippen und ein schwerer Atem ließen auf altersbedingte Herzschwäche schließen.

Sie stammte aus Greifswald, wie sie erzählte, sprach aber sehr exakt nach der Schrift. »Wissen Sie«, erklärte Sie nun, »da ich schon lange unter hohem Blutdruck leide und keinen Kaffee vertrage, habe ich nachmittags immer mit meinem Mann ein Likörchen getrunken. Und mein Mann, der ein echter Schwabe und Gymnasialprofessor war, hat mich nach dem Mittagsschlaf immer gefragt: ›Auguschte, jetzt isch's Zeit für a Likörle, hoscht ebes Gscheits im Schrank?‹«

Es war köstlich, wie sie das ihr sonst nicht geläufige Schwäbisch nachahmte und dabei in seligen Erinnerungen schwelgte.

Sie bat ihn, ihr beim Öffnen der reich verzierten Barockvitrine und beim Herausnehmen der kostbar geschliffenen Likörgläser aus böhmischem Kristall behilflich zu sein, und voll Bewunderung nahm er die wunderbaren Gläser vorsichtig aus der Vitrine heraus.

Nachdem er auf ihre Bitte hin aromatisch duftenden Zimtlikör eingeschenkt und sie sich vor einem verzierten Tischchen niedergesetzt hatten, bat sie ihn, etwas von sich zu erzählen. Die alte Dame lehnte sich in ihrem Sessel zurück und lauschte mit halb geschlossenen Augen.

Er begann vordergründig mit seinen derzeitigen Umständen und der Erklärung, weshalb er hausieren ginge, um dann über seine Kriegserfahrungen zu allgemeinen Lebensansichten zu gelangen.

Die Dame warf nur gelegentlich zustimmend ein »Schön«, oder »Da kann ich Sie verstehen« ein, womit sie ihm ihre Aufmerksamkeit signalisierte.

Unterdessen verfing sich sein Blick immer wieder an der Brosche, an dem von Rubinen umfunkelten Skarabäus, der in ihm die Vision entstehen ließ, daß ihm die Fügung seines Schicksals wieder einmal die Begegnung mit einer alten Frau zugewiesen hätte, jetzt, wo er sich in einem entscheidenden Augenblick seines Lebens befand. Als Kind war es die Großmutter, die noch ihre Bauerntracht mit mehrfachen riesigen Röcken trug und ihm in deren hüllenden Überfluß Schutz gewährte. In Rußland war eine erblindete alte Frau, die sein Gesicht mit ihren dürren Händen abtastete und ihm dann tröstend verhieß, er werde wieder heimkehren dürfen. Gestern war es die Babuschka auf dem Hauptbahnhof, die ihm aus den Händen las und erst ein kleines Unglück und danach ein großes Glück prophezeite. Und nun diese alte Dame von so feiner, gebildeter Wesensart – was würde sie für ihn bedeuten?

Unter all den Gemälden an der Wand zog ihn immer wieder eine Darstellung des Heiligen Sebastian an, dessen muskulöser, schöner, leichenblasser Körper sich, von Pfeilen durchbohrt, in Fesseln an einem Baumstumpf wand. Sein Gesicht hatte das Martyrium schon überwunden und blickte in beseligter Erlösung auf einen barocken Kinderengel, der ihm – vom Himmel gesandt – die Pfeile aus dem Körper zog. Sebastian und sein Martyrium schienen ihm symbolisch für Menschen, die mit ihrem Bekenntnis auf Unverständnis und Ablehnung stießen und dann von Pfeilen der Kritik und der Verleumdung durchbohrt wurden.

Die alte Dame, die das nun einsetzende Schweigen nicht gleich zu bemerken schien, knüpfte erst nach einer Weile an seinen Lebensbericht an: »Wie der Krieg ein so junges Leben aus der Bahn reißt und doch nicht zerstören kann«, sagte sie nachdenklich. »Mitten in allem Bösen wächst auch das Gute. Und wer sich um das Gute müht, der wird zum Sebastian. Es ist wohl kein Zufall, daß Sie dieses Bild so anspricht.«

Remigius wich in die Frage aus: »Haben Sie Kinder?«

»Ja. Aber unsere Tochter und ihr Mann sind in Rostock beim Fliegerangriff ums Leben gekommen. Ihr Sohn, mein Enkel, hat eine spinale Kinderlähmung, und war bei uns, sonst wäre er auch umgekommen. Er hat inzwischen geheiratet und wohnt mit seiner Frau, mit der ich mich nicht verstehe, hier im Haus einen Stock über mir. Wahrscheinlich hat er sich wegen seiner körperlichen Behinderung von der frömmelnden, aber bösen Frau unterkriegen lassen. Auf ihr Betreiben soll ich ihnen nun das Haus überschreiben und das mietfreie Wohnrecht auf den Rest meiner Lebenszeit behalten. Die Habgier dieser Person kreist wie ein Geier über meinen alten Tagen. Sie lebt in Sorge, ich könnte etwas verschenken oder das Haus der Kirche vermachen.«

Nach einigen tiefen Atemzügen entlud sich ihr Zorn weiter: »Wenn sie ein gutes Gewissen hätte, würde sie sich nicht nach jeder Begegnung mit mir die Hände waschen.«

»Die Aufregung ist für Ihre Gesundheit nicht gut«, bedauerte er.

»Aber ich unterschreibe diesen von einem Advokaten aufgesetzten Vertrag nicht«, fuhr die alte Dame aufgebracht fort und klagte: »Ach, wenn das mein Mann wüßte. Er würde sich im Grab umdrehen...« Sie wischte sich mit zitternder Hand ein paar Tränen aus dem Gesicht und faßte sich dann: »Entschuldigen Sie, wenn ich mich so errege, aber ich kann mich sonst ja nur mit dem Pfarrer aussprechen, bei meinem Hausarzt muß ich vorsichtig sein, denn der ist mit den Jungen befreundet.«

»Demnach gehört er nicht zu den Engeln, die dem heiligen Sebastian die Pfeile aus den Wunden ziehen«, sagte Remigius, der immer wieder auf das Bild des Heiligen blickte.

Sie ging auf diese Ablenkung dankbar ein und lächelte schließlich: »Dafür hat mir der Himmel heute Sie geschickt, und das freut und tröstet mich mehr als Sie wohl ahnen. Gefällt

Ihnen denn das Bild so sehr, weil Sie es immer wieder ansehen? Es ist von Experten der Schule des van Dyck zugeschrieben, wofür eigentlich alles spricht.«

»Ja, an van Dyck habe ich auch schon gedacht«, versicherte Remigius. »Aber egal, von welchem großen Künstler es auch ist, es faßt ein ganzes Schicksal so großartig in diesem Symbol zusammen, daß man einfach ins Meditieren kommt.«

Nun richtete sich die alte Dame in ihrem Sessel auf und blickte ihn seltsam durchdringend wie ein Engel der Verkündigung mit verklärtem Gesicht an. Nach einer achtunggebietenden Verzögerung, die sie ihrem Sprechen vorangehen ließ, sagte sie, langsam und gedehnt: »Wissen Sie was? Ich schenke Ihnen das Bild. Es soll mein Dank nicht nur für Ihre Hilfe, mehr noch für die schöne Begegnung sein, mit der mich der Himmel heute gesegnet hat.«

Remigius wurde es schwindelig, Schweiß trat ihm auf die Stirn, und seine feuchten Hände hielten sich an den Sessellehnen fest. Dann aber brachen alle Einwände gegen eine solche das Maß aller Vorstellung überschreitende Schenkung aus ihm hervor.

Als sich die alte Dame seine Einwände angehört hatte, entschied sie in fester Entschlossenheit: »Ihre Befürchtungen und Bedenken aus Bescheidenheit ehren Sie, lieber junger Freund, wie ich Sie gerne nennen möchte, aber gönnen Sie mir alten Frau die Freude des Schenkens. Ich werde Ihnen natürlich die Schenkung schriftlich bestätigen, wenn mein Handgelenk wieder mitmacht. Aber nun freuen Sie sich doch und nehmen Sie den Sebastian mit. Ich zeige Ihnen draußen in der Küche Packpapier, da paßt das Bild sicher hinein, es ist ja nicht so groß. Und ich hänge mir aus dem Schrank, wo noch ein ganzer Stapel von Bildern steht, die ›Steinigung des heiligen Stephan‹ an die Stelle des Sebastian, dann hängt mal wieder was anderes dort.«

Er zögerte noch, gleichzeitig stieg jedoch mächtige Freude in ihm auf, so daß er die Schenkung nicht abzulehnen vermochte und seine instinktiven Vorbehalte eher so wirkten, als würde er sich noch ein wenig zieren.

Als ihm die alte Dame in der Küche das Papier aus dem Schrank holte und ihn bat, das Bild sorgfältig damit einzuhüllen, stammelte er nur immer wieder: »Also nein, ich weiß nicht, wie mir geschieht. Womit habe ich das nur verdient?«

»Wenn Sie nächste Woche so freundlich sind und mich noch einmal besuchen und nach meinem Handgelenk sehen, machen Sie mir eine große Freude, und ich schreibe Ihnen dann auch etwas, daß Sie beruhigt sein können.«

»Wie soll ich Ihnen meine Freude und Dankbarkeit zum Ausdruck bringen?« wußte er nur zu sagen, als er sich verabschiedete und beim Aufnehmen seiner Segeltuchtasche mit dem Bohnerwachs gewahr wurde, daß er ja gar nicht übers Geschäftliche geredet hatte. Aber das paßte jetzt nicht mehr, und zudem schien die alte Dame durch den Unfall und die Konzentration des Gesprächs etwas ermüdet und ruhebedürftig. So verabschiedete er sich mit vielen Versicherungen seiner Freude und Dankbarkeit und dem Wunsch für rasche Besserung der Verletzung. Als er das Haus verließ, begegnete ihm eine schmächtige Frau, die wohl hier wohnte und an ihm vorbei ins Haus trat. Es fielen ihm an ihr zwei flinke Augen mit musterndem Blick und ein schmales Gesicht auf. Sie blickte ihm mit ihrem Eidechsenkopf noch einmal nach, ehe sie die Türe schloß.

Möpsle war vor Staunen fassungslos, als ihm Remigius in knappen Zügen von seiner Begegnung mit der feinen alten Dame berichtete und sie dann gemeinsam das Bild betrachteten.

»Ja, du bischt ja ein Glückspilz, du«, meinte er. »Mensch, jetzt brauchscht kei' Wachs meh' verkaufe. Das Bild bringt dir etliche tausend Mark, und no kannscht sogar Pfarrer und Arzt in ei'm werde.«

Remigius, der noch ganz außer sich war, faßte nun Möpsle an beiden Handgelenken und sah ihn ebenso an, wie die alte Dame ihn vor der Schenkung angeblickt hatte, und verkündete feierlich: »Das teilen wir uns redlich, was wir dafür kriegen.«

»Ach was, Mensch, du bisch ja meschugge«, entfuhr es

Möpsle, und er drückte ihm dann mit feuchten Augen die Hände: »Des kann au bloß wieder mei'm Blaue Esel eifalle.«

»Nein, ich mein's ernst«, versicherte Remigius. »Geteiltes Glück ist doppeltes Glück. Klar.«

Schlaffe Tage

Selbst eine dramatische Zeit kennt Tage, an denen sich nichts von der Stelle bewegt. Es erscheint einem so, als müßte alles für den Fortgang der Ereignisse erst wieder einmal Luft holen und auf ein höheres Zeichen warten. Remigius widerfuhren solche »schlaffen Tage« in doppelter Hinsicht im Anschluß an seine Erlebnisse auf dem Hauptbahnhof. Er fühlte sich bald danach matt und abgespannt, denn zu Hause brachte ihn die Mutter abends um seine Hochstimmung über das ihm von Frau Bronner geschenkte wertvolle Bild. Ungläubig schüttelte sie den Kopf und reagierte eher mit Unruhe als mit Freude.

»Hoffentlich stimmt des alles und hascht au nix Unrechts do«, meinte sie besorgt. Sie war seit dem Krieg allem Glück gegenüber mißtrauisch und ängstlich geworden. In seinem Überschwang ärgerte ihn das schon, denn wenn sich das Bild zu einem halbwegs angemessenen Preis verkaufen ließe, so brauchte er sich für die nächsten Semester des Studiums doch keine Sorgen mehr zu machen! Das war ein geradezu märchenhafter Glücksfall. Warum wollte sich die Mutter da nicht mit ihm freuen?

Allerdings, überlegte er, in die Weissagung der alten Handleserin wollte dieses Glück nicht passen, denn das verheißene »große Glück« erblickte er in der Begegnung mit Sina, wovon er aber der Mutter vorläufig noch nichts mitteilte. Deshalb besorgte er sich am nächsten Tag auch heimlich Blumen bei der ihnen freundschaftlich verbundenen Gärtnersfrau, die ihm blaue, rote und gelbe Astern zu einem bunten Herbststrauß band, ohne dafür etwas zu verlangen.

»Ebbes Schlicht's und doch Schön's« hatte er gewünscht. Mit dem Vorschlag von Astern war er sofort einverstanden, denn er mochte diese farbenkräftigen Herbstblumen, und schließlich sollte der Strauß bei seinem ersten Ausgang mit Sina nur eine bescheidene, keineswegs überzogene Huldigung sein, damit er sie nicht in Verlegenheit brächte und sich noch dazu.

Als er dann Punkt vier nachmittags vor dem Lebensmittelgeschäft im Hauptbahnhof auf und ab ging, bemerkte er ein Grimmen und Reißen im Leib. Herrjemine! Seine Mattigkeit schien sich nun zu erklären. War es die Spannung der vergangenen Tage und vor allem jetzt vor der Begegnung mit Sina? War es ein Darminfekt oder die Wirkung des Sauerwassers, das er mittags getrunken hatte, oder alles zusammen? Er spürte jedenfalls eine Not, die ihn verzweifelt nach den Toiletten blicken ließ. Und das jetzt, wo sie jeden Augenblick kommen mußte, und er sie doch nicht warten lassen konnte! Er biß auf die Zähne. Der Leib wurde für eine Weile zumindest ruhiger. Als sie zehn nach vier immer noch nicht da war, bereute er, nicht doch gleich zur Toilette gegangen zu sein. In der Zwischenzeit hätte er alles erledigen können. Als der große Zeiger der Uhr auf Viertel nach vier rückte, kam Sina mit eiligem Schritt. Sie war in Zivil, trug ein dunkelbraunes, der Mode entsprechend langes Kleid und eine Hochfrisur. »Entschuldigung, aber ich hab' mich nach dem Dienst noch rasch umziehen müssen«, erklärte sie ihre Verspätung.

»Macht nichts«, versicherte er, »das akademische Viertel ist ja nicht überschritten.« Seine Abgespanntheit machte seine Äußerungen hölzern und schwunglos, auch als er ihr den Strauß übergab. »Vielleicht kann ich Ihnen mit den Blumen eine kleine Freude bereiten? Mögen Sie Astern?«

Verlegen, doch mit Freude versicherte sie: »Oh, das freut mich aber. Woher wissen Sie nur, daß ich Astern besonders mag?« Und während sie die Hülle ein wenig öffnete, bewunderte sie gleich die schönen Farben: »Ist das ein Blau! Und dazu dieses Gelb und Kupferrot!«

»Der Herbst hat's in sich, und dieser anscheinend ganz besonders«, sagte er mühsam und stellte dann etwas keck fest: »Sehen Sie, wir haben schon einmal etwas Gemeinsames mit der Freude an Herbstblumen, und ich glaube, wir entdecken noch viele weitere Gemeinsamkeiten.«

»Meinen Sie?« antwortete sie behutsam.

»Wunsch und Ahnung gehen meist Arm in Arm«, lächelte er bedeutsam.

»Danke. Ich freu' mich«, versicherte sie und fragte: »Wo gehen wir jetzt hin?« Bevor er noch einen Vorschlag überlegt hatte, fügte sie mit bekümmerter Miene hinzu: »Ich muß leider um fünf schon nach Hause fahren, denn der Vater hat mich angerufen, ich soll spätestens um sechs daheim sein und ihm helfen, die Frühäpfel im Garten runterzumachen, denn meine Mutter hat's zur Zeit so arg im Kreuz.«

Remigius, der eben wieder ein Reißen im Leib spürte und daher darauf bedacht war, bald ein Örtchen aufsuchen zu können, schlug, etwas blaß im Gesicht, vor, einen Kaffee oder Tee im nahegelegenen »Café Marstall« zu trinken. Sina, die von seiner inwendigen Not nichts wissen konnte, deutete seine plötzliche Blässe als Reaktion auf die nur knappe Zeit, die ihr für diese Begegnung verfügbar war: »Sind Sie jetzt enttäuscht?«

»Ja und nein zugleich«, erklärte er mutig. »Ich bin nämlich auch in gewisser Not, denn es plagt mich heute ein unruhiger Bauch, ich hab' mir irgendwie einen Darminfekt zugezogen und muß daher möglichst bald ein Lokal aufsuchen. Entschuldigen Sie bitte dieses dumme Malheur.«

»Dann gehen wir jetzt schnell in den ›Marstall‹ und Sie trinken einen Tee, damit's besser wird, kommen Sie«, schlug sie fürsorglich vor, und sie gingen zur Königstraße. Als Sina in dem Durcheinander der vielen Menschen am Bahnhofseingang unabsichtlich gerempelt wurde, bot ihr Remigius den Arm. »Hängen Sie bei mir ein, dann kommen wir besser voran«, schlug er vor. Und als sie einhängte, hielt er ihre Hand. Sie schmiegte sich ein und meinte dann besorgt: »Sie haben ja ganz kalte Hände. Ist Ihnen nicht gut?«

Remigius hatte jetzt so starke Leibschmerzen, daß er abwechselnd grün und bleich wurde und gerne gestand: »Ja, ich hoffe nur, daß wir bald im ›Marstall‹ sind. Verzeihung, es ist mir so peinlich.«

»Wir schaffen es schon«, sprach sie ihm zu, und sie verdoppelten ihre Schritte. »Ich kenn' das«, versicherte sie währenddessen. »Das kann einem schrecklich zusetzen.« Dabei schlang sie ihre Finger um seine kalte Hand, um ihn zu wärmen. Trotz seiner quälenden Schmerzen fühlte er sich durch die geradezu mütterliche Anteilnahme und Umsorgung glücklich. Er spürte, daß sie ihm über die Wärme und den sanften Druck ihrer Hand ein starkes Gefühl zuleitete, eine Mitteilung, die ihn so selig werden ließ, daß er kein Auge mehr für die Umgebung fand.

Das Café war fast voll besetzt, und so waren sie in der Eile seines drängenden Anliegens froh, daß zwei Herren sie noch an ihrem Tisch Platz nehmen ließen. Remigius verschwand gleich und bat Sina nur noch, einen Tee für ihn zu bestellen.

Als er nach geraumer Zeit wieder an den Tisch zurückkam und erleichtert Platz nahm, stand der Tee schon da, und Sina fragte besorgt: »Geht's Ihnen besser?« Die beiden Herren, vielleicht Ende Fünfzig, konnten ein leichtes Grinsen nicht verbergen, ließen sich aber von ihrem Gespräch nicht abbringen, als Remigius versicherte, es gehe ihm schon viel besser, und der Tee würde ihn jetzt wieder stärken. Sina trank Kaffee und hatte sich einen Obstkuchen bestellt. »Der Herr hat mir Brot- und Zuckermärkle geschenkt«, klärte sie Remigius auf und wies auf den einen der beiden Herren am Tisch, der freundlich lächelte und das Wort zu führen schien.

Verdammt nochmal, dachte Remigius, denn er hatte extra für diesen Ausgang genügend »Märkle« für einen Kuchen mitgenommen. Und jetzt war ihm der fremde Herr während der Misere splendiderweise zuvorgekommen. Das hatte er davon. Und nicht genug, begann der Mann nun auch noch eine spannende Geschichte zu erzählen, der sie mehr oder weniger zuhören mußten.

Ehe er noch ein Gespräch mit Sina aufnehmen konnte,

wandte sich der Wortführer an sie mit den Worten: »Sie haben sich vorhin nach der Uhrzeit erkundigt, und ich habe auf meiner Taschenuhr nachgesehen.« Er holte eine alte goldene Taschenuhr aus seiner Weste und zeigte sie vor. »Diese Taschenuhr hat eine abenteuerliche Geschichte am Kriegsende hinter sich, die ich« – und er blickte dabei auf seinen Bekannten – »doch noch erzählen muß.« Es war ihm dabei anscheinend gleichgültig, ob Sina und Remigius zuhören wollten oder nicht. Er begann aber mit dem Vortrag so, als hätte er ein größeres Publikum vor sich. Da Sina aus Höflichkeit zuhörte, blieb Remigius nichts übrig, als ebenfalls zu lauschen.

»Also, in den letzten Kriegstagen im April war ich mit einem Freund auf der Flucht vor den Amerikanern, die von Norden kamen, und den Franzosen, die im Süden vordrangen, in einem Waldstück in der Nähe von Laupheim. Die meisten Dörfer in der Umgebung waren schon von Franzosen besetzt, und den Bewohnern war es streng verboten, Fremde, vor allem deutsche Soldaten, in ihren Häusern aufzunehmen. Die ganze Nacht über war in den Wäldern und den Dörfern eine wilde Schießerei zu hören gewesen, so daß wir nachts im Wald kein Auge zugetan hatten. Als wir am Morgen dann am Waldrand Ausschau hielten, sahen wir unweit und oberhalb eines im Tal liegenden Dorfes ein kleines Haus, vor dem eine jüngere Frau mit ihrem vielleicht fünfjährigen Töchterchen spielte. Wir gingen auf sie zu und erfuhren, daß das Dorf unten seit vier Tagen von den Franzosen besetzt sei. Die junge Frau, die schon vor einem Jahr von Ulm hierher evakuiert worden war, warnte uns davor, in das Dorf zu gehen. Währenddessen kam eine ältere, verängstigte Frau, der das Häusle gehörte, aus der Haustüre. Schließlich luden uns die beiden Frauen zu Kaffee und Marmeladebrot ein, wofür wir, übernächtigt und seit zwei Tagen ohne etwas Warmes im Magen, sehr dankbar waren. Die Frauen erzählten von Verhaftungen, Hausdurchsuchungen und Beschlagnahmungen durch die Franzosen im Dorf drunten. Einem Mann, der unterwegs durch das Dorf gekommen sei, habe man seine goldene Uhr und alle Wertsachen abgenommen. Und die Frauen überboten sich schließlich gegenseitig mit Warnungen, was uns durch die Franzosen bevorstehen könnte. Das stimmte uns nachdenklich. Ich dachte an meine goldene Taschenuhr, ein Familienerbstück, und mein Freund betrachtete seine Leica und ein wertvolles Zeiss-Fernglas.

Die Alte bemerkte unseren Kummer und bot uns als Versteck ihren alten, mit Reisig gefüllten Backofen neben dem Haus an, wo die Franzosen höchstwahrscheinlich nicht suchen würden. Ich hatte Bedenken: Wäre es ratsam, einer in so ärmlichen Verhältnissen lebenden und fast schon etwas verwirrten alten Frau Wertgegenstände auf unbestimmte Zeit anzuvertrauen? Auf meine Frage teilte sie mit, ihr verstorbener Mann sei als Stallknecht und Taglöhner beim Baron im Dorf tätig gewesen. Aber dann sah ich Heiligenbilder an den Wänden hängen, und das ließ doch wenigstens auf eine religiöse Gesinnung schließen.

Mein Freund war entschlossen und legte einfach seine Leica und das Fernglas auf den Tisch und bat die Frau, diese Gegenstände im Backofen zu verstecken. So zog ich nach und übergab der Alten das Etui mit der wertvollen goldenen Taschenuhr samt Goldkette. Die Alte nahm die Gegenstände mit zitternden Händen und versprach uns, die Wertgegenstände bis später, wenn wir wiederkämen, aufzubewahren. Mit diesem Versprechen auf Treu und Glauben zogen wir dann weiter. Die junge Frau gab mir noch ihre Adresse in Ulm und lud mich ein, sie doch später einmal zu besuchen.

Noch im Laufe des Jahres 1945 wurden dann vorrangig die Eisenbahnlinien soweit wiederhergestellt, daß Ende 1945 bereits wieder zahlreiche Strecken mit Einschränkungen in Betrieb genommen werden konnten. Und so entschloß ich mich Anfang Dezember 1945, an einem Wochenende von Stuttgart nach Laupheim und in den kleinen Ort zu fahren, um meine goldene Uhr abzuholen. Mein Freund, den ich einlud, mitzukommen, winkte entmutigt ab: Es sei doch Tagesgespräch, daß Millionen Menschen aus den Städten, die ihre Wertgegenstände aufs Land ausgelagert hätten, nichts mehr vorfänden, weil die Soldaten alles plünderten und schließlich die Leute, denen man die Aufbewahrung anvertraut hatte, sich mit der Behauptung herausredeten, der Feind habe alles mitgenommen. Da sei doch jede Hoffnung umsonst. Nun, ich ließ mich dadurch nicht von meinem Vorhaben abbringen und fuhr los.

In Ulm mußte ich umsteigen, und weil ich zwei Stunden Aufenthalt hatte, besuchte ich die in der Nähe des Münsterplatzes wohnende junge Frau, die ich damals kennengelernt hatte. Das war, wie sich noch zeigen sollte, ein guter Einfall von mir, denn ich erfuhr von ihr, daß die Franzosen in dem alten Häusle keine Durchsuchung gemacht hatten und alles noch im Versteck vorhanden sein müsse.

Als ich dann am Nachmittag in dem Dorf ankam und über schneebedeckte Straßen zu dem einsam und außerhalb gelegenen Häusle wanderte, war ich gespannt, was mich erwarten würde. Als ich klingelte und mir dann die alte Frau öffnete, wollte sie mich zuerst einmal nicht kennen. Als ich ihr den Grund meines Kommens wiederholt vorgetragen und ihrer Erinnerung etwas auf die Sprünge geholfen hatte, ließ sie mich eintreten, erklärte dann aber, nach unserem Abschied seien die Franzosen gekommen und hätten das Haus durchsucht und wohl alles mitgenommen, denn seither habe sie nichts mehr von unseren Sachen gesehen.

›Gute Frau, jetzt haben Sie mir aber nicht die Wahrheit gesagt, überführte ich sie, denn ich weiß von Frau Häfner in Ulm, daß die Sachen noch in Ihrem Besitz sind.‹

Die alte Frau war überrascht und suchte nach einem Weg aus der Klemme. Sie begann zu weinen und klagte immer wieder über ihr nachlassendes Gedächtnis, und schließlich räumte sie ein, daß vielleicht von den Sachen noch etwas da sei, aber gesehen habe sie schon lange nichts mehr davon. Ich tröstete die Frau, wobei ich darauf hinwies, auch meine alte Mutter sei vergeßlich gewesen. Sie habe aber immer, wenn sie etwas nicht mehr finden konnte, den heiligen Antonius um Hilfe gebeten, den Schutzpatron für alle Vergeßlichen, und der hätte ihr tatsächlich immer geholfen. Ob sie's nicht auch einmal versuchen wolle?

Sie war dankbar für diesen Vorschlag und versprach, morgen am Sonntag nach dem Gottesdienst, bei dem sie die Fürbitte des heiligen Antonius erflehen wolle, einmal das ganze Häusle und den Backofen zu durchsuchen. Schließlich lud sie mich zu einem einfachen Abendbrot und zur Übernachtung in ihrem Gastzimmer ein, und ich blieb, gespannt auf das, was sich am nächsten Morgen tun würde. Nebenbei ließ ich die Frau wissen, daß sie natürlich auch ein stattlicher Finderlohn erwarte, wenn sie der heilige Antonius erhören und sie die Uhr mit ihrem Erinnerungswert für mich finden könnte.

In der Frühe hörte ich dann die Frau das Haus zum Kirchgang verlassen. In der Wohnstube fand ich den Tisch mit einem Frühstück für mich gedeckt. Ich flehte jetzt selbst zum heiligen Antonius, er möge der Frau doch in ihrer Versuchung beistehen und sie sich für das Gute entscheiden lassen.

Wenig fröhlich kam sie von der Kirche zurück und begab sich in die Küche, um das Mittagessen zu bereiten. Meine Unruhe wuchs immer mehr, denn nachmittags um vier fuhr mein Zug. Kurz vor zwölf Uhr hörte ich auf dem Dachboden ein Rumoren. Vergeblich. Sie kam nach einiger Zeit die Treppen herunter und hatte nichts entdeckt. Dann ging sie in den Garten zum Backofen. Nach überraschend kurzer Zeit kam sie wieder ins Haus und trat vor mich hin. In ihren zitternden Händen hielt sie das Etui mit meiner Uhr und sagte stolz: ›Jetzt hab' ich sie doch noch ganz hinten im Backofen gefunden. Der heilige Antonius hat uns erhört.‹

Ich gab ihr hundert Mark und hab' dann auf der Heimfahrt lange darüber nachgedacht, was es die Frau wohl für einen schrecklichen inneren Kampf gekostet haben mußte, angesichts ihrer ärmlichen Lebensverhältnisse einer solchen Versuchung zu widerstehen.«

»Fräulein, bitte zahlen«, erlaubte sich Remigius nun zu sagen, nachdem es inzwischen zehn vor fünf war und er doch eigentlich nicht die Geschichten eines Fremden hören, sondern sich mit Sina unterhalten wollte. Er war verärgert, unzufrieden und in dieser Stimmung ungerecht und unbrauchbar geworden.

Der Erzähler am Tisch entschuldigte sich: »Ich wollte Sie nicht langweilen, aber ich mußte meinem Freund, nachdem wir uns lange Jahre nicht gesehen haben, meine Abenteuer vom Kriegsende erzählen.«

Sina sprang, als Remigius bezahlte, höflich ein und versicherte, daß sie mit Vergnügen diese spannende Geschichte angehört hätte(n), und bedankte sich für die »Märkle«. Dann brachen sie eilig auf und gingen zur Haltestelle der Straßenbahn. Sie hakte bei ihm ein und frage bekümmert: »Sind Sie jetzt arg böse, weil alles so dumm zugegangen ist? Mir tut's ja auch leid.«

»Ach was«, versuchte er seinen Ärger abzuschütteln, »es hat offenbar nicht sollen sein. Es lag ja an mir, an meinem blöden Bauch.«

»Ist es denn besser jetzt?«

»Schon, aber – ich muß mich bei Ihnen entschuldigen, daß ich mit meinem Malheur heute nicht richtig fertig werde.«

»Vielleicht geht's Ihnen übermorgen besser?«

»Warum übermorgen?«

»Da hätte ich frei, und wir könnten uns doch fern vom Trubel der Stadt irgendwo treffen und hätten a bißle mehr Zeit?«

Dieser überraschende Vorschlag stimmte ihn freudig, und er schlug vor: »Wie wär's, wenn wir uns dann oben am Schloß Solitude treffen würden?«

»Au ja«, war sie einverstanden, »dort gefällt mir's auch so gut, dort kann man auch schön spazieren...«

»Und wann?« fragte er eilig, denn die Linie 1 nach Kaltental und Vaihingen fuhr schon heran.

»Um drei«, schlug sie vor.

»Gut, um drei. Jetzt kann ich mich auch wieder freuen.«

»Ich auch«, versicherte sie und erwiderte seinen Händedruck. Dann stieg sie ein und winkte noch, bis sie von Nachdrängenden ins Innere des Wagens geschoben wurde und seinem Blick entschwand.

Er fühlte sich schlapp und hätte auf der Heimfahrt in der Straßenbahn etwas dafür gegeben, wenn ein Sitzplatz frei gewesen wäre. Dann aber fand er doch einen Trost darin, daß Sina an ihm interessiert zu sein schien und einige Male ihr Gefühl und ihre Sympathie für ihn hatte erkennen lassen. Die verständnisvolle Art, wie sie mit ihm in seiner Misere umgegangen war, zeigte doch eine erfreuliche Reife, und indem er unter diesem Aspekt sein Unwohlsein und seine Schwäche als einen unbeabsichtigten Test zu verstehen suchte, fand er allmählich zu einer Aussöhnung mit dem Mißgeschick beim ersten Rendezvous.

Rendezvous auf der Solitude

Eine halbe Stunde vor der verabredeten Zeit saß Remigius auf der Balustrade des Schlosses Solitude und blinzelte in die warme frühherbstliche Sonne. Während er auf Sina wartete, ging ihm wieder sein Traum durch den Kopf, der ihn in der vergangenen Nacht heimgesucht hatte, so wie ein elementares, rätselvolles Ereignis, von dem er sich wie von einem Schicksal nicht zu trennen vermochte.

Er saß im Abteil eines Zuges, der zu einem nicht näher bekannten Ziel fuhr – durch den Sankt Gotthard in ein fernes, verheißenes Land, nach dem er sich sehnte, ohne zu wissen, wie es hieß, für das er keinen Paß, kein Visum besaß, außer einer Gewißheit, daß man ihn dort erwarte.

Mit ihm war nur eine Frau im Abteil, die sich in der Ecke am Fenster gegenüber scheinbar schlafend so in ihren schwarzen Mantel eingehüllt hatte, daß er ihr Gesicht nicht sehen konnte. Aber das interessierte ihn zunächst wenig, denn er versuchte in der vorbeihuschenden Nacht etwas zu erkennen. Es gab nichts zu sehen, doch vernahm er von draußen eine Stimme, die ohne Zweifel Enno Schützenhobel gehörte, ja, ganz bestimmt. In dozierendem Ton sagte er: »Ethik bedeutet Sittenlehre, bedeutet nach Immanuel Kant die Lehre von den Pflichten. Sie gliedert sich in die Rechtslehre, als die vom öffentlichen Gesetz bestimmte Pflichtenlehre, die uns äußeren Zwang zur Tugend auferlegt, und in die außerhalb der Gesetze geltende Tugendlehre, die uns in freiem Selbstzwang nötigt, unsere Pflicht zu tun...« Das laute Rauschen und Stoßen der Räder ließ die Stimme immer wieder undeutlich werden und verschwinden. »...Religion zu haben, ist Pflicht des Menschen gegenüber sich selbst, sagt Kant...«, verstand er dann wieder. Draußen nur Nacht, und dann wieder Schützenhobels Stimme: »...Das Gute muß zum richtigen, gemäßen Zeitpunkt geschehen. Damit dies sein kann, ist die Absicht, Gutes zu tun, ständig zu entwickeln und wachzuhalten...« Nach einer Weile wieder die Stimme: »...Es gibt keinen Frieden ohne die Tugend...« Rattern der Räder, dann: »...Schauen Sie jetzt hinaus, wir passieren auf unserer Reise die Psychomachie des Prudentius Clemens, dessen Namen übermütige Stiftler im Karzer in einer Persiflage zu einem ›Impudentius‹* verwandelten...«

Die Stimme Schützenhobels schwieg, und er sah im fahlen Licht des plötzlich am Himmel erscheinenden Vollmondes ein ganzes Heer von Elendsgestalten, die von Eseln eher getragen wurden, als daß sie auf ihnen geritten wären. Er erkannte abgezehrte, bärtige Kriegsgefangene in heruntergekommenen Uniformen und Mänteln aller Nationen, Frauen mit Kindern wie Mariengestalten und Flüchtlingsfrauen mit bäuerlichen Kopftüchern, Skelettgestalten mit gestreiften KZ-Anzügen und Greise, deren Köpfe aus Kraftlosigkeit beim Schritt der Esel hin und her schwankten: ein erschreckendes Elendsheer, das durch die helle Nacht dahinzog. An der Spitze schließlich ein bärtiger, trotzig aufgerichteter Mann und neben ihm eine demütige Frauengestalt, die aber plötzlich mit leidenschaftlichen Augen – das konnte er genau sehen – nach vorne blickte. Dort erschien ein ganzes Reiterheer. An der Spitze eine strahlend schöne Frau auf wildem Roß, das mit einem Löwenfell gesattelt war. Auf ihrer Rechten saß wie bei einem Falkner ein Pfau, der unentwegt sein

* Impudentius: der Schamlose

Rad schlug, und in der Linken hielt sie einen silbernen Spiegel, in den sie unentwegt blickte. »Schön bist du, Superbia«, riefen die kriegerischen Reiter um sie herum, und »Deine Schönheit und Stolz werden das Gesindel in den Staub treten«. Sein angespannter Blick durchs Fenster ließ ihn die Superbia plötzlich wie aus der Nähe sehen. Er erschrak, denn sie hatte das Gesicht seiner Beinaheverlobten Helga Schink, die sich verliebt in sich selbst im Spiegel besah. Und jetzt erkannte er auch neben ihr auf ungestüm tobenden Rössern in der kriegerischen Rüstung alter Römer ihren Vater und ihren Bruder, die vor sich im Sattel einen Sack voller Goldstücke hielten und trotzig versicherten: »Keine müde Mark für die Esel.«

Nun standen sich die beiden gegensätzlichen Kolonnen auf kurze Distanz gegenüber, und es ging wie ein Ruck des Aufbäumens durch das Heer der Elenden. »Moses! Moses!« riefen sie flehend, als sich der Alte mit weißem Bart an ihrer Spitze zu ihnen rückwärts wandte. Und »Homilia Judith! Homilia Judith!« stöhnten sie mit heiseren Stimmen, als auch die Frau neben Moses auf ihre Gefolgschaft blickte.

Moses faltete die Hände, und alle Elenden auf den Eseln gleichfalls, und sprach: »Der Herr Zebaoth hat uns durch alle Mühsal geführt und unser Herz nicht zuschanden werden lassen. Er wird die Hoffart und den Geiz in den Staub treten und die Kinder des Glaubens und der Demut in sein Reich führen. Fürchtet euch nicht, denn der Herr, unser Gott Zebaoth, ist mit uns.«

Das Heer der Superbia stimmte daraufhin obszöne Lieder an, um die Stimme des Moses zu übertönen. Sie grölten:

»Equitans in asinos…
Virgo monstrat vulvam nos
Pubes tectunt labia
Omnia immoralia…«

Da brüllten mit einemmal die vielen tausend Esel mit so durchdringendem Geschrei, daß die überzüchteten Pferde des Heeres der Superbia scheuten, hochstiegen, ihre Reiter abwarfen und, sie unter sich zertrampelnd, davonrasten. Wem es gelang, sich wieder auf eines der flüchtenden Pferde zu schwingen, war froh zu entrinnen und vergaß in dem schrecklichen Tohuwabohu die Geldsäcke und all den Schmuck, der nun verstreut herumlag.

Superbia selbst war als erste vom Roß gestürzt. Ihr Spiegel wurde von den Hufen des eigenen Pferdes zertreten, und ihr Pfau flatterte in Todesängsten zwischen zertretenen Leibern und dahinschießenden Rossen. Der einzige, der vom Heer der Superbia noch mit einem Schwert in der Hand neben der am Boden jammernden Superbia kampfbereit dastand, war der Heerführer Holofernes. Aber die Esel keilten mit ihren Hinterläufen nach ihm, und einer schlug ihm mit einem Tritt das Schwert aus der Hand. Da nahm Homilia Judith das Schwert, faßte Holofernes bei den Haaren und schlug ihm das Haupt ab. Das Schreien der Esel schwoll zu einem wilden Dröhnen an. Moses wandte sich ab, um Jahwe für diesen Sieg zu danken, doch die Rache Jahwes an der Hoffart fand ihren Höhepunkt in einer letzten Demütigung der Superbia, die, am Boden kauernd, von einem wilden Eselhengst unter dem Beifall des Eselheeres genötigt wurde.

Da ging das Licht an im Abteil, und der Zugführer in blauer Montur und roter Mütze, begleitet von einem weiteren, bullig aussehenden Zugschaffner trat ein. Zu seinem Entsetzen erkannte er im Zugführer Gehlen, den Manager, und im Schaffner Fleischmacher. »Na, zufrieden mit der Psychomachie?«, fragte Gehlen hämisch und forderte: »Die Fahrkarten bitte.« Remigius erstarrte vor Schreck, denn eine Fahrkarte besaß er nicht, wie ihm plötzlich einfiel.

Da enthüllte sich sein Gegenüber und entpuppte sich als die feine alte Dame Auguste Bronner, die mit verschmitztem Lächeln aus ihrer Reisetasche das Bild vom heiligen Sebastian holte und es Gehlen mit der Bemerkung reichte: »Das gilt für zwei Personen, der Herr reist mit mir.« Verärgert und voller Wut nahm Zugführer Gehlen das aus dem Rahmen genommene Bild, betrachtete es und riß es dann mit teuflischem Grinsen entzwei. Die eine Hälfte mit dem Sebastian gab er an die Dame zurück: »Schon gut, gnädige Frau«, während er die andere Hälfte mit dem Engel an Schaffner Fleischmacher weiterreichte: »An der Grenze überprüfen lassen, ob es wirklich ein van Dyck ist.« Und spöttisch verabschiedete er sich mit der kaum verhüllten Drohung zu Remigius hin: »Es wird sich zeigen, ob Se mit so'n Billett über de Jrenze kommen.«

Als die beiden Spukgestalten das Abteil wieder verlassen hatten und er sich der feinen alten Dame zuwenden wollte, um sich für ihre Hilfe zu bedanken, saß ihm plötzlich die Babuschka gegenüber, die ihm auf dem Hauptbahnhof aus der Hand gelesen hatte. Er blickte sie verstört an, aber sie lächelte munter, als ob sie eben durch eine Flasche Coca-Cola aus ihrer Erschöpfung ins Leben zurückgefunden hätte, und sagte: »Sie haben erst Unglück, und dann kommt ein großes Glück...« Dann war er aufgewacht. Und jetzt fuhr er aus der Rekapitulation seines Traumes hoch, als sich ihm Schritte näherten und er Sina in einem grünen, rotgeblümten Sommerkleid erblickte. Er trat ihr entgegen.

Sie fragte besorgt: »Warten Sie schon lange? Der Bus hatte etwas Verspätung.«

»Oh nein«, versicherte er, »ich hab' nur ein wenig vor mich hingeträumt. Es ist so ein himmlisch schöner Tag heute, und die ländliche Stille hier, alles so idyllisch...«

»Geht es Ihnen wieder besser?« fragte sie und ergänzte: »Sie sahen wirklich elend aus.«

»Das war aber auch ein rabenschwarzer Tag. Danke, es ist jetzt alles wieder in Ordnung. Die Vorfreude auf heute hat mir geholfen.«

Sina schien etwas verlegen und wich seinem Blick aus. »Setzen wir uns ein wenig und gucken die alte Straße von hier entlang bis nach Ludwigsburg?« schlug sie vor und breitete eine Strickjacke, die sie in der Hand trug, auf die oberste Treppenstufe. »Mei alt's Jäckle reicht für uns zwei«, versicherte sie fürsorglich und bot ihm den Platz neben sich an.

Er ließ sich neben ihr nieder und sagte, indem er sie bei den Händen faßte: »Grüß Gott erst einmal, ich muß Ihre Hände halten, damit ich in meinem Glücklichsein das Gefühl habe, überhaupt noch auf der Erde zu sein.«

Sie strahlte, wandte jedoch ein: »Wir wissen aber doch noch gar nichts voneinander.«

»Das soll sich ändern, deshalb sind wir ja hier«, versicherte er und fuhr fort: »Ich will den Anfang machen, wenn's Ihnen recht ist, und meine kleine Lebensgeschichte erzählen, damit Sie erfahren, wer da neben Ihnen sitzt.«

Sie lauschte, wobei sie ihren Blick in die Ferne richtete, als ob sie ihm nun bei seinem Lebensbericht auch mit den Augen in die Ferne der Vergangenheit folgen würde. Und Remigius begann die Schilderung seiner Eltern, seiner Geburt, der Jugend- und Schulzeit und der Kriegserlebnisse mit der Märchenformel: »Es war einmal ein braves Ehepaar...« Sein biographischer Bericht, den wir ja kennen, bewirkte, daß Sina immer wieder lächeln mußte. Und da er nichts vor ihr verbarg und um einen passenden Übergang zu seinem Hauptanliegen bemüht war, sprach er schließlich seine frühere Bindung mit Helga Schink an, wobei er freilich die Floskel voranstellte: »Nun ist es halt nicht gut, daß der Mensch allein sei... So gab es also eine Liaison mit meiner ehemaligen Tanzstundendame. Wir lebten über die Kriegsjahre bis nach meiner Heimkehr aus der Gefangenschaft mit einem unausgesprochenen Quasi-Verlöbnis in sogenannter vorehelicher Rundumbeziehung.«

»Ach, so sagt man? Den Ausdruck hab' ich noch nie gehört«, warf Sina ziemlich süffisant ein.

»Ja, das ist so eine Umschreibung für einen vorehelichen Zustand, der einen ehelichen Umstand mit Abstand und Anstand andeuten will. Aber ich kann den Verlauf und das Ende dieser Verbindung am besten erklären, wenn ich mich darauf besinne, was mir in einem Schützenloch bei Charkow während des Krieges ein sehr gebildeter Kamerad, im Zivilberuf Jurist, in einem Gespräch erklärte, mit dem wir wohl Abstand von den Schrecknissen um uns herum suchten. Es ging um die schwierige Frage, ob man erfahren oder wissen könne, welche Frau einem fürs Leben bestimmt sei. Und der ältere, mir jungem Hüpfer gegenüber schon lebenserfahrene und sehr gescheite Kamerad sprach dabei von einem Mysterium unseres Lebens. Man müsse sich, um dem Verständnis dieses Mysteriums näherzukommen, die Symbolhandlung zweier Freunde vorstellen, die sich für eine unbestimmt lange Zeit trennen müßten und nun beim Abschied eine Münze zerbrächen und die beiden Hälften unter sich teilten. Nach vielen Jahren, in denen sich ihr Aussehen vielleicht so sehr veränderte, daß sie sich zunächst nicht mehr erkennen könnten, gäbe es dann ein untrügliches Zeichen ihrer Zusammengehörigkeit, wenn sich die Hälften ihrer Münzen genau zusammenfügten. Und ganz ähnlich sei es mit jenem Menschen, der uns fürs Leben bestimmt sei. Das Wesen des einen müsse sich mit all' seinen Verzahnungen in das Wesen des anderen so einfügen lassen, daß ein vollkommenes Ganzes entstehe. Und dieses ›Zusammenfügen‹ zweier Hälften hat bei meiner Liaison mit der ehemaligen Tanzstundendame einfach nicht gepaßt, weshalb wir uns im Grunde nicht zu trennen brauchten, weil wir uns nie so recht ergänzen konnten.«

Als er eine kleine Pause machte, begeisterte sich Sina: »Also, wie Sie erzählen können – ich möcht' Ihnen stundenlang zuhören.« Dann aber fragte sie ihn überraschend: »Wie wollen Sie denn jetzt wissen, ob ich die andere passende Münzhälfte zur Ihrigen habe?« Sie blickte ihn dabei mit einem solchen Schalk im Gesicht an, daß er sowohl das Rhetorische ihrer Frage als auch ihre Erwartung spüren konnte, daß er von seinen Erkenntnissen nun alsbald zum Bekenntnis überleiten mußte. Er schmunzelte und faltete die Hände so, daß sich die Fingerkuppen aufeinanderstützten, eine Geste, die etwas umschließen und es doch offenhalten sollte.

»Die Katastrophe des Unsinns, der Krieg, ließ mich intensiv nach einem Sinn meines Lebens suchen. Aus dem Kriegsheimkehrer war ein ›Blauer Esel‹ geworden, einer, der auf der Suche nach einem Sinn seines Lebens auch bereit war, die Last anderer mitzutragen, wenn er sah, daß es not tat. Aber Esel sind halt auch Menschen. Und sie suchen nach gleichgesinnten Gefährten auf ihrem beschwerlichen Weg. Und damit das Geschlecht der Esel sich mehre und der Lastenträger immer mehr auf dieser Welt werden, hat der Schöpfer dem Asinus die Sehnsucht nach einer Asina, einer Eselin, eingepflanzt. Mit der einen Hälfte seiner Münze, auf der die Hälfte einer Taube eingeprägt ist, suchte deshalb der ›Blaue Esel‹ nach jener Eselfrau, in deren Besitz die andere Hälfte der Münze ist. Und der Herr war der Einfalt seiner Seele und seinem Suchen gnädig und ließ ihn im Café Mohrenköpfle einer Eselin begegnen, die so schön und von solcher Demut war, daß ihn die himmlische Erkenntnis überfiel, dieses Eselmädchen, das nach seinem Eindruck zur Gattung der ›Blauen Esel‹ gehörte, würde jene andere Hälfte besitzen.«

Bei seinen letzten Worten faßte er sie an den Händen und schlang seine Finger um ihre, als wäre dies die Probe der symbolischen Zusammenfügung der Münzhälften.

Und während sie sich gefühlvoll in seine Hände einpaßte, fragte sie mit plötzlicher Vertrautheit: »Bin ich's? Passe ich wirklich zu dir?«

Nach einer stürmischen Umarmung und erstem Kuß flüsterte er zärtlich: »Sina hab' ich dich getauft, schon nach unserer ersten Begegnung. Das klingt so schön.«

»Wo nimmst du diesen Namen denn her?«

»Ich weiß es nicht. Er ist mir wie ein Bote meines Glücks zugeflogen.«

Nach kurzem Nachdenken sagte sie spitzbübisch: »Ah! Ich glaub', da hat dir das Unterbewußtsein einen Streich gespielt: Asinus – der Esel, und Asina könnte die Eselin sein... Sina also eine Abkürzung von Asina?«

»Vielleicht? Die Vokale ›i‹ und ›a‹ scheinen in der Tat dem ›Ihjah‹ der Esel nahe, aber auch meinem glücklichen Ja zu dir.«

Da sich zwei ältere Herren näherten, standen sie auf und spazierten untergehakt und mit verliebten Blicken an den beiden vorbei. Der eine sagte mit gehässiger Rührseligkeit im Vorbeigehen: »So jong sot mer nomol sei.« Darauf der andere: »I möcht' kei' verliebter Esel meh' sei. I ben froh, daß i die Kinderkrankheit hinter mir han.«

»Siehst du«, flüsterte Remigius Sina ins Ohr, »Glück macht neidisch, deshalb muß sich Liebe verbergen.«

»Gehn wir a bißle durch den Wald spaziere, da sind mer allein«, schlug Sina vor und ergänzte: »Ich muß dir doch jetzt auch noch a bißle von mir erzähle.«

Als sie einen einsamen Waldweg erreicht und sich einige Male umarmt hatten, erzählte Sina: »Ich kann's net so schön wie du, und ich bin auch keine Märchenprinzessin, sondern stamme nur aus einfachen Verhältnissen. Wir wohnen in Kaltental, mein Vater ist frühpensionierter Lokomotivführer wegen hohem Blutdruck und grünem Star, und die Mutter stammt aus einer Waldenser-Familie aus Perouse, geht regelmäßig ins ›Stündle‹ und hat ihre Kinder streng religiös erzogen. Der Vater war immer das, was mer so bei uns als Edelkommunist bezeichnete, zudem ein urschwäbischer Mann und immer hilfsbereit, weshalb man ihn 1933, als er als Kommunist auf dem Heuberg in Haft war, schließlich wieder hat laufen lassen.

Wir waren vier Kinder, ich bin das Nesthäkle. Der älteste Bruder ist schon vor dem Krieg nach Amerika ausgewandert, dort zu den Baptisten übergetreten und Baptistenprediger geworden. Jetzt schickt er uns dauernd Care-Pakete, und ich versteh' mich mit ihm besonders gut. Er ist bescheiden und immer besorgt um die Eltern. Meine Schwester, die Zweitälteste, war Krankenschwester und hat im Krieg einen Arzt geheiratet. Sie leben in Bad Kreuznach. Mein zweiter Bruder, der drei Jahre älter war als ich, ist als Fallschirmjäger am Monte Cassino gefallen. Er war ein gutmütiger Raubauz, ganz der Vater, aber politisch konträr zu ihm. Unser Vater hat ihn immer gewarnt und zu ihm gesagt: ›Bue, du rennscht hinter der falsch rote Fahn' drei, des wird di' nomol reue.‹ Aber der Vater hat arg geweint, wie er gefallen ist. Er war ja noch so jung.« Tränen schossen ihr in die Augen.

»Ihr habt euch in der Familie alle sehr gern und versteht euch gut«, schaltete sich Remigius teilnehmend ein.

»Ja, wir haben uns trotz mancher Gegensätze immer gut verstanden und hängen arg aneinander«, fuhr Sina fort. »Wir mußten halt immer sparen und auf vieles auch verzichten, aber an Liebe hat's uns in der Familie nie gefehlt. Und unser Vater war zu allen Opfern bereit, wenn's um unsere Ausbildung ging. Ich war eine gute Schülerin, kam sogar ins ›Katzenstift‹, wie man das Katharinenstift nennt, und hatte auch dort immer gute Zeugnisse. Im Frühjahr 1944 hab' ich das Abitur gemacht und dann ein Krankenpflegejahr im Furtbachkrankenhaus begonnen, weil ich medizinisch-technische Assistentin werden will.«

»Ah, im Furtbächle«, warf Remigius ein. »Schade, ich war 1944 ein paar Monate zur Famulatur im Cannstatter Krankenhaus, sonst wären wir uns vielleicht schon damals begegnet.«

»Das hat wohl nicht sollen sein, denn damals war ich in fester Hand.«

»Du hattest einen Freund oder sogar schon einen Verlobten?«

»Ja, ich war in einen Leutnant verliebt, der dort eine Gelbsucht auskurierte und mich gleich heiraten wollte. Aber es kam nur zur Verlobung, dann mußte er wieder an die Front, in die Ardennen, wo er gefallen ist.« Nach einer Pause, in der sie verlegen schwieg, meinte sie dann: »Jetzt weißt du es.«

Vorsichtig erkundigte er sich: »Hast du ihn nie vergessen können?«

»Ich habe es versucht, als ich nach den Wirren des Kriegsendes mich in Tübingen zum Studium der Romanistik anmeldete, denn ich kam dort in der MTA-Schule noch nicht an, weil sie erst neu eingerichtet werden mußte. Und da ich an Latein und Französisch immer besonders interessiert war, bin ich in diese Fächer ausgewichen.«

Mit einem plötzlichen Einfall lenkte er ins Allgemeine ab: »Umgang mit Sprache, das ist eine großartige Idee, hinter der, wie mein verehrter Freund und Gelehrter Schützenhobel vermutet, die Bemühung steht, durch das Universum der Sprache sich eine eigene Welt zu schaffen und die Banalität der wirklichen Welt zu ersetzen. Ich versuch' es auch, indem ich Tagebuch schreibe, wenn freilich auch nicht täglich, sondern halt immer wieder in Form eines Rückblicks.«

»Und wirst du heute auch etwas ins Tagebuch schreiben?«

»Ja. Über den Beginn meines künftigen Lebens mit dir.«

»Du!« spielte sie entrüstet und blickte ihn doch glücklich an. »Du sagst mir lauter große Sachen, als wären wir uns schon einig!«

»Sind wir doch auch«, behauptete er mit forscher Überzeugung und gab ihr einen Kuß, der jede Widerrede unmöglich machte.

Sina blickte erschrocken auf ihre Armbanduhr: »Oje, wir müssen umkehren, denn ich muß mit dem Fünfuhrbus heim. Wir essen immer pünktlich um sechs Uhr. Bei meinem Vater muß alles auf die Minute stimmen, auch das Vesper am Abend.«

Sie wendeten und gaben sich auf dem Rückweg nur noch ihren Zärtlichkeiten hin und verabredeten, daß sich Remigius am Sonntag in Kaltental bei Sinas Eltern vorstellen und sie dann zu einer kleinen Wanderung an den Bärensee abholen würde. Als sie, Hand in Hand, im Bus in die Stadt zurückfuhren und nur wenig sprachen, gab er sich ganz seinem Glücksgefühl und der Hoffnung hin, daß nun nach sieben bitteren Jahren in Krieg, Gefangenschaft und Nachkriegsnöten sein Schiff des Lebens sich mit Glückseligkeit beladen hätte und auf der sicheren Route zu einem wichtigen Ziel segle.

»'s Kabidal korrumbiert älles«

»O Bue«, sagte die Mutter, als Remigius am anderen Morgen, einem Sonntag, mit ihr frühstückte, »des mit dem Mädle kommt ei'fach z'früh auf dich zu. Denk' doch, jetzt willsch' du a neu's Studium a'fange, und des dauert doch wenigschtens no fünf Jahr, bis du fertig bischt und heirate kannscht. Solang wartet doch des hübsche Mädle net.«

»Braucht se au' net«, entgegnete er trotzig. »Durch den Krieg isch alles anders heut. 's gibt ja immerhin scho' zwanzig Prozent Studente, die verheiratet sind. Des ischt heut alles a bißle anders als früher.«

»Aber du hasch' doch kei' Einkomme für a Familie und no net amol 's Geld fürs Studium. Und wenn die Eltern von dem Mädle au' kei' Geld habet, wie du sagscht, dann möcht' i wisse, wie des bloß gehe soll. Ja, wenn mir wenigschtens a Wohnung hättet. Aber wo willsch du denn mit dem Mädle na?«

Remigius konnte sich zwar den so klaren Argumenten der Mutter nicht ganz verschließen, fügte jedoch versöhnlich hinzu:

»Ja, du hascht recht, Mutter, da sind scho' Probleme, die ich auch seh', die mich auch bedrücken. Aber hascht du net scho' oft gsagt:

Gibt der Gott 's Häsle,
No schenkt er au 's Gräsle?

Und i mein im gleiche Stil:

Schenkt einem Gott sei' Mädle,
No spinnt er ei'm au 's Fädle.

I kann doch nix dafür, daß i grad jetzt und halt scho' früher, als i mit em Studium fertig bin, dem Menschen begegnet bin, der mein idealer Lebenspartner ischt. Guck, i war doch über vier Jahr im Krieg und dann no zwei Jahr in Gefangeschaft, und i bin doch jetzt ein erwachsener Kerle – zum Totschieße lasse war i's scho' mit achtzehn. Soll i jetzt in mei'm Alter mit irgendwelche Flederewisch a Verhältnis han, wo nix tauget, oder isch's net viel besser, wenn i mei' Lebensglück beim Wickel pack' und halt die Durschtschtrecke vom Studium gemeinsam mit meiner goldige Dinge durchstrampel', bis i amol was verdien'. Denn zweimal findet mer a Sina net. Und außerdem hilft uns vielleicht der heilige Sebastian übers erschte weg.«

Letzteres hätte er besser nicht sagen sollen, denn bis dahin war ihm die Mutter mit Einsicht gefolgt. Aber das mit dem geschenkten wertvollen Bild lag ihr von Anfang an wie ein Stein im Magen. Deshalb überging sie seine einleuchtenden Erklärungen und sagte besorgt: »Mit dem Bild hab' i kei' gut's G'fühl. Du solltescht so schnell wie möglich zu der Dame gehe' und dir die Bestätigung für ihr Geschenk gebe lasse. Und wenn du die hascht, dann muß des Bild au' erscht noch verkauft sei'. Wer wird au' jetzt soviel Geld habe', daß er den Wert von dem Bild bezahle kann? Des stell' i' mir net so ei'fach vor. Da solltescht du vielleicht de Onkel Auguscht zuziehe, ob der dir das Bild abkauft, der hätt' no am eheschte Sinn und au' Mittel für so was.«

Dieser Themawechsel war ihm recht, obwohl er noch ein Anliegen hatte. Er wolle jedoch gleich morgen zu der Dame gehen und sich die Schenkung bestätigen lassen, und ein Besuch bei Onkel August auf der Alb sei ohnehin fällig. »Aber ich bin für heute in einer gewissen Verlegenheit wegen einem Geschenk für meine Sina. Ich würd' ihr gern ein Geschenk mit Symbolcharakter bringen...«

»So, so, und der Symbolcharakter heißt wohl, daß du a Schmuckstück brauchscht«, meinte die Mutter mit verständigem Schmunzeln. »O Bue, hoffentlich hascht au' recht mit deiner so hohe Meinung von deiner Sina. No will i halt amol gucke, ob mer no was in der Schatulle habet.«

Remigius umarmte die Mutter mit dankbarer Freude, dann holte sie eine alte Granatbrosche von der Großmutter und gab sie ihm: »Mach' deiner Sina a Freud'. Ich hoff' nur, daß ihr au' wirklich füreinander bestimmt seid.«

»Das wirst du bald beurteile könne, wenn ich sie dir vorstell', Mutter«, versicherte er und nahm seine Mutter mit riesiger Freude und Dankbarkeit in den Arm. »Du wirst dich auch freue dürfe, wenn du sie kennenlernst.«

Dann machte er sich auf den Weg und fuhr nach Kaltental. Sina empfing ihn in einem feierlich wirkenden dunkelbraunen Sommerkleid, und sie war so schön, daß Remigius sich vor Glück kaum noch auskannte. Unterwegs hatte er auf dem Hauptbahnhof noch ein paar Blumen erstanden, die er nun Sinas Mutter überreichte. Die Dame war auch in ihrem Alter von etwa fünfzig Jahren noch ein schöne Frau. Ganz die Tochter, dachte Remigius und erinnerte sich an den Spruch von Möpsle: »Guck' der die Mutter a', no weischt, wie amol des Mädle später aussieht.« Wenn dies zutraf, so konnte er zufrieden sein. Auch der schon etwas ältere Vater war mit seiner Glatze, einem Kaiser-Wilhelm-Schnurrbart und dem etwas zerfurchten Gesicht, dem man eine gewiß nicht zimperlich verlaufene Lebensgeschichte ansah, ein prägnanter und ansehnlicher Mann, der wenig, aber in breiter schwäbischer Mundart sprach, während die Mutter ein gehobenes Salonschwäbisch vorzog, vielleicht nur dem Besuch gegenüber. Sie zeigte sich vor Freude gerührt über den etwas mickerigen Nelkenstrauß, wofür sich Remigius entschuldigte, da man halt sonntags nur mit auf dem Bahnhof Vorhandenem vorliebnehmen müsse. Aber die erste Befangenheit legte sich bald, denn die Eltern erwiesen ihm so ungezwungen herzliche Aufmerksamkeit, und es gab so viele Fragen und Erklärungen, daß gegenseitige Sympathie und Vertrauen bald die Atmosphäre bestimmten.

»Dürfe mir zum Frühschoppe an eigene Moscht anbiete?« fragte die Mutter und fand Zustimmung. Sina strahlte vor Glück, und wenn sich die so Verliebten zärtlich berühren und in die Augen blicken konnten, so taten sie es ohne Scheu vor den Eltern, die sehr rasch von dem so spürbaren Glück der beiden mitgerissen wurden. Während sich die Mutter und Sina in die Küche begaben, um das Essen für den schon gedeckten Tisch zu bereiten, unterhielt sich Remigius mit Vater Schwegler beim Frühschoppen, und unversehens kamen sie auf politische Themen zu sprechen. Vater Schwegler, dem Sina schon viel von Remigius und davon erzählt hatte, wie sauer er sich sein Studium verdienen müsse, war es offensichtlich recht, daß seine Tochter einen Freund aus der arbeitenden und ärmeren Schicht gefunden hatte. Das gab ihm Anlaß, über den verderbenden Einfluß des Geldes in Form des »Kabidals« zu philosophieren.

»D' Ami bringet uns a kabidalischtische Gesellschaftsform ins Ländle«, hob er an, »wo unte unte und obe obe bleibt, denn 's Kabidal korrumbiert älles, vor allem da menschliche Charakter. Aber des begreifet die Leut' leider net.«

Remigius fand sich in der Rolle des aufmerksamen Zuhörers. Vater Schwegler wollte seine Ansichten vortragen.

»Früher als, wie i no gmeint han, 's hätt' an Wert, wenn mer politisch aktiv wär', han i mir's Maul immer fransig gschwätzt, um meine Stammtischbrüder a schwäbische Form von Sozialismus klarz'mache. Aber i han's aufgebe, wil doch älles beim alte bleibt.«

»Sie haben dann sicher auch das Hauptwerk von Marx, ›Das Kapital‹, gelesen?: erkundigte sich Remigius artig.

»Aber klar! Des isch für ei'fache Leut natürlich bloß verständlich, wenn mer des an ei'fache Beispiel' klarmacht, was der Marx erkannt hat. Leider hat der Marx den Fehler g'het, daß er kei' Schwob' war. Deshalb han i seine Ideea immer ama praktische Beischpiel klarmache müsse, wo d'Leut bei ons au verstandet.«

»Ich versteh' leider auch nichts von der Wirtschaftslehre...«

»Ha, des läßt sich scho verei'fache. Also i han des immer an schwäbische Maultasche klarg'macht. Die esset mir Schwobe so gern, daß se zu unserem Speisezettel g'höret. Sie sind im Marxsche Sinn eine Ware, ein Produkt und hent an Gebrauchswert, weil se schmecket und uns ernähret und mir se also brauchet. Aber se hent au en Wert als Tauschobjekt, mer könnt se beischpielsweis' de Ami schmackhaft mache und über Werbung schließlich an Maultascheboom in Amerika auslöse. Ja, und jetzt kommt's. Solang i als Lokomotivführer mit dem Ergebnis meiner Arbeit in Form vom Tauschobjekt Geld meiner Martha die Zutate zu de Maultasche, 's Brät und da Spinat, kauf' und mei Martha unserer Familie Maultasche macht, weil mir se zum Esse brauchet, hent die Maultasche für uns an Gebrauchswert und send in Ordnung. Wenn jetzt aber a Kabidalischt mit ere Firma uf die Idee kommt, daß er entweder mei Martha und andere ihr Frieda, Emma und Lina und wie se no heißet, jeden Tag abertausend von Maultasche für sich mache läßt und se dene Weiber abkauft, oder aber er se nach em Rezept von meiner Martha in seiner Fabrik herstelle läßt, um se mit Profit in großem Stil an d'Ami nach Amerika z'verkaufe, no werdet die Maultasche ihrem eigentliche Gebrauchswert entfremdet und zum Wert einer Ware und zum Objekt von Profit, und der Kabidalischt macht aus dem Wert an Mehrwert, obwohl oder grad weil die Maultasche sich en gros billiger mache lasset. Der Kabidalischt drückt da Lohn von meiner Martha und de andere Weiber, die ihm d'Maultasche machet, weckt bei de Ami de Bedarf und verkauft no d'Maultasche mit Profit. Und Profit schafft a A'sammlung von Kabidal, denn Geld erzeugt wieder Geld und mit Geld kauft der Kabidalischt no wieder d' Arbeitskraft von de Leut zur Ausweitung von der Produktio' von Mehrwert – des ischt Kabidalismus.«

»Ja, wie soll man den menschlichen Hang zu immer mehr Erwerb von Kapital nach Ihrer Ansicht bremsen, denn bei dieser Kapitalerwerbsolympiade beteiligen sich doch in unterschiedlicher Form und Weise die meisten Menschen?« fragte Remigius, weil er zwischen dieser Logik und der Natur des Menschen zumindest in der gegenwärtigen Situation einen Widerspruch sah.

»Des isch natürlich der politische Kernpunkt für die Folgerunge aus der Erkenntnis vom Marx. Also, do muß i zugebe, daß mir schwäbische Kommunischte – des heißt, i bin ja nimmer derbei – uns für a schwäbische Variante starkg'macht hent. Der Schwob muß natürlich sei' Häusle und sein Garte han, wenn sich des au net mit der Forderung deckt, daß d' Produktionsmittel in Genosseschafte der ganze G'sellschaft g'höre sottet und daß der Besitz, vor allem 's Kabidal limitiert g'hört, damit der O'sinn von Gewinnstrebe endlich amol ei'gschränkt wird und d'Leut von ihrer Hektik, von ihrem Neid und ihrer A'geberei ablasset. Von sich aus, wie des die Kirche immer predigt, tun se des net. Do g'höret Gesetze her. Im übrige wellet d'Kommunischte im Grund grad des, was d'Urchrischte in ihrer Gemeinschaft uns vorg'lebt hent. Und so verschteht mer ganz gut, wenn die arme Bäuerle, die grad no ihr Täglichs produzieret, zum Herrgott betet: Lieb's Herrgöttle, laß uns doch soviel, daß mir wenigschtens no a Fitzle uf da Altar lege könnet.«

»Oh Vatterle, hascht unser'm Gascht wieder deine A'sichte gsagt?« schaltete sich jetzt Frau Schwegler ein, indem sie zu Tisch bat.

So blieb es beim Gesagten und Remigius war seiner Einwände enthoben, die er sich in vorsichtiger Formulierung schon zurechtgelegt hatte. Nun gab's einen saftigen Sonntagsbraten, Spätzle und Kartoffelsalat, der die Maultaschenphilosophie rasch vergessen ließ. Und nach dem Essen wanderten die beiden Verliebten über die westlichen Höhen zum Bärensee, wo Remigius bei einer Rast auf dem Bänkle Sina die kostbare Granatbrosche übergab. »Ein Familienstück mit lieben Vorausgrüßen von der Mutter, die sich auf deinen Besuch schon freut«, sagte er, und das Glück versetzte sie beide in einen seligen Taumel, der sie zu heimlichen Verlobten machte und sie Luftschlösser in eine gemeinsame Zukunft bauen ließ.

Da Remigius aber Sina auch von seiner bedrückenden Sorge um Enno Schützenhobel erzählte, beschlossen sie, für den Spätnachmittag einen gemeinsamen Besuch bei ihm.

Die Situation von Enno Schützenhobel war unverändert ernst. Er freute sich, daß er die »Zukünftige« von Remigius, die eine Flasche schwarzen Johannisbeersaft von zu Hause mitbrachte, doch noch kennenlernen durfte, und er gab beim Abschied, als Sina schon das Zimmer verlassen hatte, Remigius den Rat: »Das Mädchen sollten Sie aber heiraten. Die ist genau die Richtige für Sie.«

»Heute lieber als morgen, aber wie kann ich armer Schlucker heiraten?«, fragte Remigius in melancholischer Anwandlung.

»Abwarten«, flüsterte Schützenhobel. »Die Zeit bringt Rat...« Er lächelte geheimnisvoll und drückte Remigius die Hand so fest, als habe er ihm etwas versprochen.

Sebastian und die Pfeile der Verleumdung

Als Erzähler treffe ich im Tagebuch von Remigius auf mehrere Seiten mit schwarzem Papier, auf das er seine Eintragungen mit weißer Tinte vorgenommen hat. Diese äußere Form signalisiert die »schwarzen Tage«, jenes prophezeite Unglück, das bisher auf sich warten ließ und nun mit einer bösen Überraschung auf ihn zukam.

»13. September, Fest des Johannes Chrysostomos« setzt er den folgenden Aufzeichnungen in einer Schrift voran, die auch einen der Graphologie Unkundigen ahnen läßt, welch' ein Aufruhr der Seele über ihn gekommen war. Ich will noch, bevor ich die Erzählung fortsetze, erklären, daß Johannes Chrysostomos, der »Goldmund« aus Antiochia in Kleinasien, im vierten Jahrhundert nach Christus der wohl begabteste und bedeutendste Prediger, Seelsorger und Fürsprecher der Armen war, weshalb sein Namenstag sowohl in der griechisch-orthodoxen als auch in der römisch-katholischen Kirche gefeiert wird.

Hermann Linsenmaier, der ältere Schulkamerad, den Remigius auf dem Hauptbahnhof zufällig wiedergetroffen hatte und der katholischer Vikar in St. Georg war, hatte ihn zu einer Abendfeier in St. Georg aus Anlaß des Namensfestes von Johannes Chrysostomos und zu einem nachfolgenden Beisammensein eingeladen, und er hatte dem alten Schulfreund zugesagt.

Es war ein regnerischer, kühler Tag, dieser 13. September, die Wolken hingen tief und verdeckten das Himmelslicht. Er hatte in der Nacht zuvor unruhig geschlafen und wollte an diesem Tag nun endlich nach seltsam langem Zögern Auguste Bronner, die ihm das Bild vom heiligen Sebastian geschenkt hatte, am Nachmittag in Botnang aufsuchen, um sich die Schenkung bestätigen zu lassen. Das paßte ihm an diesem Tag gut, da Möpsle und er heute im Feuerbacher Tal in der Nähe von Botnang ihr Glück versuchen wollten. Dabei ließ es sich am Vormittag ganz gut an, obwohl er eine schwierige Situation zu meistern hatte. Die Vorwarnung einer gespäßigen alten Jungfer, deren totale Vereinsamung eine Folge ihrer entarteten Frömmigkeit war, kam ihm dabei nicht unwesentlich zu Hilfe. Die Vermeidung des Umgangs mit bösen Menschen war ihr wohl so nachhaltig eingebleut worden, daß sie als einziges Kind nach dem Tod der superfrommen Eltern den Spruch an ihre Haustüre anbrachte:

In dieses Haus tritt der nur ein,
Der frei von Schuld, von Sünden rein.

Die Folge war, daß sie niemals Besuch erhielt und völlig vereinsamte. Dies erklärte ihr überstarkes Mitteilungsbedürfnis, als sie Remigius einließ und »den sympathische Herre« zu einem »Kaffeele« bat. Und da erfuhr er eine schier unglaubliche Geschichte vom Nachbarn, einem wahrlich komischen Knaudel, der den Tick hatte, alle Besucher bei stets geöffneter Haustüre einzulassen, um sie mittels eines Geldbeutels, den er am Eingang im Flur auf den Boden legte, des Diebstahls zu überführen, wenn ein Besucher den Geldbeutel aufhob. Er lauerte nämlich auf der Treppe und schoß dann plötzlich wie ein bissiger Hund hervor, um denjenigen, der in einem natürlichen Reflex und meist ohne die Absicht einer Aneignung den Geldbeutel aufhob, des Diebstahls zu bezichtigen. Und obendrein führte er mit Befriedigung Buch über seine erfolgreichen Überführungen von Dieben. Die Polizei, die er anfangs mit seinen ständigen Anzeigen zur Verzweiflung gebracht hatte, nahm ihn schon längst mit mehr ernst.

»Also hebet Se auf kein' Fall den Geldbeutel auf«, warnte ihn die schrullige Jungfer.

So trat Remigius, nachdem er am Gartentor geläutet hatte, durch die offene Haustüre ein, sah den Geldbeutel liegen, ging an ihm vorbei und traf am Treppenaufgang den enttäuschten und verdutzten alten Kauz, der ihn barsch fragte:

»Habet Sie keine Auge im Kopf?«

»Wieso?«

»Ha, Sie sind ja am Ei'gang fascht über was g'schtolpert.«

»So? Ach, mein Blick ist halt immer nach oben gerichtet«, erwiderte Remigius schmunzelnd.

»Dann habet Sie den Geldbeutel nicht aus Tugend, sondern aus Unachtsamkeit liege lasse«, befand der alte Uhu ärgerlich. Und als Remigius sein Sprüchlein aufgesagt hatte, verwies er ihn des Hauses: »Mit Hausierer hab' ich nichts zu tun. Adieu!«

Die Pfeile einer Verleumdung, die er auf Remigius hatte abschießen wollen, blieben also im Anschlag. Aber Remigius dachte an den heiligen Sebastian, den nach der Legende die Pfeile beim ersten Anschlag auf ihn auch nicht zu töten vermochten. Die gespäßige alte Jungfer, die ihn rechtzeitig vor der Tücke des alten Knaudels gewarnt hatte, spielte bei ihm wohl dieselbe Rolle wie die fromme römische Witwe Irene, die den schwerverwundeten Sebastian in ihr Haus nahm und wieder gesund pflegte.

Jetzt ging er nach Botnang zu Frau Bronner, um sich die Schenkung des Bildes bestätigen zu lassen. Auf sein Läuten öffnete eine noch jüngere Frau in schwarzem Trauerkleid, die aber keineswegs den Eindruck von Trauer vermittelte, sondern recht herrisch nach seinem Begehr fragte. Die böse Schwiegertochter, vermutete er sofort.

»Meine Schwiegermutter ist vor fünf Tagen gestorben«, erwiderte sie auf die Frage nach Frau Bronner.

Er war bestürzt, kondolierte höflich und fügte dann hinzu: »Das bringt mich jetzt in große Verlegenheit wegen eines Bildes.«

Da fuhr Frau Bronner junior sofort dazwischen: »Dann haben Sie wohl den heiligen Sebastian entführt, um mich einmal vorsichtig über die Entwendung auszudrücken. Kommen Sie nur herein, denn wir haben schon eine Anzeige wegen Diebstahls gegen Unbekannt erstattet, und ich brauche Ihre Personalien.«

Remigius war wie von einem Keulenschlag getroffen und stammelte nur: »Wie kommen Sie zu der Behauptung, ich hätte das Bild gestohlen? Sie hat es mir doch geschenkt!«

»Ja, das können Sie dann der Polizei erzählen. Sie haben also das Bild?«

»Natürlich hab' ich das Bild.«

»Das genügt.«

»Nein, das genügt nicht, denn ich habe ihr Handgelenk verbunden als ich kam und sie eben gestürzt war – und da hat sie mir später das Bild geschenkt und mir versprochen, sie wolle mir das bestätigen, wenn ihr Handgelenk wieder gesund sei und sie wieder schreiben könne.«

»Na! Was wird man ein so wertvolles Bild für einen so selbstverständlichen Samariterdienst verschenken! Das dürfte Ihnen die Kriminalpolizei kaum abnehmen.«

»Bestimmt, so war es.«

»Und jetzt wollten Sie der unbeholfenen alten Dame wahrscheinlich ein weiteres Bild abschwätzen. Sie sind mir ein raffinierter Kerl, Sie...«

Remigius war völlig durcheinander. Das war ja nun der Gipfel an Verdächtigung und Verleumdung. Aber welche Beweise konnte er hier oder bei der Polizei vorbringen? Es war zu leichtsinnig von ihm gewesen, dieses unverhältnismäßig wertvolle Geschenk für seinen Hilfsdienst anzunehmen. Seine Unbescheidenheit in jenem Augenblick rächte sich nun bitter.

»Wenn Frau Bronner noch leben würde...«, setzte er verzweifelt an.

»Nun ist sie aber gestorben: vielleicht sogar aus Aufregung, weil sie das Bild vermißt hat«, giftete die Schwiegertochter. »Nun zeigen Sie mir mal Ihren Ausweis, daß ich Ihren Namen und Ihre Adresse notieren kann, dann werden Sie ja später der Polizei Ihre Geschichten erzählen können.«

Remigius kochte vor ohnmächtiger Wut und Verzweiflung, als er ihr seine Kennkarte reichte. Die Mutter hatte mit ihrem unguten Gefühl wieder einmal recht behalten. O Gott, was würde das nun geben mit Verhören durch die Polizei? Er, der Theologie studieren wollte, unter der Anklage des Diebstahls! Es war nicht auszudenken.

»Sie tun mir unrecht«, versicherte er der Frau, die sich nun aber aufgrund seines Ausweises in ihrer Entrüstung noch mehr erregte:

»Student sind Sie? Und klauen Bilder! Unglaublich, was heutzutage studiert.«

»Wenn es sich aber herausstellt, daß ich die Wahrheit sage, dann wird es Sie noch reuen, mich so zu verleumden«, sagte er empört.

»Jetzt verschwinden Sie! Von einem Dieb laß ich mir nicht auch noch drohen! Ich ruf' sonst die Polizei an.«

Remigius ging kopfschüttelnd. Er fühlte sich mit einem Schlag ruiniert. Er sah die Polizei zu seiner Mutter kommen, er sah sich vor Gericht, und er würde womöglich Sina verlieren und mit einer Gefängnisstrafe nicht mehr studieren können. Seine Verzweiflung machte ihn einige Minuten ratlos, als er das Haus verlassen hatte. Wie er auf die Straße hinausging, hörte er hinter sich eine Frauenstimme sagen: »Ja, das war er. Ich kenne ihn wieder.« Die Frau mit den Eidechsenaugen, die Hausmitbewohnerin, die ihm bei seinem ersten Besuch damals am Eingang begegnet war, tuschelte mit dem schwarzgekleideten Gifthafen. Er fing an zu laufen und lief und lief, nur um wegzukommen von dieser schrecklichen Szene. Sollte er sich jetzt gleich bei der Polizei melden und eine Erklärung abgeben? Oder einen Anwalt suchen? Oder das Bild holen und einfach zurückbringen?

Ein Blick auf die Uhr erinnerte ihn daran, daß er sich sputen mußte, wenn er noch wie versprochen zu der Andacht und zu seinem Schulfreund kommen wollte. Richtig, Hermann Linsenmaier, den Vikar in St. Georg, wollte er aufsuchen und ihm alles erklären. Vielleicht wußte der einen besonnenen Rat? Möpsle hatte er längst verfehlt.

Als er nach umständlicher Straßenbahnfahrt zur Kirche St. Georg kam, neigte sich die Abendfeier schon dem Ende zu. »Sancte Chrysostomyoe, ora pro nobis« sangen sie. Und Remigius flehte zusätzlich: »Heiliger Sebastian, bitte für mich, hilf' mir gegen die Pfeile dieser bösen Verleumdung.«

Als er später Hermann Linsenmaier in der Sakristei aufsuchte, sah dieser ihm seine Verstörtheit und Zerknirschung an. »Was ist los mit dir?«

Remigius erzählte ihm die Geschichte mit der alten Dame und dem Bild vom heiligen Sebastian und was sich heute nachmittag zugetragen hatte. Dabei sah er so elend aus, wie ihm zumute war, und der Vikar schüttelte den Kopf.

»Du und ein Bild stehlen! Das ist doch kompletter Unsinn.

Komm, jetzt trinken wir bei mir auf dem Zimmer ein Viertele, und dann laß mich überlegen, was das Gescheiteste ist.«

Als sie später einen Schluck getrunken hatten, schlug der Vikar vor, er solle ihm das Bild gleich morgen in aller Frühe bringen. Er wolle es den Leuten zurückgeben und bei seinem Besuch den Irrtum auszuräumen versuchen. Er werde auch gegebenenfalls den mit der Angelegenheit befaßten Kriminalbeamten aufsuchen. Das müsse noch im Vorfeld, im Stadium der Ermittlungen geklärt werden. Es dürfe und müsse gar nicht zu einer Anklage kommen. Remigius spürte zum erstenmal wieder aufkommende Zuversicht. Wie gut war es doch, daß er seinen alten Schulfreund aufgesucht hatte. Und wieder einmal rätselte er später auf der Heimfahrt, ob dies nun Zufall oder Fügung war, daß dieses plötzliche Unglück gerade an diesem Tag geschah, an dem er zur Feier des Johannes Chrysostomos zu seinem Schulfreund eingeladen war, der vielleicht sein Retter sein würde? Jetzt erfüllte sich wohl mit diesem Unglück, das auch noch an einem Dreizehnten geschah, die Weissagung der Babuschka vom Hauptbahnhof.

Der Mutter wollte er bei seiner späten Heimkehr vorerst nichts erzählen, um ihr nicht den Schlaf zu rauben. Sie würde sich ohnehin schrecklich aufregen. Als er zu Hause eintraf, empfing ihn die Mutter mit ernstem Gesicht und einer ganzen Weile des Schweigens.

Dann blickte sie ihn mit traurigen Augen an und sagte: »Der Herr Schützenhobel ist gestorben. Vor einer Stund hat's bei unseren Hausleuten angerufen.«

Remigius setzte sich starr an den Tisch und stierte vor sich hin. Er war so leer, daß er geradezu zwanghaft die quadratischen Würfel in der Tischdecke von einer zur anderen Kante zählte. Vor lauter eigenen Bedrückungen war er an diesem Nachmittag und Abend zum erstenmal nicht in die Klinik gekommen. Ausgerechnet jetzt, heute, wo der alte Freund starb, und wo er vielleicht sehnlich nach seiner Hand gesucht hatte. Heute, an diesem Dreizehnten, da brach doch alles über ihn herein. Dieser Tag warf lange Schatten der Schuld in sein Leben und verkürzte alle seine hochfliegenden Vorstellungen und Pläne. Er fühlte sich jetzt so erschöpft, daß er nichts mehr sagen konnte und nur noch ins Bett sinken und schlafen wollte.

»Hascht du ihn heut' nicht besucht?« fragte die Mutter mit leisem Vorwurf, und sie traf ihn, der sich Sebastian wähnte, mit einem weiteren Pfeil ins Herz. Er seufzte auf und vergrub seinen Kopf eine Weile zwischen den verschränkten Armen auf der Tischplatte, ehe er dann ziemlich barsch verlangte: »Ich muß jetzt schlafen, ich bin so kaputt…«

Ein neuer Anzug wird geschneidert

Auf den schwarzen Seiten seines Tagebuchs hat Remigius mit weißer Schrift zuletzt über die folgenden Tage nur noch vermerkt, daß er ohne die tatkräftige Unterstützung von Sina die vielen Gänge und Erledigungen vor der Beisetzung von Enno Schützenhobel hätte kaum bewältigen können. Sie war bei diesem äußeren und seinem inneren Durcheinander geradezu allgegenwärtig, und die Mutter, die Sina jetzt so ganz in hilfreicher Aktion erlebte, konnte nur immer wieder loben: »A Prachtsmädle.« Sina kannte auch einen Pfarrer, der eine sehr persönlich auf Enno Schützenhobel zugeschnittene Ansprache bei der Beisetzung hielt, wobei er hervorhob, es solle jetzt nicht nur in Trauer des Vergangenen beim Verstorbenen gedacht, sondern auch das durch ihn Dauernde gefeiert werden. Es war eine dem Verstorbenen würdige Begräbnisfeier, eine »Leich'«, der ein Kaffee mit den wenigen Trauergästen folgte. Unter ihnen war auch Rechtsanwalt und Notar Uhlmann, der mit Remigius einen Termin für die Testamentseröffnung in der nächsten Woche festlegte.

Als Remigius ein wenig neugierig fragte, was das denn mit ihm zu tun habe, meinte der verschwiegene Notar lediglich: »Das werden wir schon sehen, wenn ich das Testament eröffne und vorlese. Sie sind aber der einzige, den ich einbestellen muß.«

Möpsle, der bei der Beerdigung dabei war und dieses Gespräch mitbekam, meinte nachher freudig: »I glaub', i meld' uns jetzt beim Fleischmacher ab, denn i spür's im Urin, daß mir des lompige Gschäft als Hausierer bald nimme' nötig hent. Und außerdem müsset mir uns sowieso in vierzehn Tag in Tübinge immatrikuliere, im Oktober geht ja 's Wintersemester los.« So beschlossen sie, ihre Tätigkeit als Hausierer aufzukündigen. Möpsle würde es übernehmen, Fleischmacher dies mitzuteilen.

»Natürlich feieret mir des no', und euer' Verlobung dazu«, verlangte Möpsle und warf dabei Sina lustig-listige Blicke zu.

Die restlichen Tage der Woche reisten Remigius und Sina mit dem Bähnle auf die Alb zu Onkel August in Siedlingen, um nach den vielen Aufregungen der letzten Zeit ein wenig Abstand zu finden und der Einladung des Doktor-Onkels zu folgen. Ein Besuch bei ihm war längst fällig, aber wegen des Passierscheinzwanges für den Besuch der französischen Zone, der erst vor kurzem aufgehoben worden war, bislang unterblieben.

Und nun zogen draußen die Berge, Wälder und Felder der Schwäbischen Alb wie ein heimatliches Bilderbuch vorbei. Das Abteil war bis auf den letzten Platz mit vielerlei Menschen besetzt, von denen wohl die meisten zum Hamstern unterwegs waren, aufs Land zu den Bauern mit Tauschwaren. »Die Bauere könnet ihre Ställ' bald mit Perserteppich auslege«, schimpfte einer, und ein anderer blies ins gleiche Horn: »Des schtimmt. Mir Städter müsset des bißle, wo d'Bombe übrigglasse hent, jetzt no hergebe, daß mer was zum Fresse krieget.«

Sina, die von den turbulenten Tagen zuvor ziemlich erschöpft war, machte ein Nickerchen und hatte ihren Kopf an seine Brust gelehnt, während Remigius stützend seinen Arm um sie legte. Er war ebenfalls erschöpft, jedoch in Gedanken versunken. Nun sog er den Duft aus ihren Haaren ein, der eine Ähnlichkeit mit dem immer wieder durch das Fenster eindringenden Geruch des Öhmds auf den Wiesen hatte. Da ruhte sie an seiner Brust, geboren aus einer rassigen Waldenserin, gezeugt von einem redlichen schwäbischen Grübler, aufgezogen im christlichen Glauben und gebildet in einer der besten Schulen, niedergefahren in eine erste Leidenschaft, nun aber wieder aufgestiegen zu großer Liebe und Entfaltung ihrer Persönlichkeit an seiner Seite, wo sich das Rätsel ihres Lebens lösen würde. Er kam in einen Zustand wachen Träumens und schloß die Augen... Da sah er sie wieder, die feenhafte, so schöne Frau, die ihm gelegentlich im Traum erschien, um ihn zu trösten oder ihm etwas mitzuteilen; diese Wunschgestalt, die seine Traumfähigkeit immer dann erschuf, wenn er vor Entscheidungen stand. Hatte seine träumende Seele diese Frau als Wesen erfunden, das ihm Antwort geben sollte? Stiegen in ihm Sehnsüchte aus dem Blut der Vorfahren empor, die ihm Kraft zu immer wieder neuer Sinngebung des Lebens verhießen? In seinen Träumen begab er sich oft auf die Suche nach seinen so mächtig in ihm wirksamen Vorfahren. Dann horchte er in alte Häuser, ob er nicht ihr Lachen vernehmen könnte, und er legte sich auffallend gerne in alte Betten, um vielleicht noch ein Geflüster oder Stöhnen derer wahrnehmen zu können, die darin geliebt und gelitten hatten, etwas, woraus er die Brücke von der Vergangenheit zu seiner Gegenwart bauen könnte. Als ob er über magische Kräfte verfügte, denen auch die schöne Frau gehorchte, kam diese Gestalt der Schönheit auf ihn zu und sagte: »Jetzt gehöre ich zu dir.« Und er fühlte, wie sie seine Hand ergriff... Da riß ihn ein Pfeifton aus dem schönen Erlebnis, denn die Lokomotive hatte vor Einfahrt in einen Tunnel gepfiffen, und Sina war aufgewacht und drückte ihm im Dunkel die Hand, ehe sie ihn küßte und dann fragte: »Hasch' was Schönes träumt?«

»Ja, und du?«

»Ach, ich war auch ganz weit weg, der Zeit voraus eigentlich. Ich hab' schon deinen Onkel im weißen Arztkittel erlebt, der sich plötzlich in dich verwandelt hat. Und dann hasch' du mi' gfragt: ›Wie isch denn der Laborbefund von deinem Vater? Isch sein Blut immer no' Marx-positiv? Dann machet mir ihm jetzt a Transfusion mit ere Konserve vom Herr Schützehobel.‹ – Also so ein Blödsinn«, kritisierte sie ihren Traum nach kurzem Nachdenken.

»Wenn ich den Traum deuten müßte«, antwortete Remigius heiter, »dann würd' ich vermuten, daß du in mir einen Arzt und keinen Pfarrer erwartescht.«

»Stimmt wahrscheinlich«, meinte Sina nachdenklich. »Und wär' des arg schlimm?«

»Gar net«, beeilte er sich zu versichern, »denn ich hab' mir irgendwo weit drunten oder hinter den Bergen au' scho' gelegentlich in den letzten Tagen gedacht: Was fang' i als Pfarrer mit ere medizinisch-technische Assistentin a'? A Pfarrer hat halt kei' Labor. Aber i han di'!«

Sie gab ihm trotz der Leute im Abteil, die sich über Alltägliches unterhielten und mit sich beschäftigt waren, einen Kuß und sagte nur: »Lieber, du.«

Als der Zug sich nun Siedlingen näherte, scherzte er:

»Bald können wir ein Lied singen
auf die Medizin in Siedlingen.«

Er spürte, wie glücklich Sina darüber war, daß er sich, ihrem erahnten Wunsch entgegenkommend, nun doch dem Gedanken öffnete, sein Studium der Medizin wieder aufzunehmen. Dafür würden sich jetzt beim Doktor-Onkel gewiß Anlässe zu weiterem Gespräch bieten.

Onkel August hatte den Empfang, da er noch in der Sprechstunde beschäftigt war, seiner Haushälterin Emilie aufgetragen, die eigentlich Aemilia hieß und auch so von ihm angeredet wurde, wobei Aemilia als römischer Name soviel wie »Geliebte« bedeutet. Sie war ein vitales Energiebündel, die Onkel August den Haushalt und wohl alles besorgte, was er ab und an benötigte. Ihre stämmige Figur, ihre Schaffhände mit kurzen, zupakkenden Fingern, ihr stets freundliches Gesicht und ihr flinker, witternder Geist erklärten dem Besuch sehr rasch, warum der Doktor-Onkel Aemilia nach dem frühen Tod seiner Frau als Faktotum seines Hauses erkoren hatte.

Aemilia führte die beiden in den sogenannten Gästetrakt des Hauses, einen Anbau mit Gastzimmern im Obergeschoß und einem »Säle«, einem saalartigen Zimmer im Erdgeschoß, in dem Onkel August gelegentlich eine größere Einladung gab. Als Aemilia den Gästen zwei nebeneinanderliegende Zimmer anwies, tat sie das mit der drolligen Bemerkung: »Der Auguscht hat gmeint, so a A'standswand zwische dem junge Pärle wird se net in Verlegenheit bringe.« So ging es zum Vergnügen der beiden gleich recht unvermittelt traulich zu, und Sina, die ohne Umschweife gleichfalls von Aemilia und nachher von Onkel August geduzt wurde, fügte sich übergangslos in die Szene ein.

Onkel August, der wie üblich zu spät aus der Sprechstunde zum Mittagstisch kam, war ganz offensichtlich von dem schönen Mädchen des Remigius angetan, denn er zeigte sich im Gespräch mit ihr so angeregt, daß er ausnahmsweise zwei Gläser Most trank, obwohl er sonst in strenger Regel dem Most oder Wein erst abends zusprach, um einen klaren Kopf zu behalten. Als Remigius beim Essen die Bratensoße auf seinen blaugrauen Anzug spritzte und bekennen mußte, daß dies sein einziger Anzug sei, ordnete Onkel August in seiner souveränen Art an: »Aemilia, holscht nachher den graue Stoff aus em Kleiderschrank und gehscht mit mei'm Neffe zum Kleiderprofessor, daß er ihm an neue A'zug a'mißt. So kann i doch mein' junge Kollege net rumlaufe lasse.«

»Den *schöne* Stoff?« fragte Aemilia etwas betreten.

»Ja, den *schöne* Stoff«, bekräftigte Onkel August und segnete seine Anordnung obendrein biblisch ab: »Wer zwei hat, der gebe dem, der kein' hat, tät mei Bruder Eberhard als Pfarrer sage.«

Remigius war gerührt und scherzte: »Da verwandelt sich dann der Blaue Esel in einen grauen Esel, nachdem das blaue Fell allmählich speckig geworden ist.«

»Den Blauen Esel wirst du bald vergessen können, wenn du erst einmal wieder den weißen Mantel anziehst und Patienten untersuchst«, befand Onkel August, der sich sonst auch an den übrigen Tagen mit keinem weiteren Wort zu einer Ermunterung für das Medizinstudium von Remigius äußerte. Als erfahrener Menschenkenner hatte er sofort erfaßt, daß sein Wunsch, Remigius möge Arzt werden, bereits durch eine ganz andere, viel mächtigere Einflußnahme in Erfüllung ginge. Die Kombination mit dem künftigen Beruf von Sina konnte doch vernünftigerweise für Remigius nur in der Fortsetzung seines Medizinstudiums liegen. Und bis es dann mit dem Staatsexamen und der Weiterbildung des Neffen soweit wäre, hätte er das Alter für eine Übergabe seiner Praxis an den Neffen erreicht. Remigius reagierte auf die Äußerung des Onkels zurückhaltend mit einem nachdenklichen »Hmmm«, bemerkte aber ein aufmunterndes Lächeln von Sina, worauf er ein wenig den Kopf hin und her wiegte und dann meinte: »Kommt Zeit, kommt Rat.«

Am anderen Tag gingen sie, geleitet von Aemilia, mit dem Paket des vornehm grauen, gemusterten Stoffes zu Wilhelm Rändle, dem »Kleiderprofessor«, einem hageren Schneiderlein. Er wirkte in einer großen Schneiderstube, deren Wände von riesigen Zeichnungen behangen waren, auf denen schematische Darstellungen des menschlichen Körpers in allen Körperbauvarianten mit geometrischen Linien und Figuren vermessen waren, versehen zudem mit unendlich vielen Notizen über und unter den Linien wie Oberweiten, Taillen und Schritt- und Zwickelgrößen: ein mathematisches Labor, so kam es dem Besucher in den Sinn. Nachdem Aemilia Remigius und Sina vorgestellt und das besondere Begehren erklärt hatte, setzte sich der »Kleiderprofessor« einen Zwicker auf die lange, knochige Nase, die spitz wie eine gelbe Rübe aus dem faltigen Asketengesicht ragte, musterte Remigius' Figur, ließ ihn sein Jackett ausziehen, drückte seine Schulter nach unten und sagte dann in angestrengter Bemühung um Schriftsprache, jedoch durchschimmerndem schwäbischen Dialekt: »Mir werden ein Muschter von Anzug für den jungen Herren machen. Des gibt eine exakte mathematische Aufgabe für uns.«

Er begann nun erst einmal ein hohes Lied auf die Schneiderkunst als einer mathematischen Wissenschaft, währenddessen sich Aemilia entschuldigte und die Szene schmunzelnd verließ, da sie den Vortrag von Wilhelm Rändle schon oft gehört hatte.

»Die Verschiedenartigkeit der Körper erfordert zuerscht ein

genaues Maßnehmen«, dozierte er. »Maßnehmen vom Körper, nach Maß den Stoff schneiden und dabei die Mathematik, vor allem die Trigonometrie anwenden, denn der Mensch läßt sich in lauter Quadrate und Dreiecke vermessen. Da muß der Schneider au' den Satz von der Hypotenuse wissen, wenn er die Aequationen zwischen Stoff und Körper anpaßt. Versteh'n Sie? Das ischt eine Wissenschaft des Läbens, denn drei Sachen sind im menschlichen Läben unentbehrlich: d' Nahrung, d' Wohnung und d' Kleidung. Und das letztere machen die Schneider. Verstehen Se? Sie beherrschen die angewandte Mathematik und Physik für die Anfertigung der ›äußere Haut‹, wie man die Kleidung des Menschen heißen kann. Versteh'n Se? Der Schneider muß die Wissenschaft der Mathematik, die alle Eigenschaften der Größe lehrt, für seine Zwecke beherrschen, weil er die Größen des Körpers und die des Stoffes messen und abstimmen muß. Versteh'n Se? Und deshalb mein' i halt, daß die Schneiderkunscht eher eine Wissenschaft ischt, die von wirkliche Meischter auf der Universität gelährt werden müßte, quasi von Kleiderprofessore. Versteh'n Se? Aber jetzt fanget mir gleich an mit der Messung, stellet Sie sich ganz locker und entspannt daher.«

Und nun begann eine ausführliche Messung, wie sie die Schneiderwissenschaft von Wilhelm Rändle verlangte, der alle Größen in eine Kladde eintrug und obendrein die Maße seines bisherigen Anzugs notierte. »Des muß alles stimme, versteh'n Se?« warf er immer wieder dazwischen. »So ein Anzug muß Seele habe, versteh'n Se?« erklärte der Kleiderprofessor schließlich. »Die Grammatik vom Körper muß schließlich mit der Grammatik der Kleidung übereinstimme, versteh'n Se«, fuhr er fort. »Zwische der ›äußere Haut‹ und dem Mensche muß eine Sympathie sein, und mer muß vom Äußere auf a Harmonie im Innere schließe könne. Da derf's kei' allzugroße Spannung gebe. Die ›äußere Haut‹ muß ja schließlich viel Seele vom a Mensche zusammenhalte, versteh'n Se?«

Remigius und Sina verstanden und lächelten sich heimlich zu. »Von der Kleidung hängt ja au' die ganz' Sicherheit im Auftrete ab. Und wenn do was net stimmt, no isch's letz«, schloß Wilhelm Rändle seinen Vortrag und meinte dann noch: »So ein wissenschaftliches Kunschtwerk braucht Zeit, bis es geschaffen ischt. Versteh'n Se? Aber i tät sage, Ihrem Onkel z'lieb könnet Sie Ihr neue Haut in vierzehn Tag abhole.«

Als sie am Nachmittag eben beim Kaffee saßen, zu dem Onkel August im weißen Arztkittel erschienen war, weil er schon gleich wieder in die Sprechstunde mußte, kam ein dringender Anruf: »Herr Doktor kommet Se schnell, mei' Ma' isch scho am Sterbe. 's isch ihm a Maschineteil an de Kopf g'floge und hat ihm 's Hirn vertrümmert.«

Onkel August trank noch rasch seinen Kaffee und fragte Remigius: »Willscht mit? I muß zu einem dringenden Hausb'such. Da hat's ei'm sei Hirn erwischt.«

Remigius sagte zu und machte sich bereit. Da kam schon wieder ein Anruf: »Mei Ma' isch scho' tot.«

In rasender Fahrt ging es zu einem großen Bauernhof am Rande einer Nachbargemeinde. In der Scheuer auf der Tenne trafen sie auf eine schluchzende Menschenmenge. »Er ischt he', er ischt scho he'«, klagten einige, die den Schwerverletzten am Boden umstanden. Der Doktor bahnte sich einen Weg und begann den Bauern, dem ein Maschinenteil gegen den Kopf geschleudert worden war, zu untersuchen. Der Verletzte war tatsächlich tot, und man wartete auf den Sanitätswagen, den der Doktor-Onkel vorsorglich schon bestellt hatte. Plötzlich gellende Schreie: »Der Hund isch los! Der Hund isch los!« Eine wilde Bestie von Wolfshund hatte sich, erregt durch die vielen Menschen, losgerissen und kam auf die Menge zugesprungen. Als erste erwischte der Hund eine Frau, die sich neugierig über den Verletzten beugte und biß ihr ins Hinterteil. Dann riß er einem Mann buchstäblich die Hosen herunter. Schreie des Entsetzens gellten über den Hof. Da kam die Großmutter, nahm die Bestie am Halsband und zerrte sie zur Hundehütte. Sie brauchte aber eine Beißzange, um die Kette zum Anlegen zu öffnen. Alle suchten daraufhin nach einer Beißzange, während das gebissene Weib jammernd dem Doktor ihren Hintern zur Versorgung der stark blutenden Bißwunde hinhielt. Remigius assistierte dem Doktor-Onkel beim Nähen und der Wundversorgung. Inzwischen hatte sich der Hund aus den Händen der Großmutter wieder losgerissen, sie einfach umgestoßen und hetzte erneut auf die Menge zu. Die Menge stob aus Angst vor der Bestie auseinander, und alles brachte sich in Sicherheit. Da stand der Doktor auf und ging der Bestie entgegen, fixierte sie mit den Augen und sagte mit ruhiger, tiefer Stimme: »Baro! Pfui! Schäm dich! Komm' her, alter Knabe! Ja... sooo ist's gut, schööön.« Und Baro, der Onkel August seit vielen Jahren kannte und mit dem er nach leidvollen Anfangserfahrungen numehr gut auskam, wedelte plötzlich mit dem Schwanz, ließ sich streicheln und dann vom Doktor anketten.

»Unser Doktor ischt a Malefizkerle«, sagte einer, und alle kamen sie wieder aus ihren Verstecken hervor.

Jetzt traf auch der Wagen ein und holte den Toten ab. Das in den Hintern gebissene Weib erhielt noch zwei Spritzen, und dann fuhren Onkel August und Remigius wieder heim.

Als Remigius in Bewunderung über seines Onkels ruhige, besonnene und so eindrucksvolle Hilfe ausbrach, schmunzelte der Doktor nur: »Du brauchscht net Missionar in Afrika werde. Uf der Alb gibt's für uns Landärzt' grad gnug Missione!« Remigius verstand nach diesem Anschauungsunterricht die Anspielung seines Onkels und stimmte ihm sogar zu: »Afrika ist überall! Und die Sprache der Eingeborenen muß man verstehen, wenn man helfen will.«

Nach einer Weile, kurz vor dem Aussteigen, sagte Onkel August: »Medizin auf dem Land ist angewandte Religion. Da stimmt mir sogar der Pfarrer-Onkel Eberhard zu.«

An den restlichen beiden Tagen war die berufliche Entscheidung von Remigius kein Thema mehr. Remigius und Sina lebten wie im Himmel, und zum Abschied hatte Onkel August von Aemilia noch ein riesiges Paket mit Lebensmitteln packen lassen, mit dem sie zu Hause die Mutter grüßen sollten.

Auf der Heimfahrt nahm Sina das Thema wieder auf. »Ich hab' doch bei einer Sprechstund' vom Onkel August dabei sein dürfen. Du, dein Onkel hat mich tief beeindruckt. Er ist ein Arzt, so hab' ich im stillen gedacht, der zwar die Welt nicht bessert, weil er einsieht, daß er das nicht kann. Aber er vermittelt soviel Lebenserfahrung und praktische Hilfe, daß er damit für viele das Leben im Lot hält. Wer a Kolik hat, so erklärte er zwischendurch einmal, der fleht gen Himmel, aber er hofft, daß der Himmel ihm so schnell wie möglich einen Arzt mit einer Schmerzspritze kommen läßt. Und wenn ich so bedenke, daß er tagein, tagaus auf dem Quivive sein muß, oft nur ein kurzer Schlaf in langen Nächten, im Winter unterwegs durch hohen Schnee und über glatte Straßen, wenig Urlaub und fern der Kultur der Stadt und das jetzt schon zweiundzwanzig Jahre lang und noch länger – und er hatte schon die Rippen gebrochen, den Unterarm im Gips, hatte oft schon Erkältungen und Fieber und war trotzdem immer da. Davon hat er mir erzählt, obwohl er sonst wohl über seinen Beruf kaum spricht. ›Es muß einen zu diesem Beruf hinziehen, und er muß zu einem passen. Alles andere taugt nicht‹, hat er gemeint. Findest du nicht auch, daß der Onkel auf seine Weise zum Geschlecht der Esel zählt?«

Remigius streichelte Sina. »Ich hab' ganz den Eindruck, daß du a Doktersfrau auf em Land werde willscht.«

»Ja, des würd' ich herrlich finde«, bestätigte Sina.

»Das heißt also, daß sich das glückliche Eselpaar in Tübingen bei der medizinischen Fakultät meldet, wo die Gottesesel in praktischen Hilfsdiensten ausgebildet werden«, stellte Remigius schmunzelnd fest und drückte ihr die Hand.

Traumwechsel

Als sie von ihrem Besuch bei Onkel August zurück waren, fand Remigius eine Nachricht von Vikar Linsenmaier vor mit der Bitte, er solle bei ihm vorbeikommen. Remigius suchte den

Schulfreund anderentags auf und erfuhr mit großer Erleichterung, daß es ihm gelungen war, nach einem eindringlichen Gespräch die jungen Bronners zur Rücknahme ihrer Anzeige zu bewegen. Allerdings habe er das Bild zurückgegeben. »Das ist der Preis für deinen Leichtsinn, mit dem du da hineingeschlittert bist.«

Es fiel Remigius leicht, diesen zwar wertvollen, ihm aber doch irgendwie fremd gebliebenen Gegenstand wieder los zu sein, der ihn so in die Bredouille gebracht hatte.

»Quidquid agis, prudenter agas et respice finem«, mahnte ihn sein ehemaliger Nachhilfelehrer in Latein für die Zukunft – »Was du auch tust, handle klug und denk' daran, was daraus entstehen kann.«

Remigius erbot sich, als Dank für diesen Freundesdienst einen Tag für die Altenhilfe verfügbar zu sein.

»Das ist ein Wort, das freut mich mehr als jede andere Aufmerksamkeit«, versicherte der Vikar und fragte: »Wirst du jetzt Theologie studieren?«, weil er aus Remigius' Angebot eine Haltung zu erkennen meinte, welche sich mit der ihm bekannten Absicht des Freundes, Pfarrer werden zu wollen, gut vereinbarte.

Als ihm aber Remigius die neue Situation mitteilte und in aller Offenheit auch seine glückliche Liebe mit Sina schilderte, die ihn jetzt halt doch zu anderen Überlegungen geführt hätte, fand er bei seinem Schulfreund wohltuendes Verständnis. Da sich Hermann Linsenmaier leidenschaftlich gern und bei jeder Gelegenheit lateinisch ausdrückte und sich dabei Remigius gegenüber immer noch gleichsam in der Rolle des Nachhilfelehrers gefiel, faßte er seine Zustimmung zur Entscheidung des Freundes in die Bemerkung zusammen: »Amor finis omnis praecepti – Die Liebe ist das Ende jeder Vorschrift.« Darin mochte auch eine entfernte Kritik verborgen sein.

»Kommst zu unserer Verlobung an Weihnachten?« kleidete Remigius seine Einladung in eine Frage.

»Gern, denn i muß doch die süße Krott kennelerne, die einen Beinahpfarrer in einen Mediziner verwandelt«, scherzte der Vikar.

Eigentlich wollte Remigius nach dieser guten Nachricht frohgelaunt in die Wohnung von Enno Schützenhobel gehen, um sich dort umzusehen und vor allem nach dem ihm beschriebenen Folianten mit den sibyllinischen Weissagungen suchen. Aber unterwegs kamen ihm nach den leidvollen Erfahrungen mit dem Bild doch Bedenken, wenn er allein die Wohnung beträte. Der Schock saß ihm noch in den Knochen. Und so schien es ihm besser, erst einmal morgen den Termin beim Notar abzuwarten.

Am Nachmittag des anderen Tages saß er im Wartezimmer von Notar Uhlmann. Er mußte sich noch ein wenig gedulden und überflog die hier ausgelegte »Stuttgarter Zeitung«, obwohl nichts mehr so rechten Eingang bei ihm finden wollte: Das Cannstatter Volksfest fand erstmals nach dem Kriege wieder statt. Die Militärregierung hatte einen Teil des Cannstatter Wasens geräumt... Die Russen blockierten Berlin, und die Amerikaner stellten mit 5000 Tonnen Kohle, die sie täglich einflogen, einen neuen Luftbrückenrekord auf... Und weiter las er:

Wohleb sagt nein zu Baden-Württemberg...

Eleonore Teßler zur Miss Stuttgart in der »Mausefalle« gewählt...

Reicher Traubensegen in den Weinbergen...

Im November Beginn der Rückkehr von ca. 85 000 deutschen Kriegsgefangenen aus Jugoslawien...

Marcel Cerdan boxt gegen den Amerikaner Tony Zale um die Weltmeisterschaft im Mittelgewicht...

Fleischpreise: ein Pfund Rind-, Kalb- oder Hammelfleisch 1,40 DM...

Auf dem Schlachthof keine einzige Sau aufzutreiben...

Im Oktober werden erstmals wieder Besenwirtschäftle eröffnet...

Buchele sammeln lohnt sich! Für acht Pfund Bucheckern ein Liter nichtraffiniertes Öl, für zehn Pfund ein Liter raffiniertes Öl...

Eben war er dabei, sich nun doch vom Tagesgeschehen ablenken zu lassen, als ihn Notar Uhlmann hereinrief. »Maseltov«

hatte ihm Möpsle am Vormittag noch gewünscht. Was ihm der Notar nun in der Folge verlas, klang ihm so unfaßbar, daß er sich immer wieder in Verlegenheitsgesten in die Wangen kniff, um zu spüren, ob er es sei, von dem da ständig die Rede war. Das juristische Wortmobiliar, das vor ihm aufgebaut wurde, klang immer wieder wie »Salomo«, obwohl es vielleicht wie »Nebukadnezar« zu verstehen war.

»Ich will's Ihnen kurz zusammengefaßt erklären, Herr Lindwasser«, resümierte der Notar am Schluß seiner eiligen Lesung, »Sie sind der einzige Erbe des Hauses und des gesamten mobilen Vermögens in der Wohnung von Herrn Enno Schützenhobel, mit der Auflage, die Bibliothek nicht zu veräußern, sondern ›liebevoll und umsichtig‹, wie es formuliert ist, zu Ihren Lebzeiten zu betreuen und zu benützen. Sie sind auch Erbe des mit rund 20 000 DM angegebenen Barvermögens und der Sterbeversicherung von nochmals 8000 DM, mit der Auflage, davon die Kosten für die Beerdigung und die Grabpflege zu begleichen und den beiden Damen, die sich der Reinigung der Wohnung angenommen haben, je 1000 DM aus dem Nachlaß auszuzahlen als Anerkennung für ihre Hilfe. Das aus Liegenschaften mit landwirtschaftlicher Nutzung und Anteilen am Viehbestand der Hazienda sowie aus Bankguthaben bestehende Vermögen in Brasilien im Wert von etwa drei Millionen Dollar erbt der Bruder in Brasilien. Wollen Sie nun das Erbe annehmen?«

»Ja, sicher.«

»Dann unterschreiben Sie hier. Sie müssen allerdings dann noch meine Notariatsgebühren von dem Barvermögen bezahlen und mit der Zahlung einer Erbschaftssteuer an das Finanzamt rechnen. Aber da bleibt Ihnen noch was vom Baren, und Sie sind, wenn die Umschreibung beim Grundbuchamt erfolgt ist, dann Besitzer des Dreifamilienhauses.«

Remigius unterschrieb und bedankte sich beim Notar, aber er wußte nicht wie ihm geschah, und er ging wie in Trance fast eine Stunde lang ohne Ziel durch die Innenstadt. Er sah die Auslagen in den Schaufenstern, an denen er sonst fast achtlos vorbeigegangen war, weil er sich doch nichts kaufen konnte, jetzt mit einemmal als verlockende Angebote, die auch ihm galten. Und er betrat eine Schnellgaststätte und trank ein Viertele Trollinger, um sich etwas zu entspannen. Dann eilte er zum Königsbau in die Post, um Sina und Möpsle das Märchen von der Erbschaft mitzuteilen, ehe er am frühen Abend zur Mutter nach Hause kam, elend vor lauter Erregung und mit einem sich schwindelnd rasch in seinem Kopf drehenden Gedankenkarussell.

»Aber Bub', was hascht denn?« munterte ihn die Mutter auf, »du bischt doch ein Glückspilz, begreif's bloß.«

Remigius blieb jedoch betroffen, nachdenklich, unfähig, einen Freudensprung zu tun. »Als Blauer Esel hab' ich mich irgendwie wohler gefühlt«, sagte er nach einer Weile mit fast tonloser Stimme. »Jetzt bin ich verwirrt.«

»Des legt sich. Jetzt mach' i dir an Baldriantee, den i au immer trink', und dann schläfst du dich gründlich aus. Und morge wird dir d' Freud' scho' komme, wenn du dir klar wirscht, daß mir beide bald aus unserm Kellerloch rauskommet und in dei' Haus, in die Wohnung vom liebe Herr Schützehobel ziehe könnet, und wenn du d' Sina dann au amol in ere richtige Wohnung empfange kannscht. Bua, jetzt muß i dir geh no sage, daß des doch besser ischt als a Wellholz uf d' Nas'!«

Nun mußte er doch lächeln, denn so diesseitig hatte er die Mutter noch selten sprechen hören. Als sie dann noch sagte: »So wie i dich kenn', wirscht du ja doch dei'm Freund Möpsle von dem Geld au was gebe, und i bin au sicher, daß du deiner Sina was Nett's schenke wirscht«, da legte sich sein Mißtrauen gegenüber dem allzu plötzlichen materiellen Glück, und er willigte ein: »No machsch mir jetzt dein Baldriantee, und i leg' mi glei' ins Bett.«

Am anderen Tag traf er sich mit Möpsle und Sina und sie gingen zu dritt in die Wohnung von Enno Schützenhobel. Sina hatte zwei Flaschen Beerenwein von zu Hause mitgebracht, und Möpsle, der zu dieser Zeit mit einer hübschen, aber einfältigen Bedienung in einem Metzgergeschäft poussierte, hatte sich über seine Liebschaft eine ganze Kette von Saitenwürsten beschafft, denn sie wollten das große Glück doch gleich ein wenig anfeiern.

Möpsle, der vor Mitfreude außer sich und in so sprühender Laune war, sorgte gleich für deftige Heiterkeit, als er sein neues Sternchen schilderte und damit ein wenig ablenkte. »Süß isch die – mmh! –, aber so phantasielos und dumm, daß d' uf der Sau naus könntscht. Do sitz' i doch gestern mit ihr em Park uf em Bänkle und streichel se zart und schwärm ihr in mei'm Liebesrausch vor: ›Schätzle, i möcht so gern mit dir amol nachts durch Paris bummle, in de Tuilerie' mit dir da Sternehimmel a' gucke, dir dort da Große Bär zeige und no mit dir em berühmte Ritz schlofe.‹ Ja und was meinet ihr, was des Weib mir druf sagt? ›Noi, noi, des könnt dir so passe! I will dein' große Bäre net sehe und der Ritz bleibt zua!‹ – So ebbes Domm's und Ei'fältigs!«

»Da hast du die falsche Platte aufgelegt«, flachste Remigius, während Sina nachsichtig lächelte.

Als sie die Wohnung betraten, fanden sie in hundert Dingen Enno Schützenhobel gegenwärtig, und Remigius konnte sich noch nicht vorstellen, daß er in diese so eigene, still weiterlebende Welt des Gelehrten-Freundes verändernd einzugreifen und sie in sein Zuhause umzuwandeln vermöchte. Welch eine Arbeit stand da noch bevor mit der Sichtung und Ordnung der vielen Dinge, vor allem der in den Schränken und Schubladen angehäuften Manuskripte und Schriften. Er vermochte jetzt nur im stillen dem so gönnerhaften Freund eine pietätvolle und sachgerechte Ordnung und Bewahrung all dessen zu geloben, was die Erhaltung der vielseitigen Lebensgüter des Verstorbenen betraf, und er ahnte, daß er damit viele Jahre zubringen und einen Teil seines Lebens für immer mit dem noblen Freund verbinden würde. So hemmte ihn auch eine ehrfurchtsvolle Scheu bis zuletzt, nach dem Folianten zu suchen, den ihm Schützenhobel so ans Herz gelegt hatte. Er fand die »sibyllinischen Orakel« nach der exakten Beschreibung schließlich rasch, und beim Herausnehmen fiel ihm sogleich das schwere Gewicht des in Schweinsleder gebundenen Folianten auf. Als er das ungewöhnlich dicke Buch aufschlug, waren Sina, Möpsle und er sprachlos. Sie entdeckten eine als Buch getarnte Kassette, die bis zum Rand mit mexikanischen Goldstücken gefüllt war, in denen zu wühlen später eine wilde Lust für sie wurde. Obenauf lag jedoch ein Blatt Papier, auf das Enno Schützenhobel einen Spruch von Polybios, dem griechischen Geschichtsschreiber, geschrieben hatte:

> »Dem Handelnden fällt das Besitztum des
> Zaudernden zu.
> Gleiches bringt allen die Macht,
> dem Wagenden aber mehr.
> Wage etwas, verloren oder gewonnen:
> Laß alles im Stich, nur nicht dich selbst!«

Betroffen lasen sie, ein jeder noch einmal für sich, dieses Zitat, über das man so viele Gedanken anstellen konnte. Remigius lief es kalt über den ganzen Körper. Bewegt wandte er sich ab und ging zum Fenster. Er blickte in den Garten hinter dem Haus, wo blaue und rote Astern blühten und Sonnenblumen ihre flammenden Räder drehten. Diesen Herbstblumen hatte Enno Schützenhobel seine besondere Zuwendung angedeihen lassen. Und er würde nun auch dieses Vermächtnis, diese Farben- und Blumensymphonie weiterpflegen, gleichfalls die brasilianischen Kakteen in den Fensternischen. »Echinocactus erinaceus« hatte Enno Schützenhobel sachkundig gesagt und auf die besondere Pflege dieser Art hingewiesen. Er würde sich nun in die Lebensgeheimnisse dieser Kakteen einlesen und mit ihnen sprechen, ihnen jene aufmerksamen Worte schenken, deren sie bedurften.

Als er sich wieder umwandte, sagte er: »Wie konnten wir nur plötzlich so reich werden?«

Möpsle schränkte ein: »Was heißt wir? Du vielleicht.«

»Unsinn«, erklärte Remigius, »das Gold werden wir beide brüderlich teilen.«

»Das ist schön von dir«, schwärmte Sina und gab ihm einen Kuß, während Möpsle fassungslos stammelte: »Du – du bist ja meschugge! Das gibt's doch nicht.«

»O ja, und zwar sofort«, beharrte Remigius. Und nun wühlten sie in unbändiger Freude die Goldstücke durcheinander, ließen einzelne auf den Tisch fallen, um sich an dem eigentümlichen Klang des Goldes zu berauschen, bis sie zuletzt abzählten und in zwei gleiche Hälften teilten. Ihre Ausgelassenheit erfuhr noch eine Steigerung, als Sina die in der Küche zubereiteten Saitenwürstchen und den Beerenwein auftischte. »Wißt ihr was? Wir drei gehen morgen abend aufs Cannstatter Volksfest und feiern Abschied vom Hausieren«, schlug Remigius vor.

Möpsle und Sina stimmten begeistert zu, und Möpsle, der in Ausnahmesituationen ein spontaner Schnelldichter sein konnte, deklamierte:

»Ein Mann, so edel und so nobel,
war unser Enno Schützenhobel.
Dem Blauen Esel, der mit ihm oft Mate soff,
schenkt' Haus und Gold er und die Hoff-
nung, daß er schon in der
nächsten Zeit kriegt Eselkinder,
die in Ennos bumsgemütlicher Kartause
samt Mama und der Oma finden ein Zuhause.
Im Bund des Glücks bin ich der Drit-
te und trink' aufs Wohl ich mit.«

Remigius alberte gleichfalls im Reim:

»Trinkt Beerenwein,
laßt Mate sein!
Die Hauptsach' ist, mein Gold-
stück Sina bleibt mir hold.«

Als Remigius nach dieser fröhlichen Ausgelassenheit gegen Abend nach Hause kam, schlug seine Stimmung mit zunehmender Ernüchterung in wachsende Nachdenklichkeit um. Die Mutter kam vor Freude über die Schatulle mit den Goldstücken und das wie ein Unwetter so heftig hereingebrochene Glück nicht mehr zur Ruhe und versuchte zuletzt, sich durch die Lesung mehrerer Psalmen wieder zu fassen. Onkel Eberhard, dem sie den plötzlichen Einbruch eines gewissen Wohlstandes per Telefon mitgeteilt hatte, war eine Weile still gewesen, bis er schließlich mit bedenklicher Stimme sagte: »Möge es der Herr zum Segen gereichen lassen. Jetzt wird unser Remigius ganz sicher kein Pfarrer mehr.« Als die Mutter dann ihrem Bruder vorschwärmte: »Eberhard, isch des net großartig, was der Herr an uns Arme und Ausbombte für ein Wunder getan hat?«, da meinte Onkel Eberhard: »Des ischt eher a Versuchung als a Gotteswunder, lieb's Schweschterle, denn jetzt muß i andersrum für euch zwei und vor allem für den Remigius bete, daß ihn der Mammon nicht verdirbt.«

»Ha, du bisch' mer aber g'schpäßig, Eberhard«, hatte sie ihm entgegnet. »Erscht betescht, daß uns der Herrgott 's nötige Sach schenke soll, und jetzt, wo er mit einem wahre Wunder uns a Haus und a eige's Dach überm Kopf und a bißle was derzu schenkt – jetzt isch des z'mol Mammon und a Teufelswerk!«

»Laß nur, Mutter«, fiel Remigius in die Erzählung ein, »so, wie es der Onkel Eberhard sicher meint, hat er schon recht, denn es sind bei der plötzlichen Änderung unserer Situation wohl schon einige Lichter ausgegangen. Die Freude über so plötzlichen Besitz könnte meine innere Einstellung ändern und, statt zu helfen, eine Gefährdung für mich bedeuten, meinen Willen in die Bahn des Besitzstrebens lenken und mich wichtig statt ernst nehmen lassen. Nein, Onkel Eberhard hat sich da sicher nur altmodisch und ungeschickt ausgedrückt.«

»Des könnt' natürlich sein«, stimmte die Mutter zu und verfiel dann ebenso wie Remigius in eine Nachdenklichkeit, die sie beide wortkarg werden ließ und ihre Freude dämpfte.

Am nächsten Tag trafen sich Remigius, Sina und Möpsle nachmittags und gingen auf den Cannstatter Wasen zum Volksfest. Sina war ein wenig befangen, denn eine so ungezügelte, auf Alkoholkonsum ausgerichtete Ausgelassenheit, wie sie hier in den Bierzelten stattfand, wo es erstmals wieder achtprozentiges Bockbier und Schnäpse gab, verabscheute sie. Auch kam sie sich ein wenig abtrünnig vor, da sie sonst in der blauen Uniform der Heilsarmee gegen den Alkohol zu Felde gezogen war und nun mit Gewissensbissen daran dachte, daß sie möglicherweise ihren Kampfgefährten begegnen könnte. Da auch Remigius nicht in Fahrt kam, so fiel wieder einmal Möpsle die Rolle des Animateurs zu. Er witzelte bei allem, was sich ihren Augen in dem lärmigen Durcheinander darbot.

Vor einer Schaubude, wo ein vermummter Araber als Gedankenleser angepriesen wurde und einige Mädchen als Medien aufs Podest getreten waren, »schüttelte« er:

»Gebt mir auf den Mulla acht,
daß er nichts mit Ulla macht!
Sein Sinn wohl mehr auf Minne weist,
die bringt ihm Lustgewinne meist.«

Damit forderte er Remigius heraus, es ihm gleichzutun. Dafür bot sich Gelegenheit, als sie eine Frau beobachteten, die in angesäuseltem Zustand ein Schnapsglas in der Hand hatte und den Schnuller ihres Babys, das im Kinderwagen plärrte, immer wieder in den Schnaps tauchte und dann dem Säugling in den Mund steckte.

»Ich würde lieber Tinte saufen,
als Kinder mit Absinthe taufen«,

befand Remigius und brachte Sina und Möpsle zum Lachen. Als er gleich darauf an einem Stand eine Tafel Schokolade zum Überpreis von 4,50 DM kaufte und Sina mit dem Vers schenkte:

»So a Schokolädle macht,
daß vielleicht mei' Mädle lacht«,

da geriet die Stimmung in Schwung. Sie freuten sich nun, und es zog Sonntag in ihr Gemüt. Ihre Sinne öffneten sich jetzt für das bunte, lärmende Geschehen, für die Stimmen der Marktschreier, das Ertönen von Schiffsglocken, die dröhnende Musik aus Lautsprechern, für die Duftschwaden aus den Wurstbuden und den Zimtgeruch gebrannter Mandeln, für die brodelnden Stimmen und gellenden Zurufe der vielen Menschen, die sich drängten und gaffend verweilten. Eine ausgelassene Bande von Buben und Mädchen, die sich an den Händen faßten und eine Schlange bildeten, tollte mit Geschrei und Singen durch die

Menge und kreiste immer wieder Gruppen von Menschen ein, wobei sie hüpften und nach einer Schlagermelodie sangen:

»Der Vater war bei der Partei,
die Mutter war bei der Partei –
hei Barbariba, hei Barbariba…«

Sie stiegen in die Geisterbahn und fuhren mit Gerüttel an schrecklich aussehenden Gespenstern vorbei. Aber danach sahen sie draußen die widerlichste Gestalt der letzten Monate: Fleischmacher. Er hatte eine aufgedonnerte Schickse mit rotem Haar am Arm, mit der er daherschwankte, beide stockvoll. Er hatte sich mal wieder, wie Möpsle es nannte, »einen Neandertaler angetrunken« und führte einen unflätigen Dialog mit Lollo, wie er das Busenweib anredete. Die Umgebung nahm von dieser Unterhaltung grinsend und mit deftigen Bemerkungen Kenntnis. Als ihm die Beine einknickten, hielt er sich an dem Weib, rülpste ein paarmal und lallte dann: »Ik ha' Bockbier jetrunkn, Lollo, Bockbier, vastehste, was dat heißt? Nu bin ik en Bock.«

Lollo, eine Schwäbin aus dem Stuttgarter Bohnenviertel, blieb ihm die Antwort nicht schuldig: »A bsoffener Bock bisch du, vaschteschte?«

»Lollo, ik will dir bocken, vastehste?« fuhr er in seiner obszönen Tirade fort und griff ihr in die Bluse.

»Ama bsoffene Bock wie dir setz' i jetzt geh' Hörner uf, wenn d' deine Finger net glei ins Futteral steckscht«, wehrte sie ihn ab, knutschte aber gleich darauf mit ihm und verschmierte mit ihrem billigen Rouge auf den Lippen zum Gaudium der Umgebung sein Gesicht.

»Der bsoffene Neandertaler hat uns grad no gfehlt«, meinte Möpsle und fügte hinzu: »Dem tät i am liebste da Fuß stelle, daß er samt seiner Lollo da Bode küßt.«

Sie gingen weg, um von dem Wüstling nicht gar noch angesprochen zu werden, und kamen zu einer Schaubühne, wo sie ein weiteres Wiedersehen erwartete. »Cynthia, die schwerste Frau der Welt mit ihren Liliputanern«, »Barabas, der Viehmensch« und »Biface, der Mensch mit zwei Gesichtern«, die bekannten Monsters, wurden hier für die Schau angeboten. Sie gingen weiter. Eine alte Zigeunerin, die aus der Hand das Schicksal las, dann das Colosseum mit den starken Männern, die dickes Eisen verbiegen konnten und als Ringer und Boxer Schaukämpfe austrugen, unter ihnen »Roberto Maximo, der Riese mit der lautesten Stimme Europas«. Mit einem gruselnden Erinnern gingen sie weiter und blickten in Bierzelte, wo Blaskapellen in Trachten »eins, zwo, drei gsuffa« und andere Aufforderungen zu Sauforgien mit lautem Getöse intonierten und zu jeder Ausgelassenheit anheizten. Der Anstand ging flöten. Man schunkelte, küßte wen man wollte, zwickte Weiber in den Hintern, und zwischen den Bänken tollten Kinder und machten vor Lachen in die Hosen, wenn enthemmte Weiber dicke Männer auf ihre Glatzen küßten. Zwiebelkuchen roch und dampfte, und Bier wurde hinuntergegossen, über Kleider und Röcke geschüttet, über Tische geleert. Eine wilde Freß- und Sauflust tobte, und man suchte bei alldem nach Vergessen. Die Welt schien sich in ein einziges Festzelt verwandelt zu haben, in eine Genußorgie nach sieben mageren Jahren, nach Jahren des Schreckens und Leidens. Und Singen und Hüpfen schienen der Versuch zu sein, sich von der Schwerkraft der Erde zu befreien und den Erlebnisraum zu erweitern.

»Du sollst immer bei mir bleiben
und mit mir die Zeit vertreiben...«

johlte die Masse im Chor und labte sich trunken an der Stunde der Bierverbrüderung.

»Sich einmal gehen lassen und gegangen werden ist halt auch schön«, stimmte Möpsle dem Treiben zu und lud zu einem Bockbier und einem Heringsbrötchen ein. Sina und Remigius gaben allmählich ihre inneren Widerstände auf, und so reihten sie sich infolge bald einsetzender Wirkung des Bockbiers in den Trubel und Jubel ein, in den rhythmischen Singsang, der alle beherrschte und in trunkene Ausgelassenheit entführte.

Nach einer unbestimmten Zeit, an die sich Remigius nur noch in Bruchstücken erinnern konnte – so an Möpsles stereotypen Satz »Für uns zwei noch eine Runde«, und an das Öffnen seines Geldbeutels, auch an Sinas energische Aufforderung »Jetzt aber Schluß, ich muß heim« –, war ihm so groß und allmächtig zumute geworden, daß er alle Hemmungen verlor und mit einem Male sich vogelleicht und in der Lage fühlte, über seinem Leben zu schweben und in eine glanzvolle Zukunft zu blikken. Und da Möpsle ebenfalls Schwingen bekam, so schwebten sie beide über ihrem Gestern, dem sie wahrlich beschwingt Lebewohl sagten, um in pausenlosen Wortergüssen einer Silberwolke der Zukunft entgegenzufliegen...

Er wußte noch, daß er in der Manier eines Potentaten ein Taxi herbeiwinkte und sie damit zuerst Möpsle nach Obertürkheim brachten, ehe sie dann nach Kaltental fuhren, wo er sich von Sina verabschiedete, die um seinen Zustand besorgt war. Und dann ließ er sich, um der Mutter keine Unannehmlichkeiten zu bereiten, in die Wohnung von Enno Schützenhobel fahren, wo er eben noch das Örtchen erreichte, ehe er alles, was in ihn Eingang gefunden hatte, auf gleichem Wege wieder von sich gab. Und er wußte noch, daß er sich einen Pfefferminztee zubereitete und schluckweise in einem Zustand schlürfte, der dem Sterben wohl vorausgehen mußte. Dann war er in den Kleidern auf ein Sofa gesunken und in einen Traumschlaf gefallen, dessen Ereignisse so eindringlich waren, daß er sie anderentags an Schützenhobels Schreibtisch Wort für Wort notieren konnte.

»Ich fand mich in meiner Traumvision in einem Szenarium«, schrieb er am anderen Morgen für sein Tagebuch, »in dem der blendende Glanz der Hölle ganz oben über den unendlichen Räumen des Himmels schwebte und die Welt sich ganz unten zeigte. Der Himmel mit Wolken lag zwischen der Welt und der über allem strahlenden Hölle. ›Die neue Welt und die neuen Menschen‹, tönte es von der Hölle herab, die mit angestrahlten Wolkenkratzern und Palästen wie eine lokkende Verheißung, wie eine Gralsburg den Kosmos krönte. Eine riesige Treppe mit glänzenden Stufen führte empor, und eine erregte Menschenmenge drängte nach oben. Fern und doch so nah als geschniegelter Teufel im Frack stand Manager

Gehlen oben am Ende der Treppe, am Eingang ins Höllenparadies und kommentierte amüsiert das Geschiebe und Gerangel der Menschenmenge, die nach oben drängte, wobei aber die meisten auf den glatten Stufen ausglitten und wieder hinabstürzten und dann von den Nachdrängenden niedergetrampelt wurden. ›Ja, der Aufstiech will jekonnt sein... Spiegella haut den Dreck in die Fanne, macht aber auch glatt... Wer aus der Hölle det Himmels in den Himmel der Hölle aufsteichen will, muß wat jelernt ha'n.‹

Da teilte der Himmel seine Wolken und zeigte eine Kanzel, auf der Pfarrer-Onkel Eberhard wie eine Posaune des Jüngsten Gerichts seine Stimme ertönen ließ: ›Wehe den Aufsteigern und abermals wehe! Der Himmel ist unten, denn selig sind die nach unten Gedrückten, das Himmelreich ist ihnen gewiß.‹ Und auf einer zweiten Kanzel sah ich Hermann Linsenmaier, den Vikar, mit einem Brevier in den Händen lateinisch singend: ›Invoca me in diebus tribulationis et ego te liberabo – In den Tagen der Trübsal sollst du mich anrufen, und ich werde dich davon erlösen.‹

Unten am Treppenaufstieg, wo das Volk hinaufdrängte, warf sich Tamara Hülsenbeck den wahnsinnig gewordenen Menschen entgegen und schrie verzweifelt: ›Ihr müßt die Welt da drunten bessern, nicht die Hölle der Kapitalisten dort oben!‹ Als sie kein Gehör fand, schimpfte sie: ›Marxvergessenes Gesindel, ihr... Nicht mit Engels-Zungen kann man euch von euerer Gier nach oben abhalten! Aber die Revolution wird auch noch die Hölle erobern!‹

Da ertönte wieder die Stimme von Pfarrer Sauerbleich: ›Schützet euch vor dem heißen Blut erregter Menschen.‹ Und Vikar Linsenmaier psalmodierte: ›Homo delere abstinere ab exterioribus et sequi responsa spiritus intra se‹. Ich aber sah mir in dem Getümmel die Augen wund nach Sina, von der ich nicht wußte, wo ich sie finden sollte. Da erschien Möpsle und gab mir den Rat: ›Ruf doch amol beim Teufel a', ob se vielleicht scho drobe bei ihm ischt.‹ Und er reichte mir ein Telefon und sagte: ›666 isch die Nummer von da obe.‹

Ich war entsetzt, wählte aber hastig und hörte dann die Stimme einer Telefonistin, die der von Simone Fröschle, der Masseuse, glich: ›Soll ich Sie mit Luzifer persönlich verbinden?‹

›Das kann man leicht sagen‹, entgegnete ich mißtrauisch.

›So überzeugen Sie sich selbst‹, tönte es zurück, und gleich darauf vernahm ich eine charmante Stimme, der man sofort anhörte, daß sie zu freundlichen Diensten geschaffen war: ›Ja, Luzifer am Apparat. Was kann ich für Sie tun?‹

›Sind Sie's auch ganz bestimmt?‹ wollte ich wissen.

›So fragen Sie mich halt was, dann werden Sie's schon merken.‹

›Gut. Was halten Sie davon: Muß man ein inneres Gelübde halten, oder kann man es unter Umständen umgehen?‹

Nach kurzer Pause sagte die einschmeichelnde warme Stimme: ›Gelübde sind heilige Versprechen, die man einhalten sollte, auch wenn man darunter leiden muß.‹

Jetzt wußte ich, daß ich tatsächlich mit dem Teufel persönlich verbunden war.

Ich mußte mir wenigstens mit der freien Hand ein Ohr zuhalten, denn der Vikar dröhnte mit lautem Cantus planus*: ›A fame peste et bello libera nos, Domine.‹

›Ist meine Verlobte Sina bei Ihnen?‹ fragte ich Luzifer.

›Wie sollte ich aus den unzähligen Scharen in der himmlischen Hölle eine unbekannte Seele abrufen? Das kann nur mein Bruder, der liebe Gott‹, bedauerte Luzifer und empfahl: ›Da rufen Sie am besten eine Etage tiefer an.‹

›Aber ich will lieber mit Sina in der Hölle sein als ohne sie im Himmel‹, flehte ich verzweifelt.

Ein wohlgefälliges Lachen ging Luzifers Stimme voraus: ›Da würde ich denken – da würde ich meinen – da würde ich sagen, daß sich etwas machen läßt...‹

Vikar Linsenmaier sang mit hoher Stimme beschwörend:

* In der Gregorianischen Kirchenmusik Choralnoten ohne Bezeichnung der Tondauer

Omnes iura ludunt
et ad res illicitas
licite recedunt...
Christe, redemptor omnium,
exaudi preces omnium...

Da wich plötzlich die Menge auf der Treppe auseinander, denn es wurde ein Sarg emporgetragen, aus dem es qualmte, als wäre ein Feuer in ihm. Hinter dem Sarg schritt ein rothaariger Mensch, der sich vor Lachen schüttelte und immer wieder forderte: ›Menschenskinder, machet den Sarg uf, der braucht wieder a Packung Lucky Strike...‹ Da setzten sie den Sarg auf der Treppe ab und öffneten den Sargdeckel. Die Leiche erhob sich, und es war Fleischmacher, der sechs Zigaretten auf einmal qualmte, die er geschickt aus dem Mund nahm und dann befahl: ›Kiste umdrehen, damit ich 'n Boß sehn kann.‹ Der Sarg wurde gedreht, und nun sahen sich Fleischmacher und Gehlen oben am Eingang zur Hölle. ›Lassen Se sich doch vom Blauen Esel hochziehn‹, rief Gehlen. Und Fleischmacher tönte zurück: ›Wird jemacht, Boß. Wo is de Blaue Esel denn?‹

Alles blickte jetzt auf mich, als ob ich jedem bekannt wäre. Da packte mich eine Frau an der Hand und zog mich weg: ›Kommet Se schnell, mir gehn zum Lift, dort könnet mir Martinles spiele.‹ Es war die fidele Metzgerswitwe in der Uniform einer Liftstewardeß. Und um der drohenden Situation zu entkommen, ließ ich mich von ihr in einen Lift zerren, wo Tamara stand und mir die eine Hälfte eines zerrissenen Zehnmarkscheines entgegenstreckte und verlangte, ich solle die andere Hälfte dagegenhalten. Seltsamerweise hatte ich sie in der Brusttasche, aber die beiden Hälften paßten nicht zueinander. ›Dann muß ich aussteigen‹, sagte Tamara traurig und verließ den noch offenen Lift, der sich nun automatisch schloß und in Fahrt setzte. Die Metzgerswitwe schien hundert Finger zu haben, mit denen sie mir Hemd und Hose aufnestelte und mit süßem Flehen auf mich einflüsterte: ›Komm', mir lasset jetzt Käferle krabble und 's Hosemäusle saue, 's dreht sich doch alles bloß um Liebe und ums Esse, drobe kriegscht nachher a bombige Gulaschsupp'!‹

Es roch immer mehr nach Teufelsrauch im Lift, je höher wir kamen.

›Asa foetida‹, erklärte die fidele Witwe, und ich fragte erstaunt: ›Seit wann kannst du Latein?‹

›Liebe kann halt alles‹, sagte sie und umschlang mich mit Küssen, daß mir heiß wurde, höllisch heiß.

›Hast du mich in die Hölle entführt?‹, wollte ich wissen.

›A – a‹, schüttelte sie den Kopf, ›mir sind im erschte Stock vom Himmel, I' wär' gern' mit dir in de siebt' Etasch gfahre, aber i muß aussteige.‹

Es tat einen Ruck, und die Türen öffneten sich und gaben den Blick auf herrliche Auen und Wälder einer Vorgebirgslandschaft frei. Glocken läuteten, und mächtige Chöre sangen:

›A bissele Lieb' und a bissele Treu
und a bissele Falschheit sind immer dabei‹

Herrlicher Wiesenduft drang herein, als meine fidele Witwe von mir abließ. ›Tschüsle, i bin am Ziel‹, verabschiedete sie sich, flatterte hinaus und lachte, als ich ihr nachrief: ›Aber i no net.‹

Sie war also ein von Liebe beflügeltes Geschöpf aus der ersten Etage des Himmels. Es reute mich, daß ich das so spät erst erkannt hatte. Aber die Türen schlossen sich schon wieder, und ich hörte eben noch die Stimme des Pfarrer-Onkels Eberhard: ›Die krankhafte Sucht, sich selbst zu überleben, muß mit dem Leben gesühnt werden.‹

Als ich mich im Lift umsah, stand plötzlich Pfarrer Weiß, der ›Pope vom Dienst‹ aus meinem Regiment, in der Uniform eines Feldgeistlichen neben mir und grinste: ›Na? Auch Dampf ablassen in der himmlischen Hölle?‹

Verwirrt und verlegen sagte ich: ›Wie? Ich denke, Sie sind in Stalingrad geblieben?‹

›Geblieben? Sie sind gut‹, erwiderte er. ›Wo sind Sie denn mit Ihrem Gelübde geblieben?‹ Und nach kurzer Pause gab er selbst die Antwort: ›Auf der Fahrt von der Hölle drunten zur Hölle da droben...‹

Der Lift hatte schon die siebte und höchste Etage des Himmels erreicht, als die psalmodierende Stimme des Vikars noch einmal zu hören war:

›Rex aeterne, Domine,
rerum creator omnium...
Quem diabolus deceperat
hostis humani generis...‹

Der ›Pope vom Dienst‹ verwandelte sich blitzschnell in Sallust, den Lateinlehrer, und sagte: ›Sehn Se, Lindwasser, der Linsenmaier dekliniert richtig, der hat eine Eins bei mir verdient.‹ Es überfiel mich jetzt eine Hitze, mein Atem ging schneller, Schweiß brach aus, und ich war gewiß, daß wir nun in der Hölle angelangt seien.

›Sagen Sie in der Hölle ja nicht, ich wäre ein alter Römer gewesen‹, verlangte Sallust, ›und verwechseln Sie quae und qua nicht mehr.‹

Mir war das in diesem Augenblick egal, als sich die Türen öffneten und ich in die eisige Kühle einer Halle trat, in der sich die Rezeption der himmlischen Hölle befand. Eine Hosteß in karmesinrotem Dreß und dem Namensschild ›Mrs. Goldfinger‹ kam auf mich zu. Ich erstarrte: Es war meine Beinahverlobte Helga Schink. ›Grüß dich, Helga‹, sagte ich erstaunt, ›was machst du denn hier?‹

›Bitte keine plumpe Vertraulichkeit‹, wies sie mich kühl ab. ›Don Luzifer wünscht das nicht. Und ich wüßte auch nicht, daß ich Sie kennengelernt hätte. Haben Sie Papiere und Devisen?‹

›Aber Helga, woher soll ich Papiere und Devisen haben?‹

›Lassen Sie den Trick mit der alten Bekanntschaft. Sie gehören also zu den sogenannten Displaced persons. Gehen Sie in Raum 6 und nehmen Sie hier diese Chips für eine Cola und Hamburgers. Ich darf Sie noch darauf aufmerksam machen, daß in Raum 6 jeder 666 Atemzüge zur Verfügung hat, dann muß er schleunigst wieder zum Lift und abwärts zurück. Geatmet wird sechsmal hintereinander, dann sechs Minuten Pause und dann wieder sechsmal atmen und so fort.‹

›Aber Helga, kennst du mich denn nicht mehr? Ich bin Remigius, der Blaue Esel...‹

›Der Blaue Esel? Dann sagen Sie das keinem, denn Gehlen sucht den Kerl, der nicht hierhergehört. Esel sind verkappte Revolutionäre und werden hier der großen Schlange vorgeworfen.‹ Und leise fügte sie hinzu: ›Hauen Sie schnell wieder ab, wenn Sie so kurz wie möglich in Raum 6 waren…‹

›Danke, Helga‹, sagte ich und ging zum Raum 6, während sie den Kopf schüttelte und zur Rezeption meldete: ›One displaced person, room six.‹

Im Raum 6, den ich nun betrat, herrschte der gedämpfte Tumult vieler Stimmen, und es roch wie in einem Pferdestall. Die Luft war stickig, und ein lautes Metronom* mit dem Ton einer Pauke gab den Takt der vorgeschriebenen sechs Atemzüge und die nachfolgende Pause an. Alles schnaufte und rang nach Luft, um in den folgenden sechs Minuten essen und schwatzen zu können, bis wieder gemeinsam geatmet werden mußte. O beim Teufel! Hier war ganz offensichtlich eine Grundsuppe aller bösen Buben und Mädchen versammelt, von denen keines dem anderen trauen konnte, weil sie sich urplötzlich, wie auf ein geheimes Zeichen, das aus ihren verschlagenen Blicken aufleuchtete, zu Gruppenaktionen zusammenfanden, um einem ausgemachten Opfer ein Unrecht anzutun. In ihrer Verschlagenheit und Hinterhältigkeit und ihrem unsteten Wesen waren sie sich so ähnlich, als ob sie alle aus der gleichen verdorbenen Konservenbüchse stammten. Am ehesten traute ich mich an einen Tisch mit erotischen Teufeln, die ein Muttermal auf der Stirn trugen und unter einem unstillbaren Gelüst in der Hose litten. Sie stopften während der Atempausen ganze Bündel von Spargeln in sich hinein oder schmatzten Austern, deren Schalen sie hinter sich warfen, und erzählten sich obszöne Witze, in denen sie sich zu überbieten versuchten. Aufgedonnerte Schicksen des ›Stammpersonals‹ mischten sich unter das Mannsvolk, hoben ihre Röcke hoch und ließen sich allerlei Schenkelgriffe gefallen. Ein Jüngling unter den erotischen Teufeln, in dem ich einen besonders schüchternen einstigen Schulkameraden zu

* Taktmesser

erkennen meinte, zog eines der Weiber zur Seite, in deren Haaren die Nacht hauste, deren Augen stierig blickten und deren abgenützte Lippen so dünnhäutig und aufgedunsen wie Brandblasen waren. ›Komm', laß dich in den Ritus meiner Sinnlichkeit einweihen‹, forderte sie der schmächtige Jüngling auf. Mit einem mitleidigen Lächeln meinte die wahrscheinliche Spätlese aus dem Klostergäßle: ›Uf des Ritusle von dir bin i gspannt...‹

Ich setzte mich ans äußerste Ende einer Bank unter die Ausgeworfenen, die als Verworfene nur noch Zerwürfnisse stiften konnten und die trotz ihrer schiefen Mäuler, aus denen noch der Tod roch, in feinen Anzügen versuchten, es Fürsten und Fabrikanten gleichzutun und in jeder Weise zu imponieren, obwohl sie nichts als gewinnsüchtige arme Teufel waren, die – wie ich alsbald mit ansehen konnte – dem Präfekten der Hölle, der gönnerhaft durch den Raum ging, für jede zugeworfene Mark den stinkenden Pferdefuß küßten.

Plötzlich richteten sich aller Augen auf einen der vielen Eingänge, durch den auf einer Sänfte ›Cynthia, die schwerste Frau der Welt‹ und ihre Liliputaner Charly und Lioba hereingetragen wurden. In ihrem Gefolge zogen die Monster ein, von denen ich durch die Menge hindurch nur Roberto Maximo, den Riesen, und Rollo mit den Libellenaugen erkennen konnte. ›Wo ist der Blaue Esel?‹ rief Cynthia in die Menge, und die Liliputaner fistelten giftig: ›Schaut auf die Füße! Sucht nach Eselfüßen! Sucht, sucht...‹

Als ob sie im Spargel säßen, sprangen die meisten auf und blickten auf die Füße ihrer Nachbarn, ob sie Eselhufe hätten. Mit Besorgnis betrachtete ich meine ausgelatschten und breitgetretenen Schuhe, die sich unter meinen Augen langsam zu hufartigen Gebilden formten. Ich konnte sie aber mit den Aufschlägen der Hose weitgehend verbergen, und zudem ertönte der Gong zum Atmen, währenddessen keiner reden konnte. Beim dritten Atemzug fiel ein armer alter Teufel, eine ausgemergelte Gestalt, die aus allen Poren nach Fusel stank, von der Bank zu Boden und röchelte und hechelte, als müßte er ein zweitesmal sterben. Ich sprang zu ihm hin und kniete auf den

Boden, während ich im Rhythmus des Gongs meine Atemzüge vollzog, und versuchte, dem Alten mit Armbewegungen bei der Atmung zu helfen. Als der Atemritus beendet war, fragte ich ihn, was mit ihm sei. Er röchelte nur noch kurz und sprang plötzlich wie ein Jüngling auf und rief, indem er mich an den Handgelenken festzuhalten suchte: ›Jetzt hab' ich ihn! Der Blaue Esel! Hier schert sich kein Teufel um einen Kranken oder Alten. Das macht nur ein Esel!‹

In panischer Angst wuchsen mir nun Kräfte, und ich entwand mich seinen Krallen, denn der Kerl war ein ausgekochter Teufel, und ich rannte, rannte, wobei ich alles zur Seite stieß, was mir in den Weg kam, hinaus aus dem Saal. ›Haltet ihn‹, dröhnte die Stimme von Roberto Maximo. Und ich sah den pfeilschnellen tätowierten Indianer Tekumse von den Monstern hinter mir und roch schon den Knoblauch seiner hetzenden Ausdünstung, als sich draußen vor dem Lift ›Sandra mit den sechs Brüsten‹ und ihrem giftigen Blick und ›Django der Haarmensch‹ zu meinem Schutz hinter mir aufbauten und Tekumse und die johlende Meute aufhielten. Verzweifelt trommelte ich mit den Fäusten an die Tür des Lifts.

Da stand wie aus dem Boden gewachsen Herr Stump, der Wirt vom ›Grünen Turm‹ in Böblingen, neben mir und steckte seinen Zeigefinger, der das Aussehen eines Saitenwürstchens hatte, in ein Loch an der Lifttüre und sagte grinsend: ›I han mir en Trick ausdenkt.‹ Und als sich die Lifttüre nun langsam öffnete, triumphierte er: ›Immer de' Finger im richtige Loch han, des lernt mer net uf der Universität.‹

Als ich mit einem Satz in den Lift sprang und hinter mir ein Handgemenge tobte, stand Sina als Heilsarmistin vor mir und sagte traurig: ›Hast du nicht gewußt, daß Enno Schützenhobel gestorben ist?

Komm', schnell jetzt! Gib mir die Hälfte deiner Münze zur anderen Hälfte, der meinen, damit wir sie zusammenfügen und in den Liftautomaten werfen, sonst kommen wir nicht in den Himmel runter.‹

Und die Münzhälften paßten, und der Lift schloß die Türen

und wir sausten so schnell in die Tiefe, daß mir schlecht wurde. Von ferne hörte ich Vikar Linsenmaier psalmodieren: ›Corruptio unius est generatio alterius…‹

Da nahm mich Sina in den Arm, um mich zu bergen und zu trösten. Ich weiß nur noch, daß sie mit sanfter Stimme sagte: ›Der Abschied von einem Traum gelingt am besten, wenn man einen neuen Traum beginnt‹.«

Epilog in Briefen

Le malheur du bonheur
c'est la satiété;
et le bonheur du malheur
c'est l'espérance.

Französisches Sprichwort

Dr. Remigius Lindwasser
an seinen Freund Professor Karl-Otto Kügele in Tübingen

Mein lieber Karl-Otto,
das Paket, welches ich Dir sende, ist kein »Care-Paket« – oder etwa doch, im übertragenen Sinn? Es hat wohl etwas länger als ein Jahr gedauert, bis ich mit dem »dramatischen Zeitgemälde« aus dem Jahr 1948 fertig wurde, mit den Erzählungen der »Abenteuer des Blauen Esels« und seines Freundes »Möpsle«. Nun kann ich nur noch auf Nachsicht für meine Schilderungen bei Dir hoffen, vor allem, daß Du Dich nicht kompromittiert fühlst. Es hat mir zunehmend Vergnügen bereitet, noch einmal so tief einzutauchen in jene Zeit, die uns zu Freunden werden ließ. Oft mußte ich schmunzeln oder sogar lachen, und bei manchen Situationen verfiel ich ins Grübeln.

Dabei hatte ich das Gefühl, daß die Geschichte eigentlich trotz der Erbschaft von Enno Schützenhobel oder vielleicht sogar wegen ihr im Grunde kein Happy-End gefunden hat. Denn ich habe mich an die unverhofft hereingebrochenen Glücksumstände angepaßt und mein Gelübde nicht eingehalten. Ich bin zu keinem Sternbild geworden, eher zu einem winzigen Nebel in der Milchstraße der Mittelmäßigkeit, des Üblichen. Die großen Träume haben mich am Ende verlassen, als die Bedrängnisse durch Armut endeten. Ich habe, wie Du weißt, mein Medizinstudium beendet, Sina geheiratet, mich dem Glück der Familie und den nach und nach geborenen Kindern gewidmet und schließlich die Praxis von Onkel August in Siedlingen übernommen, wo ich mich nur in ein gemachtes Nest zu setzen brauchte. Gewiß entschuldigt das im landläufigen Sinn die »Sorge um die Familie«. Und Zufriedenheit, die mich gemeinsam mit Sina erfüllt, ist eine kostbare Gabe des Lebens. Aber es schleicht sich unter solchen Umständen eine alltägliche, gewöhnliche Furcht ein, die dem Erreichten und dem sich weiterhin Anreichernden gilt, ein Trachten, das schließlich Eingang in meine Gebete finden will, bei denen ich »höllisch« aufpassen muß, daß sie nicht zu einem Ritus geistiger Abwehr von Sorge um materiellen Besitz degenerieren und ein eventueller Verlust von Besitz in den Rang eines großen Unglücks rückt.

So gesehen, bin ich abgefallen, in die Katabasis* geraten, bin ich alltäglich oder stinknormal geworden, einer, der wie viele zur Kirche geht, sich an einer reichen Tafel über das Schlimme des Weltgeschehens erregt, der Mark auf Mark legt, seine Kinder etwas werden läßt und am Ende ein unauffälliger Rentner wird; ein Mensch also, dessen Worte keine Folgen haben.

Im Traum, der meine Erzählungen abschließt, bin ich höchstwahrscheinlich nicht zufällig mit dem Lift in die himmlische Hölle hochgefahren. Ich verließ den Himmel der Entbehrungen, die Erde mit ihrem spannungsvollen Hangen und Bangen, jene Zone des Lebens, in der sich Bedrängnisse in Kräfte verwandeln, die uns auf dem Weg zu großen Ideen halten. Ich spürte damals schon, daß die Kraft meines Glaubens nachlassen, die Frische meiner Gefühle altern und alle Leidenschaften erlahmen würden. So gesehen, bin ich den »Weg allen Fleisches« gegangen.

Und nun hat sich kürzlich noch etwas Seltsames zugetragen. Ich schrieb Dir doch vor über einem Jahr von meinem Traum, in dem mir eine irgendwie bekannte weibliche Stimme orakelhaft zugerufen hatte: »Suche den Engel der Vergangenheit, der dich in die Zukunft führt.« Oft habe ich mich seither zu erinnern versucht, wem diese Stimme gehören könnte, die mir den Orakelspruch im Traum vermittelte. Als ich nun neulich die Dienststelle für die Zulassung zum Medizinstudium in Tübingen aufsuchte, um mich nach den Chancen für Sohn Albert zu erkundigen, traute ich zunächst meinen Ohren nicht: Die Stimme der Sekretärin war ohne Zweifel identisch mit der Traumstimme. Als ich später an der Reihe war und ihr gegenüberstand, blick-

* Abstieg, Niedergang

ten wir uns gegenseitig verdutzt an: Es war Leonore Schievelbein, die Witwe meines einstigen Kriegskameraden, die ich beim Hausieren unter denkwürdigen Umständen so »intensiv« kennengelernt hatte, weshalb die Überraschung und anfängliche Befangenheit der Freude des Wiedersehens mindestens ebenbürtig war. Sie hatte bald nach unserem Kontakt damals wieder geheiratet, ist aber inzwischen zum zweitenmal verwitwet und nun in diesem Uni-Büro tätig. Ich erzählte ihr die Geschichte von meinem Traum und der Stimme, in der ich nun einwandfrei die ihre erkennen konnte. Und denke Dir nur: Als sie wegen Albert recherchierte, gab sie mir die Zusicherung, daß er nun im kommenden Semester endlich zum Medizinstudium zugelassen werden würde. Natürlich habe ich Albert sofort nach Israel geschrieben und ihn so rasch als möglich nach Hause beordert, wobei ich ihm erleichtert und stolz mitteilte, daß ihn auch die »Abenteuer des Blauen Esels« erwarteten.

Nun, da ich die Schilderung der vielleicht besten Monate meines Lebens bald in Deinen Händen weiß, erwarte ich mit Spannung Deine Nachricht.

Dein Remigius

Professor Karl-Otto Kügele
an seinen Freund Dr. Remigius Lindwasser in Siedlingen

Mein lieber Remigius,
Deine Post mit dem Manuskript der »Abenteuer des Blauen Esels« ließ mich vor Neugier fast platzen. Du hast es also in wenig mehr als einem Jahr geschafft, und die »Stimme der Vergangenheit«, jenes »Abenteuer« von einst, hat zudem vernehmen lassen, daß Dein Sohn Albert nun »dran« sei. Und so steht der Heimkehr von Albert aus Israel nichts mehr im Wege. Zu beidem beglückwünsche ich Dich. Ohne das eine wäre wohl das andere nicht zu einem so guten Ergebnis gelangt.

Und nun erkenne ich aus Deinem Brief und dem letzten

Kapitel Deiner Erzählungen vom »Blauen Esel«, daß Du Dir in einer Rückschau immer noch wie ein Versager vorkommst, als einer, der es nicht geschafft hat, so etwas wie ein großes Vorbild geworden zu sein. Laß Dir von Deinem alten Freund Möpsle sagen, daß moralischer Rigorismus, wie Du ihn gegen Dich anwendest, vom Menschen wegführt in eine Zone, in der das herzhafte Lachen stirbt und wo Du Dich schließlich dem Gelächter der Dämonen des Lebens überantwortest. Überlaß Dich nicht dem Ekel des Widerspruchs in uns, sondern der Erkenntnis, daß wir Menschen mit Ausnahme vielleicht der Heiligen, die, wie Du schreibst, zu »Sternbildern« werden, mit unseren Gegensätzlichkeiten in der »Milchstraße des Mittelmaßes« leben und dort unser Glück finden müssen. Wir sind nun einmal selbstlos und egoistisch, rational und irrational, apollinisch und dionysisch, sozial und eins mit anderen, aber auch zugleich wieder distanziert. Und unsere seelisch-geistige Leistung besteht darin, alle diese Gegensätze in uns, alle grüblerischen Zweifel mit uns, die an unser Herz greifen, zu transzendieren, zu »übersteigen«, um aus der Erfahrung dies alles, was wir an Unvollkommenem und Unvermögen an uns finden, als ein Ganzes und als uns Gegebenes zu sehen.

Im übrigen bist Du ein »Esel« geblieben, wenn auch als Arzt und nicht als Pfarrer, denn ich kenne Dich und Deine umtriebige Hilfsbereitschaft viel zu gut.

Wenn es später einmal für Dich ein »Erinnern des Erinnerns« geben mag, so wirst Du mir hoffentlich bei einigen Viertele Trollinger zustimmen, daß uns nicht nur in der von Dir beschriebenen Zeit des »Blauen Esels«, sondern auch noch später in unserem Leben die Gnade zuteil wurde, immer wieder alle kleinlichen Maßstäbe aufzuheben, die ozeanische Weite des Lebens zu erfahren und als glückliche Narren über alles, vor allem über uns selbst lachen zu können.

So. Nun mache ich mich an die eingehende Lektüre Deines Manuskripts, das ich in der Eile nur kurz überfliegen konnte. Ich ahne bereits mit Vergnügen, daß ich mir dabei selbst auf die Schliche komme und ich mich – wenn das Ganze einmal im

Druck erschienen ist – bei meinem Metzger, der mir heute großherzig ein Pfund Aufschnitt geschenkt hat, mit dem von Dir verfaßten »Aufschnitt« unserer Erlebnisse revanchieren kann. Gut so! Ich höre Dich jetzt lachen und verbleibe als Adlatus des »Blauen Esels«.

Dein Möpsle

Gerhard Vescovi

Hippokrates im Heckengäu

Aufzeichnungen eines schwäbischen Landarztes

Ullstein Buch 3462

ein Ullstein Buch

In der Arztpraxis, bei Hausbesuchen, in der täglichen Umgebung erlebt ein Landarzt intensiver als jeder andere die Eigenarten und liebenswerten kleinen Schwächen seiner Mitmenschen.

»Der Verfasser hat sich im weißen Arztkittel in die Literatur hineingeschrieben.«
Thaddäus Troll